警部補デリーロ

スコット・フロスト
池田真紀子 訳

集英社文庫

目　次

主な登場人物

アレックス・デリーロ……………………………パサデナ市警警部補
レーシー・デリーロ………………………………アレックスの娘
ディラン・ハリソン……………パサデナ市警爆弾処理班所属の刑事
エヴァンズ・ブリーム………………ブリーム生花店の共同経営者
ダニエル・フィンリー………………ブリーム生花店の共同経営者
フランク・スウィーニー……………ブリーム生花店の臨時従業員
フィリップ・ジュネ…………………『スター・ニュース』配達員
エド・チャベス……………………………パサデナ市警本部長
デイヴ・トレーヴァー……パサデナ市警巡査部長、デリーロのパートナー
ヒックス……………………………………FBI対テロ班主任捜査官
ガブリエル………………………………………………連続殺人鬼

警部補デリーロ

私が知るもっとも勇敢な女性、ヴァレリーに捧ぐ

クラス写真の三列め、誰の目も通り過ぎる位置に、僕は写っている。僕の名前、髪の色を記憶している人はいない。僕の声を憶えている人も。僕は透明人間だ。

――ガブリエルの日記より

1

公会堂を満たす薔薇《ばら》の香気はあまりにも濃密で、事故の被害者の病室を連想させた。甘ったるくて、とても自然とは言いがたい空気。過剰に芳《かぐわ》しい香りは、何か恐ろしい出来事が起きたことを確信させる。

世の皮肉と言うべきか、親が思い描く我が子像は、決まって現実とははるかにかけ離れている。その落差は、刑事の仕事にも当てはまるかもしれない。ただ、刑事としてキャリアを積み重ねれば重ねるほど、どんな光景に直面しても動じなくなっていく。反面、母親としてキャリアを積み重ねれば重ねるほど……いや、これについては最後まで説明する必要はないだろう。

私は美人コンテストに出場している娘の姿を客席から見守っている。驚くなかれ、毎年元旦に開催されるパサデナ名物ローズパレードの主役、〝ローズクイーン〟の最終選考だ。心の準備がとても追いつかない。

ふう、いったい何がどうなってこんなことに？

娘が晴れ舞台に立っているのだ、有頂天になってもいいはずだろう。娘はきれいで頭脳明晰だ。とはいえ、私が想像する美の女王は、一風変わった宗教を押し売りしようとしているみたいな使命感に目を輝かせた、テキサスあたりの出身の少女だった。加えて、その少女は自分の娘ではありえないと思っていた。

もしかしたら、そうやってはなから疑ってかかるのは、私が刑事だからかもしれない。ステージに並んだ少女たちがいい例だ。向かって左から――キンバリー、レベッカ、ケリー、グレース、ケイトリン。どの子ももれなく隠し事をしている。どれも一目瞭然、刑事の観察眼などなくたって誰にでも見抜けることだ。ケリーは鼻を整形している。グレースは歯を、ケイトリンは唇を。キンバリーがどこをお直ししたかは神のみぞ知るだ。そしてレベッカは……いじっていないところを探すほうが難しいだろう。

完璧でないものがあっても、隠すことができる。美の女王たちは、それが揺るぎない究極の真理ででもあるかのように、その信念にしがみつく。

私の娘も応募書類に嘘を書いた。ピアスの穴を空けていることを申告しなかった。その事実が知れたら、審査員は眉をひそめるだろう。少なくとも、私自身は眉をひそめている。ピアスの穴を空けたことを知っているのは、娘のバスルームに消毒液があるのを見たからだ。

隠し事は隠しきれるものではない。いつかかならず暴かれる。それが刑事にとって唯一絶対の真理だ。

娘をながめる。いつの間に他人になっていたのだろう。わからない。その変化は季節の移ろいのごとく、気づかぬうちに進行していた。

白いスーツ姿のコンテスト役員が各審査員から最終採点表を集めている。私は客席を見回し、ほかの出場者の父母を探した。見分けるのは簡単だった。すべてにおいて理想的なバランスを与えられた、すでに絶滅したはずの部族の一員のような外見をしているからだ。彼らの娘があのステージの上に並んでいることに疑いはない。なかには五歳のころからコンテストを渡り歩いている強者《つわもの》もいる。それにしても、なぜ私のレーシーが？　その疑問が頭にこびりついて離れない。ほんの半年前、レーシーのクローゼットには、ジーンズ、Tシャツ、ワークブーツくらいしか入っていなかった。なのに、どうしていきなりタフタのドレスにハイヒールなのだ？

ダークスーツに身を包んで客席の入口に控えているSWAT《スワット》隊員二名の姿を確かめた。数週間前から、コンテスト当日に何か想像を絶する事件が起きるという噂が盛んにささやかれていた。とはいえ、いまの時代、そういった声は何かにつけて聞こえてくる。大勢の市民が集まる催しが開かれるたびに。ごく微量の白い粉が放置されているのが発見されるたびに。そう、全アメリカ国民の想像のなかで、その声は聞こえている。そこで市警は、コンテスト会場に万全の警備態勢を整えた。出場者の一人に刑事の娘がいるという事実は、私以外のコンテスト関係者にいっそうの安心感を与えているらしい。

コンテストの司会者——全盛期の美男子ぶりをかろうじてとどめている往年のテレビ俳優——がマイクの前に立った。

「みなさん、お待たせいたしました。いよいよ新しい女王の発表です」

会場は静まり返った。私はレーシーを見やり、このまま母親業を続けていたら寿命が縮まるのではないかと思った。るのではないかと思った。レーシーは私の全身の神経にロープを巻きつけ、ぎりぎりと引っ張り続けている。それは生まれたての娘を初めて胸に抱いた瞬間から始まった感覚だ。そしてておそらく、抽斗《ひきだし》の靴下の段にニップルリングや避妊用ペッサリーを見つけてしまう瞬間まで続く。

そのとき、ポケベルがぶうんと震え始めた。隣の女性が、路上のごみ集積器から這《は》い出してきた人物でも見るような視線を私に向ける。私はジャケットの前を少し開き、腰のホルスターに収めた銃をさりげなく見せつけた。女性は、予期せぬ場所で銃に遭遇してしまった市民らしく、恐怖に呆然とした目でグロックを見つめた。

「右から二人めのあの子、私の娘なんです」私は小声で言った。「ね、きれいでしょう?」女性は気弱に微笑んだだけで、すぐに目をそらした。銃で武装した母親に反論するのは、自分のためにならないという判断だろう。

ポケベルの小窓を確かめる。パートナーの携帯電話の番号が表示されていた。他殺体でも見つからないかぎり呼び出さないでくれと念を押してあった。ということは、パサデナのどこかで誰かが非業の死を遂げたのだろう。

ステージに集中しようとしたが、意識は自ずと遠く犯行現場へと漂ってしまう。死体の姿勢を想像し、時間を巻き戻しながら頭のなかで犯行を再現する。被害者が地面に崩れ落ちるどさりという音。甲高《かんだか》い銃声。加害者と被害者が揉《も》み合う気配。布の裂ける音。口論が空回りを始めて、荒らげられる声。

　フラッシュがたかれた。

「二〇〇三年度のローズクイーンは……」

「レーシーでありますように」私はつぶやいた。「レーシーでありますように」

　通路をはさんだ席に座っていた、ドレッドヘアを長く伸ばし、膝丈のジャケットを着た二十代の若者が立ち上がった拍子によろめいて、私の足もとのカーペット敷きの床に危うく倒れこみそうになった。照れたような目が私を見上げる。その目には、なぜか私が誰だか知っているような表情が浮かんでいた。若者は急ぎ足で通路を歩いて会場を出ていった。と同時に、私の背後で何か気配がした。ほかの父母が立ち上がってステージを指さしているのが視界の隅に映った。

　ステージに向き直ると、レーシーがドレスの裾を持ち上げ、腿《もも》にくくりつけてあった黒っぽいプラスチックボトルをむしり取ろうとしていた。

「たかがパレードなんかのために、環境を汚染するなんて！」レーシーはそう叫ぶと、客席に向けて除草剤らしき液体をスプレーした。「農薬は虫を殺すし、除草剤は毒なんだよ。あんたたちはね、みんな殺し屋なの！」

　客席の人々は座席の下にもぐりこんだり、プログラムで頭を守ったりしている。誰かの叫び声が響いた。「毒だ！　毒薬だぞ！　あの子は毒薬を撒こうとしてる！」

　私は跳ねるように立ち上がると、パニックに陥って我先に通路から外へ出ようとしている人々をかき分けてステージに向かおうとした。客席の反対端では、SWAT隊員の一人が銃を抜こうとジャケットの内側に手を差し入れながら、ステージに駆け寄っていく。私の娘が武器を持っていると判断したのだ。

私はやめてと叫んだ。しかしその言葉は、怒声や会場を埋め尽くしたカオスにあっけなく呑みこまれた。

警察のバッジを掲げて声を張り上げた。「警察です！」そうすれば右往左往する人々もさすがに道を空けてくれるかもしれないと期待した。しかし、彼らの目に見えているのは〝出口〟の二文字だけらしい。ピンクのドレスを着、頬を涙で濡らし、髪が除草剤まみれになった女性がぶつかってきた。ほんの一瞬、私の目をまっすぐに見たものの、すぐに私を押しのけるようにしてほかの人々と一緒に出口に向かった。

SWAT隊員の手に握られた銃に気づいた誰かが叫んだ。「危ない！　そこの男、銃を持ってるぞ！」

私がステージにたどりつくと同時に、SWAT隊員もステージの反対側の階段を上ってきた。銃口は床に向けられている。コンテストの警備員が私の前に立ちふさがったが、私は警備員の腕をつかんでねじり上げ、手っ取り早く道を譲らせた。ステージの上では、出場者の一人が泣きじゃくりながら、熱いものにでも触ってしまったかのように両手を振っている。SWAT隊員とレーシーのあいだの距離はざっと五メートル。銃口が持ち上がり始めていた。

「やめて！」私の怒鳴り声は隊員の耳に届いていない。

レーシーがSWAT隊員に気づき、向きを変えてスプレーボトルを持ち上げた。

「レーシー！　だめ！」私は声をかぎりに叫んだ。

SWAT隊員は凍りついたように足を止め、銃を水平に持ち上げて射撃姿勢を取った。ちょうどそのとき、コンテストの役員二人がレーシーを後ろから羽交い締めにした。レーシーの手から叩き落とされたスプレーボトルは、ほんの刹那《せつな》、空中に静止したように見えた。次の瞬間、ごとんという鈍い音とともに床にぶつかった。

会場から音が消えた。すべての動きが止まった。

SWAT隊員は床に転がったボトルをしばし見つめたあと、ステージの反対側に立った私に視線を移した。それからふっと息を吐くと、ジャケットの内側に銃を素早くしまった。

誰かが「もう安全だ、もう安全だ」と宣言した。役員二人がレーシーを追い立てるようにしてステージからどこかへ連れていこうとしている。私は一つ深呼吸をした。もう一つ。

まるで史上初のスペースシャトルの事故と今回のことを混同したみたいに、司会者はマイクに歩み寄るとこう言った。「みなさん、機械に故障があったようです」

楽屋に行くと、レーシーは折りたたみ椅子に座らされ、白いスーツを着た白髪の紳士六人に囲まれていた。紳士たちはいまにも心臓発作を起こしそうな形相をしている。責任者と思《おぼ》しき一人が、怒りに体を震わせながらレーシーにのしかかるような格好で同じことを延々と繰り返していた。

「こんなことをしてただですむと思ってるのか！　ただですむと思ってるのか！」

レーシーが私に気づいた。ひるんでなどいないと誇示するかのように椅子の上で背筋を伸ばす。私は近づき、ほんのつかの間、娘の目に見入ったあと、スーツ姿の役員たちに向き直った。「この子の母親です」

レーシーの上に身を乗り出すようにしていた役員が振り向いた。首筋の血管が消火ホースみたいに脈打っている。一瞬、気が抜けたような表情で私をながめていたが、ふいにこう怒鳴った。「失格だ！」

「ええ、そのことは娘もすでにわかっていると思います」

役員の全身がいまにも倒れそうな樹のように震えた。「私は長年この――」

「わかっています」

「こんな不祥事は前代未――」

「わかっています」

「負傷者が出ていたかもしれんのだぞ！」

「除草剤で死ぬのは益虫だけだし！」レーシーが言い返す。

私はレーシーに視線を向けて首を振った。

「きみね、いいかげんにしなさい」役員はいまにも噴火しそうな様子で私のほうを振り返った。「いったいどういう母親なんだ、あんたは」

虚を衝《つ》かれた。答えを本当に知りたくて訊《き》いているのだろうか。私はバッジを取り出し、憤激のあまり顔を真っ赤にした役員の鼻先に突きつけた。「パサデナ市警のアレックス・デリーロ警部補です」

役員は難題を吹っかけられて困惑したような表情でバッジを食い入るように見た。「警察《ポリス》官《マン》？」

「警察官《ポリスウーマン》です……警部補で……母親です」

白スーツの一団は、互いに指示を求めるように顔を見合わせた。

「あとは私が引き受けます」私は言った。

「ああ、ああ、それがいい！」責任者と思しき役員が叫んだ。

レーシーの腕をそっとつかんで楽屋口に引いていった。さっきの通告に誤解の余地がないよう念を入れておこうというのか、責任者の男性がまた怒鳴った。「きみは失格だ！」

「糞《くそ》オヤジ！」そう怒鳴り返す娘の背を押して外に出た。

満月の下の駐車場は、人工的とも思える青白い色に包まれていた。無言のまま車のほうへ歩きながら、こういう場面で親が並べ立てがちな数十の決まり文句は絶対に口にするまいと自分に誓った。だが、それらの決まり文句は、どうにかして外へ飛び出してやろうと、唇のすぐ内側で押し合いへし合いをしている。

「ママはね……」言葉の奔流をかろうじて堰《せ》き止めた。

「何？」レーシーが訊き返す。

一つ息を吸って、口にたまった言葉を呑みこんだ。「何でもない」

「そう」

「ねえ——」そう言いかけて唇を噛んだ。

「いいんだよ、言いなよ。言いたいことがあるんでしょ」

どこまで見透かされているのかと思うと、恐怖さえ感じた。「さっきのこと、自分で胸を張れるならそれでいいけど」

「うん、胸を張れるよ」レーシーは即座に答えた。その態度に、ついさっき私が屈しかけたような弱さはかけらもなかった。私の表情をじっと観察しているのがわかったが、私は視線を前に向けたままでいた。

「あたしはね、信念を実行に移しただけ。それって責められるようなことじゃないはずだよね」

東に目を向けると、雪を頂いたサンガブリエル山脈が、まるで映画撮影スタジオの鮮やかな色遣いの背景幕のように、すぐそこから私たちを見下ろしていた。どこかでジャスミンが花を開き始めたらしく、甘く妖美《ようび》な香りが空気をほんのりと染めていた。民家の一軒の屋根には偽物の雪が積もり、庭のヤシの樹はクリスマスのランプで彩られている。セールストークなどいっさいなくても〝カリフォルニアの夢〟を売りこめそうな、完璧な夜だった。ただ、私にはそれを楽しむゆとりはない。レーシーの行為の副産物とでも言うべきか。この夜の完璧さは、美に優劣をつけるという概念と同じく、絵空事なのだ。

確かな現実は——または私がいまこの瞬間に真正面から向き合えるただ一つの現実は、ポケベルに入った連絡だった。パサデナを頂点にしてあの山々の足もとから広がるこの扇状地のどこかに、暴力に陵辱された死体が横たわっている。

車に乗りこんだ。レーシーは薔薇色のパンプスを脱ぎ、ほっとしたように深々と溜息をついた。娘に言いたいことは一ダースもあった。とっくに言っているべきこともいくつかある。たとえば――〝感心したわ。やりかたは決して褒められたものではないけれど、それでもあなたを誇りに思ってる。そこまで強く信じられるものを見つけたあなたがうらやましい〟。

だが、そのうちの一つとして口には出さなかった。

「事件があったみたいなの。うちに送るわ」

レーシーはまっすぐ前を見たままうなずいた。「いいんだよ、ママ。今夜だけ特別ってこともないものね。あたしのことはいいから、死んだ人の面倒でも見てあげたら」

車が走りだすと、レーシーはウィンドウを下ろし、パンプスを指先にひっかけ、無頓着な様子で月光の下に腕を伸ばした。一度だけ靴をくるりと回転させる。まもなく靴が路面にぶつかる音がした。靴は天敵に遭遇して右往左往するねずみのように、あちこちに跳ねながらからからと転がった。さりげなく娘の表情をうかがった。まっすぐ前を向いたままだ。だが、唇の端がほんのかすかに持ち上がろうとしていた。他人の入りこむ余地のない瞬間だった。達成感に満ちあふれた瞬間。私は道路に注意を戻し、そのままどうにか沈黙を貫き通した。

2

私が駆けつけたとき、イースト・オレンジグローヴ・ブールヴァード一三六〇番地のブリーム生花店には、すでに黄色い立入禁止のテープが張り巡らされていた。前の通りにパトロールカーが四台と白バイ班が二つ集結している。二台のパトロールカーは黄色い回転灯をつけっぱなしにしていた。制服警官が私に気づいてテープを持ち上げてくれた。私は小さな駐車場に車を乗り入れた。ここにもパトロールカーが一台、覆面車両が二台、検視局のバンが一台、先に停まっていた。

車を降り、腕時計を確かめた。十一時十九分。ジャスミンの香りに代わって、同じブロックにあるタコス店から、スモークチリの食欲をそそる匂いが漂ってきている。

「警部補」

若手の巡査が声をかけてきた。たしかベーカーという名だ。警察官募集のポスターからそのまま抜け出してきたのかと思いたくなるような、いかにも品行方正な青年だった。

「あなたが最初に現場に到着したのね」

巡査がうなずく。

「状況を話して」

「銃声が聞こえたとの市民からの通報が……」

メモを確認する。ベーカー巡査はメモ魔だ。

「……八時三十五分に通信指令部にありました。僕が現場に到着したのは八時四十二分です。応援を待って、二分後に店に入りました。不法侵入の形跡は見当たりませんでした。被害者は裏の倉庫でうつぶせに倒れていました。射殺であることは明白でした。後続の応援が到着したあと、半径二ブロックを封鎖しました」

「それから？」

頭のなかに、レーシーがスプレーを噴射し始めたときの光景が蘇った。必死に逃げまどうコンテスト出場者たち。

「それだけです。封を切った酒瓶を所持していたヒスパニックの男二名を押さえましたが、すぐに放免しました。そのあと店のなかに戻ったとき、陳列ケースの下にもう一人の経営者が隠れているのを発見しました」

「通報したのはその人？」

「まだ確認できておりません。動揺が激しい様子ですので。どうやら強盗団が押し入って、殺人に発展したということのようです」

若い警察官がテレビ局の取材班のインタビューを受けているみたいな話しかたをするのを聞いていると、カブスカウトの引率者《デン・マザー》にでもなったような錯覚に襲われることがある。しかもこのときは、〝母親としての責任〟をすでにいやになるほど痛感させられていた。

「目撃者はまだ店のなか？」

「はい。トレーヴァー刑事が現場の指揮に当たっています」

　ささやかな奇跡を天に感謝した。引き続きせっせとメモを取り続けるであろうベーカー巡査をその場に残し、店の入口へと向かった。店の前面の壁は杉材で、ビッグ・サー（カリフォルニア州モンテレー南の太平洋に面したリゾート地で、険しい海岸線で有名）の雄大な自然を凝縮したような、〝人間も地球の一員〟ふうの設えになっている。入口の扉には〈緑は共生のシンボルカラーです〉という文字が彫られた木の板がかけられていた。錠前を手早く確認した。こじ開けられた形跡はない。ドアハンドルは鑑識班がはたきつけた指紋採取用の粉まみれだ。売場にはウォークイン式の大型冷蔵ケースがいくつか並んでいて、水の入った黒いプラスチックのバケツに数十種の切り花が挿してある。店内は花の香りが満ちていた。一番強く感じるのは薔薇の香りだ。ダブリンボーイやクイーンマザーの美しい香りと混じって、もう一つ別の匂いもしていた。かすかではあるが、その存在を否定することはできない。黒色火薬の焦げた匂いだ。

「コンテストはどうでした？」

　私のパートナー、デイヴ・トレーヴァー巡査部長が、奥の部屋の戸口をふさいで立っていた。トレーヴァーはマッチョな体つきをしている。身長は百八十センチを超え、体重は百キロに近い。年齢は三十代初め。二歳の双子の娘の父親ならではの、疲れて落ちくぼんだ目。短大時代にフットボール選手だった彼の身のこなしはいかにも元アスリートらしいが、年を追うごとに、その軽やかさや力強さは少しずつそがれていっている。トレーヴァーの顔は、秘密を明かされようとしている人物特有の共犯者めいた笑みを浮かべていた。私のほうが七歳年長で階級も上だが、トレーヴァーには自分を〝親分〟、私を〝世話の焼ける子分〟と思っているような節がある。

「選ばれたんでしょ？　その顔を見りゃわかる」

「どこをどう見てそう思うのかさっぱりわからないわね」

子どもはトレーヴァーのウィークポイントだった。たとえば彼の娘たちのようにちっちゃくて非の打ちどころのない生き物が、いつの日か親の期待を裏切る可能性、下手をしたらもっとひどいことをする可能性など、彼の視界にはかけらも存在していない。そんな人物を嫌いになれと言われても無理な相談だろう。ただし、その弱みは、刑事としての弱みにもなりかねない。

「で？　どうだったんです？」

〝あんたたちはね、みんな殺し屋なの！〟そう叫んで美人コンテストのキャリアに自らピリオドを打ったレーシー、座席の陰で身を縮こまらせていた人々。

「そうね、〝目的〟はりっぱに果たしたわ」

トレーヴァーの目はうれしそうに輝き、一ドル銀貨みたいに真ん丸に見開かれた。私はただただトレーヴァーをやり過ごして被害者を検分したかった。世間には――一般の市民のなかには、海を見にいったり、ヘンリー・ソローのように森を散歩したり、脂肪の最後の一片を燃焼しきるまでジョギングしたりすることを通じて現実逃避を図る人々がいる。私の現実逃避の手段は、犯行現場だ。黄色いテープをくぐった瞬間、私生活の些末なあれこれはたちまち霧散する。そこで待っているのは、被害者の沈黙と、解き明かされるのを待っている物語だけだ。

戸口の奥に目が吸い寄せられる。暴力が行なわれた倉庫。私の安らぎの場。

「で、結果は教えてくれないわけですか」

やっとのことでトレーヴァーに視線を戻す。「優勝はしなかった」

私の口の重さを失望の深さゆえと誤解したのだろう、トレーヴァーはたくましい腕を私の肩に回し、ぎゅっと力を込めた。「でも、パレードには出られるんでしょ？」

彼が双子の思春期を無傷で生き延びられるとはとうてい思えない。

入口から広い倉庫をのぞいた。十二メートルかける二十メートルといったところだろうか。向こう端の大きなシャッターは下ろされている。一・二メートルほどの高さに積み上げられた切り花が、細い通り道を残して、倉庫の面積の大部分を占領していた。そのうちの半分は想像できるかぎりの色模様をまとった薔薇、残り半分はそんなものがこの世に咲いているとは想像したことさえないようなエキゾチックな花々だ。天井に並んだ蛍光灯の光が花の色をいくらか褪《さ》めさせていて、なかでも熱帯からはるばるやってきた植物の一部は、ビニールの造花に見えた。

薔薇の切り花が山と積まれた大きな仕分け台の向こう側、コンクリートの床の上に、被害者の足が突き出していた。サンダルと鮮やかなオレンジ色のソックスを履いていたらしい。サンダルの片方は脱げて、一メートルほど離れた場所にさかさになって転がっていた。切り花の谷間を縫うように流れている血の川は、部屋の中央に設けられた排水口まで続いている。奇妙なことに、その川の色だけは、蛍光灯の光に負けていなかった。鮮やかな色を保ったまま斜面を下って排水口に落ち、ロサンゼルス川沿いに太平洋を目指しているショッピングカートやビニール袋や空《から》の牛乳パックの仲間入りをしようとしている。

「オレンジ色の靴下を履いてる人間を撃ち殺すなんて。どうかしてる」私のパートナーの声が聞こえた。

デイヴ・トレーヴァーの善悪観は一風変わっているとはいえ、妙な説得力を持っている。遺体をながめていると、たしかに、オレンジ色のソックスを愛用するような人物が、後頭部に銃弾を撃ちこむことでしか排除できない脅威になるなどということはありえない気がしてきた。

「身元は?」

「ダニエル・フィンリー。この店の共同経営者の一人」

私はラテックスの手袋をはめて腰を落とすと、遺体をざっとあらためた。ジーンズに黄色いポロシャツ。襟は血の色に染まっている。髪は砂色で、後頭部に空いた射入口の周囲の毛髪は乾いた血で凝固していた。手を脇に下ろしたまま顔から床に倒れこんだ衝撃で折れたのか、鼻が左側にひしゃげている。頭部の銃創と折れた鼻を源泉とする血の川は、遺体から一メートルほどの地点で合流し、一回り大きな川に成長して床の排水口へと向かっていた。おそらく被害者は、鼻の軟骨や骨が折れる痛みを感じなかったことだろう。犯人から逃れようと走りだしたところで後頭部に弾丸が撃ちこまれ、その衝撃でバランスを崩した拍子にサンダルの片方が脱げた。床に倒れる寸前、被害者の意識が最後に認識していたものは恐怖に違いない。そしてその恐怖さえも、まるで蒸発するがごとく、あっけなく消え去ろうとしていたことだろう。

「四十八歳、既婚。自宅はサウスパサデナ」

私は遺体に手を触れないようにしながら被害者の前頭部を観察した。「射出口なし」

トレーヴァーが相槌を打つ。「見るかぎりではないようですね。触って確かめたわけじゃないから断言できませんが。三十二口径あたりじゃないかな。頭骨の内側で膨張したか、砕けたか」

後頭部に顔を近づけて射入口を調べる。直径は小ぶりな私の手の小指の先にも満たない。つまり、三十二口径ではないということだ。弾丸は頭蓋内を進み、反対の壁に跳ね返って、被害者の脳味噌をミンチにした。

「三十二口径にしては小さい。二十五か二十二だと思うわ」

「売値五十ドルの玩具《おもちゃ》か」トレーヴァーが言った。

そういった小型の銃を使う人々は、大ざっぱに分けて三種類存在する。下っ端ギャング。薬物常用者。専属警備員のいるゲート付き高級住宅街に自宅を持ち、護身目的で拳銃をナイトスタンドにしまっておく裕福な白人女性。私の記憶が確かなら、ナンシー・レーガンもホワイトハウスに常備していた。

「もう一人の経営者は？」私は訊いた。

「オフィスにいますよ」

倉庫内にもう一度視線を巡らせ、見逃しているものがないか点検した。このとき、シャッターの脇に〈非常口〉と書いたドアがあることに初めて気がついた。

「シャッターにも非常口にも鍵がかかってるのね？」

「ええ」

非常口の上、床から五、六メートルの高さ、壁と天井の境目を埋める暗がりの目立たない位置に、小型の監視カメラが設置されていた。あらためて点検していなければ見過ごしていた。犯人もカメラの存在に気づかなかった可能性は大いにありそうだ。

「監視カメラのテープはあるのかしら」

トレーヴァーが目を上げ、監視カメラのある倉庫の角を見た。彼も気づいていなかったらしい。煙草をくすねようとしているところを見つかった子どもみたいな顔をしている。「あー、いま確かめてます」

そろってオフィスに向かった。トレーヴァーが照れ笑いを浮かべていた。

「暗いと、ね」

「そうね」

犯行現場でかならず始まるゲーム。どちらが発見し、どちらが見逃すか。そこに悪意はない。男同士ならきっとライバル心をむきだしにすることもあるのだろうが、私たちのあいだではそれもない。

「レーシーはショックを受けてませんでしたか……ほら、優勝を逃したわけでしょ」トレーヴァーはそう尋ね、監視カメラを見逃した失態を強引に過去へと押しのけた。

レーシーがショックを受けていなかったか、だって？　やれやれ。どちらかと言えば、娘の世界は自分が考えていた（本当に〝考えていた〟かどうかはまた別の問題として）のとはまるで違っていたという現実をついさっき目の前に突きつけられたばかりの、この母親のショックこそ心配してもらいたい。私がぼんやりしている間《ま》に、娘は着実に他人になっていっていたのだ。

「冷静に受け止めてたけど」私は答えた。

「クイーンにはなれなくても、パレードに参加できるだけで名誉なことですよ。重大な使命と責任を伴うことでもある。いろんな道も開けるだろうし」

刑事としてのトレーヴァーの、そういうところが何より好きだ。彼の失敗のほとんどは失敗の数に入らないようなもので、本人もさっさと忘れる。私も母親として見倣うべきだろう。レーシーがいまどこへ向かおうとしているのかまるで見当もつかない。だったら、気にしてもしかたがない。

「レーシーはパレードには出られないの」

「出られますよ。最終審査まで残れば、自動的に出られるんだから」

短い廊下の突き当たりのドアは開きっぱなしで、オフィスのなかが見えていた。入ってすぐのところに立っている制服警官は、目撃証人のお守り役に早くも飽きて退屈しているらしい。部屋の奥の小さなカウチに生き残った共同経営者が座っていた。背を丸め、両手で頭を抱えている。その姿は、力なく地面にへたりこもうとしている枯れかけの花を連想させた。

パレードの山車《フロート》の上から、沿道の観衆に手を振る代わりに、スプレーで除草剤を撒き散らしているレーシーの姿がふと頭に浮かんだ。公会堂で起きたことをトレーヴァーに話そうかとも思ったが、自分のなかでもまだ整理がついていない。他人に説明するなどとても無理だろう。

「今年から規則が変わったのよ。クイーン以外はパレードに出られない」

ソーダのボトルを振ったみたいに、トレーヴァーの腹の底から怒りがぶくぶくと湧き上がってくるのが私にも感じ取れた。頬が赤く染まっていく。まるで姪っ子を溺愛するおじさんだ。

「糞野郎どもめが！　許せない！」

半径十五メートル以内にいた全員が、どんな許しがたい糞野郎どもなのかと振り向いた。

「糞野郎どもじゃないわ。殺し屋どもよ」レーシーと一緒に公会堂をあとにして以来、初めて私の頬がゆるんだ。

私たちがオフィスに入っていくと、カウチに座っていたエヴァンズ・ブリームが顔を上げてつぶやいた。「信じられない。どうしてこんな」

年齢は四十代半ばといったところだろうか。シャープさの消えた中年の輪郭、緑色の瞳、灰色が混じり始めた茶色の髪。凶行を目撃したばかりだということを考慮しても、もともとよほどの心配性らしいと思わせる風貌をしていた。目尻には深い皺《しわ》が刻まれている。きっとしじゅう頭痛に悩まされているタイプだろう。グリーティングカードに描かれる古典的花屋さんのイメージとはかけ離れている。

「何か対策をしておくべきだった。防犯対策を。店に銃を置こうという話も出てたんですよ。しかし私は……」つかの間、視線がその辺をさまよった。「この界隈の治安は、私たちが店を開いたころとはまったく違ってしまった」そこまで言って、自分以外にも人がいることに初めて気づいたような目で私たちを見上げた。「ああ、申し訳ない。つい――」

「お察しします」私はさえぎった。「事件についてお聞かせ願えますか」

記憶をたどっているのか、短い沈黙があった。コーヒーテーブルの上にばらまかれた五百ピースのジグソーパズルを前に、どこから手をつけようかと考えているような面持ち。その表情なら、犯行現場で幾度となく見てきた。〝いったいなぜこんなことに？〟と言いたげなうつろな表情。

トレーヴァーが私に目配せをしたあと、腕時計に目を落とした。ブリームは崩壊しかけている。とりあえずすがりつけるものを何か差し出してやらなくてはならない。

業をしてたんです。フロートのデザイナーから注文が入りまして。うちの店にとってはビッグチャンスですよ」

ブリームが一つ息を吸いこむのがわかった。少し落ち着きを取り戻したようだ。「発送作

「閉店後も店に残っていらしたのは——？」

すばらしい。新聞の見出しが頭にちらついた——〈ローズクイーン・コンテスト騒動の少女の母親、生花店オーナー殺人事件の指揮を執る〉。何かあれば即座に陰謀だと騒ぎ立てる評論家たちが、地下室で額を寄せ合ってああでもないこうでもないとこそこそ相談している声が聞こえるようだった。

「倉庫にある花は、全部そのフロート一台の分ですか」トレーヴァーが訊いた。

ブリームがうなずく。「ええ。ほとんどはメキシコの栽培業者から冷蔵トラックで運ばれてきたものです。この商売は時間が勝負ですから」

「どこが出すフロートでしょう」

「サンマリノのスピリット・オブ・ダイヴァーシティです」

ローズパレードの主催者にとってはますますいい宣伝になりそうだ。〈多様性《スピリット・オブ・ダイヴァー》を認める精神《シティ》が殺人に発展〉。これはひょっとしたら花屋を標的にした新手の憎悪犯罪《ヘイトクライム》なのかもしれない——そんな滑稽《こっけい》な考えが頭をよぎった。

「現金はどのくらい置いてありましたか」私は尋ねた。

「二千ドルくらいでしょうか。花は今夜届く約束になっていましたから。現金払いを希望す

る業者もなかにはいるので」

「犯人に見覚えは？」

ブリームはかぶりを振った。「マスクをかぶってましたから」

「どんなマスクでした？」

「色は青、いや、赤です……栗色。スキーマスクでした」

「お金を渡したんですね？」

ブリームは勢いよく首を縦に振った。「ええ、ええ、全部渡しました……そのとき、ダニエルが裏から逃げようとしたんです」

「どうして逃げたんでしょう。犯人が何か言ったとか？　あなたがたのどちらかを撃つとでも」

「いや、ただパニックになっただけじゃないかな。私はその場に凍りついてた。犯人は……犯人はダニエルのあとを追っていきました。その隙に、私は陳列ケースに隠れました」ブリームはしばし黙りこんだ。まるで頬に赤みが差すように、悲しみが広がった。「その直後に銃声が聞こえました」消え入るような声。

「お気持ちはお察しします。ですが、事件直後の記憶が一番鮮明ですから」私はできるだけの思いやりを込めて言った。

ブリームは自分を奮い立たせようとするかのように一つ深くうなずいた。

「声はどんなでしたか」

「ダニエルの声は静かで――」そう言いかけて口をつぐむ。「あ、犯人のことですか」

「そうです。訛《なまり》などはありましたか。話しかたに特徴はありませんでしたか」

「単調な感じでした」

「音楽みたいな？」

ブリームが首を振る。「何があっても自分の知ったことじゃないみたいな。誰かを殺すことになったところで、屁《へ》でも――」視線がまたさまよい始めた。

「倉庫の監視カメラは本物ですか」

訊かれて初めてカメラのことを思い出したらしい。そして、殺人の一部始終が録画されている可能性にも気づいたのだろう。「カメラ……ええ、本物です」

「レジのある場所にはないのに、倉庫にはカメラがあるのはなぜです？」トレーヴァーが訊いた。

「順番に設置しようとしていたところで。何度か倉庫に泥棒が入ったりしたので、まず裏から置いたんです」

「今夜、二千ドルの現金があることを知っていたのは？」

「アルバイトが二人。ほかに、いまだけ臨時で来てもらってるのが一人」

「三人の連絡先を教えてください」

ブリームは悲しげにうなずいた。「今回のことには関係ないとは思いますが」

私はオフィスを見回した。額に収められた一ドル札。生花販売業者組合の金色のプレート。

商工会議所の会員証。メキシコの桟橋と思しき場所で、ロープから吊り下げられた大きなマカジキを囲んで笑っている二人の共同経営者とそれぞれの妻の写真。この平和で安全な世界が崩壊した。薔薇の花びらが残らず落ちるように。

「表のドアが施錠されてなかったのはどうしてでしょう」

　ブリームは驚いたように目を上げた。「え、鍵がかかってなかった?」

「錠をこじ開けた形跡はありません。つまり、鍵が開いていたか、誰かが犯人を招き入れたということになります」

「私は倉庫にいました。鍵はかかってるものと思ってました」

　事情聴取の続きをトレーヴァーに任せて、私は店の外に出た。気温は急速に下がり始めていた。店を囲む警察官たちの吐く息が、小さなジェット気流みたいにまっすぐ伸びてはふわりと広がって消える。スモークチリの香りは海風に運び去られていた。背の高い糸杉が風に吹かれて、まるでサイレント映画の登場人物のようにゆらゆらと揺れていた。検視局の職員が現場に向かって歩いていく。死後に熟す時間があった死体の臭気をごまかすために鼻の下に塗るメントールの匂いがかすかに漂ってきた。私は黄色いテープの際に立ち、これまでに判明した事実を頭のなかで一つずつ転がしてみた。殺人というのは、たいがい、噴《ふ》き出したくなるほど単純な行為だ。点と点を結んでいけば、パズルは解ける。ふだんは抜け目ない人物でも、いざ殺しを実行する段になると、ふいに愚かになる。今回の事件も、子ども向けの単純な塗り絵レベルと考えてよさそうに思えるが、そういった予断が裏切られる例がないわけではない。

ふと、殺人の現場にぽつんと一人で立っているのが嫌になった。ベッドの端に娘と並んで座り、本当ならさっき車のなかですませておくべきだった会話を交わしたかった。

家の前で車を降りたレーシーは、振り返ってこう訊いた。「ね、何も言うことはないわけ？」

すぐには答えられなかった。数えきれないほどの質問が頭のなかにひしめいていた。だが、そのうちの一つとして口には出せなかった。「話はまたあとで」車に乗っているあいだ、私が言葉らしい言葉を発したのはその一度だけだった。

レーシーは深く息をつくと、首を振った。「やっぱりね」

私は何か言おうと口を開いたものの、やはり言葉は見つからなかった。

「ママはいつも〝またあとで〟って言うけど、その〝あとで〟がほんとに来たことなんか一度もない」レーシーはくるりと向きを変えて家に入っていった。私はただその後ろ姿を見送るしかなかった。

そうやって思い返していると、心臓が激しく打ち始めた。喉《のど》が締めつけられるようだった。訊きたいこと、確かめたいことが、まるで下り坂でブレーキが利かなくなった車みたいに頭のなかを暴走している。なぜ何も言ってやらなかったのか。私は母親として完全に失格だと正直に認めたところで、いまさら何が損なわれるわけでもないではないか。急にアルコールが欲しくなった。煙草が欲しくなった。泣きたかった。涙がにじんだ。

そのとき、トレーヴァーが店から出てきた。監視カメラのテープを持って近づいてくる。私は背を向けて山を見上げるふりをし、袖口で目もとを拭《ぬぐ》った。

「今夜のうちに見ちまいます？」

私は同意のしるしに首を縦に振り、幾度か深呼吸をして心を落ち着かせた。

「大丈夫ですか」

ごくりと喉を鳴らして、渇ききった喉を湿らせた。「ええ、何でもない」

トレーヴァーはうなずいて深々と息を吸いこんだ。今夜は双子の部屋に足音を忍ばせて入り、お休みのキスをしてやるのは無理そうだなと考えているのがわかる。彼は父親という役割を楽しんでいた。どんなにへとへとになっても、一刻一刻を心から慈しんでいる。いまから二十年後、双子の人生に何か不都合が見つかったとして、娘たちがその根っこを探したとき、そう言えばすやすやと眠っている額にキスをしてもらえなかったことが一度だけあったことに思い当たる——トレーヴァーは心のどこかでそう確信しているに違いない。

「一晩くらいキスしそこねても、子どもは覚えてないわよ」私は言った。

粒子の粗い白黒の録画テープのなかで、自分の命がまもなく終わろうとしていることなど露ほども知らぬダニエル・フィンリーは、リラックスした表情で山積みの花々を選り分けていた。目の前の花のことを考えているのだろうか。はたまた、今夜の食事の、妻の誕生日の晩餐の、あるいはまもなく明ける新年のパーティのメニューは何にしようかとでも考えているのだろうか。

やがて背後で物音がしたらしく、フィンリーが振り返った。同時に、マスクをかぶった犯人が銃身を短く切り詰めた銃を構えて画面に現われた。

「二十五口径のオートマチックらしいな」トレーヴァーが言った。

犯人の服装は、ジーンズに黒っぽいスウェットシャツ、ナイキのロゴマークがついた白いバスケットボールシューズ。恐怖に凍りついたか、フィンリーはぎょっとしたきり突っ立っている。犯人はドアのほうに銃を軽く振ったが、フィンリーは自分の目が信じられないとでもいうように、そこから動こうとしない。犯人の頭がかすかに揺れた。何か怒鳴っているようだ。まもなくフィンリーに近づき、頭に銃を突きつけて背中を押した。二人の姿が画面の外に消える。

「ブリームは、自分が倉庫にいて、フィンリーは店のほうにいたと言ってなかった？」私は訊いた。

トレーヴァーが手帳を確かめ、そのとおりとうなずいた。

ちょうどそのとき、ブリームが何かを探しているような様子で画面に現われたが、すぐにまた消えた。

「いまのが勘違いの理由かな。自分が倉庫にいて、フィンリーは店にいたっていう」トレーヴァーが言った。

「でも、犯人が表のドアの鍵を開けられた理由は説明がつかないわ」

腕時計の秒針を目で追って時間を計った。やがて思ったとおりのものが画面に映し出された。二十五秒後、フィンリーが走って戻ってきたかと思うと、糸をぷつりと切られた操り人形のように床に崩れ落ちた。銃口から立ち上る煙の小さな雲が画面の片隅に映ったが、銃を握っている人物の姿はまったく見えない。

トレーヴァーと私は顔を見合わせた。二人とも同じことを考えていた。犯人が監視カメラの画角ぎりぎりで立ち止まれたのはなぜだ？　カメラがあることを知っていたからか。単なる偶然か。カメラの存在を知っていて避けたのだとすれば、なぜ一度めは姿をさらしたのか。

「いや、きっと大した意味はないんですよ」トレーヴァーが言った。

「そうね、たぶん」

椅子の背に体重を預け、窓の向こうに目をやった。真下を走る通りは、パトロールカーが何台か停まっているだけで空っぽだ。月は沈み、サンガブリエル山脈の雪をかぶった稜線は闇に沈んでいた。

「ブリームは、メキシコから届いた花の発送準備をしてたと言ってたわよね。メキシコから届いたのが花だけではなかったとしたら？」

トレーヴァーはビデオを停めて立ち上がると、伸びとあくびをした。腕時計を見る。午前三時。「簡単にすませられるといいなと思ってたのに」

ノックの音がした。若い女性警官が入ってきて、一枚の紙を差し出した。「一人だけ記録がありました」

女性警官は紙を私のデスクに置いて出ていった。ブリームが臨時に雇った従業員の前科記録だった。

「フランク・スウィーニー。ロンポックで十三か月服役してる。罪状は……小切手の偽造」

私はトレーヴァーに向き直った。トレーヴァーの頭のなかでは、その事実が示す可能性が次から次へと芽を出し始めているはずだ。それに伴って、双子の額にキスができる可能性は刻一刻と遠ざかっていく。

「簡単にすませようと思ってたんじゃないの？」私はからかうように訊いた。

「そうだといいなと思っただけですよ」

前科記録を渡した。トレーヴァーはひととおり目を通すと、そこに書かれた情報を、ポケットのなかで小銭をじゃらじゃらと鳴らすように頭のなかでもてあそんだ。

「小切手を偽造して十三か月ぶちこまれるような小物が、たかだか二千ドルのためにいきなり人を殺すかな」

「まず考えられないわね」

「二千ドルよりもっとあったんだとしたら？」

「目当てはお金じゃなかったとしたら？」

「金じゃなきゃ何です？」

「今夜の私には、憶測でものを言う資格はなさそう」

「どうして資格がないか、俺はわかってるはずなんですかね」トレーヴァーが訊く。

「いいえ。わかるとしたら十五年後かしら」

トレーヴァーは前科記録をデスクの上に放った。「こいつは見た目どおりの事件なのかもしれませんよ。そこらの不良少年が二十五口径のオートマチックを握って花屋に押し入ったはいいが、パニックに陥って人を殺しちまったってだけのことかも」

「だとしたら、表のドアを開けたのは誰？」

トレーヴァーは胸をふくらませて息を吸いこむと、煙草の煙を吐き出すみたいに一気に吐き出した。「いまからこのスウィーニーって奴を叩き起こしますか。ちょいと揺さぶってみます？」

「犯人だとしたら、ブリームに教えた連絡先は嘘でしょうね」

「犯人じゃないとしたら、俺たちは時間を無駄にするだけ、スウィーニーは睡眠不足でご出勤とあいなるだけ、か。ま、俺たちの睡眠不足はとっくに確定してますが」

私はデスクの上の娘の写真を見た。十四歳の年の夏のキャンプで撮った写真だ。格子縞のシャツに切りっぱなしのジーンズを穿《は》いたレーシー。セコイアの大木の前で両腕をいっぱいに広げている。晴れやかな笑みを浮かべた顔は、太陽を仰いでいた。レーシーの父親と私が離婚して二か月たったころに撮影されたもの。心の問題に関して、私のタイミングはいつだってパーフェクトだ。離婚から三か月、元夫は手術不能の脳腫瘍と宣告された。そして何本ものチューブにつながれ、薬漬けにされたまま、五か月後に息を引き取った。レーシーの思春期の心は、すべての責任は私にあると裁定を下した。私自身も同じように感じた。浮気をしたのは元夫のほうなのに、私が家庭を崩壊させたような後ろめたさが残った。離婚直後に元夫が死んだために、あのごたごたの殉死者は私ではなく彼なのだという感覚の根はいっそう深くなった。

写真のなかのレーシーの笑顔は、元夫が私たちに押しつけた荷物からついに解放された証《あかし》だとずっと信じてきた。しかし今夜は、それはとんでもない勘違いだったとわかる。レーシーはいままさに離陸しようとしているように――人類の歴史のざっと四分の一を目撃してきた巨木の周囲をゆっくりと旋回しながら空へ飛び立とうとしているように見える。レーシーが祝っているのは、仲間を、同志を得たことだ。セコイアの樹は、地上に芽をのぞかせた瞬間から私たち人間が押しつける毒に抗議の声一つあげることなくじっと耐え、生き延びてきた。それは、人間の子ども時代にも似ている。

「せめて愛してるって言えばよかった」私は心のなかでそうつぶやいた。

トレーヴァーが咳払いをした。「で、どうします？　いまから行ってみますか」

顔を上げると、トレーヴァーはいまにも椅子を蹴って立ち上がりそうな姿勢で私の答えを待っていた。

「話を聴くのは明日の朝にしましょう」私は言った。「さ、うちに帰って双子にキスしてあげて」

3

そのままオフィスで監察医の連絡を待った。午前四時、遺体を引き揚げて現場を封鎖したと電話で報告が来た。証人のブリームを帰らせ、監視カメラの録画テープを証拠物件の保管庫に預け入れた。ボルボに乗りこみ、パブロ・カザルスを聴きながら走りだす。レーク・ストリートで左折して、ロサンゼルスの夜景をミラーに映しながら山麓を目指した。

事件は数時間寝かせておくつもりだった。私も一時間半くらいは眠れるだろう。それから、母親らしく朝の支度をする。レーシーに卵とトーストとジャム、それにオレンジジュースを用意し、朝食用の小さなテーブルに一緒に腰を下ろして、昨夜《ゆうべ》のうちに言っておくべきだったことを残らず話すのだ。

自宅のあるマリポサ・ストリートに入った。歩道際に停まっていた白いヒュンダイが私の車の右前をかすめるようにして急発進した。『スター・ニュース』の配達車らしく、新聞が次々とウィンドウから放り出されては家々のドライブウェイに着地した。私は左側から追い越しざまにドライバーを確かめた。薄明かりのなか、外国人風の顔立ちが見えた。ヨーロッパ系だろうか。年齢は二十代後半、無精髭《ぶしょうひげ》が伸びている。頬はこけ、目は落ちくぼんでいた。

アメリカンドリームに胸をふくらませて海を渡ってきたものの、その夢とは、日にたった四時間の睡眠で最低賃金の仕事を二つかけもちすることだと知った移民の顔。

いつもの癖で、ルームミラー越しにもう一度ヒュンダイにちらりと視線をやった。その瞬間、ヘッドライトがコヨーテの目に反射した。暗闇に赤く輝く一組の点。道路の真ん中に堂々たる風情で立っている。私の車が近づくと、コヨーテはとくに怯《おび》えた様子もなく路肩に移動して、車が通り過ぎるのを見送ったあと、また当然のごとく道路の真ん中に戻った。

次の角が見えたところでガレージのリモコンを押し、寝室が三つある平家建ての自宅のドライブウェイに車を乗り入れた。レーシーの黄色いホンダはガレージになかった。まともに息ができるようになるのを待って車を降り、隣の何もない空間をぼんやりと見つめた。

「馬鹿」思わずそうつぶやいていた。もしあのとき……だめ、やめなさい、考えたってしかたがないでしょう。そう自分に言い聞かせながらも、やはり考えずにはいられなかった。なぜ何か言ってやらなかったのだろう。いったい何を恐れていたのだろう。

ぴしゃりと音がして、ドライブウェイに新聞が放りこまれた。何気なく通りのほうを振り返った。白のヒュンダイが家の前に停まっている。そして私がドライブウェイを少し戻って新聞を拾い上げるのを見届けてから、タイヤをきしらせて走り去った。

「どうしてもう少しうまく立ち回れなかったわけ?」私は一人つぶやいた。冷えきった空気のなか、その言葉は白い雲に姿を変えた。

朝の最初の淡い光が、濃い紫色の空を背負ったサンガブリエル山脈の輪郭を温かな色に輝かせていた。トカゲが一匹、私の家からなだらかに下る斜面を覆う蔦《つた》の茂みに逃げこんだ。電柱のてっぺんからカラスが一つ鳴き、朝の訪れを告げる。通りの先に目をやると、ヒュンダイはうちよりも先の民家にはまったく新聞を配らないまま消えていた。わけがわからない。とはいえ、昨夜以来、何かをまともに理解できたためしがなかった。

朝刊を開いて、第一面をざっとながめた。見出しはこうだった――〈ローズクイーンは本当に甘い香り？〉（『ロミオとジュリエット』の〝薔薇はどんな名前で呼ばれようと甘い香りがするもの〟のもじり）。その下に、スプレーボトルを銃のごとく構え、口を大きく開いて何か叫んでいるレーシーの写真があった。

新聞を小脇にはさむ。この通りの住人がバスローブにスリッパという姿で朝刊を取りに出てくる前に、端から盗んで回ろうかという考えが頭を駆け抜けた。しかし、少し先の家のキッチンの窓から黄色い明かりが漏れて、薄闇をほんのりと照らしているのが見えた。もう手遅れだ。私はガレージの扉を閉めて家のなかに入った。

キッチンのテーブルに、レーシーの置き手紙があった。

〈あたしのこと何《なん》にもわかってないってよくわかったよ……今日は友だちのところに泊まります〉

溜息をついて腰を下ろした。朝食は計画倒れになった。冷蔵庫を、ガスレンジを見やる。最後にまともに料理をしたのはいつだろう。今日はママが食事を作るからと宣言したことがあったのは覚えている。もしかしたら、材料の買い出しにだって出かけたかもしれない。だが、実際に料理をした記憶はなかった。テーブルの上の果物が盛られたボウル。この果物がいったいどうやってこの家のキッチンにたどりついたのかさえ、私は知らない。そうだ、きっとここで種から育ったのだろう。

ボウルからバナナを取り、明かりを消して、暗い廊下を奥へと進んだ。レーシーの部屋の前で少しためらったあと、なかをのぞいた。状況から判断してそんなことはありえないと頭では理解していても、レーシーはちゃんとこの部屋で眠っているのではないかというほのかな期待が心の片隅で光を放っていた。だが、レーシーはいなかった。なかに入って娘のベッドに横たわってみる。枕からレーシーの髪の甘やかな香りがした。赤ん坊だったころのことがふと蘇った。夜、寝かしつけたあと、しばらく時間がたったあとも、自分の腕に鼻を近づけるとレーシーの香りがした。部屋の真ん中の床に、コンテストで着た赤いタフタのドレスが、汚れたソックスやブラジャー、環境保護団体グリーンピースのロゴ入りのスウェットシャツなどと一緒くたに放り出されていた。

「私は何にもわかってない」暗闇に向けてそうささやいた。それからバナナの皮をむいた。それきりいつのまにか眠りこんでいた。一口も食べていないバナナを胸に置いたまま。

四時間後、目が覚めた。帰宅したときにはなかったのに、留守番電話にメッセージが六件録音されていた。二つはレーシーの友だちからで、昨夜の行為を絶賛していた。二つは地元テレビ局のレポーターのインタビューの申し込み。レーシーの学校の校長先生からの呼び出しもあった――レーシーの家庭環境についてうかがいたいので、一度お越し願えませんか。最後の一つはローズパレードのファンを名乗る人物からで、あんなことをする子どもの母親は産みっぱなしの無責任な女に違いない、きっとチンパンジーの一匹もまともに育てられないだろうと罵《ののし》っていた。

心温まるニュースから逃げるようにキッチンに行き、母親としての威信を守るべく、卵二個を使ってスクランブルエッグを作り、トーストを焼いて、グレープフルーツを半分食べた。卵は火を通しすぎだった。

レーシーに宛てて、無事かどうか携帯に連絡をくださいとメモを書いた。それから、今夜帰ったら話をしましょうと付け加えた。厳密には、レーシーの話をひたすら聴いて、私が娘のことをどれほど理解できていないか思い知るだけということになるだろうが。

玄関を出ると、太平洋から進軍中の嵐の先遣隊が襲来していた。山麓に強い風が吹きつけ、霧雨を降らせている。山を見上げると、釣鐘の形をした白いユッカの花が、鈍い灰色の光のなかでほのかに輝いていた。遠く地平線に横たわるロサンゼルスのダウンタウンにのしかかるように、真っ黒な雲が低く垂れこめている。

ラジオをどの周波数に合わせても、レーシーの事件が取り沙汰されていた。地元の公営局まで論争に参戦している。とはいえ、公営局の力点は、母親の愛情に飢えた十代の少女の暴走という側面ではなく、農薬や環境破壊といった地政学的側面に置かれていた。番組に電話をかけてきた視聴者の一人は、レーシーを新世代のレイチェル・カーソンとまで評した。

市警本部の駐車場で車を降りるなり、人々が振り返って私を見た。ふう、きっとこの先ずっとこうなのだろう──他人にじろじろ見られ、後ろ指をさされるのだ。〝ほら、あの除草剤事件の子のダメ母だよ〟。私はローズパレードを冒瀆《ぼうとく》した元凶、百年の伝統を地に墜《お》とした母親として語り継がれる。殺人課では、スタンディングオベーションで迎え入れられた。私のオフィスのデスクには、プラスチックのスプレーボトルが半ダース、ご丁寧にも携帯許可証付きで並んでいた。

ノックの音がして、トレーヴァーが入ってきた。葬儀にでも来たみたいな厳粛な面持ちだ。

「聞きました」言葉を選ぶようにゆっくりと切り出す。「その話題は避けたいなら、それでもかまいませんが」

「そうね、避けたいわね」

「しかし、話しちまったほうが楽になる場合もあります」

「誰が楽になるわけ？」

「あの子はどうしてます？」

「昨夜《ゆうべ》は友だちの家に泊まったみたい」

「そうか、ならよかった」

「私はちっともいいと思わないけど」

「ねえ、話してすっきりしたくありませんか」

「けっこうよ」

トレーヴァーはしばらく黙りこんだ。目的地を探して地図の上をさまよっているような目。やがて納得したようにうなずいた。「もし話したくなったら――」

「お気遣いありがとう」私は最後まで聞かずに答えた。

「いつでも聞きますから。覚悟が決まったら」

「話す覚悟ができたらって意味？」

「そうです」

私はうなずいた。「私はチンパンジーの子育てもろくすっぽできないような、産みっぱなしの無責任な女なのよ」そう言うと、生花店の臨時雇いの従業員、スウィーニーの事情聴取に出かけようとドアに向かった。

トレーヴァーは反応に困ったような顔つきで私を見返していたが、まもなく笑みを浮かべると、私の後ろから歩きだした。

「ふむ、チンパンジーは嫌いじゃないな」

ブリームから教えられたスウィーニーの自宅は、サウスパサデナのミッション・ストリートから車ですぐの界隈に共用の私道をはさんで計六軒並んだ、小さなバンガロー式住宅の一つだった。旧市街に点在するこういった平家建ての住宅は、終戦直後の住宅不足を解消すべく盛んに建設されたもので、現在の住人の大方を占めるのは低所得のメキシコ系移民だ。

ドライブウェイにはプラスチックの玩具が散らかっていた。コンクリートのひび割れから雑草のミニチュアの林が茂っている。どの家の壁もペンキが剝《は》げていたし、屋根も張り替え時期をとうに過ぎている。家の基礎に沿って植えられた極楽鳥花は、霧雨に濡れてうなだれていた。雨もよいの空は、戦地から帰還する兵士を迎え入れるために建てられた家々の零落ぶりをいっそう際立たせていた。

トレーヴァーが棟番号を確かめ、奥のほうを指さした。「右手の一番奥ですね」

端の家に向かって歩いていると、いくつかの窓のカーテンのあいだからうさんくさそうな表情をした褐色の顔がのぞき、私たちをじっと目で追ったあと、自分を訪ねてきたのではないと確認するなり、またすっと奥に引っこんだ。一軒から、オーブンで時間をかけてローストされているのだろう、ポークカルニタスの美味しそうな香りが漂っていた。ほかの二軒からは、ちゃんと閉まらない窓の隙間からテレビの薄っぺらな音がかすかに漏れている。スウィーニーの家の玄関前に立つ。ドアのすぐ脇の窓には黄色のカーテンがかかっている。ポーチに〈カーペットのクリーニング承ります〉と書いたピンク色のチラシが落ちていて、濡れたコンクリートに赤っぽい色が血のように染み出していた。

「ここらじゃチラシを配る甲斐はなさそうですが」トレーヴァーがチラシを見下ろして言った。

私は玄関をノックした。返事はない。なかで人が動く気配もなかった。「もう花屋に出勤したってこと？」

「まだのはずですがね」

もう一度ドアをこつこつと叩き、「警察です」と声をかけた。やはり何の反応もない。

小切手偽造で逮捕された際の顔写真を一目見て、私はスウィーニーを迷わず〝平凡な男性〟に分類した。黒っぽい髪、身長はちょうど百八十センチ、どんな場所でも難なく溶けこめそうな顔立ち。

「勝手口がないか、裏に回ってみる」私はそう言い置いて家の横手へと歩きだした。

トレーヴァーがノブをつかんで回した。「おっと、鍵がかかってないぞ」それから玄関のドアを押し開けると、なかには入らないまま呼びかけた。「警察です！」

その瞬間、家の横の窓を透かして、白い光が閃《ひらめ》いた。発火装置だ。私はトレーヴァーに大声で警告しようとしたが、すでに遅かった。爆弾は、玄関から入ってくる人物を吹き飛ばすべく設計されていた。私の世界は驚異のスピードで変貌を遂げた。熱い空気にいきなり横様《よこざま》に押し倒されたかと思うと、続いて窓ガラスの破片が雨のごとく降り注いできた。地面に叩きつけられる寸前、家の前面に顔を向けた。トレーヴァーが塵《ちり》の雲に呑みこまれ、蝶番《ちょうつがい》から引きはがされた戸板が回転しながら私道を横切っていくのが見えた。戸板は真向かいの家の壁にぶつかって停まった。

次の瞬間には、すべてが終わっていた。瞬《まばた》き一つのあいだに、すべてが。

私は濡れた地面に転がっていた。塵の苦い味が口のなかに広がっていく。膝立ちになり、こめかみに手を触れてみた。頬を血の小川が伝っていた。鼻からも出血している。さらに上のほうに手をやると、生え際に近い頭皮に五セント硬貨大のガラスの破片が食いこんでいた。爆発音そのものは聞こえなかったのに、そのあとに訪れた静寂は鼓膜に突き刺さるようだった。爆風が屍衣《しい》に姿を変えて一帯を覆い尽くしたかのような静寂。空気まで、死んで空っぽになったみたいな感触がした。爆発によって、生命の存在しない穴が宙に生まれたかのようだった。雨粒が地面を叩くぱたぱたという音だけが、感覚の一掃された奇妙な静寂を邪魔していた。爆薬の刺激臭が充満している。ほんの一瞬、くらりと来てまた倒れかけたが、どうにか体勢を立て直した。

トレーヴァーの茶色の靴が片方だけ、玄関ポーチの階段の一段めにぽつんと残っている。紐の蝶結びはほどけていない。トレーヴァー本人は私道の真ん中にあおむけに横たわっていた。靴の脱げたほうの足がもう一方のすねの辺りに載っている。緑色の靴下は、靴を履かずに庭で遊び回っていた子どものそれのように、半分脱げかけていた。

そばに行ってかがみこんだ。トレーヴァーの焦点を失った目は、開いたまま動かない。顔じゅうに無数の細かな切り傷があり、衝撃で破裂した血管が蜘蛛《くも》の巣に似た繊細な模様を描いていた。腕は両方とも頭の上に投げ出されていて、スポーツジャケットが肘のあたりまで脱げていた。シャツのボタンは一つ残らずみごとに吹き飛び、前がはだけて胸が露出している。雨の滴が腹部に降った塵や砂粒を洗い流し始めていた。

「デイヴ？」

聞こえているのだとしても、反応はなかった。指で首筋をたどる。かすかな脈が感じ取れた。胸も弱々しい呼吸に合わせて浅く上下している。

「デイヴ、聞こえる？」

目の表情に微妙な変化があった。

「爆発が起きたの。あなたは怪我をしてる」

トレーヴァーの唇が動いたが、声は出ない。また唇が動く。今度はささやくような声が聞こえた。「それ、冗談ですよね」

一軒の家から、三十代のメキシコ系の女性が怯えきった顔つきで出てきた。

「英語、わかります？」私は大きな声で訊いた。

女性がうなずく。

「九一一に通報してください。警察官が負傷したと」

「電話、ないよ」

私はトレーヴァーに向き直った。目は少し前のようにうつろになっている。私は立ち上がると、車のほうに歩きだした。車には無線機が積んである。しかし途中でサイレンの音が聞こえてきた。目的地はここのようだ。それでも車まで行って〝警察官が負傷〟と無線連絡した。こうしておけば、充分すぎるほどの数の救急隊や消防隊が駆けつけてくるはずだ。

トレーヴァーのそばに戻ろうとしたとき、どの家の窓ガラスも割れて、破片がドライブウェイに散らばっていることに気づいた。額から流れた血がまたしても目に入りかけた。頭皮に食いこんだ小さなガラス片におそるおそる触ってみる。トレーヴァーの脈をもう一度確かめた。さっきと変わっていない。顔を見ると、白目をむいていた。

グロックを抜き、スウィーニーの家の玄関に近づいた。ばらばらになりかけた戸枠は、一本の釘だけでかろうじてぶら下がっている。銃口を持ち上げ、スウィーニーがほかにも悪意ある仕掛けをしていないか、室内を確認した。爆弾があった位置より奥のものは、まるで何事もなかったように無傷だった。キッチンの隅の小さなテーブルに、コーヒーが半分入ったマグカップ。その隣のビールの空き瓶数本は、倒れもせずに立っている。対照的に、部屋の三分の一、爆風に襲われた部分はめちゃくちゃだった。木製の家具は文字どおり木っ端みじんになり、漆喰の壁は砕けて床に横たわっている。

思考を鈍らせていた衝撃の霧が晴れ始めたところで、焼け焦げた板張りの床に、起爆装置の破片やワイヤ類が散らばっていることにようやく気がついた。銃をホルスターに収めてトレーヴァーのところに駆け戻ったとき、やかましいサイレンの音とともにパトロールカーの最初の一団が到着した。そのすぐ後ろから消防車が、さらにその後ろから救急隊も来た。それでも遠くの空から響くサイレンの音はやまなかった。〝警察官が負傷〟の通報ほど、警察や消防の人員を現場に急がせるものはない。そして、それほど彼らを怯えさせるものもない。

トレーヴァーの傍らに立ち尽くし、せめて何か役に立てればいいのにと思った。下手なことをせずにいるのが一番だという悲しい現実。自分の無力を痛切に感じた。制服警官が一人近づいてきて何か言ったが、私には聞き取れなかった。救急隊がトレーヴァーを囲んで手当を始めた。救急隊の一人が私の腕をそっと引っ張り、別の家のポーチの階段に座らせると、青いラテックスの手袋をはめた。その青は、雨のなかでやけに鮮やかに映った。

救急隊員は私の顔の前に指を一本立てると、ゆっくり左右に動かした。「目で追ってください。できますか」

私はうなずいた。「ええ」

そのあと、頭皮に刺さったガラス片を抜いて圧迫ガーゼを貼ってくれた。私はトレーヴァーのほうを見やった。消防士や救急隊員の黄色いジャケットに囲まれて姿は見えない。十名を超える制服警官が到着して、現場となった一軒家の封鎖を始めていた。誰かが爆弾処理班を要請している。そのころになって初めて頭の傷の痛みを感じた。さらに、いまさら爆発音が聴覚に届いたかのように耳鳴りが始まった。スウィーニーの家を、吹き飛ばされた玄関を見つめ、そこに意識を集中しようとした。思い出さなくてはいけないことがあるような気がする。何だろう。私の思考は機能停止に陥っていた。

別の制服警官が傍らにしゃがんで話しかけてきた。「何があったのか話していただけますか……」

救急隊員は矢継ぎ早に質問を浴びせかけてくる。「ほかに怪我は？」

緊急車両がサイレンを鳴らしながら次々と到着して、現場は音のシーツで幾重にもくるまれた。私は玄関を凝視し、頭のなかで渦を巻くいくつもの声から逃れようとした。何を思い出さなくてはならないのか。救急隊員が私を立ち上がらせ、銀色の保温ブランケットを肩にかけた。

「脳震盪《のうしんとう》が心配ですね。それから、その傷は縫わないと」そう言って私を救急車のほうに連れていこうとした。

そのとき、閃いた。私は振り返って壊れた玄関を見つめた。小切手偽造程度の前科しかない男に、あのような手の込んだ爆破装置が作れるものだろうか。スキーマスクをかぶって生花店で銃の引き金を引くのと同じくらい、ありそうにないことに思える。

数人の救急隊員に追い越された。待機していた救急車に向かって、トレーヴァーを乗せた担架を運んでいく。トレーヴァーの体はストラップで固定され、首にはブレースが装着されていた。私はトレーヴァーが救急車のなかに吸いこまれるのを見届けてから、もう一度スウィーニーの家のほうを振り返った。

スウィーニーには爆弾を作るのは無理だとしたら、あれは誰を狙って仕掛けられたものなのだろう。私たちか？　それとも……スウィーニーを吹き飛ばすのが目的だったのか。絶対に確かだと言いきれるのは、いま目の前にあるものだけだった。黄色い立入禁止のテープを張り渡している警察官たち。玄関ポーチの階段の上で、次の一歩を踏み出そうと構えているみたいなトレーヴァーの茶色の靴。カルニタスの食欲を刺激する香り。そして、爆薬のいやな臭いを洗い流そうとしている雨。

「もし家のなかに入ってたら、トレーヴァーは即死してたでしょう。戸口で立ち止まって〝警察だ〟って呼びかけただけだったのが幸いしましたね」爆弾処理班の刑事が言った。「今回の爆弾は、ごく限られた範囲を狙い、ごく限られた目的を持って作られたものです。ドアを開けっ放しにして、しかもなかに入らずにいたおかげで、爆風は犯人が想定していたよりも広範囲に拡散した。ゆえに威力も減少したというわけです」

午後五時。爆発から七時間が経過していた。トレーヴァーは集中治療室に収容されている。戸枠からちぎれ飛んだドアがまともにぶつかって、頭骨に毛髪くらいの細さのひびが入っているらしい。多量の鎮静剤を投与されてはいるが、意識は回復していた。まぶたの腫《は》れが引くまでは、右目の視力が損なわれていないかどうか、判断のしようがない。主治医によれば、空飛ぶドアの直撃を食らって自分も一緒に私道の真ん中まで飛んだことを考えれば、この程度ですんで幸運だという。そこで、これを幸運だと思うあなたは、ラスヴェガスには足を向けないほうが無難だと言っておいた。

私は頭の傷を四針縫った。耳鳴りも残っている。全身が泥だらけだし、片方の鼻の穴は、すでに血でぐっしょりになった綿で栓をしてある。私が市警に入って以来、母が恐れ続けていた悪夢が現実になった。私が殉職することではない。外見的な魅力を失い、したがって配偶者としての魅力を失うことだ。丸めた綿を鼻の穴に突っこんでいようがいまいが、そもそも私は妻という役割に向かないことを理解してくれていたら、私と母との関係はもっと和やかなものだったろう。

救急治療室からトレーヴァーの奥さんに電話をかけ、彼が爆発に巻きこまれたこと、命には別状がないことを伝えた。私が最悪のニュースを隠しているのではと不安なのか、私の話に穴を探すように細部まで追及された。涙を堪《こら》えているのが電話を介してもわかった。「警《けい》邏課《らか》から転属になったとき、これでもう心配せずにすむと思ったのに……刑事は怪我とは無縁のはずだもの」

レーシーがテレビのニュースか何かで事件を聞きつけているかもしれないと考え、ついでに自宅にかけて、留守電に私は無事だとメッセージを残した。

毛布を頭からかぶって横になりたかった。だが私は、こうして現場のバンガローに戻り、靴の上からビニールのブーツを履いて、爆弾処理班のディラン・ハリソンの説明を聞いている。ハリソンは三十七歳で、私が思うに、天才だ。夜中に、昼日中に――ともかく時間を問わず――どかんと破裂するものを好む天才。同僚の大多数と同じく、ハリソンも市警のほかのあらゆる部署を転々としたあと、爆弾処理班に安住の地を見いだした。容姿端麗なのに、本人は気づかずにいるらしい。それどころか、それが足手まといになっているのでは、当人は迷惑に感じているのではと思える瞬間さえある。部屋の一つを横切るハリソンは、自分をつけ狙う肉食獣にわずかの手がかりも与えないよう、足を下ろす場所を慎重に選びながら行く野生の鹿を思わせた。髪は金色、瞳は緑色で、威圧感はないがたくましい体つきをしている。傍から見ていると、その体はじつは他人のもので、自分は一時的に間借りしているだけだとでもいうようだった。自分の肉体に対して違和感を抱いているのだなと思うとき、私の心には、知り合いの女性たちの顔がいくつも浮かぶ。

職務記録には何の記載もないが、過去に身体的または精神的な、あるいはその両方にひどい傷を負った経験があるのではないだろうか。その痛みを、人を惹きつけるルックスという仮面で隠している。それ以外のすべては、爆弾を扱うことによって隠している。

爆発が起きた瞬間にトレーヴァーが立っていた戸口に私も立ち、そこから室内をながめてみた。壁も床も、爆破装置の破片がめりこんでいる位置を示す小さな丸印だらけだ。ふとハリソンの姿が目に入って、ついさっき彼に言われたことを早くもきれいさっぱり忘れていることに気づいた。「えっと、それって要するにどういうこと……?」そう訊いてごまかす。

「迷わずなかに入ってドアを閉めるはずの人物を狙って仕掛けられた爆弾だということです」

ハリソンはそう答えて私の顔を見つめた。たったいま自分が並べたパズルのピースを、私がちゃんと組み上げられるか様子をうかがっている。私を試しているのだ。上官をテストする刑事などそうはいない。といっても、ハリソンはそこらの刑事と一緒にはできない。

「たとえば帰宅した人物とか」私は言った。

ハリソンがうなずく。「おそらく、この家の住人のために作られた爆弾でしょう」

「スウィーニーは、誰かが訪ねてくると予想してたのかも。たとえば私たちとか」本当にその可能性があると考えたわけではないが、ハリソンの思考プロセスを観察してみたかった。

「期待どおりの結果になるかどうかわからないのに、手の込んだ装置をわざわざ作るとは思えません」

「殺すのが目的ではなかったとしたら？　何らかの声明代わりとか。過去にもそういう爆破犯はいたわ」

「それは事実です。ただ、その手の犯人は通例、大勢が集まる場所をターゲットに選びます。車や郵便ポスト、デパート、バスの停留所、ショッピングセンター。あとは中絶手術を行なう病院とか」

「ユナボマーが代表例ね」

ハリソンは首を縦に振った。「今回の狙いは暗殺でしょう」

「この場合は〝殺人〟のほうが適切じゃない？」

「ああ、そうですね」ハリソンは〝殺人〟という言葉に動揺したような声で応じた。

私はしばし考えを巡らせた。「つまり、スウィーニー自身が爆弾を作った可能性は低い、と。よほど華々しく自殺したかったのでもないかぎり」

「玄関を開けたら破裂する爆弾で自殺する人間なんて、まずいません」

人はじつに多彩な方法でこの世に別れを告げるものだということを私は知っている。それでも、ハリソンの見解に異議はなかった。

「真の狙いがスウィーニーだったなら——たとえば銃で撃ち殺さなかったのはなぜ？」

「血でしょうね」ハリソンは当たり前のように答えた。

「どういうこと？」

「あまりに生々しいということですよ。爆破犯は他人との接触を好みません。爆弾を使うのは、それが一種のフィクションを生むからです。銃の引き金を引いても、何も生まれない—

「フィクション？」

「爆発は創造する行為です。銃を使うのは終止符を打つ行為です」

「ああ、わかった。支配感の問題ね」

「そうです。銃を使う人間はただの殺人者だ。でも、爆弾を使う人間は、単なる死以上のものを求めるわけです」

ハリソンの腰のホルスターに収まった九ミリ銃にちらりと目をやって、ふと思った――彼は自分の話をしているのだろうか。いざとなったとき、彼はこの銃を使うことができるのか。自分の命を守るにはそれしかないという状況に直面したとき、容疑者に銃口を向けて引き金を引くことができるのか。わからない。

「犯人について、爆弾からほかに何か読み取れる？」

ハリソンは床に膝をつき、爆弾が置かれていた爆源を調べた。彼の心の一部は、いま視覚がとらえているものに畏怖の念を抱いていたりするのだろうか。爆発物にわずかの魅力も感じないなら、そもそも爆発物の専門家になどならないはずだ。

「手利きですね。危険な人物だ。楽しんで仕事をしてる。用心深い男でもあります。その辺の金物屋や模型屋に行けば誰だって買える部品しか使っていませんから。販路をたどれそうなものは一つもありません。残留物の化学分析の結果を待てば、手製の爆弾なのか、完成品を手に入れて使っただけなのかくらいはわかるでしょうが」

「〝用心深い男〟？　男だと思うのね？」

そう訊き返されたのは意外だったらしい。めったに笑顔を見せないハリソンが口もとをゆるめた。「女の爆破犯はいない。爆弾は男のものです。女なら銃を使うでしょう」

ハリソンの目が部屋のあちこちを忙しく動き回った。まるで出口を探してでもいるみたいだった。私の読みは当たっていたようだ。ハリソンは過去に何らかの傷を負っている。おそらくは女に心臓を貫かれたのだ。夢のなかで、その女の目はいまも彼を狙っているのだろう。ただ、ハリソンの指摘には納得がいった。女なら、導火線に火をつけるより、銃の引き金を引くだろう。そう考えるとなんとなく心が慰められたが、なぜなのかはわからない。

鑑識班が爆弾の破片を採集し終えるのを待って、私たちはバンガロー式住宅に残されたスウィーニーの生活の断片を徹底的に調べた。しかし、それでわかったのは、ボクサーショーツを愛用し、安物の服ばかりを購入していたことくらいだった。家族の写真や手紙、アドレス帳、銀行取引明細書、小切手など、私物らしい私物は何一つ見つからない。電話の横にお気に入りのペンが置かれていることもなく、冷蔵庫のドアに磁石で何かが留めてあることもなかった。ベッドの隣の安手の小さなドレッサーの上にも何もない。冷蔵庫に入っているのも、個性を埋没させるために用意されたかのような、電子レンジで温めるだけのディナーセットばかりだった。ウェストのサイズが八十六センチであること、風味の乏しい食事を好むこと。結局、スウィーニーについて得られた情報はそれだけだった。私が過去につきあった男たちの大部分と何ら変わらないということだ。

ただ、スウィーニーに関して断言できること、しかもおそらく何より重要な事実が一つある。スウィーニーはダニエル・フィンリー殺害事件について何か知っていて、そのために命を狙われたということだ。若き天才、ハリソン刑事の見立てが正しければ、この家に爆弾を仕掛けた男は、おそらく、ダニエル・フィンリーの後頭部に生々しく銃弾を送りこんだのとは別の人物だ。つまり私が追うべき殺人犯は一人ではなく二人だということになる。

「トレーヴァーのピンチヒッターが必要なの。どう？」

「いや、僕の専門は殺人じゃありませんから」

「私の専門だって爆弾じゃないわ」

ハリソンの頭のなかが透けて見えるようだった。与えられた難題を解決しようと必死に考えている。ちょうど、爆弾の複雑な配線をたどるように。赤はこっち、青はこっち、こいつを切っちゃまずい。おっと、この二つのワイヤは絶対に触れさせちゃだめだ、その時点でパーティはお開きになるぞ。

「その……死体を見たりするのは苦手なほうなので」

「大丈夫……せいぜい、どの部位なのか見当もつかない断片を見るくらいですむはず」

いやな記憶でも蘇ったか、ハリソンはほんの一瞬、表情を歪《ゆが》めた。「とにかく……」

「あなたの意向を確かめたわけじゃないわ。もう決まったことだと思って」私はさえぎった。

「でも、上の承認をもらわなくていいんですか」

「殺人課の課長にはね、捜査班に誰を加えるか決める権限があるの」

「そしてあなたは殺人課の課長だというわけだ」

「そのとおり」

殺人課の捜査班に誘われることをある種の罰だと解釈する警察官など、これまでお目にかかったことがない。ハリソンは、何年も洞窟のなかで暮らしたあと、まぶしい陽射しのもとに放り出されたみたいな顔をしていた。世界はあまりにも広くて、とても自分の手には負えそうにないと愕然《がくぜん》としているみたいな。

「あくまでも臨時の助っ人として」

「それなら」ハリソンの目はいっさいの感情を映していなかった。端麗な容姿という隠れ家の奥に元どおり退却してしまったのだ。

小さなバンガローに囲まれた私道に出て、黄色いテープの際まで歩いた。雨は上がっていたが、路面はまだ乾ききっておらず、山々の頂も垂れこめた雲に覆われている。靴の上に履いていたビニールのブーツを脱ぎ、鑑識班に返却した。

ハリソンはスウィーニーの家から出て、向かいの家の外壁に突き刺さったドアを調べていた。犯行現場より、遺跡発掘現場のほうが似合いそうな風貌だった。彼は新しい任務を歓迎していない。だが、私には、だからこそ彼が適任だと思えた。強すぎる熱意は要注意だからだ。そう教えてくれたのはたしか母だった。ただし、母が言っていたのはセックスの話で、野心のことではない。

車に乗りこみ、濡れたままの路面を走りだす。両側には古風な石造りのクラフツマンコテージや、テラコッタタイルの屋根をのせたスペイン風の平家などが並んでいた。病院に寄ってデイヴの顔を見たら、まっすぐ家に帰って、娘との関係がスウィーニーの家よりいくらかでもましな状態にあるかどうか確かめてみるとしよう。

4

マリポサ・ストリートの自宅のガレージに車を乗り入れた。レーシーは帰宅しているようだ。キッチンに入ると、家の奥側に位置するレーシーの部屋からテレビの音が聞こえた。流しの隣に、食べ残しのサラダの皿が置いてある。こんな食事では、仔犬だって生きていけないだろう。もっと料理をしてやれたら。料理教室にでも通えたら。いや、通えばいいのだ。その気になりさえすればできるはずだ。

キッチンを素通りしてリビングルームに行き、廊下を進んで、レーシーの部屋の前に立つ。ノックはしなかった。声もかけなかった。ただドアを見つめた。

「入ってもいい？」

「いいけど」そう返事があった。

ドアを開けてなかに入る。レーシーの視線が血でふさがった私の鼻の穴で一瞬止まり、次に上昇してこめかみのすぐ上の縫合された傷でまた止まった。レーシーは耳抜きでもしようとしているみたいに口を開けた。頬がふいに赤みを帯びたが、すぐにすべての色を失った。

「ママだったんだ……爆弾に巻きこまれたって」レーシーの声は、感情を抑えきれずに震えていた。

「ママなら平気だから」

「ニュース見たよ。刑事が怪我したって言ってた。もしかしてデイヴのこと？」

私はベッドに腰を下ろしてうなずいた。「そう。頭の骨にひびが入ってね、かなり重傷なのよ。でも、お医者さんは命には別状ないって」

「どうして電話してくれなかったの」

「したわよ。留守番にメッセージを入れておいた」

「メッセージなんて一つもなかったよ」

「あら、故障かしらね」

「かもね」

しばし留守電のことを考えた。その先を考えまいとしても、自分を止められない。レーシーは私のメッセージを聞いたうえで、昨夜《ゆうべ》、娘を一人にして仕事に戻った母親にささやかな意地悪をしようとしているのか。あとになって取り消したくなるようなことを言ってしまう前にその考えを頭から追い払おうとしたとき、レーシーが先に口を開いてくれて救われた。

「あたしもニュースに出たんだよ。インタビューされたの。どうしてあんなことしたのかって」

私は一つ深呼吸をして言った。「マスコミに話をする前に、ママと話をしてくれればよかったのに」

「だって、ママは関係ないでしょ。これはあたしの問題だよ」

　点火。

「そういう意味じゃないわ。あなたが食い物にされかねないってことよ。慎重にならないと、マスコミに利用される」

「利用してるのはあたしのほうだと思うけどな」

「ええ、ええ、そうでしょうね」

　打ち上げ。

「ねえ、何が言いたいの？」

「別に」

「怪我したからって、昨夜のことは謝らないからね」

「いいえ、謝ってもらいたいわね。ただし、ママが怪我をしたからじゃない。何をするつもりか、ちゃんと事前に話してくれなかったからよ」

「事前に知ってたら、ママも共犯になってたよ」

「事前に知ってたら、あなたを止めてたわ」

「ほら、やっぱり。直接行動を成功させるにはね、秘密にしておくしかないんだよ」

〝直接行動〟──そのあまりにも政治色の濃い言葉遣いは、連鎖球菌のように喉の奥に張りついて、なかなか出ていこうとしなかった。「直接行動？」

「そう。昨日みたいなの、直接行動って呼ぶんだよ」

「誰がそう呼ぶの？　まるで政治活動家みたいな言いかたね」

「ママこそ刑事みたい。あのさ、たかが美人コンテストだし、ちょっとは褒めてくれたっていいんじゃない」

「褒めるなんてとんでもない」

「ありがとう、ママ。あたしは自分の信念に従って行動したんだよ。チャンスがあればまたやるから」

「今日はいろいろあってね、疲れてるのよ。議論は勘弁して」

「議論してるつもりなんかないけど」

「でも嘘はついたでしょ」

「いつ？」

「何も言わないのは嘘をつくのと一緒」

「ママだってあたしに隠し事するの、得意じゃない」

ぐさりときた。

「やめて！」私は叫んだ。「いいかげんにして！」

レーシーは一つ大きく息を吸ってまなじりを上げた。強気な態度を崩すまいと必死になっているのがわかる。だが、その態度にはひび割れが見え始めていた。この子はすでに父親を失っている。そして私は何年も前、刑事だからといって私の身に何か起きることなど決してないと約束した。ところがどうだ、パートナーは病院にいて、私は今日、その約束をあやうく破りかけた。その事実の重みが肩にのしかかる。娘の信頼を裏切ったような気がした。とんでもなく無責任なことをしてしまったような。こうして娘の顔を見ていると、どんなにちっぽけなものであろうとリスクを冒した自分が信じられなくなる。

「怖くなっただけ」レーシーが言った。

目頭が熱くなった。「ごめんね」

両手で娘を抱き寄せた。いつまでもそうしていたかった。レーシーが私の肩に額を埋める。たとえ一時《いっとき》のことであれ、幼い子どもに返ろうとしているのが、私に母親らしいふるまいを許そうとしているのがわかった。しかし、私の母親としての腕はすっかりなまってしまっていた――レーシーの子どもとしての腕も。

レーシーが抱擁から逃れていき、何か言いたげに私を見つめた。しかし、結局一言も口にしないまま、テレビの消音モードをリモコンで解除して、まっすぐ前を見つめた。私は立ち上がり、さっきの会話を手でかき集めて部屋の外に投げ捨てることができるなら、すぐにでもそうするのにと思った。そうすれば、〝愛してる〟と伝えて、やり直すことができる。だが、私は黙って向きを変え、廊下に出てドアを閉めた。

キッチンに戻り、ペーパータオルで鼻をかんだ。空腹は感じていたが、料理をする気力はなく、レーシーのサラダの残りをつつくだけですませた。それから、どうしても疑念を解消せずにはいられなくなって、留守番電話を確かめにいった。メッセージを入れたのは確かだ。しかしレーシーが言ったとおり、録音件数はゼロと表示されている。念のため再生ボタンを押してみた。やはり何も録音されていない。機械の調子が悪いだけのことかもしれないが、今回のようなトラブルはこれまで一度もなかった。ふう、こんなことをしているのは母親としてなのだろうか。それとも刑事として？　何のために？　気にしないこと――そう自分に言い聞かせた。ベッドに入って毛布にくるまり、忘れることだ。

寝室を暗くして横になり、頭を空っぽにしようとした。しかし、今日一日のいろんな出来事のうちの最後の一つが心にいつまでも居座って眠気を押しのけていた。レーシーが〝直接行動〟などという言葉を使った。私は刑事として、場にそぐわないものを見つけ出すことに長《た》けている。一方、母親としてのスキルは、みごとに忘れてしまっている。それでも、レーシーの言葉遣いに関しては、私のなかの刑事だけでなく、母親のほうも違和感を察知した。レーシーらしくない。私が知っている娘は、あるいは私が知っているつもりでいた娘は、過去に一度もそんな言葉を使ったことがない。〝直接行動〟。いったいどこで覚えたのだ？　と言うより、いったい誰がそんな言葉を娘に教えたのだ？

翌朝、車で出勤するとき、ラジオ番組はまだレーシーの事件を論じていた。聞こえてくるいくつかの声は、まるで私の娘がクーデターを企てたか、リンカーン記念堂に不埒《ふらち》な落書きでもしたかのような激しい怒りを露《あらわ》にしていた。レーシーはパサデナ市民のプライドをそれだけ深く傷つけたということだ。「ローズパレード百年の歴史始まって以来の……」そういった非難の矛先が自分の娘でなかったら、世間のあまりの騒ぎようを嗤《わら》っているところだろう。しかし、身内が標的にされている場面では、その滑稽さの下に隠れた敵意をあっさり無視することなどできない。私はラジオを消し、頭から雑念を追い払って、今日の仕事に集中しようとした。

前夜の嵐は風車のように回転しながら東のモハーヴェ砂漠へ去っていた。野生のセージのさわやかな香りが空気を満たしている。空の抜けるような青さは、ニューイングランドの秋の朝のすがすがしさに包まれているような錯覚を与えた。ここが南カリフォルニアとは信じがたい。だが、西に顔を向け、空と海の境目にサンタカタリナ島を雲のように浮かべた灰色の太平洋が目に入ったとたん、現実に引き戻された。

オフィスに入ると、ハリソンが待っていた。少しでも眠れたかどうか、表情からはわからない。ジャケットとパンツはしわくちゃだったし、ネクタイは十年も結びっぱなしだとしてもおかしくない。

「服を着たまま寝たみたい」私は言った。

ハリソンは自分のスーツを見下ろしてしかめ面を作った。「爆弾処理班じゃスーツの出番なんてめったにありませんから。しばらくぶりに引っ張り出したんです」

「冠婚葬祭用？」

「まあ、そんなところかな。着たのは……結婚式で一度、葬式で一度」

その言葉は、予期していなかった重みを持っていた。二杯めのコーヒーを飲むまでちょっと待っていてくれと言いたくなるような重み。もしかしたら、二杯めを飲み終えたあとでも、やはり正面から向き合うのは荷が重すぎるかもしれない。私は急いで話題を変えた。

「スウィーニーの現場の検証は完了した？」

ハリソンはうなずいて、私のデスクを指さした。「報告書にまとめました。化学分析の結果はまだですが。今日の午後には出てくるでしょう。ただ、分析に手こずるような試料があれば、明日にずれこむかもしれません」

私は報告書を手に取った。シングルスペースで六ページ。こんなに大量の文字が打たれた報告書は、ここ十年、見たことがない。

「新しい発見はあった？」

「一つだけ」

私は黙って待った。ハリソンは考えを言葉に変換するのに手間取っているようだった。

「どんな発見？」ついに待ちきれなくなって、私はそう促した。

「僕は間違ってました」

「何に関して？」

「普及品ばかりが使われてると思ってました。どこでも手に入る部品ばかりだと」

「違ったの？」

「ええ、一部が。爆薬は二種類ありました。一つは、その辺で買える単純な火薬です。たぶん花火のものをほぐしたんでしょう。ところがその内側に、軍用グレードのプラスチック爆薬が仕込まれてました。国内では入手がひじょうに困難なものです」

それを聞いて即座に思い浮かんだこと――ブリームはメキシコから生花を輸入していた。

「メキシコで手に入れたという可能性はある？」

「アメリカ国内よりは簡単でしょうね。しかも入手経路の追跡は不可能です」ハリソンは理科の実験に目を輝かせている子どもみたいに微笑んだ。

「化学分析の結果が出てないのに、どうして軍用グレードだってわかるの？」

「爆薬は固有の特徴を残すものなんですよ。何を探すべきかさえ心得ていれば、使われた爆薬についていろんな情報を得ることができます。単純な火薬程度では、あれだけ威力のある爆発を起こすのは無理です。だから、ほかにも何か使われたとわかりました」

「〝$E=mc^2$〟の類ね」

ハリソンはうなずいたものの、私が何もわかっていないくせに特殊相対性理論の公式などを持ち出したことに、窮屈な靴を無理に履かされたような居心地の悪さを感じているようだった。「ええ、まあ」

「入手経路がたどれないなら、それを使ったことをどうして隠そうとしたのかしら」

「そのほうが楽しいからでしょう」

「楽しい？」嫌悪感を隠しきれずに訊き返した。

「爆弾の作り手にとってはゲームなんですよ。自爆犯人となると、話はまた別ですが」

私は椅子の背にもたれて首を振った。「かなり歪んだ心理だわね」

「爆弾を作る人間は、概して病んでます。プロファイラーなら一度分析してみたいと願うような人種ぞろいですよ」

ノックの音がして、ノースという刑事がオフィスに入ってきた。市警では古株の一人で、離婚後に子どもを引き取って一人で育てながら、コレステロールとバド・ライトの連合軍との熾烈《しれつ》な戦いを長年続けている。薄くなり始めた髪は赤みの強い色をしていて、頬も酒焼けしてやはり赤かった。「ブリームとフィンリーの自宅の捜索令状が出ました。よければ俺たちで行ってきますが」

「紙という紙はすべて押収してね。自宅と車の両方から。ごみ箱も忘れずに」そう言ってすぐに訂正した。「とくにごみ箱は念入りに捜索して」

「店を開けられないことにブリームが文句を言ってきてましたけど」

私は〝だから何？〟という目でノースを見返した。

「わかりました、適当にあしらっときます」ノースは出ていきがけにハリソンを一瞥《いちべつ》して言った。「いいな、そのスーツ」

電話が鳴った。直通番号にかかっていることを示すランプがともっている。「デリーロです」

「ママ」レーシーだった。声がふだんより一オクターブくらい高く聞こえる。

「レーシー、どうしたの、何かあったの？」

「追い返された」

「誰に？」

「学校。停学だって。糞ったれパークスから呼び出しまで食らった。校長室に出頭せよだってさ」

ふつうならもうクリスマス休暇に入っている時期だが、レーシーの学校では冬休みを三日短縮して、その分をエアコンが必要な季節の休みに回している。

「ママも一緒に一時に来てだって」

別の回線に電話がかかった。「あ、ちょっと待ってて、レーシー」

回線を切り替える。トーランドというパトロール警官からだった。「警部補。涸《か》れ谷で死体が見つかりました。来ていただけますか。殺しかもしれませんので」

パサデナ市の人口はわずか三万六千だ。なのに、三日間で変死者が二人。この市としては空前の犯罪ラッシュだ。

「どこ？」

「キャスティング・クラブの池のそばの駐車場です」

「行くわ」

レーシーの回線に戻る。「レーシー」

「教師って頭堅すぎ」

「いまどこにいるの？」

「スターバックス」

一呼吸置いた。耳もとでまた一つ爆発が起きたみたいに頭が割れそうだ。「あとでうちに電話するから。そのときゆっくり相談しましょう」

「たかだか美人コンテストをぶち壊しただけだよ。赤ちゃんを誘拐したとかじゃなく。まったく、どうかしてるよね。自分たちが地球環境にどんなひどいことしてるか、まるきりわかってないとしか思えない」

「そのようね」

「ねえ、それしか言うことないわけ、ママ？」

少しでも頭痛を和らげようと、人差し指をこめかみに当て、小さな円を描くようにして揉《も》みほぐした。しっかりしなさい、せっかく仕事にも子どもにも恵まれてるんじゃない。あなたは新しい世代の母親なのよ。やれやれ。そう考えている間も、ほんの一瞬、二層になった爆薬が私の意識を占領した。

「そうね、いまのところは」私は答えた。

「さすが」レーシーはそれだけ言ってぷつりと電話を切った。

受話器を置き、オフィスのドアをぼんやりと見つめた。椅子に座っていたハリソンが落ち着かない様子で身動きをした。私ははっとしてそちらに目を移した。彼がいることを半分忘れていた。ハリソンは、訊きたいことがあるのに、どう尋ねていいか困っているみたいな顔をしていた。

「もう一つ電話させて」私は言った。

「外で待ちます」ハリソンは立ち上がって出て行こうとした。

「ねえ、爆薬が国内で調達されたものではないと断言できる？」私は訊いた。

「確認しましたから。軍用の爆薬は厳しく管理されてるんです」

「確認？　誰に？」

「軍にちょっとしたコネがありまして」

「いつ問い合わせたの？」

「夜のうちに。僕は眠らないので」

「まったく？」

「ときどきは眠りたくなることもありますが」

そのとき、ふと思い出した。ハリソンは何かを説明しようとしていたのに、邪魔が入ってそのままになっていた。「まだ続きがあるのね。その爆薬は何か特殊なの？」

「ああ、はい」レシピに書かれている材料をうっかり入れ忘れていたことに気づいたみたいな口調だった。「完全な無臭なんです」

私は少し考えてから訊いた。「爆薬が？」

「ええ」

「犬も嗅ぎ分けられないの？」

「犬でも無理です。しかも、爆発したあと、痕跡をほとんどまったく残さない。だから、危険なんです。だから、軍も厳しく管理してる」

「そんなものがなぜメキシコに？」

「開発したのはアメリカではありません。イスラエルが開発して、メキシコ軍が購入したんです」

その爆薬の全体像が――少なくともイメージの一部が――現像液に浸された写真の画像のようにおぼろに浮かび上がってきた。そこに見えたものは、私を心底怯えさせた。テレビカメラを集めてラスヴェガスの古いカジノを解体するのに使う爆薬とは根本的に違うのだ。石炭を掘り出すために山を切り崩すのに使う爆薬とも違う。「暗殺用に開発された爆薬だということね？　たとえば玄関から入ってきた人物を吹き飛ばすために」

ハリソンはそうだとうなずき、表情一つ変えずに付け加えた。「ほかには、自動車爆弾にも使われます」

同じ絵にスウィーニーを当てはめるのには、どうにも無理がある。「けちな小切手偽造犯を始末するためにそんなごたいそうなものを持ち出す理由は何？」

ハリソンの目は、これまで誰にも解けていない方程式に挑むＵＣＬＡの物理学教授のような真剣味を帯びた。「そこが興味深いんです」

「どう興味深いの？」

「犯人は、ごたいそうな爆薬を使ったという事実を別の火薬で隠そうとした。なぜ隠そうとしたか。筋の通る説明は一つしか存在しません」

暗室のトレーに浮かぶイメージがまた少し鮮明になった。その絵にたどりつくのは、この世でおそらく刑事だけだろう。私は軽い吐き気を覚えた。「また使う予定があるから」

「ええ、そう考えるのが妥当でしょう」

その返答は部屋の空気に穴を空け、それは即座にぎこちない沈黙で埋め立てられた。レーシーの父親から、手術不能の脳腫瘍と診断されたと打ち明けられたときの心持ちと似ていた。できれば知らずにおきたかった未来が目の前に描き出される。いったん見てしまった以上、背を向けることはできない。レーシーと私は、彼が少しずつ死んでいくのをただ見守るしかなかった。

「ATFに連絡しますか」ハリソンが訊いた。

アルコール《A》たばこ《T》火器《F》局が乗りこんできて捜査を取り仕切る——その事態だけはなんとしても避けたかった。連邦組織は頭の堅い独裁者みたいなものだ。自分のやりかただけが正しいと信じて疑わない。

「立ち回りかたに気をつけて」私は言った。

「わかってます」ハリソンはさっそく出て行こうとした。

「私の理解が間違っていなければ、犯人がその爆薬を使ったという証拠は、痕跡が残っていないという一点だけなのよね？」

「消極的な事実から何かを証明するのは、一般に認められた手法です」

「殺人の捜査では認められてない」

ハリソンの口もとをかすかな笑みが横切った。「とにかく電話してきます」そう言い置いてオフィスを出ていく。

私は電話を見つめ、少し前に私の膝にぽんと置かれた歓迎しがたい現実を心のなかで復習した。それから、娘の通う学校に電話をかけた。事務職員の声は不機嫌そうだった。きっと電話に応対している暇もないほど仕事が山積みなのだろう。

「はい、マーシャル高校です」

「パサデナ市警のデリーロ警部補と申します。レーシー・デリーロの母親です。パークス校長先生はいらっしゃいますか」

規模がどれほど小さかろうと、相手が公的機関である場合、警察官であることを名乗るだけで、拍子抜けするほどスムーズに次のレベルに進ませてもらえることは経験から知っていた。思ったとおり、校歌『マーシャル・プライド』を二小節も聴かないうちに校長が電話に出た。

「ミズ・デリーロ。校長のパークスです」

パークス校長は、じつは子どもが苦手なのではないかと私はにらんでいる。教室から逃げ出す最初のチャンスに飛びついて管理職に移ったに違いない。勉強を教えられない教師は体育を教える。体育も教えられない教師は、校長になる。パークスは心の狭い人間だ。生徒の気持ちではなく、予算の数字ばかり気にしている。もしかしたら、生徒は敵だとさえ思っているのではなかろうか。

「デリーロ警部補です、パークス先生」銃を携帯しているのは彼ではなく私だということを明確に意識させようと、私はそう訂正した。「娘を帰宅させたそうですが」

「ええ、帰らせました。その件について、今日の午後にでも直接ご相談できないかと」

「停学の理由は何でしょうか」

「学校にいらしたときにご説明するつもりでおりました」

「のちほどうかがいます。ただ、とりあえず簡単に説明していただけませんか」

「わかりました。お嬢さんの最近の行動に、教職員も生徒も大きな失望を感じておりまして……」何らかの反応を引き出そうというのか、校長はそこでわざとらしく間を置いた。

「私は娘を誇りに思っています」とっさにそう言い返していた。自分でも少なからず驚いた。

「しかし……お嬢さんの件で生徒が浮き足立っておりましてね。とはいえ、停学の理由はそれではありません」

レーシーの言うとおりだ。この男は糞ったれだ。心理学で言う受動的攻撃性を持った石頭。生徒だけでなく保護者に対しても権威を振るって得意になっている。この手の輩《やから》は警察にもいる。不運にも彼らの部下になどなろうものなら、体まで壊しかねない。パークスはせいぜい子どもの心をぺしゃんこに踏みつけることしかできないだろう。だが、どちらのほうが有害なのか、私には即答できない。

「だったら、何が理由なんでしょう」まったくもどかしい。

「お嬢さんの安全を保障できないと判断したからです」まるでチアリーダーの新しいユニフォームの話でもしているみたいにお気楽な口ぶりだった。

思わず歯を食いしばった。怒りで頬が熱くなる。レーシーを罵倒するラジオから流れる顔のない声。母親として決して耳にしたくない言葉。それらが頭のなかでこだました。

「娘の安全？」

「そうです」

「脅迫でも受けたんでしょうか」

「ええ、そのようです」

「受けたようなんですか、受けたんですか」

「脅迫を受けました」

「学校の関係者からでしょうか」

「そこがはっきりしませんでね。それもあって、とりあえず——」

「とりあえず？」電話越しに手を伸ばして校長の胸ぐらをつかみたかった。「娘が脅迫を受けたと知ってて、母親に相談もせず、安全な学校からとりあえず追い出したということですか」

「在学生の安全をつねに最優先するというのが当校の方針で——」

「方針なんか糞くらえよ」

「ちょっと、どういう言い草ですか、それは」憤然とした声だった。その声はわずかに震えてもいた。こんなふうに他人に嚙みつかれるような局面は久しく経験していないに違いない。

「スクールポリス（学校の安全を守るためにアメリカの警察の多くに設けられている課。警備のために学校に常駐したり、場合によっては生徒を装って潜入したりといった任務を担う）には連絡してくださったんですよね？」私は確かめた。

「ええ」

「娘を学校から追い出す前ですか、あとですか」

長い沈黙があった。トラブルを予感して、いまのうちに言い訳を用意しておこうと知恵を絞っているのだろう。

「前ですか、あとですか」私は詰め寄った。

「あとです」

深呼吸をして怒りを鎮めようとした。が、パークス校長が先を続けて火に油を注いだ。

「ここは学校なんです、ミズ・デリーロ。学校には規則というものが——」

忍耐も限界だった。「規則なら私にもあります、パークス校長。生徒を故意に危険にさらす行為は、その規則に反します。法律でもそれは重罪に分類されている。娘にもしものことがあったら、何よりもまずおたくの学校に行ってあなたに手錠をかけ、全生徒が見守る前で連行します」

電話を切り、すぐに下階のスクールポリス課にかけた。ジェームズという女性警官が出た。その甲高くて幼い声から察するに、生徒の一人を装って高校に潜入するという任務を始終こなしているに違いない。

「殺人課のデリーロ警部補です」

「はい、警部補。どんなご用件でしょう」

「娘がマーシャル高校に通ってるんだけれど、学校に脅迫電話があったとかで。すでにそちらに連絡が行ってるそうなの。お手数だけど、ちょっと調べてもらえるかしら」

「わかりました。すぐに確認してご連絡します」

いったん切って、今度はレーシーの携帯電話にかけた。が、通信圏外にいるという案内が流れた。そこで自宅にかけ直し、家から出ないように、帰ったらすぐ連絡をくれるようにというメッセージを留守電に残した。

受話器を置き、デスクに飾られた、セコイアの森で撮ったレーシーの写真を見つめた。私自身、制服を着ていたころにも、私服刑事になってからも、数えきれないほどの脅迫を受けた。だが、どれもただの威《おど》しにすぎなかった。

しかし、今回の娘に対する脅迫は、過ぎてみればやはり単なる威しだったとわかるかもしれないと思っても、私の全身の神経を震え上がらせた。壁のコンセントに指でも突っこんだみたいだった。何であれ、私の手から娘を奪おうとするものは絶対に許せない。自分は暴力とは無縁だと信じてきたが、その瞬間、いざとなったら、私は実力行使も辞さないだろうと悟った。

電話が鳴った。私は飛びつくようにして受話器を取った。

「デリーロです」

「警部補。ジェームズ巡査です」

「どうだった？」

「学校に宛てて六件ほど電話がありました」

「どんな？」

「ただの悪戯《いたずら》と思われます」

「具体的にはどんな内容だったの？」

「お聞きにならないほうが――」

「聞いてみなければ、その人物がどこまで本気か、判断のしようがないでしょう」

「そうおっしゃるなら。えっと、四件は、お嬢さんをビッチ呼ばわりして、そいつを退学にしろ、そんなできそこないを教育するために税金を払っているわけじゃないといったような内容でした。この四つはあまり気にしなくてよさそうです。学校が問題視したのは、残りの二件です」

「どんな内容なの？」

「五件めはこうです。〈お前らがそのアマを学校から追い出さないなら、俺がこの世から追い出す〉」

「もう一つは？」

「〈レーシー・デリーロには自分のしたことの報いを受けてもらう。俺が代償を支払わせてやる〉。五件めと六件めは、同一人物かもしれません」

　息が止まりそうだった。つばを呑みこもうとしても、口がからからに渇いていてできない。彼らはレーシーを口汚く罵り、私の愛しい娘に罰を与えると宣言しているのだ。

「お嬢さんは帰宅されたようですね」ジェームズ巡査の声が聞こえた。

「学校が帰らせたの」

「校長と話をしてみます」

「いまお嬢さんがどちらにいらっしゃるかご存じですか、警部補」

「もうしたわ」

「スターバックスから電話してきた」

「いつもどこのスターバックスに行かれるんでしょう」

麻痺したように動けない。オフィスごと氷水に浸けられたかのようだった。「わからない」

「各店舗を確認します。お嬢さんは車をお持ちですか」

車種とナンバーを伝えたあと、デスクの上の写真を見やり、手に取った。「写真は？　あったほうがいい？」

「いえ、朝刊の写真がありますから」つかの間のためらい。「パサデナの住人なら誰でもお嬢さんの顔を知ってると思います」

「そうね」

「それは強みですよ。顔を知られていれば知られているほど安全です」

「そうね」

「もう一つだけ。脅迫電話があったことをお嬢さんはご存じでしょうか」

「知らないと思う」

「お察しします、警部補。私には子どもはいませんが、お気持ちは――」

「いいえ、わかりっこないわ」

「あ、すみません。そんなつもりで――」

「いいの。お気遣いありがとう」

「スターバックスで保護できなかった場合には、念のため、ご自宅にパトロールカーを派遣しておきます」

「五件めと六件めの電話の主に関して、何か情報は？」

報告書をめくり直している気配。まさかそんなことを訊かれるとは思っていなかったのだろう。私はすがる藁《わら》を手探りしているようなものだった。

「いずれも白人の成人男性と思われます」

また短い沈黙があった。次に言うことを頭のなかで組み立てている音が聞こえるようだった。

「申し上げるまでもないことかもしれませんが、警部補、おそらくただの悪戯でしょう」

「言うまでもないことかもしれないけど、巡査、ただの悪戯ではなくて、怒りがついに沸点を超えて現実に引き金が引かれるとき、銃を握ってるのはたいがい白人の成人男性だったりするわよね」

「いいえ、そういうつもりで――」

「気にしないで。ありがとう、ジェームズ巡査」

オフィスを出ると、ハリソンがトレーヴァーのデスクの端に尻を載せていた。目を見ただけで、不穏な空気をすでに感じ取っていることがわかった。ただ、今度の任務との距離感や私との距離感をつかみきれていないからだろう、何も訊こうとしなかった。私は刑事部屋の出口へと向かった。

「どちらへ？」

「涸れ谷で死体が見つかったそうよ」

「関連がありそうですか」

まだレーシーのことで頭がいっぱいだった私は、〝関連〟という言葉に殴りつけられたような衝撃を受けた。「関連？」

「ええ、スウィーニーの事件との」ハリソンが言った。

私はかぶりを振った。「殺人課の責任者として、変死体が発見された現場にはかならず足を運ぶの。ふだんはここまでハイペースではないけどね」

「ハイペース？」ハリソンが訊き返す。

「死体の発見のペースのこと」

「あの、僕も行かなくちゃまずいでし――」

「私のパートナーである以上、同行するのは当然よ」

ハリソンはしぶしぶといった様子でうなずいた。何度も歯を食いしばる。そのたびに顎の筋肉がくっきりと盛り上がった。大理石の階段を降りるころには、顔色もいくらか蒼白になっていた。

「ねえ、ちょっと訊いていい、ハリソン？　あなた、どうして刑事になろうと思ったの？」

ハリソンは考えこむように目を細めた。答えが形を成すにつれて、眉根が寄っていく。言葉というものは、ときに武器に負けない威力を持つものだ。私はいまの質問を後悔した。私はたったいま、彼ができれば行きたくないと——少なくとも、私と一緒には行きたくないと思っている場所に同行してくれと要求したばかりなのだ。ふう、いまこうして並んで階段を降りているのが単純明快なトレーヴァーだったらいいのに。やたらと複雑なハリソンではなく。

「私には関係のないことだわね」私は言った。

「僕が警部補のパートナーなら、関係のあることです」ハリソンが答える。

「いいの、忘れて。立ち入った質問だもの。動機は人それぞれだし。退屈せずにすんで、かつ安定した仕事が欲しかっただけって人も多いわ」

それきり次の踊り場まで、どちらも無言のままだった。まるで薄いガラス板のこちら側と向こう側に隔てられたみたいに。踊り場からまた次の一続きを降りようとしたところで、ぎこちない沈黙を破り、ハリソンが口を開いた。

「妻を殺した男を捕まえたかったからです」平板な声だった。

一段めに足を下ろしたところで、私は立ち止まった。誰かの母親という役割を立派に演じる努力をすべき明白な理由は数あれど——筆頭は、私にはその能力が備わっていないことだ——その瞬間だけは、私はその役割から解放されていた。悲劇を打ち明けるとき、人は何らかの見返りを期待するものだ。女性なら、異性からは得ることができずにいた共感を望むだろう。対して男性は、本来ならそれにもっともふさわしい立場にある家族などの近しい人々にはかえって求めにくいもの――同情であったり慰めであったりといったものを探して、ほどよい距離感にある他人に腹を割る。ところが、ハリソンの目をのぞきこんでみると、彼は何も求めていないとわかった。ただ事実をテーブルに開示してみせただけのことなのだ。冷酷で非情な真実を。

「結局、捕まえられませんでした」ハリソンは自嘲気味に続けた。自分の考えの甘さ、浅さに、小さな苦笑さえ浮かべた。「世間知らずもいいところだ」

「私だっていまだに知らないことだらけよ」

死体が苦手な理由はこれでわかった。殺人課の捜査をこなすという観点からは見過ごせない問題だ。ハリソンは頭の回転が速い。私が次に何を訊くか、予想がついているだろう。そしてそれに対する答えもすでに用意しているだろう。

「今回の捜査を負担に感じるようなら――」

「ご心配なく」

ハリソンの自信に満ちた声は、爆弾処理という、手もとがほんのわずか狂っただけで命を失うことになりかねない作業を遂行中の人物を連想させた。私たちの視線が一瞬からみ合った。彼の瞳は、過去に負った傷のために心身の能力がそがれるということはもうなくなっていると伝えていた。私は向きを変え、ふたたび階段を降り始めた。そのあともしばらく、濃い緑色をしたハリソンの目が私の横顔に注がれているのを感じた。思いがけず気持ちが揺れ動いた。私はいったい何を動揺しているのだ？　いや、深く考えないほうがいい。心のなかでそうつぶやいた。その意味は、一瞬たりとも考えないほうが身のためだ。

5

ローズボウル・スタジアムから六キロほど南に走り、キャスティング・クラブの古式ゆかしい石造りの門をくぐって、涸れ谷へと向かった。常緑のコーストライブオークの枝が、まるで指を大きく広げた手のように道路に覆いかぶさっている。どんぐりの実がタイヤに踏まれてつぶれる音がした。谷底へと下る緑色の斜面のそこここに、イエローマスタードの花が鮮やかな模様を作っている。

この谷底に、キャスティング・クラブと呼ばれている石造りの建物がある。かつて東部から移ってきた紳士たちがキャッツキルの保養地で過ごした日々を懐かしみ、ツイードの服に身を包んでパイプをくゆらせたり、魚など一匹も泳いでやしないコンクリート製の浅い池に毛鉤《けばり》を投げたりしていた、古きパサデナの遺産だ。

「ここはいったい何なんだろうって、昔から不思議に思ってました」角を曲がってパトロールカーや検視局の車が集まった砂利敷きの駐車場に乗り入れたところで、ハリソンが言った。

「一時代前の紳士たちの避難場所。奥さんから逃げたくなったときのための」

そう答えるなり、失言だったと気づいた。ハリソンの顔色をちらりとうかがう。ハリソン

ーターのようにしゃべり続けていた。

「財布と鍵は見当たらない……パンツのポケットは、と。ああ、空っぽだな……シャツのポケットも空のようだ。身分証の類も見つからない。視認できる外傷はゼロ」

監察医は死体を池の縁まで引っ張っていき、水に浮かべたままあおむけにした。死体は、水を吸って浮力を失った丸太のようだった。硬直した両腕の肘から先が天を指している。指は水面を爪で引っ掻《か》こうとしていたみたいに曲げられていた。黒い口髭はきれいに整えられている。短い黒い髪も、同じようにきちんと刈られていた。監察医は手首の硬直度合いを試した。

「硬直はほぼ全身に及んでいる」

それからかがみこむと、死体の顔を仔細に調べた。

「左の眉のすぐ上に痣《あざ》らしきもの。微量の出血は認められるが、皮膚に損傷はなさそうだ。顔面にはほかに外傷は見られない。体表にも水中にも血液の痕跡なし。左手の薬指に金の指輪。結婚指輪と思われる。腕時計ほか、アクセサリー類は着けていない。推定年齢は四十五から五十」

「誰かしらから捜索願が出ていそうだな」フォーリーが言った。

「男性、四十代、既婚、ヒスパニック。おそらく子持ち」私は付け加えた。

「あのベンチの後ろに、紙袋に入ったテキーラの空き瓶が落ちてました」トーランドが言った。

フォーリーがすでに証拠袋におさめられた空き瓶を持ち上げた。

「発見者は？」私は尋ねた。

「あそこの釣り竿をかついだご老体。午前七時半ごろ見つけたそうです」フォーリーはパトロールカーのそばに立っている白髪の男性を指さした。釣り竿を持っている。

「所有者のはっきりしない車はあった？」

「ありません」フォーリーが答える。「ガイシャは徒歩で来たか、ヒッチハイクしたか、誰かと一緒に来たんでしょうな。殴られて倒れた拍子に頭を打ちつけて、そのまま水に落ちたってとこでしょう」

「肺に水が入っていれば、ね」

「まあ、そうです」

「昨夜、嵐がおさまったあとはほぼ無風だった」ハリソンが唐突に言った。

全員が一斉に振り返って彼を見た。何を言わんとしているのかよくわからなかったが、私はぜひとも先が聞きたいと思った。ふだん爆弾を処理するのと同じ優れた手腕を、殺人の可能性を帯びた現場でも発揮できるのか。フォーリーは焦《じ》れた高校教師みたいな顔をしている。

「それが何か関係あるのか」フォーリーが訊く。

「脚を見てください。腰から下が水に沈んで、足を池の底に引きずってます。発見された位置まで押し流すのは、相当強い風でないと無理でしょう」

出過ぎた真似だったかと急に不安に駆られたのか、ハリソンは私の表情をうかがった。私は目で軽くうなずくようにして、少しも出過ぎてなどいないことを伝えた。

「自分で池のこっちまで歩いたあと、転んで頭を打ったのかもしれん」フォーリーが言う。

ハリソンは死体を一見して首を振ると、監察医に尋ねた。「体重は七十キロくらいですか」

監察医は数字をジャグリングでもしているみたいに首を左右に傾けた。「だいたいそんなとこかな。多少の誤差はあるにしても」

「とすると、あのベンチを蹴って頭から水に飛びこんだんでもないかぎり、底に額をぶつけることはまずないでしょう」ハリソンは言った。

「なんでそう言いきれる？」フォーリーが詰め寄る。

「七十キロ程度の質量では、水を貫いて底にぶつかるほどの加速度を稼げないからですよ。頭から飛びこんだなら別でしょうが。水がエネルギーを散逸させてしまうからです。せいぜい派手に水しぶきを跳ね上げたあと、床に軽くキスする程度だったはずですよ」

フォーリーは、中国語でも聞いたみたいな表情でハリソンを見た。「あんた、いったい何なんだ？　ミスター・ウィザードかよ？（『ミスター・ウィザード』は五〇年代から六〇年代にかけて放映された子ども向けの長寿番組。簡単な科学実験をしたあと、〝ミスター・ウィザード〟がわかりやすい解説を加える）」

私はフォーリーにうなずいた。「まさにミスター・ウィザードなのよ」

「ふん、そりゃお見それしましたな」

ハリソンはテキーラの空き瓶が見つかったベンチに近づいた。しゃがみこんで地面に視線を走らせ、次に池のほうを見やった。

「今度は何だ、ダニエル・ブーン気取りか（アメリカ西部開拓のパイオニア。六〇年代の西部劇ドラマ『西部の王者ダニエル・ブーン』でも有名）」

「いや、たかだかイーグルスカウトですよ（ボーイスカウトの最高位）」ハリソンが応じた。

「そりゃまたお見それしました」

「ここで転んでコンクリートに頭を打ちつけ、よろめいて池に入ったところで意識を失ったのかもしれません」ハリソンが言う。

「ただ――？」まだ続きがあると察したのだろう、フォーリーが先を促す。

「財布や鍵がなくなってるのはどう説明する？」私はそう言葉をはさんだ。

「財布や鍵を奪われたあと、頭を殴られて池に落ちた。強盗はガイシャの車で逃げた」フォーリーが言った。

「強盗なら、指輪も持ってくんじゃない？　見逃しっこないわ」

「きつくて外せなかったとか。焦ってそのまま逃げたとか」

「被害者の身元が割れないように財布や鍵を盗んだとも考えられます」ハリソンが言った。

フォーリーはもどかしげにハリソンをにらみつけた。「財布と車を奪うようなやつが、なんでまたそんなことに気を回す？」

「テキーラの空き瓶をわざと残して、事故に見せかけようとしたのと同じ理由かも」私は言った。

「で、その理由ってのは？」フォーリーが訊く。

「さあ、わからないわ」

「〝痴情犯罪《パッション》〟ってやつかもしれませんよ」フォーリーが皮肉めいた口調で言った。

「あなたと私の〝情熱《パッション》〟の定義が同じとは思えないわ、フォーリー」私は言った。

　監察医は死体の上にかがみこみ、シャツの襟を持ち上げて首を調べている。「金のボールチェーンをしてる」

　フォーリーはパックから煙草を一本振り出し、フィルターをとんとんと手の甲に打ちつけたあと口にくわえたが、火はつけなかった。「こう言っちゃなんだが、単純な話をわざと複雑にしようとしてやしませんか、警部補」

「身分証だ」監察医はそう言って指先でチェーンをつまみ上げた。「シャツとセーターに隠れて、いままで見えなかった」

「何です？」フォーリーが訊く。

「認識票だ」

「ほっほう、軍人さんってわけか」

　監察医は認識票の文字を確かめ、驚いたように首を振った。「メキシコ陸軍の少佐らしいぞ。名前はヘルナンデス。しかし、メキシコ陸軍の少佐がどうしてこんなところで死んでる？」

　ハリソンと私は顔を見合わせた。彼も同じことを考えているにちがいない。

「犯人は認識票に気づかなかった」ハリソンが言った。

「金だし、ただのアクセサリーだと思って、盗らずに立ち去ったのね、きっと」

「外国籍の人物の身元を確認するのに、ふつうどのくらいかかります?」ハリソンが訊いた。

「数週間はかかる。それでも突き止められないこともある」私は答えた。「犯人がこのあと何を企んでるにしろ、身元が判明するころにはすべて終わってるでしょうね」

「だから被害者の身元を隠そうとした」ハリソンが言った。

私は死体を凝視した。パズルのピースを一つ置き忘れているような気がした。やがて閃いた。「ね、爆弾犯は暴力に直接関わるのを嫌うって言ってたわよね。だから、スウィーニーの家に爆弾を仕掛けたのとフィンリーを殺したのとは別人だろうって。今回はどう?」

「溺死は暴力の形式としては平和なものです」

「頭を一つがつんと殴って、池で泳がせるだけ」

ハリソンがうなずいた。「もう一つ可能性があります」

「どんな?」

「今回の犯人は典型的プロファイルのどれにも当てはまらない。つまり、おそろしく危険だということです」

「今回の犯人?」フォーリーが割って入る。「ちょっと、誰の話をしてるんだ?」

フィンリーからスウィーニーを経てデイヴを集中治療室に送りこんだ爆弾。それらの点を結ぶ線は、さらに伸びてこの池にまっすぐつながった。この世に偶然などというものはない。殺人という結果が伴う局面ではとくにそうだ。ブリームが仕入れた生花を積んだトラックはメキシコから来た。爆薬はメキシコ軍から流出したものだ。紳士たちがマス釣りの練習をした池にうつぶせで浮かんで人生を終えた中年男性は、メキシコ陸軍の少佐だった。すべての点がつながっている。ただ、それらが描こうとしている絵はまだ見えない。私はフォーリーに向き直った。「殺人という前提で捜査を始めて」

フォーリーの目が私とハリソンを忙しく往復している。食事会のテーブルで、ジョークの落ちが理解できなかったゲストみたいだ。「あー、いったいどういうことか、誰か説明してもらえますかね」

「いいわ」私は死体を見下ろして答えた。死と水は、顔の輪郭や加齢皺をすべらかに見せていた。眉と口髭は、挽いたばかりの黒胡椒の色をしている。この人はどんな声をしていたのだろうとふと思った。低かっただろうか。よく響いただろうか。言葉を連射するたちだったのか、それともゆっくり優雅に相手に投げ渡すタイプだったのか。よく笑う人だっただろうか。妻の名前は何というのだろう。娘はいただろうか。浅い池に頭から先に落ちたとき、自分の身に何が起きているか認識していただろうか。「デイヴの命をあやうく奪いかけた爆弾を作った犯人と、この男性を殺した犯人は同一人物ってこと」

トレーヴァーを狙った犯人と関連があると聞いて、フォーリーはにわかに活気づいた――どうしてそういう結論になるのかはさっぱり理解できていないだろうが。「で、何から手をつけます、警部補？」

「この男性について知りたいわ。国境を越える前のことも、後のことも、すべて」

フォーリーはうなずいた。「ただ、解剖の結果、肺に水が入ってて、しかも頭を殴られたことくらいしかわからなかったら、殺しだと証明するのは難しいでしょうな」

「この人のことを心配してるわけじゃないの」私は言った。

「じゃ、何が心配なんです、警部補？」

「次の被害者」

「次の被害者？」フォーリーが訊き返す。

私は池の縁に立ち、メキシコ人の少佐が着ている赤いセーターを見つめた。なぜいままで考えが及ばなかったのだろう。これほど明白なことなのに。私はハリソンのほうを振り返った。「政治活動家やテロリストが爆弾を使う場所について、あなた、何て言ってたんだったかしら」

昨日の会話を頭のなかで再生しているのだろう、ハリソンは少し黙っていてから答えた。

「人が大勢集まる場所に仕掛けるのがふつうだと言いました。駅、レストラン。そういった場所です」

「この件も、スウィーニーの家の爆弾も、別の犯罪を隠すためのものなんだとしたら？」

「たとえばどんな？」

「これから起きることとか」

「別の殺人？」

「テロ行為とか」

「おっしゃりたいことがよくわかりません」

「右に同じ」フォーリーが横から言った。

「動機のはっきりしない殺人事件が二件、たった一つの目的のために――検知されることなく、狙った場所で爆発させるためだけに開発された外国製の爆薬」

「どんな場所です？」フォーリーが訊いた。

「公共の場所」私は答えた。「今日は何日？」

「三十日」

「元旦まであと二日よ」

ハリソンの目がはっとしたような表情を浮かべた。「まずいな。ローズパレードか」

私はうなずいた。「そう」

「え、何がそうなんです？」フォーリーはきょとんとしている。

「スウィーニーの家にこの件、それにフィンリーの事件も、真の意図を隠すものだったと疑ってらっしゃるんですね」ハリソンが訊く。

「ええ、そう考えるのが妥当じゃないかしら」

「しかし、その推論を補強する証拠は何一つありません」ハリソンが言った。「脅迫状が送られてきたわけでも、予告があったわけでもない。何かあれば、爆弾処理班には連絡が来てるはずです。現に、その手の話はしじゅう入ってきます」

「爆弾犯が予告しないということは――？」

考えるまでもない。答えは目がくらむほど明らかだった。たとえその仮説を吊り下げている糸が、いまにも切れそうに細い細いものだとしても。

「実際に人を殺すつもりだということです」ハリソンが言った。

経験から、私たちはそのことを痛いほどよく知っている。どこから襲ってくるかわからないものに対する恐怖は、全アメリカ国民の心に焼き印のようにくっきりと刻まれている。

「爆弾？」フォーリーがつぶやく。「この事件の犯人がローズパレードを爆弾で吹っ飛ばそうとしてるってのか？」

私はフォーリーのほうを向いた。何の裏づけもないのに、噂だけが先走るような事態は避けたかった。まだ二日ある。時間切れが近づいていよいよとなったら、そのとき初めて警告の赤旗を盛大に振り回せばいい。それまでは隠密に進めたい。

「思いついたことを口に出してみただけ」私は言った。「いいこと、ここだけの話にしておいてね。いまのところは」

「どうして」話が完全に呑みこめていないフォーリーは、いかにも不満げだ。

「この被害者の行動を徹底的に洗って。そうしたら何か具体的な話もできるようになるかもしれない。それまでは、何者かがローズパレードを爆弾で吹き飛ばそうとしてるなんて話を外に出したくないの。この人が国境を越えてきたのは、単に子どもをディズニーランドに連れていくためだったかもしれないでしょう」

フォーリーは、気に入らないが命令には従いましょうというようにうなずいた。それは働く女に与えられる特別ボーナスの一つだ。女性上司の指示に従うとき、男性は少なからず恩着せがましい態度を取る。

「メキシコの警察は、お世辞にも協力的とは言えませんからね。どんな情報を探せばいいのか、ちゃんと知っといたほうが仕事が楽だな……どのみち何もかも調べ上げることになるにしても」フォーリーが言った。

「爆薬を所持して国境を越えたんだとしたら、多額の賄賂《わいろ》を使ったはず。それがとっかかりになるんじゃないかしら」

「あとは？」

「爆薬を手に入れられる立場にあったかどうかも調べる必要があるわね」

「陸軍の少佐ですよ。手に入れられたに決まってる」

「今回は事情が特殊なの」私は言った。

「特殊って？」

「公には存在していない爆薬なのよ。しかも、悪夢がそのまま現実になったみたいな爆薬」

私はハリソンの表情をうかがった。彼が自分の見解にどこまで自信を持っているのか確かめたかった。「そうよね？」

「ええ、イスラエルが開発した爆薬です」

「イスラエルの爆薬がメキシコに？」フォーリーは驚いたように訊き返した。その事実が頭に染みこむのを待つように黙っていたが、やがて一つうなずいた。「調べてみましょう、警部補」

車に戻り、坂を登っていくあいだ、ハリソンは無言で池を見下ろしていた。彼の推理がたったいま捜査範囲を押し広げ、メキシコ陸軍少佐殺しまでもがそこに含まれることになった。そしてもしその推理が正しければ、アメリカに暮らす全員が楽しみにしている元旦の伝統の行事をテロリストが爆破するシーンが世界中に生中継されることになる。本人も自分の推測の重さを両肩に感じ始めているのだろう、緊張を帯びた目の周囲に、その重圧が皺に姿を変えて早くも現われ始めていた。

谷を見晴らす場所で車を停めて現場を振り返ると、ちょうど池から引き揚げられようとしているメキシコ人少佐の鮮やかな赤のセーターが見えた。鬱蒼《うっそう》とした木々に囲まれたそれは、森の緑を映した池にひとひら浮かんだ真っ赤なもみじを思わせた。

「ふう」ハリソンがつぶやいた。「僕らの推理が間違ってることを祈りますよ」

私は車のギアをPに合わせ、シートに体を沈みこませた。「パレードと決まったわけじゃないわ。狙われるのは試合のほうかも」

「試合？」ハリソンは何の話かというように訊き返した。

「ローズボウル。一つのスタジアムに十万人が集まるのよ」

「ああ、その試合のことですか」

「アメリカンフットボール、見ないの？」

ハリソンはうなずいた。「どんな基準に照らしても、僕は男として落第なんです」大まじめな口調だった。顔にも笑みの気配一つない。

「それ、たとえばどういう基準を指して言ってるの？」わたしは訊いた。

「もう少し深く知り合ってからでないと、それは教えられません」ハリソンはウィンドウの外に視線を向けた。完璧な輪郭を描く顎に、ひそやかな笑みの痕跡がある。過去の出来事でも思い出したのだろうか。

こうしている間にもどこかで仕掛けられているのかもしれない爆弾のイメージが、ふいに私の心を占領した。ステアリングホイールに両手を載せ、力を込めて握った——まるでジェットコースターの安全バーにしがみつくみたいに。「パレードの全ルートを警備するのに比べたら、スタジアムのほうがまだ楽よね。そうじゃなければ、双方に万全の態勢を敷くのはとても無理よ」

ハリソンの口もとから笑みがかき消えた。そこに何か疑わしいものでも発見したかのように、膝に置いた両手に目を落とす。彼の奥さんは、その手に抱かれて息を引き取ったのだろうか。思わずそんなことを考えた。奥さんを救えなかったその手を裏切り者だとでも思っているのか。爆弾処理班にいる理由はそれなのか。ちょっとしたミスが命取りになりかねない爆弾相手の仕事をさせることで、自分の手を試しているのか。

やがてハリソンは目を上げて前を見つめた。「そういう単純な話ではありません」

私は彼のほうに顔を向けて続きを待った。

「パレードとスタジアムのどちらかに重点を置いたとしても、万全の警備は不可能です。相手があの爆薬では不可能なんです」ハリソンはそう続けた。「そういう単純な話ではないんですよ」

しばらくどちらも口を開かなかった。いま私たちが直面している現実が、まるで屍衣のように覆いかぶさってくる。

「となると、別の角度からアプローチする必要がありそうね」

「どんな？」

「動機よ」私は穏やかに言った。「突破口になりそうなのはそれだけだわ。動機を突き止められなければ、解決の望みはない」

ハリソンは私の言わんとしたことを即座に察した。「犯人は何に対して闘いを挑んでるんでしょうね」

「または、何のために闘ってるか。個人的理由があるのか、政治的理由なのか」

「メキシコから持ちこまれた爆薬の全体量さえわかれば、手がかりになります」ハリソンが言った。

「比較的少量なら、狙いは個人だろうと推測できる。大量なら、ターゲットはもっと大きなもののはず。そういうことね？」

「そうです」ハリソンがうなずく。「というわけで、何から始めます？」

私は洪水のように一気にあふれ出そうとしている思考や感情を堰き止めようとしながら、どうにか考えをまとめた。「パレードの参加者の名簿を総ざらいして、標的にされやすそうな人物をリストアップしましょう。まずは政治家、著名人、有力ビジネスマンから」

「ほかには？」

「犯人がこれまで起こした事件は、どれも本来の意図を隠すためのものよね。池で見つかった少佐も、フィンリーも、スウィーニーも、犯人にとって都合の悪いことを知ってたために殺そうとしたんだろうということ。ただ、スウィーニーの件ではしくじった。スウィーニー本人の代わりに、トレーヴァーを吹き飛ばしてしまったわけだから。となると、スウィーニーを探し出す必要がありそうね」

「生花店の共同経営者のブリームに関しては？」

「ブリームはなぜ殺されなかったのかって意味？」

ハリソンがうなずく。

ブリームが殺されなかった理由。フィンリーの後頭部に銃弾が撃ち込まれる瞬間を撮ったビデオを見て以来、ずっとそのことが頭のどこかに引っかかっていた。ただ運がよかっただけなのか。それとも、ほかにわけがあるのか。

「何も知らなかったからか、仲間だからか。そのどちらかかしら」

ハリソンはやっぱりというようにまたうなずいた。

「最初にフィンリーの奥さんと話してみましょうか。その次にブリームね」

ジャケットのポケットのなかで携帯電話が鳴りだした。私は取り出して耳に当てた。「デリーロです」

「警部補、ジェームズ巡査です」

ブリームもフィンリーも、暗い色をした池に浮かぶ鮮やかな赤いセーターも、瞬時に頭から消えた。爆弾犯さえ、私の意識から退場した。

「見つかった？」私は訊いた。

「パサデナ市内のスターバックスをしらみつぶしに探しましたが、いまのところ情報はありません。お嬢さんの車のナンバーを緊急手配にかけておきました。ご自宅にはパトロールカーを配備してあります。お嬢さんが見つかり次第、ご連絡します」

〝見つかり次第〟――頭のなかで繰り返す。〝見つかり次第〟、つまりレーシーは行方不明だということだ。腕に鳥肌が立った。行方不明という言葉を消去する方法を探して、もっともっと質問を重ねたかった。

「あの子はもしかしたら……」そこまで言いかけてやめた。言葉が続かない。レーシーが行きそうな場所を一つも知らないからだ。自分の娘について私が知らないことのリストに付け加えるべき項目がまた一つ増えた。

「どうもありがとう」私は電話を切った。

しばらく無言で座っていた。心臓の音がやかましい。いま目の前にあるどの仕事も私にはとうていこなせないような気がした。あまりにもいろんなことが一時《いちどき》に起きて、私にはついていけない。刑事失格だ。母親失格だ。

「娘さんのことですか」ハリソンが訊いた。

娘――その単語を耳にしただけで、喉が締めつけられた。

「ええ」それだけ言うのがやっとだった。深々と息を吸い、少し溜めておいてから、そろそろと吐き出した。「コンテストの一件のせいで、脅迫電話があったそうなの。いま探してもらってるところ」

「行方がわからなくなってるんですね？」

目はまっすぐ前を向いていたが、視界には何も映っていなかった。「校長が私に相談せずに帰らせたの」

「それはまずいな」

私はうなずいた。

「何かお手伝いできることがあれば」

「このまま学校に行って、校長の頭に銃を突きつけてやろうかと思うの。そうすればあの石頭にも、親の気持ちがわかるでしょうから」

「じゃ、僕は校長を押さえつけておく役を引き受けますよ」ハリソンが言った。

私は彼のほうを向いて微笑んでみせようとしたが、口角は笑みを作る途中で力尽きた。目をそらして、自分の側のウィンドウから外をながめた。黄色いランニングスーツ姿の男性がゴールデンレトリーバーを連れてジョギングしている。左脚の動きがやけに大きくてぎこちない。次の一歩で足がどこに着地するか、持ち主にもコントロールしきれないというふうだった。私のなかの刑事は、その男性の身に何があったのか、考えうる可能性を検討し始めたが、私のなかの母親がすかさず思考を乗っ取った。二歳のレーシーが思い浮かぶ。人生最初の一歩をぎこちなく踏み出すレーシー。

「まったく皮肉なものじゃない？　何より大事なことがらをきちんとこなす時間はいつだって足りないのに、どうでもいいことには存分に時間をかけられるし、時間をかけられるおかげで万事順調に進む」私はハリソンをちらりと見た。

ハリソンは、何か返事をすべきなのかどうか、困ったような顔をしていた。

「いいのよ、答えなくて」私は言った。「ただの独り言だと思って。子どもを持つってそういうことなのよ」

トレーヴァーなら、うれしそうな笑みを浮かべて言っただろう――その苦労がまた楽しいんですよね。

ハリソンの目はどこか遠くへとさまよった。左手の親指が薬指の付け根をそっとさすっていた。いまもそこに結婚指輪があるかのように。

「時間について語り合う相手として、僕はふさわしくありません、警部補」

6

建物が悲愴感を漂わせることが可能だとするなら、ダニエル・フィンリーの緑色のクラフツマンコテージの魂は打ちひしがれているように見えた。どの窓のカーテンもぴたりと閉ざされている。玄関前のポーチにぐるりと置かれたプランターのホウセンカは、何週間も水をもらっていないらしく、力なくうなだれていた。前庭の芝生は伸び放題だ。低く張り出した屋根は、住人を外界から護《まも》ろうとしている。

私はいざポーチの階段を上る前に、歩道で足を止めて家をながめた。「何か変じゃない？」

ハリソンは家と庭を見渡した。「こんなふうだとは思わなかった――？」

「だって、フィンリーが亡くなったのは一昨日《おととい》よ。なのにこの家を見て。一週間以上も放っておかれてるみたい。花屋を経営してる人が、庭が荒れたままで平気でいられるもの？」

ハリソンも納得したようだった。「何かほかのことで忙しかった」

「そう。そのことが心配で、庭の手入れどころじゃなかったのよ」

階段を上ってオーク材の玄関の前に立った。目の高さに設けられた、模様ガラスがはめこまれた小さな覗き窓の内側には、緑色のペイズリー柄のカーテンがかかっている。ドアマットには〈ようこそ Think Green〉と書かれていた。呼び鈴のボタンに手を伸ばそうとしたとき、玄関ドアの枠に、ちょっと見ただけでは気づかないくらいの細い裂け目があることに気づいた。ドアノブのすぐ近くの位置だ。

「こじ開けられてる」私は言った。

ハンドルを試してみると、鍵はかかっていなかった。

「開けないで」ハリソンが緊迫した声で言った。

ふいに、手のなかのドアノブがダイナマイトに変身したように思えた。

「ノブから手を離さないで。そのまま脇によけて」ハリソンはドアの前に片膝をついてしゃがむと、戸枠の裂け目を丹念に調べた。「ノブを回すと同時にスイッチが入った恐れがあります。もしそうだとすると離したとたんにどかん、です」

「どかん?」そう言ってから、思い当たった。「爆弾のことね」

「この犯人は前にもドアに爆弾を仕掛けてますから」

「杞憂《きゆう》ってことはない?」

「クッキージャーに爆弾が入ってたことだってあります。僕の世界には、杞憂という概念はありません」

手のなかのドアノブが熱を発し始めたような気がする。「どうしたらいい?」私は限界まで腕を伸ばしてドアから離れた。

「僕が勝手口からなかに入るという手もありますが、いくらか時間が稼げるだけで、解決にはならないでしょう」

「どうして？」

「爆弾が仕掛けられてるなら、回路を断つ以外に処理の手段がないからです」

「電気のことには詳しくないの」私は言った。「それって、つまりどういうこと？」

ハリソンは立ち上がると、玄関の私とは反対側に移動した。「運を天に任せるしかなさそうですね」

「え？」

「爆弾処理班では、手が尽きたらそうします」

「なんだか子育てと似てるわね」

「覚悟ができたら、ノブを離して、できるだけ速く手を引っこめてください」

「それで助かる？」

ハリソンが私を見つめている。緑色の目は瞬き一つしない。そこには何の感情も表われていなかった。「大丈夫です……用意ができたら、どうぞ」

私はドアとの距離をさらに何センチか稼いだあと、ノブを離そうとした。ところが、今度は指が言うことを聞かない。思わず顎に力が入った。ノブを握り締める指の関節が白く浮き始めている。まるで焼けた石炭でもつかんでいるかのようだった。

「ただ離すだけ？　あなたは神童のはずでしょう、もっと安全なアイデアがほかにあるはず」

「いいから、離して」ハリソンが言った。

顔をそむけ、そろそろと指の力を抜いていく。それから一息にノブを離すと、大急ぎで手を引っこめた。耳の奥で、デイヴを病院に送りこんだあの爆発音が轟《とどろ》いていた。私を地面に押し倒した熱い空気とガラスの雨を、ふたたび全身に感じていた。いま私たちを取り巻いている静寂がひどく不自然に思えた。爆発音に負けないくらい奇妙な不安感を与えた。ハリソンを見ると、彼は安堵の溜息をついたあと微笑んだ。

「爆弾処理班ではいつものことです」

「殺人課ではありえないことだわ」私はようやく息を吸いこんだ。何分も止めていたような気がした。

もう一度ノブに手を伸ばしたが、指先が触れるか触れないかのところで、無意識のうちにためらった。「あ、まずは呼び鈴を鳴らすのが礼儀よね」私は言った。

ボタンを押す。家のなかのどこかでチャイムが鳴って、まもなく慌てふためいたような足音と何かが床に落ちる重い音が聞こえた。

「裏口をお願い!」ハリソンにそう叫んだあと、私はノブをつかんでドアを大きく開け放った。銃を抜いて家のなかに踏みこんだとき、ハリソンはすでにポーチから駆け下りて家の裏手へと走りだしていた。

屋内は暗かった。陽光まばゆい屋外との落差が大きくて、目がなかなか慣れない。やがて、リビングルームの床が見えてきた。誰かが机を荒らして中身を散らかしたらしい。

「警察です！」私は声を張り上げた。

左手に二階に上る階段。聴覚に神経を集中したものの、何の物音もしない。そろりそろりと奥へ進む。廊下の壁には額入りの写真が飾られていた。板張りの床が私の体重を支えかねて、ぎいと低い悲鳴を漏らす。両側にドアが一つずつ。どちらも閉まっていた。ふたたび足を止めて耳を澄ましたが、やはり何も聞こえない。家の奥のほうでハリソンが勝手口をこじ開けようと奮闘している気配がしていた。左右のドアを見る。銃口を持ち上げ、反対の手を伸ばして、右のドアのノブをひねってみた。回らない。鍵がかかっている。肩越しにもう一つのドアを見て、ノブに手を伸ばしかけた。

と同時に、そのドアが猛烈な勢いで開いた。分厚いオーク材でできたドアに弾き飛ばされて、私は右側のドアに激突した。ノブが野球のバットみたいに肋骨にめりこみ、そこから鋭い痛みが全身に広がった。心臓発作でも起こしたみたいだった。膝の力が抜ける。握っていた銃が床に落ちて重い音を立てた。ハリソンを呼ぼうとしたが、肺にうまく空気が入ってくれず、喉から喘《あえ》ぐような音が漏れただけだった。納戸らしき小部屋の奥から人影が現われ、開けっ放しの玄関から暗闇に一条《ひとすじ》だけ射しこんでいた光を横切った。次の瞬間、黒い人影は、重厚なドアをまたしても私のほうに投げつけるように動かした。私は身を守ろうと左手を持ち上げたが、遅かった。ドアは私の顔に横からぶつかった。

私は背中から壁に叩きつけられ、そのままゆっくりと床まで滑り落ちて四つん這いになった。顔のドアにぶつかられた側は、麻痺したように動かない。脚が痺《しび》れたときに似た、ちりちりとした感覚が肌の上を走り回っている。皮膚のどこかが切れたらしい。きっと爆発で負った切り傷が開いてしまったのだろう。血の湿った味がした。血は顎にも滴っていた。まるでドアをかじりでもしたかのように、歳月を経たワニスの不快な臭いが口のなかに充満していた。床に目を落とすと、銃は手の届くところに転がっていた。だが、それを引き寄せようと思っても、手も足も動かなかった。視野の輪郭がぼやけ始めた。私は無意識のトンネルに吸いこまれようとしていた。

納戸に隠れていた人物がすぐそばに立つ。視界の隅に、黒っぽいブーツが見えて、私は思った――ああ、死ぬのだ。無様に、両手両膝を床についた姿で。やれやれ。恐怖や怒りは感じなかった。いまここで命が終わっても後悔はない。ただ、情けなかった。

「悪いな」低い声が聞こえた。

私は次の攻撃を予期して身構えた。ところが、何も起きなかった。どうしたのだろう、何をぐずぐずしているのか。私は待ち、待った。まもなく無意識の闇が迫ってきたかと思うと、私は子どもの万華鏡じみた色の洪水に呑みこまれた。

気がつくと、誰かの声がしていた。その声は、初めは遠かった。長い廊下の向こう端からささやき声が聞こえているような感じだった。何と言っているのかはわからないが、どこから聞こえているのかはわかった。声は繰り返し聞こえた。しばらくして、何と言っているのか、ようやくわかった。

「ママ」レーシーの声だ。「ママ」

トンネルの出口が見えてきた。光がうっすらと射しこんでくる。

「レーシー」ちゃんと声になっていただろうか。

光は速度を増し、まもなく目の前に一つの顔が像を結んだ。輪郭はすぐにははっきりしなかった。ピントがうまく合っていないといったふうだった。

私はもう一度「レーシー」と呼んだ。

瞬きをすると、目の前の顔の輪郭が少しずつ鮮明になった。口が動いているのがわかる。しかし、声は聞こえない。もう一度瞬きをして、焦点を合わせようとした。

「警部補」ハリソンの声だ。

トンネルから抜け出してみると、私は廊下の床に座って壁にもたれていた。ハリソンは私の肩に手を置いて、私が横向きに倒れないように支えていた。

「聞こえますか、警部補」

私はハリソンを見、次に廊下を見回して、自分がどこにいるのか思い出そうとした。そうしているうちに、納戸の厚いオーク材のドアに目が留まった。

「ああ」ここがどこなのかやっとわかって、私は小声で言った。ドアが顔にぶつかる音がまた聞こえたような気がした。

「大丈夫ですか」

一瞬、床が水のように揺れた。だが、その感覚はすぐにおさまった。

「古い家は頑丈にできてるわね」ハリソンの顔を見上げた。「娘の声が聞こえたの……あの子がそこに……」

ハリソンは私の目を見て首を振った。「きっと僕の声ですよ。すみませんでした、勝手口をどうしても開けられなくて。結局窓から入りました」

床を見ると、私の銃はまだちゃんとあった。「銃を盗らずに行ったのね」ちょっとした驚きだった。

「顔を見ましたか」

ついさっきの出来事を頭のなかのスクリーンに映写してみようとしたが、なかなか再生が始まらない。カセットのケースからべろんと逃げ出して床じゅうを這い回っているテープを必死に元どおり巻き取ろうとしているみたいな感じだった。ドアがぶつかってきたこと、脇腹に反対側のドアのノブがめりこんだことは思い出した。

「ドアノブにぶつかった拍子に銃を取り落として……すぐにまたそっちのドアが飛んできた」

顔の片側がうずいた。頭がふらふらする。ワニスの臭いが口のなかに残っていた。唇にさわってみると、指先に血がついた。

「〝悪いな〟だって」怒りがこみ上げた。自分の頭を殴りつけようとした人物に情けなどかけられたくない。「私、どのくらいここで意識を失ってた？」

「数分かな。意識が戻りかけたり、また遠のいたり。玄関から外を確かめましたが、犯人はもう逃げたあとでした。車で逃げたとしても、何も見えなかった」

濃い霧の向こう側に踏み出したように、ふいに思考が明瞭になった。「顔を見たわ。玄関から射しこんでた光を横切ったから」

「誰だかわかります？」ハリソンが訊く。

私は手を伸ばしてグロックを拾い、腰のホルスターに戻した。それからハリソンの肩を借りて立ち上がった。「スウィーニー」

ハリソンは、頭を殴られた衝撃で判断力にも異常を来したのかと疑っているみたいな目つきで私を見た。「爆弾の仕掛けられてた家に住んでるスウィーニーですか。見間違いじゃないんですね？」

私はうなずいた。「探し物をしてたんだと思う。机をあさったみたい」

「本部に連絡します」

「何なの、これ？」玄関から誰かの声が聞こえた。

私とハリソンは同時に玄関のほうを向いた。女性が立っていた。葬儀場のパンフレットを胸に抱えている。

「無線の付いた車が表に停めてあった。ということは、刑事さん？」

「ミセス・フィンリーですね」私は尋ねた。

女性がうなずく。黒っぽいショートヘア、真っ白な肌。黒いジーンズに黒いセーター。ここが南カリフォルニアでなければ、喪中であるがゆえの服装と解釈されるだろう。殺された夫よりかなり若い。三十代半ばといったところだろうか。二日間にわたって死の後始末にかかりきりだった人物特有のやつれた表情の下に、自由な精神と美しさ、それに全身の筋肉を総動員して若さにしがみつこうという意気込みが見て取れた。

ふとリビングルームをのぞき、机のなかのものが床に散らかっているのに気づいて、未亡人は訊いた。「あの、いったい何があったんです？」

「泥棒が入ったようです」

ミセス・フィンリーの背中がごくわずかに丸くなった。それから、溜息をついて言った。

「こんなときに」

「悲劇の直後に泥棒に入られるのは珍しいことではないんですよ。彼らは新聞をチェックしてるんです」私はそう応じた。いまのところはこの件を軽く流したかった。

彼女は葬儀場からもらってきたパンフレットに目を落とした。「留守だろうと見当がつくということですね」腹立たしげだった。

「私はデリーロ警部補です。ご主人の事件の捜査を指揮しています。こちらはハリソン刑事。本当なら昨日のうちにお話をうかがいたかったんですが、いろいろあって、今日になってしまいました」

ミセス・フィンリーは家のなかに入ってくると、たまっていたダイレクトメールの束と葬儀場のパンフレットを一緒くたにしてダイニングテーブルに無造作に置いた。そして腰を下ろすと、私を見上げた。私もテーブルをはさんだ椅子に座った。

「顔に血がついてます」ミセス・フィンリーが言った。頬が紅潮している。

私は顎の血を拭《ぬぐ》った。「泥棒を驚かせてしまったもので」

「驚いたのはあなたのほうみたい」彼女はじっと私を見つめていた。その目は、感情の在庫を使い果たし、空っぽになってしまった人のものだった。つい二日前、夫を銃殺された女性は、どんな事態に遭遇しても驚きようがないに違いない。「あっと、すみません、気がきかなくて。氷か何か持ってきましょうか？」

「いえ、大丈夫ですから」私は嘘をついた。

「大丈夫そうには見えません。強がってもわかります。この二日で、私もそのエキスパートになりましたから」

未亡人はキッチンに消えた。まもなく、絞ったタオルでくるんだ氷を持って戻ってきた。

私はタオルをいったん顔から離して答えた。「まだです」

「主人を殺した犯人は見つかりましたか」

「見つかりそうですか」

頬を冷やしてくれる氷の心地よさだけを感じていたかった。娘の行方を捜したかった。眠りたかった。ここにだけはいたくなかった。警察に入って初めて、入局を思いとどまらせようとした母は正しかったのかもしれないと思った。ハリソンのほうをちらりと見る。事情聴取を頼むという意図は、それだけでちゃんと伝わったらしい。

「この二、三週ほどのあいだに、ご主人の様子にふだんと違ったところはありませんでしたか」ハリソンが訊く。

「あの、たとえばどういうことで？」ミセス・フィンリーが訊き返す。

「たとえば何かで悩んでいたとか、店で変わったことがあったと話していたとか」

未亡人は首を振った。「いえ、なかったと思います」

脈打つような痛みが、燃え狂う炎のように私の頬の上で転げ回っている。椅子にまっすぐ座っているだけでやっとだった。

「どうしてそんなことをお尋ねになるの？　夫は強盗に遭って殺されたんでしょう？」

「あらゆる可能性をつぶす必要がありまして」ハリソンが答えた。

「ほかにどんな可能性があるの？」

「殺人の捜査ではかならず踏む手順なんです、ミセス・フィンリー」私は助け舟を出した。「どんな捜査でもかならず踏む手順です。すべての可能性を探ります。たとえどんなに小さな可能性でも」

「そういうことなら」未亡人はあきらめたようにうなずいた。

「スウィーニーという従業員はご存じですか」私は尋ねた。

「いえ……」少し考えてから首を振る。「いいえ、一度も会ったことがありません。その男性はきっと臨時で雇ってた人じゃないかしら」

私は立ち上がると、ハリソンの顔を見て玄関のほうに目配せした。「何か盗まれたものがあったら――またはあるはずのないものが見つかったら、ご連絡をいただけますか」私は名刺を差し出した。

　未亡人は関心のなさそうな目でうなずいた。「そのタオルは差し上げます、デリーロ警部補」

　私は礼を言って玄関を出ようとした。だが、ふと前庭を見渡して、足を止めた。「ここの芝生はどうしてこんな状態なのかしら」振り返ってそう尋ねた。

　何を訊かれているのかとっさにわからなかったらしい。ミセス・フィンリーは一瞬ぼんやりと私を見つめたあと、そうかというような顔をした。「ああ……芝のこと。ダニエルの哲学に変化があったものですから」

　ハリソンがこちらにちらりと目を向け、困惑したように肩をすくめた。

「どういうことでしょう」私は説明を促した。

「いまある芝を処分して、オーガニックな植物に置き換えようとしてたんです……野草に」

　私は足もとのドアマットに視線を落とした。「〈Think Green〉ですね」

　ミセス・フィンリーは涙ぐみながらうなずいた。私は向きを変え、玄関から庭に出た。暗い屋内で過ごしたあとでは、陽光が不自然なほど明るく感じられた。サングラスをかける。頬のドアがぶつかったところをフレームがかすめて、鋭い痛みがまたしても波のように頭全体に広がった。氷を頬に当て直すと、痛みは少し和らいだ。

「店の従業員は三人しかいないのに、スウィーニーを知らないというのはちょっと妙では」ハリソンが言った。

私は家のほうを振り返った。「嘘だからよ」

「嘘？」

「三人のうち二人は女性でしょう。なのに、スウィーニーだけは男性だとちゃんと知ってたわ」

前庭にもう一度視線を巡らせた。と、また一つ気になる事実に思い当たった。フィンリーの価値観に変化が起き、〝自然との共生〟を追求し始めていたという。そして私の娘もほぼ同じ時期に同じ価値観に一気に目覚め、スプレーボトルを手に極端な行動に走った。私は記憶をたどり、そんなことを考えるのは、いましがた頭を強打して気絶したばかりの母親ならではの過剰な心配にほかならないと断定する根拠を探した。ところが記憶の奥から見つかったのは、ブリームの生花店の入口に掲げられていた木の板だった――〈緑は共生のシンボルカラーです〉。

「嘘よね」私はつぶやいた。

「はい？」ハリソンが訊き返す。

「あれこれ考えすぎみたい。そうよ、何でもないわよ」

心臓がぴょんと跳ねた。そうだ、この世に偶然などというものはない。とりわけ殺人がからんでいる場合には。信じたくなかった。信じられなかった。どんな原則も、いつかかならず例外という現実にぶつかるものだ。今度のことこそその例外に違いない。そうとしか考えられない。ここはカリフォルニアだ。棒を投げれば、十中八九、環境保護活動家にぶつかる。

そう、その程度のことだ。

「あの、顔色があまりよくないようですが、警部補」

「ちょっとめまいがするだけ」私は庭を出て車の助手席側に回った。「悪いけど、運転を代わってもらえる？」

「病院で診てもらったほうがいいと思います」

ぜひそうしたい。ふかふかの病院のベッドに逃げこんで、鎮静剤の眠りのなかをふわりふわりと漂いたかった。頬に押し当てていた氷を下ろし、ハリソンのほうを向く。「病院に行ったら、二日はベッドで安静にしてろって言われるに決まってる。いまはそんなことしてる場合じゃない」キーをハリソンに渡す。「あなたがたった一人でこの捜査を進めたいっていうなら話は別だけど」

ハリソンの視線がわずかに揺らいだ。即座に首を振る。「いや、遠慮しておきます」

腕時計を確かめた。十二時三十分。一日の半分がようやく過ぎたかどうかだというのに、すでにまた一つ死体が見つかり、娘は死の脅迫を受け、私は娘が今回の事件に何らかの関わりを持っているのかもしれないなどという考えをもてあそび、アーツ&クラフツ運動の影響を受けたオーク材の重厚なドアに側頭部を直撃された。

車に乗りこんでシートに体を沈める。ハリソンが運転席側に回って乗りこんだ。ドアが閉まる衝撃は、スウィーニーにまたドアを投げつけられたかのような痛みに姿を変えて、私の頭を貫いた。

「あ、すみません」私の口角がひくついたことに気づいて、ハリソンが謝った。

「フレーザーに連絡して、ここの家宅捜索を開始するように伝えてくれる？　スウィーニーが目当てのものを手に入れていないなら、私たちがそれを見つけたいから」

「で、僕らはこれからどこに？」

「娘の学校。娘と学校で会うことに……」感情を押し殺して言い直す。「娘が一時に学校に来るはずなの」

7

パークス校長は四十代後半の、陸上選手を思わせる均整のとれた体つきをしていた。この学校の教師の大部分はカジュアルな服装をしているが、校長はぱりっと糊をきかせたブルックスブラザーズのシャツを好むらしい。どれほど高潔な態度で臨む覚悟でいたにしろ、校長室に入っていった私の顔の痣《あざ》やシャツの血の染みた襟を一目見たとたん、その心支度はきれいに吹き飛んだらしい。相手の出鼻をくじくには、血が一番だ。

校長は、事故現場を通りかかったオートバイ乗りのごとく、ただ呆然と私を見つめていた。

「あの、事故にでも遭ったんですか」

「ええ」私は答えた。「ドアをぶつけられたんです」

こんな保護者面談は初めてなのだろう、校長は事態がよく呑みこめないといったふうだった。

「ちなみに、クラフツマン様式のドアです」私は理解の助けになればと言葉を添えた。

校長はしばらく無言でいたが、やがて糸口を見つけたらしい。「グリーン＆グリーンの建築は大好きですよ」まるで私たちはパサデナ市内の有名なアーツ＆クラフツ様式の住宅を巡るツアーの参加者で、自分は著名建築家の名前を二つも知っているということを披露して私を感心させようとでもしているみたいだった。「お忙しいようでしたら、面談は延期しても……」

「忙しいので、いましかないんです」私は応じた。

校長は頼むから帰ってくれと言いたげに私を見ていたが、やがていつまでそうやって見ていても私は帰りそうにないとようやく悟ったらしい。「あの、レーシーは？」

「あなたに追い返されて以来、誰もレーシーの姿を見ていません」

「どういうことでしょう」

「〝誰もレーシーの姿を見ていない〟。何か曖昧な点がありますか」

校長は椅子の上でもぞもぞと体を動かした。「ちょっとした行き違いだと思いますよ」

そうだったらどんなにいいか。これまで生きてきて、何かをこれほど強く願ったことは一度もない。「それはどうかしら」

パークス校長は、目的地さえわからないまま地図にも載っていない土地にふらふらと踏み出した人物を見るような目で私を見た。そして話を先へ進める代わりに黙《だんま》りを決めこんだまま、デスクの上の書類を入れ替えたり、私の銃にちらちら目をやったりしながらレーシーを待った。

十分ほどたって、校長がやっと口を開いた。「お嬢さんはよく遅刻をなさるほうですか」不安げな声だった。

実を言えばレーシーは懲りない遅刻魔だが、今回ばかりはそれが理由ではないだろう。そうであってくれと祈りたい気持ちは山々だったが。「いいえ」私は答えた。

私の想像力が暴走を始め、すべての母親が悪夢のなかで一度はたどったことがあるものの、ありがたいことに、現実の世界では足を踏み入れたことは一度もないであろう道へと私を引きずりこんだ。

さっきフィンリーの家で意識と無意識のあいだを行ったり来たりしていたとき、レーシーが現われたのはなぜだ？　何か伝えたいことがあったのか。助けを求めていたのか。私は意味のあるはずのないことに意味を見いだそうと躍起になっていた。オフィスで受けた電話でのやりとりを頭のなかで再現し、娘と交わした一言ひとことを点検して、暗喩や隠されたメッセージはないかと目を凝らした。レーシーの車にはどれくらいガソリンが入っていただろう。今朝、どんな服を着て出かけただろう。スターバックスではどのコーヒーを注文しただろう。その答えがわかった瞬間にレーシーがこの校長室に現われるはずだとでもいうみたいに、そんなことを必死で考えた。

五分が過ぎ、パークス校長が腕時計をちらちらと確かめ始めた。さらに二分後、校長は咳払いをすると、言葉を選ぶようにしながら切り出した。「お嬢さんを待つ間に、話を始めていましょうか」

約束の時刻から二十分。さすがのレーシーもここまでの遅刻はしない。

「娘は来ません」考えるより先にそう言っていた。自分の口から飛び出した言葉にぎくりとした。他人から思いがけず話しかけられたように。あとに残ったのは、なぜという疑問だけだった。レーシーはなぜまだ来ないのだ？　刑事は一足飛びに最悪の事態を想定する。しかし、いまの私は母親だ。最悪の事態以外のあらゆる可能性にしがみつこうとしている母親だ。最悪の事態など視界をかすめもしない。私は携帯電話で自宅にかけた。呼び出し音が一つ鳴るごとに心のなかで祈るように唱えた。出て、出て、出て。

留守電が応答した。

「レーシー、家にいるなら、お願いだから出て。レーシー。出てちょうだい。ママよ……」

録音時間いっぱいまで待った。それから、レーシーが自宅に連絡していたかもしれないと思いついて、録音されたメッセージを再生した。マスコミからの電話が三本。そのあとに聞こえてきた声は、私の背筋を凍りつかせた。

「お前の娘は売女《ばいた》だ」

中年の白人男性だろうか。訛などはこれといって感じられない。ドアを叩きつけられて以来、執拗にまつわりついていた霧が瞬時に晴れた。電話を切った。見上げたことに、パークス校長は、たったいま私が耳にしたのは決して前向きなニュースではないことを敏感に察した。

「お嬢さんと仲のいい生徒から話を聴いてみましょう。学校を出る前に何か言っていたかもしれません」

私は校長を見返した。校長が口にした言葉の一つとして、私の意識には届いていなかった。

「あ、ごめんなさい、いま何て……？」

「お嬢さんと仲のいい生徒を呼んで話を聴いてみましょう」

私はうなずいた。そうだ、それがいい。何か言い置いて帰ったかもしれない。レーシーはいつだって言いたいことをたくさん抱えているのだから。

「大事な話を打ち明けそうな友だちの名前を教えてください」

全世界が私の頭上に降ってきた。

校長の顔を見て首を振る。私はまたしても娘の役に立てない。「実は、友だちの名前は一つも知らないんです……知ってるのがふつうでしょうけど……でも……」

パークス校長が手を差し伸べるように訊く。「ファーストネームだけでも教えていただければ。あとはこちらで調べますから」

しばし校長を見つめてわかった。この人は慣れているのだ。自分の子どもが他人も同然であることを悟った親と話をすることに慣れている。ふいに情けなくなった。言い訳の一つもない。

必死の思いで記憶のクレバスを片端からのぞいて回る。かろうじて見つかった。一つだけ。

「キャリー」私は言った。「キャリーという名前の子を知ってるはずです」

パークスは秘書を呼ぶボタンを押した。秘書はすぐにやってきた。

「カレン、キャリーという生徒を探してくれないか。十二年生か十一年生だ」

「三人います。十二年生は一人だけ――キャリー・ヤコブソンです」

「いまどのクラスに出てるか調べて、来てもらってくれ」

秘書が出ていくと、私はジェームズ巡査に電話をかけ、レーシーが学校にまだ来ていないことを伝えた。

「周辺の署にお嬢さんの車の特徴を伝えておきます」前向きな言葉を探している気配。「子どもってそんなものですよ、警部補。きっと映画でも観てるんです」

「自宅の電話にも脅迫めいたメッセージが入ってたの」

沈黙があった。いま聞いたことに考えを巡らせているのだろう。「万が一の場合には手がかりになるかもしれませんが、警部補、いまのところは――」

「私は一般の市民ではないのよ、巡査」

「ええ……でも、いまは母親の立場から見ていらっしゃいます」

そこに秘書の案内でキャリー・ヤコブソンが入ってきて、私は電話を切った。顔を見れば、娘の友だちかどうかわかるだろうと思っていた。しかし、またしても無力を思い知らされただけだった。キャリーは化粧をまったくしていない。左耳にピアスの穴が二つ。金色の髪の右側にはほんの一筋だけ、ライムグリーンの色が入っていた。テニスシューズの底は、十センチはありそうだ。

パークスが私たちを紹介しようとしかけたが、私は途中でさえぎった。「あなた、レーシーのお友だち？」

少女の警戒するような目がパークス校長と私のあいだを往復した。レーシーから私について何と聞かされているかは想像するしかない。母親が刑事。ティーンエイジャーにとってこれ以上の悪夢はないだろう。キャリーの視線は私のシャツに染みた血の上で凍りついた。それから、血の出所はできれば知りたくないとでもいうように、不承不承といった風情で上昇して、私の顔の痣にたどりついた。

「やだ、何かあったんですか」キャリーの声は震えていた。

校長は、返答に困ったのだろう、私に目を向けた。私はキャリーのほうに椅子を近づけ、刑事ではなく母親としてふるまおうと最大限の努力をした。しかし、シャツについた血がそれを邪魔していた。加えて、母親を演じる腕もやはりなまりきっていた。

「ちょっとトラブルがあっただけ。レーシーとは関係ないのよ」いま確実にわかっているかぎりでは、それはいまもまだ真実だ。ともかく、それがいまもまだ真実であることを祈りたかった。「レーシーと仲よくしてくれてるのよね。名前を聞いたことがあるわ」

キャリーはぎこちなくうなずいた。

「今日、学校を出る前に、レーシーは何か言ってた？」

キャリーが首を振る。「あの、レーシーがどうかしたんですか」

「ちょっと心配なことがあってね。だから、急いで連絡を取りたいの。何か聞いてないかしら。どこに行く予定かとか」

「心配なことって？」

「誰かがレーシーに危害を加えようとしてるかもしれないの」

少女の目にためらいが浮かんだ。〝裏切り〟という言葉がとっさに頭をよぎったかのように。

「脅迫電話があったの。本当に危険な人からかもしれない」

キャリーの肩が床に向けてがくりと落ちた。顔がみるみる青ざめていく。「あたしが聞いたのは……」校長の顔を盗み見るようにしたが、すぐに目をそらした。「〝糞《くそ》ったれども〟……それだけです……あの、レーシーは大丈夫なんですか」

私は校長を見やった。校長に対する怒りがまた心の水面に浮かび上がってこようとしていた。歯を食いしばり、言えばまず間違いなくのちのち後悔することになるであろう非難を呑みこんで、キャリーに向き直った。「それは校長先生のことを指して言ったのかしら」

「そうです」何をわかりきったことをとむっとしたような口ぶりだった。「校長室から戻ってきたところでした。ものすごく怒ってました。だって、政治的な意見を表明しただけなのに、停学だなんて。どうせ学校としては、レーシーがしたことに腹を立ててる人たちに向けて、自分たちも手は打ちましたからって顔したかっただけでしょ」

「それは言いすぎだぞ、キャリー」校長がたしなめた。

私は校長を一瞥した。「その辺りの事情は、校長先生もいつかきちんと説明してくださるはず」私はキャリーに向き直った。「でもいまは、レーシーの無事を確かめることを最優先したいの」

キャリーがうなずく。

「ほかにも誰かのことを話してた？」

一つ弱々しく息を吸いこんだあと、キャリーはうなずいた。

「誰のこと？」

キャリーはまっすぐに私の目を見据えた。「あなたのこと」

「何て言ってた？」

少女はたじろがずに答えた。「こう言ってました。〝うちのママだってどうせ何もしてくれないだろうし〟」

この瞬間、初めて気づいた。私はこの世代の子どもたちに好感を抱いている。みんながこの少女や私の娘みたいな芯《しん》の強さを持ち合わせているのなら、彼らの未来は明るいだろう。そこらじゅう空いたピアスの穴も、タトゥーも、シャーベットカラーの髪も、若気の至りで片づくに違いない。対照的に、彼らの親たち、自分のことしか眼中にない世代に未来はなさそうだ。この私がその代表だろう。

「コンテストでしたことに関して、誰かの名前を挙げたようなことはなかった？　あなたが知らない名前を言ったりしなかった？」

キャリーは首を振った。「そもそもあんなことするなんて聞いてなかったし」

少女の顔には笑みが浮かんでいた。嘘はついていない。秘密を貫き通したレーシーに感服しているのだ。気づくと、私も同じように感じていた。

キャリーは挑むような目を校長にちらりと向けた。「レーシーがしたことはかっこいいと思います」

「私も同じ気持ちよ」私はキャリーに言った。

娘はこんなふうに友だちに希望を与える力を持っている――そう思うと、私の絶望はかえって深まるばかりだった。頭のなかの時計がチクタクと音を立て始めた。事態はもはや私の手には負えそうもない。私には何一つできそうにない。

「娘が行きそうなところを知らないかしら。どこを探したらよさそう？」

キャリーは迷っている。私を信用していいものか決めかねている。

「お願い、キャリー。あなたが頼りなの」

キャリーがうなずいた。安堵《あんど》の波が私の全身に広がっていく。

「スターバックス」

私の心は急降下した。そのたった一言で、希望の灯は吹き消された。「絶望ね」思わずそうつぶやいていた。

キャリーは私の反応を見て驚いたようだった。そして、レーシーの身に本物の危険が迫っていることを悟ったらしい。「ごめんなさい」かすれた声が聞こえた。

「ほかに何か思いついたことがあったら、または娘から連絡があったら、この番号に電話をもらえる？」私は名刺を差し出した。

キャリーの指は、花から飛び去るハチドリのようにそそくさと逃げようとしたが、私はその前に少女の手をそっとつかまえた。欠点など一つもないなめらかな皮膚。皺もシミもない。

歳月はまだこの少女を冒していないのだ。私は娘の手を握るようにその手をしっかりと握り締めた。

「隠し事はしないで。お願い」私はすがるような声で言った。

キャリーは私の手をじっと見つめていたが、まもなく顔を上げて私の視線をとらえた。

「レーシーは頭のいい子です。きっと大丈夫です」

何か答えたかった。だが、喉の奥で言葉がせめぎあうばかりで、力なくうなずくことしかできなかった。

「もう教室に戻ってよろしい」校長が言った。

キャリーが私のほうをうかがう。私はうなずいた。

キャリーの手はすっと私の手から逃れると、校長室を出ていった。私は身じろぎもせずただ座っていた。心の焦点をどこにも合わせられない。レーシーの父親を埋葬したときも同じ感覚を味わったことを思い出した。信じられないという気持ち、私を支えてくれる人は誰もいないという恐怖に似た予感。ドアのガラスを透かして、ハリソンが近づいてきてノックするのが見えた。彼の顔を目にしたとたん、はっと我に返った。私は母親であるだけではない。爆弾を持った頭のいかれた男を追うのも私の仕事だ。

「警部補宛てです」ハリソンは電話を持ち上げた。

彼の手のなかの電話。生まれて初めて見るものみたいに思えた。

ハリソンは私の表情に動揺を読み取ったらしい。「お出になったほうが」その声は、緊急の用件であることを明確に告げていた。

　私はパークス校長のほうに顔を向けた。何か言いたかった。だが、いまの気持ちを要約できる言葉は私のボキャブラリーには一つも見つからない。

「廊下で」私は立ち上がり、ハリソンのあとから廊下に出ようとした。

「ミズ・デリーロ――」校長の声が追いかけてきた。

　その瞬間、ついさっきは見つからなかった言葉がふいに閃いた。私は戸口で足を止めて振り向いた。「万が一、娘の身に何かあったら」校長の目を見据えて言った。「あなたを告発します」

　校長の顔から血の気が失せるのがわかった。体まで縮んでいくようだった。ブルックスブラザーズの服が二サイズは大きすぎるように見える。さらに何秒か校長をにらみつけたあと、私は背を向け、廊下に出て、トロフィーの陳列棚の隣に立った。

「フレーザー刑事からです」ハリソンが電話を差し出す。

　受け取って耳に当てる。「デリーロです」

「いやな予感がしますよ、警部補。いやな予感がする」

　よけいな前置きにつきあっている気分ではなかった。「さっさと用件を言って、フレーザー」

「ブリーム宅の通話記録を調べました。警部補のお宅に三度かけてます」

　言葉はちゃんと聞こえていた。だが、それは現実感を伴っていなかった。「うちに？」聞き違いでないことを確かめるためにそう訊き返した。

「そうです、お宅にです。最後の一回は、ダニエル・フィンリーが生花店で射殺された晩でした」

その言葉が私に与えた衝撃は、ほんの二時間ほど前、分厚いドアが頭にぶつかってきたとき以上のものだった。通話記録は、私の娘と、後頭部に銃弾を撃ちこまれて死んだダニエル・フィンリーの仕事上のパートナーとを、結び目はゆるいにしても、一本の糸で結びつけた。いったいどんなつながりなのかは不明だが、また一つ新たな点に線が引かれたのだ。レーシーがブリームと話をする理由を頭のなかで探した。コンテストで着けるコサージュ作りを請け負う生花店から、何度か電話があった。そうだ、きっとそれだ。この世に偶然というものは存在しないという原則を忘れられるなら、そういうことだ。しかし、その理屈を受け入れたとしても――理性ははねつけようとしていた――事件当夜にブリームがレーシーに電話をかけた理由は説明できない。環境保護を訴える緑の革命と除草剤を詰めたスプレーボトルが、多重殺人事件などとどこでどう結びつくというのだ?

頭のなかに可能性が無数にあふれかけた。そのなかの一つは、しぶとく私の意識にしがみついていた。二つをつないでいるのがどれほど細い糸であれ、フィンリー殺しとの結びつきが本当にあるとするなら、娘に対する脅迫は、ローズクイーン・コンテストをだいなしにしたこととは関係ないのではないか。怒りで噴火しかけた〝中年の白人男性〟などいない――少なくとも、本気で何かしようとしている〝中年の白人男性〟はいない。もしいまレーシーに危険が迫っているとすれば、その危険の源は、すでに二人を殺し、おそらくこのあとも殺人を重ねるであろう人物なのではないか。

「ブリームはいまどこ？」私は訊いた。

フレーザーの返事はなかった。

「身柄を確保してるんでしょうね？」まったく焦れったい。

「いえ」フレーザーが言う。

「どうして？」

フレーザーが小声で何かつぶやいた。〝くそ〟と聞こえた。「女房の話だと、夜明け前に家を出たそうで。いまどこにいるかわかりません」ためらっている気配。「殺しの容疑者が警部補の自宅に三度も電話してるのはどうしてなんです？」

もともとフレーザーに好感を抱いたことはない。警察の仕事とフレーザーの関係は、食物ピラミッドとインスタント食品の関係に似ている。知恵が尽きたとき初めて頼りにするもの。フレーザーの質問は私が知りたいこととぴたり一致していたが、私は無視して言った。「コンテストのほかの出場者に電話してないか調べて」

フレーザーの頭のなかの歯車が苦しげな音とともに動いているのが聞こえるような気がした。「おたくの娘さん――そうか、コンテストに――」

「娘はいま行方不明なの」

私は電話を切り、陳列棚の前のハリソンを振り返った。そのとき、テニスのラケットやフットボールではなく、書籍の形をした小さなトロフィーの隣に飾られた六つ切の写真が目に入った。市のディベート大会の優勝トロフィー。写真にはレーシーの顔もあった。右から二番め。照れくさそうに笑みを浮かべ、まるで秘密を見透かしているような目でカメラをのぞきこんでいる。ディベート部に入ったのは、ローズクイーン・コンテストへの出場を決めたのとほぼ同時期だった。私は出稼ぎ労働者が殴り殺された事件の捜査で忙しく、決勝戦を見逃した。

ハリソンは私が写真を凝視していることに気づいたが、なぜなのかはわからないようだった。

「娘が写ってる。右から二人め」私は言った。

ハリソンはしばらく写真を見つめていた。まるで爆弾の分解でもしているみたいに、額に入った写真の隅々まで目を凝らす。「警部補にそっくりだ」

「そんなことない」私は言った。「娘は美人だもの」

私の携帯電話が鳴った。「デリーロです」

「ジェームズ巡査です、警部補」短い間。「お嬢さんの車が見つかりました」

私は先を待った。だが、巡査は黙ったままだった。

「車だけ？」私は訊いた。

「はい」

「どんな状態だった？」早くもパニックに引きずりこまれようとしていた。

「ドアはロックされてました。鍵はついたままで……ウィンドウが割られていました」

手は震え始めていたが、刑事らしく冷静に対応しようとせいいっぱいの努力をした。「どのウィンドウ？」

「運転席のです」巡査が簡潔に答える。

「見つかったのはどこで？」

ジェームズ巡査の答えを聞く前に腕から力が抜け、携帯電話が床に落ちた。私は口もとに手をやって、吐き気をこらえようとした。膝ががくがくしている。上下の区別さえもうわからない。この惑星に私をつなぎ止めていた唯一のものが、私の腕のなかからむしり取られた。どんなドアも、巡査の言葉以上の衝撃を与えることはできないに違いない。床に崩れ落ちかけたとき、ハリソンの手が伸びてきて私の腕をつかんだ。

「レーシー」声がかすれた。

「どうしたんです？」ハリソンが言った。その問いは、何らの意味も残さないまま私の耳をかすめて消えた。

私はハリソンの腕にすがりついて体勢を立て直した。

「何があったんです？」

「娘の車が見つかったそうなの」

8

レーシーの黄色いホンダは、私に電話をかけてきたスターバックスから三キロほど離れた、中流階級が多く暮らす閑静な住宅街に放置されていた。どの家の芝生もきれいに刈りこまれている。車はごく自然に歩道際に停められている。強引に路肩に寄せられたことを示す痕跡は一つもない。どこかの庭から落ち葉を吹き飛ばすブロワーの低い音が聞こえていた。その何の変哲もない日常が、かえって私の恐怖を募らせた。

ハリソンはレーシーのホンダの真後ろに停まっているパトロールカーのさらに後ろに車を停めて、降りていこうとした。

「少しだけこうしてていいかしら」私は言った。かすれたような声しか出ない。「ほんのちょっとだけ――」鮮やかな黄色。レーシーは愛車に〝ひまわり〟とニックネームをつけていた。

「先に行って見てます。慌てないで」ハリソンが言った。

ハリソンは運転席側のドアを閉め、レーシーの車に向かって歩きだした。

「警邏がべたべた触って指紋をだいなしにしたりしてないか、確認してね」私は自分のなかにかろうじて残っている刑事の習性にすがりつくようにそう言った。

あれが私の娘の車だ。破られたウィンドウ、そして……そこで想像力にブレーキをかけた。よしなさい。考えちゃだめ。先走ってはいけない。想像ばかりふくらませて、何かいいことがある？　だが、それは雨が地面に落ちる前に手で空へ押し返そうとするようなむなしい努力だった。

車を降り、ホンダに近づいた。レーシーが初めてその車に乗って帰った日のことがふと蘇る。私は娘に登録証を持たせ、車の前で記念写真を撮った。娘のうれしそうな顔を見て、空を飛ぶことを覚えた小鳥を連想した。あの喜びが、なぜこんなところに行き着いたのだろう。何がどうなってこんなことになるのか。私がたった一つでも母親らしいことをしていたら。もしかしたら……

気づくと、犯罪の被害者と同じ思考回路に陥っていた。

そんな藁《わら》にもすがるような嘆きを、これまで幾度耳にしてきただろう。犯罪に巻きこまれ、ただただ呆然としている被害者は、過去に目を凝らすことによって、暴力の意味を理解しようとする。目の前の結果をたった一つのわかりやすい原因と結びつけようとするのだ。だが、それは無駄な努力だ。原因がたった一つしかないということはありえない。たとえ一つだったところで、それを見つけて何になる？　過去に帰ることはできないのだ。時間をさかのぼって間違いを正すことはできない。果たして底があるかどうかさえわからない暗闇に身を投げるようなものだ。

私はレーシーの車に近づき、路面に散らばった安全ガラスの破片を踏まないように立った。

「ドアは全部まだロックされてます」ハリソンが言った。

身を乗り出し、割れたウィンドウからなかをのぞこうとしたが、私の体は、崖の縁《へり》ぎりぎりに立てと命じられたかのように抵抗した。

「ちょっと深呼吸をしましょうか」ハリソンの声。「できるだけゆっくり。できるだけ深く」

通りの反対側では、バナナの木の巨大な葉が優しいそよ風に吹かれて揺れている。何事かと集まった野次馬が歩道から様子をうかがっている。私は目を閉じた。葉のこすれ合うかさかさという音は遠ざかり、代わりにガラスの割れる音が耳の奥に響いた。

「割れたウィンドウから引きずり出されたのね」私は言った。

ハリソンがうなずく。

「なんてこと」かすれた声で言う。胃が波打つような感覚がして、私は急いで向きを変えると、ローズマリーの生け垣の際で吐いた。

「どうしてなの？」私はまたかすれた声でつぶやいた。

脳裏に浮かんだ映像を払いのけようとしたが、それはあまりにも鮮明だった。娘の髪やシャツを乱暴につかむ手、振り払おうとするレーシー。引きずり出されまいと、身をよじり、足をステアリングホイールに引っかけるレーシー。

砂利を踏む気配がして、ハリソンが近づいてきた。すぐには口を開かなかった。やがて背後から声が聞こえた。

「大丈夫ですか」

私はうなずいた。これまでに無数の犯行現場を見てきた。暴力によって心を粉砕された遺族の顔を幾度ものぞきこんできた。私たちは、〝お気持ち、お察しします〟と言う。彼らの手を握り締める。だが、自分は何も感じまいとする。彼らの目が見ている世界を自分は見まいとする。だがいま、私は彼らの側にいた。ほかの警察官たちが私を見る目がそのことを物語っている。気をつけよう、あまり近づきすぎないほうが身のためだ。彼らはそう自分に言い聞かせている。私は黄色いテープのいつもとは反対の側にいるのだ――被害者の側に。

パトロールカーがさらに二台到着した。若い女性巡査がまっすぐ私のほうに歩いてきた。

「ジェームズ巡査？」私は尋ねた。

巡査がうなずく。「こんなことになって残念です、警部補」それから自分の唇を指さした。同じ場所に触れてみると、口角に吐瀉物《としゃぶつ》がこびりついていた。「もっと人員を集めて。これじゃ聞き込みの手が足りないわ」私は言った。

「いま応援がこちらに向かってます。鑑識も」

「私の自宅の電話の傍受を……もしかしたら……」最後まで言い終えることはできなかった。

「手配します」ハリソンがうなずいた。

私はジェームズ巡査の顔をまじまじと観察した。おそらく二十代後半だろうが、せいぜいレーシーと同じか少し年上にしか見えない。金色の髪をきれいになでつけて耳にかけている。耳たぶにはシンプルな銀のフープピアスが下がっていた。瞳は明るい青で、右手には指輪を二つしているが、左手には一つもない。

ふう。この年ごろの私にはすでに娘がいた。

「あらゆる手を尽くします、警部補」ジェームズ巡査が言った。

身内が被害者になったとき、警察の人間はかならずそう誓う。私自身、トレーヴァーの病室で同じことを言ったはずだ。しかし、娘についてそう言われる日が来ようとは。ジェームズ巡査が私の手を取った。警察官同士の連帯感。きっとこの私は、ジェームズ巡査のような後輩たちのロールモデルなのだろう。初の女性殺人課長。初の女性なんとか、初の女性かんとか。なのに、私は自分の娘を護ることさえできなかった。

「怪我をなさってるようですね」巡査が言った。「救急隊員を呼びましょうか」

私は力なく首を振った。巡査は、レーシーのホンダを囲うように黄色いテープを張り始めた同僚たちに合流した。

何をしていいかわからない。自分が場違いな存在に思える。どうしたら次のステップに進めるのか。どっちに、どの方角に足を向ければいい？　大したロールモデルではないか。私は気持ちを鎮めようと、深呼吸をした。ドアが叩きつけられた頬が、まるでネオンサインのように光を放っているような気がした。足もとの地面が割れて、私を呑みこもうとしている。まともに息もできない。心臓は狂ったようにばくばくとやかましかった。

「とにかく何かすること」私は一人つぶやいた。「現場を検証して、目撃者の話を聴く。とにかく行動すること。何かすること」

どうにか一つ呼吸をした。

「目撃者が必要だわ」言い終える前に、肺の空気が尽きかけた。「何か見たか聞いたかした人がかならず……かならずいるはず」

ハリソンが振り返って車を見た。その目つきから、何か疑問が浮かんだらしいとわかった。

「どうかした？」

「いえ、大したことでは」ハリソンは言葉尻を濁した。

「思いついたことがあったら気軽に話して……いいことだろうとわるいことだろうと」

ハリソンはもう一度車を一瞥してから言った。「車のなかにも、路面にも、娘さんが怪我をしていることを示す痕跡はありません」

私はごくりと喉を鳴らした。まだうまく呼吸ができない。「血痕が一つもないってこと？」

「ええ」

「私を安心させようとして言ってるの？」

ハリソンは首を振った。「フィンリーの事件とは関係ないのかもしれないということです」

彼は何かを指さしている。私にはそれが見えない。そのことに腹が立った。答えの出ない疑問はもうたくさんだ。ただただ娘を取り返したいだけだった。「いったい何が言いたいの？」

「犯人と接触した人物は、これまでのところ全員死んでます。同じ犯人の仕業なら、レーシーはいまもまだ車にいるはずです」

だめだ、気持ちがついていかない。この状態で現場検証など無理だ。もっと時間が必要だった。娘がいなくなったという事実から先へ進めない。何者かが車のウィンドウから娘を引きずり出した。自分の無力さを痛感した。銃や警察バッジが、怯えた市民を安心させるための小道具みたいに思える――〝ご安心ください、私たちは対処のしかたをちゃんと心得ていますから〟。涙があふれかけ、私は急いで顔をそむけた。

通りは着々とパトロールカーで埋められていく。大勢の制服警官が無用な占領軍みたいにただうろうろしている。私は涙を拭った。手が震えていた。その手を反対の脇の下に押しこみ、拳《こぶし》を握り締めて、手に取り憑《つ》いた恐怖を追い払おうとした。

「とすると、疑わしいのは脅迫電話？」私はハリソンに向き直って訊いた。「〝中年の白人男性〟？」

「一つの可能性です」

「もしそうなら、複数あると思ってた手がかりは一つもなくなったってことになる。留守電に入ってた声なんて……手がかりのうちに入らない」

「発信元の番号は調べられます」

「運よく突き止められたとしても、きっと公衆電話よ。指紋は星の数ほど採れるでしょうけど、肝心な一つはどうせ付着してない」

「いま確実にわかってるのは、いまのところ何も判明していないということ、したがって最悪の事態を考える理由はどこにもないということだけです」

「最悪の事態ならもう起きた」

ハリソンは頭を振った。彼の目はほんの一瞬、記憶の森を漂っているような表情を浮かべたが、すぐに私に焦点を戻した。「いいえ、まだ起きてません」

そうだ、最悪の事態はまだ起きていない。この人は、最悪の事態とは何か、よく知っているのだ。

頬がずきんずきんと脈を打ち始めた。そこを潮でも流れているかのようだった。自分の車に戻って乗りこむと、ドアもウィンドウも閉め切った。

「ほら、考えなさい」私はつぶやいた。「それがあなたの仕事でしょ」

自分に懇願する。無力感の底から這い上がろうと力を振り絞る。目の前のどこかに答えがぶら下がっているはずだ。それを見つけるだけですむ。そう、そういう単純なことのはずだ。どんな犯罪も単純なのだから。例外にはお目にかかったことがない。意識してゆっくりと呼吸をする。ゆっくりと、深く。目を閉じた。だが、心はまだ暴れ回っている。すべてが一時《いちどき》に押し寄せてくる――レーシーが美人コンテストの観客に向かって〝あんたたちはね、みんな殺し屋なの〟と叫んだあの瞬間からこれまでに起きたすべてが。ブリームからかかってきた三度の電話。フィンリーのオレンジ色のソックス、血の小川。私に向かって叩きつけられるドア。フィンリーの自宅の庭の伸び放題の芝。暗い色をした池に浮かぶ真っ赤なセーター。〝悪いな〟というスウィーニーの声。爆発と同時に閃いた白い光。塵《ちり》の雲に呑みこまれるデイヴ。〝ひまわり〟と名前のついた車。飛ぶ喜びを知ったひな鳥。

ウィンドウをこつこつと叩く音がして、私は現実に引き戻された。ハリソンとジェームズ巡査が立っていた。私はドアを開けた。

「ガラスが割れる音がした直後、車が走り去るのを目撃した住人がいます」ハリソンは通りの反対側を指さした。「あの女性です」

私は急いで車を降りると通りを渡った。女性は黄色いテープの反対側に立っている。六十歳くらいだろうか。髪は真っ白で、スラックスを穿き、ふわふわした白雲の模様がついた青いセーターを着ている。男性だったらよかったのにと思った。男性のほうが車種やメーカーを正確に供述できる場合が多いからだ。そもそも遺伝子にそういう能力が組みこまれているのだろうか。女性の場合は、自分のと同じ車でもないかぎり、だいたい色くらいしか覚えていない。

女性は『オプラ・ウィンフリー・ショー』を見ていたのだと言った。大勢の警察官に囲まれた市民の例に漏れず、その顔に浮かんだ笑みはぎこちない。「オプラはちょうど、摂食障害で餓死寸前までいったっていう視聴者と話してて……あの番組は大好きなの」

「外で何を見たか、お話しいただけますか」

女性は、摂食障害の議論が今回の捜査には関係ないと知ってびっくりしたような顔をした。

「あら、ごめんなさい」

「いえ、気になさらないで。何をごらんになったんでしょう」

「外に出て、ガラスの破片が散らばってるのを見たとき、ラジオでも盗まれたのかしらと思いました。でも、きっと空き瓶が割れただけのことだろうと思い直したの。だから警察には通報しなかった。いま思えば、すればよかったわね。ラジオが盗まれただけでこんな騒ぎになるの？」

「どんな車でしたか」

女性は通りに集まった大勢の警察官をちらりと見やった。「ねえ、あなたがたと話してると、あたし、何か危険だったりするのかしら」

「いいえ、安心してください」ジェームズ巡査が応じた。

「車のことを聞かせてください」私は促した。「どんな車でしたか」

女性は大きく息を吸いこむと、真実だけを話しますと誓うみたいに心臓の上に手を当てた。

「あっちに走っていきました」北を指さす。「白い車だった」

私は続きを待ったが、先はなかった。「それだけですか」

女性はきょとんとしている。

「どのくらいの大きさの車でしたか」

「ああ……小型車だと思うわ。そうよ、小さな車だった」

「2ドアでしょうか、4ドアでしょうか」

「ドア?……ええっと……2ドアね」

「トランクのあるタイプでしたか、それともハッチバックでしたか」

女性は少し考えてから答えた。「四角い車だった。ハッチバックね」

「メーカーは？」

とっさに意味がわからなかったのか、女性は私の顔を見返していたが、やがて質問を理解したらしい。「外国の車だと思うわね。いまどき、ほとんどがそうなんでしょう？　車種まではわからない。安っぽい見かけだった」

「新車でしたか、古そうでしたか」

「新しくはなさそう。つやつやしてなかったもの。でも、汚れてただけかも」

「何人乗ってました？」

「見えたのは運転手だけ。黒っぽい髪をしてたわ」

「肌の色は？」

「そこまでは見えなかった」

「男性でしょうか、女性でしょうか」

「たぶん男性ね」

「黒っぽい髪というのは確かですね？」

「ええ、確かだと思いますよ」

それだけだった。私の娘の誘拐現場を目撃した唯一の証人は、白の小型ハッチバックを見た。おそらく新しくなく、おそらく外国製で、おそらく黒っぽい髪をしている、おそらく男と思われる人物が運転していた車。

レーシーの車に戻り、自分を奮い立たせるようにして仔細に検証した。私にしか――母親にしか理解できないものが何か見つかる可能性がないとも言えない。絶対的な愛の力を借りて、答えがぴょんと飛びついてくるかもしれない。きっとそんなことは起きないとわかっていても、試してみないわけにはいかなかった。

ドアを開けて地面にしゃがみこみ、車内をくまなく調べた。娘の名残が香りとしていまも感じられるような気がした。ちょうど、娘のベッドに横になったとき、枕に娘の存在を感じたように。手を伸ばせば触れられそうだった。ルームミラーに黄色とオレンジの細い紐を編んだコードがぶら下がっていて、その先端でプラスチックのひまわりが揺れていた。助手席の足もとには、スターバックスの空のカップが転がっている。ダブル・モカラテ。カップはつぶれ、フロアマットはこぼれたコーヒーを吸って湿っていた。テイクアウトしたコーヒーを飲んでいたら、そこへ……その先を考えるのはやめた。

後部座席には学校用のバックパックがぽつんと残っていた。グローブボックスを開けてみる。父親と一緒の写真がテープで貼ってあった。レーシーは父親に抱きつくように腕を回していて、二人とも笑顔だった。彼の手にはまだ結婚指輪がある。しかし、私にはこんな写真を撮った記憶はない。カメラを構えていたのはきっと浮気相手だろう。つまりレーシーは、私より先に父親の浮気を知っていたのに、私の前ではおくびにも出さなかったということになる。父親との二人だけの秘密だったのだ。

「何か見つかりました?」ハリソンの声がした。肩越しに車内をのぞきこんでいる。

私はグローブボックスを閉めた。「とくに何も」そう答えておいて後部座席に手を伸ばし、娘のバックパックを取った。「この中身を調べようと思って。アドレス帳の電話番号を確かめたいの」

「娘さんを連れ去ったのが脅迫電話の主だとしたら、アドレス帳には——」

私はハリソンをちらりと見て言った。「自分が娘を取り戻す役に立ってると信じたいのよ」

その瞬間、私はハイイログマの母親にでもなりたいと思った。あらゆる疑いを威嚇《いかく》して追い散らしたい。

ハリソンはうなずいた。「かならず無事に取り戻しましょう」

それは現在入院中のパートナー、トレーヴァーが言いそうなことだった。そしてトレーヴァーなら、全身の全細胞がその言葉を信じていたはずだ。しかしハリソンはそこまでの楽観主義者ではない。それでも私を元気づけようと一生懸命なのだ。

「走り去った車の特徴を全署に伝えておきました」

「娘を拉致《らち》したのが脅迫電話の主なら、きっと向こうから連絡してくるわね。身代金を要求してくるでしょう。娘を預かったと自慢するだけかもしれないけれど。もしこれがフィンリーの事件とつながってるなら、音沙汰はないはず」

ハリソンはそのとおりというようにうなずいた。「フィンリーの事件とは無関係であることを祈りましょう」

黄色いテープをくぐって、自分の車のボンネットの傍らに立った。いいかげんに刑事の頭で考えなくては。いつまでも母親の頭で考えていたら、娘を救うことはできない。しかしそれは、手放さなくてはいけないということを意味している——ほんの少しだけのことではあっても。娘が私の手をすり抜け、捜査報告書の〝被害者〟の欄に収まることを認めなくてはならない。私はバックパックを両手で握り締め、振り返って娘の車を見た。

「何か見逃してる」私は言った。

「もう一度調べますか」

私は首を振った。「その見逃してるものは、ここにはないわ」

「どういうことでしょう」

私は考えを巡らせた。真っ暗な部屋を手探りで進むのに似ていた。思考を逆回しにする。私が関連づけて考えなかったものが何かある。それは私の視界のどこかにさりげなく隠れている。

「車」無意識のうちにそうつぶやいていた。

「車が何か？」ハリソンが訊く。

「走り去った白い車はハッチバックだった」

「ええ」

「ヒュンダイだわ」

「あの老婦人は、メーカーは特定できないと言ってましたよ」

「私は特定できる」

「どういうことですか」

「フィンリーが生花店で殺された翌朝、夜明け前に家に帰ったの。そのとき、白いヒュンダイが急に路肩から発進してきて、危うく追突するところだった。そのあと、ヒュンダイは『スター・ニュース』を配り始めたの。私がガレージに車を入れて降りたとき、ヒュンダイはうちのすぐ前に停まってて、私が見てることに気づくと、急発進して走り去った」

「新聞に載ったレーシーの写真を見たからとか？」

「でも、それきり新聞はどの家にも配達せずに消えたのよ。配達を途中でやめた理由はどう説明する？」

「そのヒュンダイのドライバーがレーシーを拉致したのかもしれないということですか」

「それを確かめましょう」

「ドライバーの顔を見ましたか」

私はもう一度だけレーシーの車のほうを振り返った。いまごろどんなに怖い思いをしているだろうとは考えまいとした。だが、それは無理だった。

「ええ、人相は覚えてる」

ジェームズ巡査が携帯電話を手に近づいてきた。話の邪魔をしては悪いと思ったのか、少しためらっていたが、やがて言った。「通信指令部からです。警部補宛てに、新聞配達員を名乗る人物から電話があったそうです。あなたは自分を知っているはずだ、世界の終わりについてあなたと話がしたいと言ったとか。指令部では、悪戯《いたずら》電話と判断しましたが、お嬢さんが拉致されたと知って、たったいま連絡してきました」

「その電話の主は、どの新聞を配達してるか言ってた？」

「『スター・ニュース』だそうです」

9

『スター・ニュース』の配達管理主任に問い合わせたところ、私の家の前で車を停めた配達員、少し前に警察に電話をしてきたと思しき配達員は、フィリップ・ジュネという男らしい。おそらくフランス出身だが、確かなことは主任も知らないという。記録を残さない経済では、個人的な質問はほとんどしないのが常識だからだ。『スター・ニュース』の配達を始めてまだ二か月とたたない新参で、無口なたちということもあって、職場に親しい同僚はいない。ジュネについて新聞社側が確実に把握している事実は、時給六ドルで喜んで働くということだけだった。

私と遭遇した朝、ジュネはいつもどおり朝刊の束を受け取ったものの、配達したのは受け持ちルートのほんの一部――私の自宅前の通りに面した八軒だけで、その最後が私の家だった。割り当てられた四百部のうちのたった八部。それきり連絡もなければ、会社にも顔を出していない。会社は自宅の電話番号を知らなかった。届けがあったのは、ハリウッドの住所だけだった。

陽が西に傾きかけたころ、ハリソンと私は車でフリーウェイ一三四号線をハリウッドに向けて走っていた。背後に横たわるサンガブリエル山脈は、さまざまな橙やピンクに輝いている。前方のはるか遠くに目をやると、灰色の水平線にセンチュリーシティのビル群が浮かび、ダウンタウンの超高層ビル街の南側には、グレーターロサンゼルスが果てなく広がっていた。私たちが走っている道の先にはグリフィス天文台やハリウッドヒルズがあり、そこを頂点にして、ハリウッドの街並が影の底へと続いている。

私は事実に意識を集中しようとした。レーシーをこの手に取り戻すためのパズルのピースに。しかし、ピースは一つとしてうまく組み合わさらなかった。生花店のブリームの行方はいまだつかめていない。ダニエル・フィンリーを殺害した銃弾の旋条痕に一致する銃は、データベースに登録されていなかった。臨時従業員スウィーニーも消息不明のままだ。そしてメキシコ軍は、電話と官僚主義の出口の見えない迷路だった。

すべてが行き違いで、レーシーは無事にリビングルームのテレビの前に座っているというごくごくわずかな可能性に賭けて、そして祈りの気持ちをこめて、自宅に電話をかけてみた。予期していたことなのに、留守電の応答メッセージが流れ始めた瞬間、やはり心が沈んだ。

レーシーの友だちから、パークス校長なんか糞食らえだというメッセージが入っていた。どこかの記者は、〝緑の女王〟のコメントを取りたがっている。最後に、レーシーを車のウインドウから引きずり出した人物の声の次に聞きたくない声が聞こえた。

「アレックス。お母さんよ。たったいま、ニュースでレーシーを見たんだけど……」

沈黙があった。適切な言葉を探しているのだろう、かすかな息遣いが伝わってくる。

「できればトム・ブロコウ（NBCのニュースキャスター）からじゃなく、あなたから伝えてもらいたかったわ。でも、あなたにも事情があるでしょうから……時間ができたら電話して」

私は〝切〟ボタンを押した。ふう。私は電話機を見つめ、たった一人の孫が拉致されたことを母にどう伝えようかと考えた。タッチパッドを使って母の番号を入力したものの、〝通話〟ボタンは押さなかった。母がわっと泣き伏す声に耳を澄ましたところで、レーシーを救う役には立たない。加えて、何もかも私のせいだとなじる声を聞いたところで、私も救われない。

「どうかしました?」ハリソンが訊いた。

「うちの……いえ、大したことじゃないのよ」私は一つ大きく息を吸って言い直した。「母から電話があったの」

「ああ。何となくわかりました」

携帯電話をポケットに戻し、レーシーのバックパックを開いた。アドレス帳には〝Numbers〟という文字が刻まれた黒革のカバーがかけられていた。ページを繰って探した――そこに書きこまれているのがどうにも不似合いな番号、頭のなかの警報のスイッチを作動させるような名前。私も知っている名前がいくつかあったが、ほとんどは聞いたことさえないものだった。ページをめくるごとに、私の意識は少しずつそこを離れて漂い始めた。娘を抱き締めたかった。もとの機能不全の母親に戻りたかった。もう一度だけ母親らしくない発言をして、それが娘に与えた傷を癒《いや》すことに余生を費やしたい。

ウィンドウを下ろし、目を閉じて、頬でそよ風を感じた。だが、安らぎが訪れる代わりに、母に言われたことが過去から突風に乗って襲いかかってきた。

「警察なんかに入ったら人生おしまいよ。もっとましな生きかたがあるでしょう」

車はサンセット・ブールヴァードに入り、ハリウッド東部を西に向けて走った。名声の歩道《ウォーク・オブ・フェーム》からほんの二、三キロ離れているだけなのに、この界隈にはスターを記念するものは何もなく、記念撮影をしている観光客もいない。あるのは貧困層向けのいわゆる店頭教会や、出稼ぎ労働者向けの安ホテルだ。歩道には、移民帰化局の職員や路上犯罪からどうにか身をかわしながらここで過ごした移民たちの、破れた夢のかけらが散らかっていた。

『スター・ニュース』の配達員フィリップは、サンセット・ブールヴァードからわずか数ブロック南に下った、荒廃した地域に住んでいた。該当する住所を見つけ、そのブロックを一周してヒュンダイを探したが、どこにも停まっていない。

「フィリップが在宅中なら、車以外の手段で帰ってきたということね」私は言った。

ハリソンはウィルコックス・ストリートのフィリップの自宅前に車を停めた。マスタード色の三階建てのアパートだ。鎧窓《よろいまど》が並んでいる。歩道際にはあふれかけたごみ入れの列。ギャングのシンボルマークをスプレーペイントで悪戯書きされた、息も絶え絶えといった風情のヤシの木の隣に、焼け焦げたクリスマスツリーの残骸が転がっている。

私は車から降りる前に、しばらく黙って座っていた。赤ん坊を抱いた若いメキシコ系の女性が通りを渡っていく。その女性を目で追ったあと、まぶたを閉じて、私の赤ちゃんを初めて病院から連れ帰ったときのことを思い出した。

「大丈夫ですか」ハリソンが訊いた。

即座に現在に引き戻された。「平気よ」

ハリソンはだまされてくれなかったようだ。〝思い出依存症〟仲間を見るような目をしている。その症状に悩まされている男性は何人か知っているが、そう多くはない。たぶん、女のほうがかかりやすいのだろう。子育ての後遺症として。

「大丈夫だったら」私は言った。

周囲に視線を走らせ、界隈の様子を頭に叩きこむ。同じブロックの角には、どこかで見たような売春婦が、うさんくさそうな目つきで私たちの車をじろじろながめていた。まったく、自分から進んで人生をぶち壊しにしようとしている人々を見ると嫌気が差す。人生は短すぎる。そんなこと、私たちはもうさんざん学んできたはずだ。それとも、人は破滅への道を突き進まずにはいられない生き物なのか。

「誰かに似てませんか」ハリソンがつぶやいた。

私は街娼をしばらく観察したあと、うなずいた。「ジェイミー・リー・カーティス」

「そっくりさん売春婦ってカテゴリーでもあるんですかね」ハリソンは呆れたように言った。

「しかもあれ、男よ」私は付け加えた。

ハリソンは冗談なのかどうか判断がつきかねているような顔で私を見た。男だというのを疑っているのではない。ジェイミー・リー・カーティスに似ているというほうだ。

「『ワンダとダイヤと優しい奴ら』のジェイミー・リー・カーティス？」

私はうなずいた。「一月《ひとつき》だけ風紀課にいたことがあるの。そのうちの三週間、ジェイミー・リーの格好で街に立った。コアなファンがいるのよ」

私たちは車を降りてアパートに近づいた。

「少しばかり楽勝すぎると思いませんか」ハリソンが言った。

「はっきり言って、罠《わな》の匂いがするわ」

それはかならずしもハリソンが望んでいた答えではなかっただろう。私がどこかの建物に足を踏み入れると何か起きる。それが二度続いたのだ。片方は爆発し、もう一方ではドアが私の側頭部に叩きつけられた。

「どうします？」

私は通りを渡り始めた。「とにかく行ってみましょう」

そのアパートに入るのは、名声の歩道のロナルド・レーガンの手形からたった二ブロックの場所に天から降ってきた第三世界に足を踏み入れるのと同じだった。

エントランスに電灯はない。壁を見ると、何やら正体不明の液体が縞模様を作っていた。片側の部屋のどれかから、哀愁を帯びた中東の音楽が聞こえている。別の部屋からは赤ん坊の泣き声とサルサだ。空気はターメリックとラードと尿の匂いをさせていた。私はこんな場所にいるレーシーを想像するまいと意地を張った。代わりに、自分の部屋のベッドに寝転び、ウォークマンで音楽を聴いているレーシー、私が話しかけても知らん顔を決めこんでいるレーシーを思い浮かべ、そのイメージにしがみついた。

「三階の奥の部屋らしい」ハリソンの声は心細げだった。こういった場所は爆弾処理班の得意先ではない。爆弾というのは高級志向の犯罪、教育の産物だ。こんな建物をわざわざ爆弾で吹き飛ばす必要はない。マッチ一本で事足りる。

二階の踊り場はファストフード店の紙袋やねずみの糞《ふん》だらけだった。三階を目指す。部屋は計六つ。左右に三つずつ並んでいる。

「右手の一番奥ですね」ハリソンが言った。

廊下をゆっくりと歩く。イラン語やスペイン語のテレビ番組の音。ドアの一つがわずかに開いたが、私たちが警察の人間だと察した瞬間、素早く閉じられた。右側の一番奥の部屋の前に来ると、私はグロックを抜き、握った手を腿《もも》に沿わせた。ハリソンは驚きと不安が入り交じった視線を銃に向けた。「僕も――？」

私はうなずいた。

ハリソンは慎重な手つきで九ミリの銃を抜いた。食料品店でアーティチョークを手に取る買い物客みたいだった。

「反対側をお願い」私はドアの反対側に顎をしゃくってささやいた。

ハリソンが位置につき、いつでもどうぞというようにうなずく。私はドアノブに手を伸ばした。その瞬間、脳裏に蘇った――塵の雲に呑みこまれたデイヴ。私の手はふいに動きを止めた。ハリソンを見る。そしてドアから一歩離れた。

「最悪のケースを想定した場合、どうすれば吹き飛ばされずにすむ？」私は訊いた。

ハリソンは少し考えてから答えた。「ファイバースコープがあれば、ドアの下の隙間からなかの様子を確認できます」

私は腕時計を確かめた。五時を回っていた。ラッシュアワーが始まっている。「どのくらいで用意できる？」

「この時間帯の渋滞を考えると、最短で一時間」

「ロサンゼルス市警に頼んだら？」

「時間的には大差ないでしょう。爆弾処理班はアカデミーから来ますから」

また腕時計を見る。秒針が一目盛り進むごとに、レーシーは遠ざかっていく。「一時間は待てない」

ハリソンは廊下の反対の壁をにらんでしばし考えこんだ。「前回と同じく指向性爆薬なら、壁が盾の役割を果たしてくれるはずです。ノブにはさわらないで。ドアを蹴破って、即座に壁の陰に隠れましょう」

「娘がこのなかにいたら？」

その質問には答えたくないのだということは、目を見ればわかった。ドアを蹴破っても娘は安全だと答えれば、その瞬間、ハリソンは娘の命の責任を引き受けざるをえなくなる。

「電話をかけてきた人物は、私と何の話がしたいって言ってたんだった？　世界の終わり？」

「ええ、そんなようなことでした」

「だとしたら、これは私が決断すべきことだわね」

「娘さんはこのなかにいると思いますか」

私はハリソンの顔を見つめ、次にドアを見つめた。部屋番号の半分は取れてしまっている。薄汚れた手形が何やら芸術的なステンシルみたいにドアの縁《ふち》を飾っていた。

「いいえ」レーシーがここにいると考える理由はない。それでは簡単すぎる。レーシーが連れ去られた理由が何であれ、事件を単純にするためではないことは確かだろう。

「僕もここではないと思います」ハリソンが言った。

ドアの前に戻り、それぞれ蹴りやすい位置に立った。スペイン語で喧嘩している声が壁にこだましながら階段を上ってくる。酒に酔っているらしい男の声、怯えたような女の声。外では車の盗難アラームがほんの一瞬だけ鳴り渡った。私はハリソンにうなずくと、カウントを始めた。「一、二の……」三で二人同時にドアを蹴飛ばした。

木が裂ける派手な音がしてドアが内側にばーんと開き、壁に跳ね返った。私たちは壁に背中を押しつけた。耳を聾《ろう》する轟音《ごうおん》と、息さえできないほどの凄まじい爆風を待つ。

だが、何も起きなかった。

グロックの銃口を持ち上げ、勢いよく向きを変えて部屋の様子を確かめた。淡くなりかけた陽射しが、質素で殺風景な部屋をぼんやりと照らしている。片隅にシンクとカウンターだけの簡易キッチンがある。反対の隅にはドアが見えた。おそらくバスルームだろう。部屋の真ん中、二つ並んだ窓の前に椅子が置かれていて、男が一人、身じろぎもせずに座っている。それだけ見て取ると、ふたたび壁の盾に隠れ、ハリソンのほうに視線をやった。言葉を発する必要はなかった。私の表情だけで、何か歓迎できない事態が起きていることをハリソンも察した。部屋のなかからくぐもった声が聞こえてくる。ハリソンは銃を持ち上げ、部屋をのぞいた。驚きの表情がその顔を横切った。まもなく、室内の暗さに目が慣れたのだろう、部屋の中央に座っている男に焦点が合ったのがわかった。ハリソンは壁の陰にふたたび戻った。

「あなたが見たという新聞配達の男ですか」

そうだと断言はできない。「たぶん。もっと近くでよく見てみないと何とも言えない」

「近づくのはあまり賢明ではなさそうですよ」

「どうして？」

「体にワイヤらしきものが巻きつけられてるからです」ハリソンは深呼吸を一つしたあと、もう一度戸口からなかをのぞいた。「厄介なことになりました」

「爆弾？」

「それだけならまだましです。ドアが開くとタイマーが起動する仕掛けになってた」

「え？」

「胸にタイマーが見えました。すでにカウントダウンを始めてます」

ハリソンの目は私の顔を見ていたが、彼の意識は一足先に室内に入って、装置の仕組みを解析し始めている。

「電話をよこして私と話したいと要求したのは、フィリップ・ジュネ本人じゃないと考えて間違いなさそうね」私は言った。「つまり、電話をかけてきた人物は、私たちを爆弾の仕掛けられたこの部屋に誘《おび》き寄せようとした。犯人の意図が少しずつ見えてきたわね」

ハリソンはうなずいた。「警部補はこの部屋に入る必要はありません」

私に答える暇《いとま》を与えず、ハリソンは素早く体を起こすと、部屋に入っていった。私はあとに続き、銃口を左右に向けて室内の安全を確認したあと、バスルームのドアを開けた。無人だ。ハリソンは椅子に座った人物にまっすぐ近づいた。男の胸には爆弾がテープで巻きつけられていた。

床の上にマットレス二枚、安物のテレビ、祈禱用の敷物、衣類の詰まった段ボール箱数個。片側の壁際に安っぽい簞笥《たんす》と鏡。部屋中に『スター・ニュース』が散乱していた。

ハリソンの隣に立ち、椅子の上で怯えきった顔をしている男を見つめた。顔の下半分にダクトテープが幾重にも巻かれて口をふさいでいる。体の自由を奪っているのはそれだけだった。立ち上がって逃げることもできそうだが、膝の上に単三電池ほどの大きさのガラスのモーションセンサーがちょこんと乗っていた。大工が使う水準器に似ている。そこから伸びた導線が二本、起爆装置らしきプラスチックの小さなサーキットボックスにつながっていた。男の胸には六本のダイナマイト。キッチン用の小型デジタルタイマーが、行儀よく並んだダイナマイトの真ん中にテープで留められていた。逃げようと身動きをすれば、細切れの肉片になって部屋の四枚の壁にへばりつくことになると、当人もよくわかっているらしい。充血した黒っぽい目は恐怖に見開かれ、頼むから助けてくれと懇願していた。Tシャツは汗でぐっしょりと湿っている。

タイマーの表示は一分を切った。五十九、五十八……

「あなたがフィリップ？」私は訊いた。

目がうなずいたように見えた。

「私を知ってる？」

目がまたうなずいた。

ハリソンはポケットからスイス・アーミー・ナイフを取り出すと、落ち着いた手つきではさみを開いた。「言わなくてもわかってるとは思うが、動かないで。きみが動くと、二人とも死ぬことになる」

フィリップはほんの一ミリほどうなずいた。額に汗の玉がびっしりと浮かんでいた。

「私は何をすればいい？」私は尋ねた。

「明かりをつけてください」

ドアのすぐ横のスイッチに近づく。

「プレートのネジの塗料が剝げてないことを確認して」

心臓が小さくジャンプした。この瞬間、ハリソンのような人々は、私たちとはまったく異なった目でこの世界を見ているのだということをようやく理解したような気がした。そう、どんなものも凶器になりうるのだ。トースターに命を奪われるかもしれない。電球一個に体をずたずたに引き裂かれるかもしれない。一台の車が街を一ブロックまるごと吹き飛ばすかもしれない。安全なものなど、一つとして存在しないのだ。あらゆる物体が殺戮《さつりく》の力を秘めている。あらゆる小間物が、あらゆる無生物が。

プレートを注意深く観察した。塗料はネジの頭の溝にたっぷり塗られたままだ。「塗料は無事みたい」

「じゃ、明かりを」

スイッチを押す。裸電球が一つ灯って、部屋が明るくなった。

ハリソンは爆弾の近くにかがみこみ、直接触れないようにしながら指先で配線をたどり始めた。

「ほかには?」私は訊いた。

「避難してください」

フィリップの目にパニックがじわりと広がるのが見えるようだった。見捨てないでくれと無言で懇願している。

「三人そろって無事にここを出ましょう。一人だけ逃げるわけにはいかないわ」

本気なのかどうか自分でも怪しかったが、フィリップは私の言葉で安心したようだった。

私を見て一つうなずく。とはいえ、目はあいかわらず恐慌を来した馬みたいだ。

タイマーの表示を確かめる。残り四十五秒。四十四……

ハリソンは床にしゃがみこんで、パズルじみた物体を凝視している。目に見えない起爆の経路をたどる指先だけがかすかに動いていた。

あと三十八秒。

そのとき大型トラックがごうという低い音とともに表通りに近づいてきた。駐車車両の盗難アラームが鳴りだした。ハリソンがはっと顔を上げて窓のほうを見た。トラックの重量が起こした小さな地震が壁を伝い、床に広がっていく。フィリップの膝のモーションセンサーが微妙に揺れ始めた。室内から空気が吸い出されたような気がした。もとより怯えきっていたフィリップの目が、倍の大きさに見開かれた。テープでふさがれた口からかすかな悲鳴が聞こえた。

「頼む、頼む、頼む」ハリソンの手がモーションセンサーのほうにさっと動いたが、ほんの数ミリ手前で止まった。トラックが遠ざかるとともに、床の震えも鎮まった。モーションセンサーは最後にもう一度だけわずかに揺れたあと、静止した。

部屋に空気が戻ってきた。

タイマーの数字は三十を切っている。

ハリソンの手が伸びて、モーションセンサーの黄色の導線をそっとつまむと、はさみの刃を当てた。ぱちんと小気味よい音がして導線が切断された。

「ふう」私は思わず安堵の声を漏らした。

タイマーの数字が二十を切った。

「安心するのはまだ早いですよ」

外の自動車のアラームの音は、夜の空に響くコヨーテの狂った笑い声に聞こえた。

残り十五秒。

ハリソンはタイマーの裏側にそろりと指を差し入れ、配線を確かめた。「ふむ、興味深いな」一人つぶやく。

十秒。

ハリソンの指が起爆装置につながっている導線を二本つまみあげた。一つは黒、一つは赤。外のアラームの音がやんだ。ふいに自分の心臓の音が聞こえた。ハリソンは黒い導線にはさみの刃を当て、一瞬ためらうように首を振ったあと、ぱちんと切った。

タイマーのカウントダウンが止まった。赤いLEDの文字は〝3〟。ハリソンが私のほうを向いて、ほんのわずかに口もとを緩めた。化学の試験でAをもらった子どもみたいに。血圧が少しくらいは上昇していたのかもしれないが、傍目にはまるでわからなかった。

「まったく、何が〝興味深い〟んだか」私は言った。ようやく肺に空気を感じられるようになっていた。

ハリソンはフィリップの目をのぞきこんで言った。「もう大丈夫ですよ」

フィリップの胸にダイナマイトをくくりつけていたテープを手早く切り、絆創膏《ばんそうこう》をはがす医者のようにそっとはいでいく。フィリップは、もう息がもたないとでもいうように、口をふさいだテープを乱暴に引きはがした。ターバンでも巻き取っているみたいだった。最後の一周は頬にいかにも痛そうな赤い痕を残した。だが、本人はそんなことはまったく気にせず、椅子を蹴るようにして立ち上がると、床に置かれたダイナマイトから一番遠い部屋の隅まで後ずさりした。ショックからだろう、しばらく凍りついたように突っ立っていたが、やがて両手で口を覆うと、おいおいと泣き始めた。

年齢は三十代初めといったところだろうか。痩せ形で、食べ物を満足に与えられていない子どもみたいに落ちくぼんだ目をしている。手の指はほっそりと華奢《きやしや》で長い。顔に巻かれていたテープがなくなってようやく、ヒュンダイで新聞を配っていたのと同一人物だとわかった。

「ありがと、ありがと」泣きじゃくる合間に、かすかなフランス語訛を感じさせる英語でそう繰り返した。

ハリソンは床にしゃがみこんだまま爆破装置を調べている。私もその隣にしゃがんだ。ハリソンの目に不思議そうな色が浮かぶのがわかった。「どうしたの？」

ハリソンは、頭に浮かんだ考えにふさわしい姿勢を探そうとしているみたいに首をかしげた。「前回の装置がひじょうに洗練されていたことを考えると、本気で僕らを殺すつもりでこんなものを作ったとは思えません」

「どういうこと？」

「どの導線を切ってもタイマーが止まるようになってるんです」

私を見つめるハリソンの目には、恐怖とも畏怖ともつかない表情が浮かんでいた。「それに何か意味があると思うのね？」

ハリソンが深刻な顔でうなずく。「僕らは遊ばれてるんです。爆発しない爆弾を仕掛けたうえで、わざわざ電話をかけてここに来させた。筋が通らない。わざわざ呼んでおいて殺さないのはなぜです？」

「さあ、どうしてかしら」向きを変えて部屋のなかを見回す。これまでは目を留める余裕のなかったものが、今回は見えた。マットレスには二枚とも誰かが寝た形跡がある。衣類の箱は、このようなアパートに暮らす男の一人分と考えるには数が多すぎた。マットレスの片方のそばにポルノ雑誌が五、六冊放り出されている。枕のすぐ上の壁には『プレイボーイ』誌の〝8月のプレイメート〟のポスターが貼ってある。私は部屋の隅っこで怯えた小動物のようにうずくまっているフィリップに近づいた。

「犯人はあなたの知ってる人物？」

フィリップの目を恐怖が横切った。ドアを見、窓を見る。必死で逃げ道を探しているらしい。

「知らない、知らない」フィリップは激しく首を振った。その大げさな身振りが、かえって嘘であることを宣伝していた。

「マットレスが二枚あるわね。誰の分？」

落ち着きなく部屋のなかをさまよっていた黒いアーモンド形の目が、私の上で止まってじっと見つめた。

「犯人のでしょう。違う？　あなたの知ってる人なんでしょう」

頬に赤みが差すように、真実がフィリップの表情を染めた。視線が床に落ちる。「僕はアメリカ人になりたかった」独り言のような小さな声だった。

「その男が私の娘を拉致したの？」

フィリップは顔を上げて私を見た。

「その男が娘を拉致したの？」

私の質問の意味がようやく意識に染みこんだのだろう、フィリップの瞳に衝撃がじわりと広がった。あえいでいるかのように、唇が少しだけ開く。答えを待つ必要はなかった。この男は何も知らない。

フィリップの目に涙があふれた。もし彼の体がガラスでできているのなら、床に倒れて粉々に砕け散っていただろう。

「僕は、一晩中、一日中、その椅子に座ってたんだ……一日中」

パサデナへの車中、フィリップ・ジュネは後部座席におさまり、キャメルを立て続けにパックから振り出しては火をつけながら、ノンストップでしゃべり続けていた。口をふさいでいたテープが剝がされた瞬間、たまっていた言葉が堰《せき》を切ってあふれだしたとでもいうみたいだった。学生ビザで二年前にアメリカに来た。ディスクジョッキーを目指して専門学校に通っている。いつかラジオの音楽ランキング番組のスタッフが自宅アパートのドアをノックするまでの間、新聞配達と皿洗いの仕事をし、土曜日の午後にはサッカーをしている。整った顔立ちをしてはいるが、人目を引く美男というほどではない。ハリウッドのような街では十人並みに分類されるだろう。

彼に爆弾を巻きつけた男に、大事なものは根こそぎ持っていかれたという。書類、労働許可証、パスポート、家族からの手紙。それに車——私の娘が連れ去られた事件と関係があるのかもしれないし、ないのかもしれない、白のヒュンダイ。しかしフィリップの怯えきった瞳を見れば、彼が本当に失ったのは財産目録には載らない性質のものであることは明らかだった。

ロサンゼルス市警は、私たちがパサデナに向けて出発するのを待っていたかのようにフィリップのアパートに乗りこんできた。だが、まもなくＦＢＩがやってきて彼らを追い払うに違いない。もはや事件は私たちだけのものではなくなっていた。フィリップが私の手からかっさらわれていくのは時間の問題だ。法執行機関と情報機関の全体重が、まるで占領軍のようにパサデナに着地しようとしている。恐怖が街に放たれた。

フィリップはまた一本煙草を吸い終え、取調室のすでに満杯になりかけた灰皿で揉み消した。私がパックを差し出すと、次の一本を取った。火をつけようとするが、手が震えてマッチがうまくすれない。私が代わりにすってやった。フィリップは煙を深々と吸いこみ、肺のなかにしばらく溜めるようにして、目を閉じた。この男は、胸にダイナマイトを巻きつけられ、トラックが表を通るたびに震える膝の上のモーションセンサーを見つめながら、あの部屋で十時間以上も過ごしたのだ。

「食事を用意してるわ」私は言った。

何かを思い出したのか、フィリップは一人微笑んだ。「母は僕を医者にしたがってました。でも、僕はロックが大好きなんです」

「犯人のことを話して」

またしてもキャメルの煙を深々と吸いこむ。「話したら殺される」

「心配しないで。警護をつけるから」

フィリップは私の顔を見て笑みを作り、首を振った。自分の周囲で起きているすべては出来の悪いサーカスの演《だ》し物なのだとでもいうように。「同じような経験をした人にはいつもそう言うんですか」

「あなたと同じような経験をした人にはまだ会ったことがない」

フィリップは顔を天井に向けて大きく息を吸った。やがて話し始めたが、その声は、彼に拷問《ごうもん》じみた行為をした人物に盗み聞きされるのを心配しているかのようだった。「バーで知り合いました。名前はガブリエルと言ってた。気安く話しかけてきて。ほら、アメリカの人はみんなそうでしょう。何年かヨーロッパに住んでて、少し前に帰ってきたって話してました」

「アメリカ人なの？」

「はい。俳優だとか」

「それで、あなたは自分の部屋に泊まるといいと誘った」

フィリップはうなずいた。「僕はゲイじゃありません……寂しいだけです。あいつはふつうに見えた……でも、そうじゃなかった」

「外見はどんなだった？」

「背は高かった。百八十センチは超えてました。髪は黒っぽくて、たくましい体つきをしてます。こう、ものすごく薄い色の目をしてて。ほら、いるでしょう、目が合ってるのに、こっちの体を透かして後ろを見てるんじゃないかって思いたくなるような目。自分が透明人間になったみたいな気にさせられる目」

「ヨーロッパからいつ帰ったって言ってた？」

「五日前」

「ヨーロッパのどの国なのかは話してた？　アメリカにどこから入国したかは？」

「聞いてません」フィリップはまた煙草を口に運びかけたが、手が震え始めたのに気づいて、テーブルの上に戻した。「あいつを捕まえてください」

「どこかに電話をかけたりは？」

フィリップが首を振る。

「誰かと会ってた？　どこかに出かけてた？」

「初日以外は、うちには泊まりませんでした。昨日までは。僕の部屋にはただ荷物を置いてただけです。それに、探し物が見つかったらすぐ引き揚げるって言ってました」

「昨日は何があったの？」

「新聞配達についていきたいって頼まれました」震える手で煙草を長々と吸ったあと、ふいにうつむき、自分の足に向けて煙を吐き出した。「始まったのはそのときです。いきなり銃を出して……」そう言って首を振る。目の縁に涙がたまったかと思うと、ぽたりと床に落ちた。

「それから？」

「銃を僕の頭に突きつけて、引き金を引いた」フィリップの目に内心の屈辱が表われた。ささやくような声で先を続ける。「あいつは笑った。弾なんか入ってないんだぞって。それから空のチェンバーに弾を一つだけ入れて、また銃を僕の頭に突きつけたんです……そして引き金を何度も……何度も引いた」

撃鉄がチェンバーに落ちる音がいまも聞こえるかのように、フィリップは表情を歪《ゆが》めた。それから両手で顔を覆った。

「命乞いをする動物にでもなったみたいだった。どんなことだってあいつの言うなりにしたでしょう」床を見つめていた目を上げると、疲れきったように長く息を吐き出した。

「新聞配達の途中、私の車のすぐ前に割りこんだわね。そのあと、家の前で停まった。どうして？」

「あなたの車が来るのを待って走りだせと言われてたからです。僕の顔があなたに見えるように。どうしてかは知りません。僕は言われたとおりにしただけです」

「ガブリエルという男は私の家を知ってたわけね？」

「たぶん」

「でも、理由は何も話さなかったのね？　私の娘のことも何も言ってなかった？」

「ええ、何も」

「私の家から走り去ったあと、何があったの？」

「テープで僕の目と口をふさいで、手を縛りました。それから何かを鼻に当てて、大きく息を吸えと言われました」

「それで意識を失った？」

フィリップがうなずく。「かなり長い間、車にいたんだと思います。次に気がついたら、あいつに腕をつかまれて、アパートの部屋に入るところでした」

「ブリーム、フィンリー、スウィーニー。その男から聞いた名前はある？」

「ありません」

「レーシーという名前は？」

フィリップはこれにも首を振った。私は財布から娘の写真を取り出して渡した。「この子に見覚えはある？」

フィリップは長いこと写真に見入っていた。やがて私に返そうとして、つぶやいた。「あれ、待てよ」

フィリップが写真をまじまじと見直す。私の心臓がすくみ上がった。

「テレビで見た。美人コンテストの事件。あの子でしょう？」

私は写真を受け取って財布に戻した。これ以上話しても時間の無駄だ。「すぐに似顔絵捜査官が来るから。ガブリエルの特徴を思い出せるかぎり話して」そう言い置くと、立ち上がって出口に向かいかけた。

そのとき、フィリップが訊いた。「いまの子が娘さん？」

私は立ち止まって振り向いた。フィリップはいまにも消えてしまいそうに小さく見えた。人は胸にダイナマイトを巻きつけられる覚悟とともにこの世に送り出されるわけではない。そんな体験をしたあとでは、日常のごくありふれた行為の一つひとつが以前とは違って感じられることだろう。地球を半周してこの国にやってきたとき、彼はロックンロールという夢を抱いていた。その夢はいま、遠い記憶にすぎなくなっているに違いない。彼は自分の影だけを残してすべてをなくしたようなものだ。しかも、ただ一つ残った影さえも風前の灯《ともしび》だ。疲れ、落ちくぼんだ目は、亡霊のものだった。

「そうよ」私は答えた。

「あいつはその子を拉致したんですか」

「何者かが拉致したの」

「とてもきれいなお嬢さんだ。気の毒に」

「ねえ、私が訊かなかったことでもいいの、何か思い出せない？　ガブリエルが出かけた場所、言ったこと、どんな情報でもいいのよ。意味なんかなさそうなことだってかまわない。何でもいいの」

フィリップがうなずく。「じきに世界中が自分のことを知るようになるって言ってました……みんなが自分を恐れるようになるだろうって」

私は取調室を出てドアを閉めると、それにもたれて目を閉じた。ふたたび開くと、ハリソンが立っていた。「聞いてた？」

ハリソンがうなずく。「ガブリエル」

「神に使命を託された大天使ガブリエルのつもりでいるのかもしれないし、サンガブリエル山脈から名前を拝借しただけかもしれない」

「ほかの可能性もありますよ」

「え？」

「ガブリエルはヘブライ語で〝強き神の人〟という意味です」

ハリソンは私と一瞬目を合わせたあと、いまの発言を謝罪するかのように視線をそらした。

私は刑事部屋を見回した。どのデスクにも刑事か制服警官がついていて、電話で話している。その低い声の総和に部屋の空気を残らず吸い取られたような心地だった。

「似顔絵捜査官を」私は言った。

「いまこっちに向かってます」

「ほかに何か手がかりは？」

「アパートから見つかったもう一人分の衣類の特徴は、フィリップの話と一致します。身長百八十センチをゆうに超える人物のものです。フィリップより五センチから八センチくらい上背のある男ですね。フィリップが言ってたとおり、書類はいっさい残っていませんでした。それから、フィリップの車を緊急手配にかけました」

「指紋は？」

「衣類の箱から部分指紋がいくつか。いまのところそれだけです。鑑識がまだ検証を続けてます。爆弾からは手がかりなしです。爆薬は産業用のありふれたもので、販路を追跡するのはまず無理でしょう。電子機器も、その辺の店で簡単に手に入るものばかりでした。用心深い男です」

「ということは、何もないも同然ね」

「名前と人相がわかった——何もないよりはましです」

私は首を振った。

名前と人相がわかっても、役には立たない。アメリカじゅうを探したところで、ガブリエルの記録は見つからないだろう。写真も、指紋も、学校の成績表の一つも、出てこないはずだ。ガブリエルが何を企んでいるにしろ、また動機が何であるにしろ——歪んだ信仰心なのか、狂気を帯びた政治思想なのか——ガブリエルの正体と同じく、それを知る者はどこにもいないのだ。

私は自分のオフィスに向かって歩きだした。しかし、ハリソンがついてきていないことに気づいて立ち止まった。まだ何かあるのだ。地平線に嵐が近づいているのが本能的にわかるように、私はそれを感じ取った。急に室温が下がったような気がした。「何なの？」

ハリソンの目の周りの皮膚が引き攣《つ》った。「警部補のご自宅に電話がありました」

ふいにフィンリーの家の廊下に引き戻されていた。重たいドアが悪意を持って向かってくる。「で?」自分の耳にも聞こえないような声だった。

「レーシーの解放の条件を提示してきました」

膝の力が抜けた。そして、フィンリーの家のドアがふたたび私の頭にぶつかった。

10

テープから聞こえてくる声は、いっさいの感情を持っていなかった。まるで買い物のリストを読み上げているようだった——ミルク、パン、コーンフレーク、コカ・コーラ、レタス。現実には、私の娘の身代金を提示しているというのに、だ。

「レーシー・デリーロを預かっている。うなじに小さなほくろが一つ、左の足首にも一つ。二百万ドル用意しろ。用意しなければ、娘の顔は二度と見られないと思え」

それだけだった。十回は繰り返し聴いただろうか。再生ボタンを押すたびに、レーシーが少しずつ、少しずつ、遠ざかっていくような気がした。

「二百万ドル」信じがたい思いで一人ささやいた。

娘の命に値札が下げられたのだ。四百万ドルだろうと一千万ドルだろうと、十億ドルだろうと、金額は問題ではない。要求額がいくらであっても、私が娘と再会できる保証はどこにもないのだから。

テープを聴いたあと、私は呆然としたまま会議室を見回した。ハリソンはドアの近くに立っている。パサデナ市警本部長のエド・チャベスはテーブルの上座にいた。チャベス本部長は、女の刑事を重用することがまだファッショナブルではなかった時代に、市警のなかでたった一人、私を引き立ててくれた人物だ。刑事への昇格を承認したのも本部長だった。そして私を殺人課に配置し、やがては課長に任命した。レーシーのことは赤ん坊のころから知っている。レーシーのラテン系の名付け親なのだ。元海兵隊員という経歴を持つ本部長は、元海兵隊員らしい強烈な存在感を放っている。誰もが何の疑問を抱くことなく本部長に敬意を払う。そうしないほうが不自然だからだ。早期退職が認められるまであと一年。片足はすでにサンタカタリナ島に係留してある大型ヨットに向けて踏み出されている。

ＦＢＩも来ていた。ヒックスという対テロ班の主任捜査官だ。いかにも〝ＦＢＩの捜査官でございます〟といった風貌をしている。まるで洗練が服を着て歩いているみたいで、物腰は隅々まで自信に満ちていた。その自信がうらやましかった。疑念と無縁でいられることがうらやましい。私のこれまでの人生に、疑念とは無縁の瞬間など一つとしてなかった。自分に疑念を抱かないというのは、この世に生をうけると同時に男たちだけに与えられる、天からの贈り物なのだろうか。それとも、そもそも遺伝子の配列が、疑念の存在を否定するようにできているのだろうか。いずれにせよ、ヒックスはそういった人物の代表格だった。髪の一本一本まで、剃刀《かみそり》で切られ、しかるべき場所に下ろされたあと、二度とそこから動かずにいるかのようだった。修士号を持った四十歳のエリート。どこかの企業の役員会議にも違和感なく溶けこめそうだ。テーブルのもう一方の端には、ノース刑事とフォーリー刑事が男だらけの会議室の総仕上げといった風情で陣取っている。

またしても再生ボタンが押された。全員がその声にじっと耳を澄まし、目の前にばらまかれたパズルのピースをどうにか組み上げようとせっせと知恵を働かせた。

「うちにレーシーを脅迫する電話をかけてきたのと同一人物だと思います」私は言った。チャベス本部長が私の顔を見た。涙があふれかける寸前に目をそらす。

「声紋照合を依頼しましょう」ヒックスが言った。

「この電話の発信元は？」本部長が尋ねた。

「オールドタウンのコロラド・ブールヴァードにある公衆電話です。街頭の防犯カメラの録画テープに何か記録されていないか、いま確認しています。電話そのものにも監視をつけてあります。また同じ電話を使うことがないとも言いきれませんので」

「まあ、まずないだろうな」

「同感です」私は言った。

チャベス本部長は椅子の背にもたれた。角張った顎の筋肉がぐっと盛り上がった。「で、現在の捜査状況は？」

「フィンリー殺しの容疑者として、二人の人物の行方を追っています。生花店の共同経営者のブリームと、従業員のスウィーニーです」

「スウィーニーを見たとか」ヒックス捜査官が訊いた。

言質《げんち》を取ろうという意図を感じた。「はい、ドアをぶつけられました」

ヒックスは目の前の報告書にちらりと視線を落とした。「その際、〝悪いな〟と言われた、と。どうして謝ったりするんでしょう」

　ＦＢＩの受動的攻撃ゲームにつきあう気分ではなかった。ヒックスは捜査を支援するためにここにいるのではない。牛耳《ぎゅうじ》るためにいるのだ。

「私を痛めつけたことに対して謝ったんだと思いますが」

「生花店の共同経営者のブリームはどうした？」チャベス本部長が尋ねる。

「夜明け前に自宅を出たきり、消息がつかめません」

「キャスティング・クラブの池で見つかったメキシコ陸軍の少佐の遺体は？」

　私はノースに顔を向けた。ノースは背筋を伸ばし、咳払いをした。「ついさっき、検視局から予備報告書が上がってきたところです。被害者の血中アルコール濃度は、法定上限値の六倍でした。現場で押収されたテキーラの瓶にも被害者の指紋が複数付着していました。肺に入っていた水の量から、溺死と考えて間違いないようです。被害者は殴り倒されて頭を強打したあと、よろめいて池に落ち、そのまま溺死したと思われます。そんなところです」

「爆薬をメキシコから持ちこんだのがこの少佐かどうかについては、まだ調査中です。メキシコ軍はあまり協力的とは言えませんで」

「私から早急な対応を要請してみましょう」ヒックスはそう言うと、人差し指で報告書をリズミカルに叩き始めた。「ところで警部補、お嬢さんは急進的環境保護団体のメンバーなんですか」

「私の知るかぎり、そういう事実はありません」

「しかし、環境問題を訴える政治行動によって、ローズクイーン・コンテストの進行を中断させていますよ」

「十七歳の子どもがしたことです」

「なぜこの件をお尋ねしなくてはならないかはおわかりですね？」

「はい」

「お嬢さんが急進的環境保護団体と共謀し、活動資金を得るための手段として自分の誘拐事件を偽装したと考えるべき理由はありますか」

「ありません」

「だが、コンテストであのようなことをするつもりでいることはあなたにも秘密にしていた」

「スプレーボトルを振り回すのと誘拐事件をでっち上げるのとでは、話のレベルがまったく違います」

「私は明白な論理をたどっているだけですよ、警部補」

「FBIは国内の急進的環境保護団体を監視してるんでしょう。そのうちのいずれかがパサデナで活動していると考えるべき理由はありますか」私は反駁した。

「いま確認しているところです」

私は本部長を見やった。本部長の目は、私がいまから何をするつもりかを見て取って、頼むからやめてくれと訴えていた。それでも、私はやはりこう言わずにはいられなかった。

「では、ガブリエルがテロリスト警戒リストに載っていなかったのは、ＦＢＩがしくじったせいだと考えるべき理由はありますか」

ヒックスは、私のその質問に黙って微笑んでみせるだけの雅量を持ち合わせていた。

「警戒リストに載ってるなら、ＦＢＩの誰かがへまをしたということですね」

「ガブリエルについて情報をいただけますか」ヒックスが促す。

「白人男性、国籍はおそらくアメリカ。ここ数年はヨーロッパで暮らしていた可能性があります。爆薬の知識が豊富で扱いに熟練していることを考えると、軍務経験があるのかもしれません。独学で技術を身につけたのだとすれば、群を抜いて高い知性の持ち主であると考えられます。ことによると、学歴もかなりのものかもしれない」

「海外で技術を学んだ可能性もありますね。こちらでも調べてみましょう」ヒックスが言った。

「ガブリエルと名乗っていることから、自分を強大な存在と見ていると推測できます。まもなく世界中が自分の名を知ることになるだろう、すべての人間が自分を恐れるだろうとフィリップに予言したそうです」

「レーシーの誘拐と、そのガブリエルとかいう奴がスウィーニーの家で起こした爆破事件、フランス人のフィリップのアパートでの爆破未遂事件とをじかに結びつけるものは何かあるのか」チャベス本部長が訊いた。

本部長は、ガブリエルの捜査はＦＢＩが引き継ぐことになるという現実に少しずつ私を慣らそうとしている。

「フィンリーの共同経営者、ブリームから、少なくとも三度、レーシー宛てに電話がかかっています」

「コンテストの出場者全員に電話をかけていたと聞きましたが」ヒックスが言った。

「二度以上かかってきているのはレーシー一人だけです。しかも一度はコンテスト当夜でした」

「美人コンテスト出場者に花屋から電話——テロ行為に結びつくとは思えませんね」

「フィリップが所有しているのと同種の車がレーシーの拉致現場から走り去るところを付近の住民が——」

「白い車が目撃されたというだけでしょう。メーカーも車種もわかっていない」

「ガブリエルとフィリップは、私の自宅前で車を停めています。つまり、誘拐の被害者の自宅前まで来たということです。結びつきとしては充分だと思いますが」

「一つめの爆弾であなたとパートナーの殺害を試みたのがガブリエルだとするなら、あなたの家に来たとしてもおかしくはないのでは？　あなたはその時点ですでに一度狙われているわけでしょう。ガブリエルはお嬢さんではなく、あなたを偵察に来たんだと思いますね」

「一つめの爆弾のターゲットは、トレーヴァーと私ではないと思います。狙われたのはスウィーニーでしょう」

「なぜスウィーニーが？」

「自分の顔を知っている全員を消そうとしてるからです」

「あなたのお嬢さんが誘拐された理由もそれだと考えてらっしゃるわけだ。お嬢さんはガブリエルの顔を見たんですか」

「それも一つの可能性です」

ヒックスはかぶりを振った。「それでは辻褄が合わない。その気になればフィリップをアパートで殺せたはずだ。なのに、なぜ殺さなかったんです？」

「単にこちらの運がよかっただけか、ゲームのつもりだったとか」

「では、お嬢さんの身代金を要求してきたのはどう説明します？　警察の捜査をいっそう加速させるだけでしょう。ガブリエルが見た目どおりの人間なら、目的はたった一つです。爆弾を仕掛けること。誘拐はその目的にそぐわない」

「ガブリエルに関して唯一予測可能なことがあるとすれば、この先もこちらの予測を裏切り続けるだろうということでしょう」

ヒックスはチャベス本部長に目配せした。本部長はぎこちなくその視線を受け止めたあと、私のほうを向いた。「きみの仕事はレーシーを救出することだよ、アレックス――」そこでふと口をつぐむと、悲しげに目を伏せた。「我々の仕事はレーシーを探し出すことだ。それ以外は考えなくていい」

「テロ捜査はＦＢＩの管轄です」ヒックスが言った。「今夜のうちに百名以上の捜査官を投入します。明日にはその倍にします。二つの事件が関連していると判明したら、そのときは協力して情報を融通し合いましょう。ただ、現状では議論するまでもない。ガブリニルを捕らえるのは私の仕事です。あなたはお嬢さんの救出に専念してください」

ノックの音が響いて、ジェームズ巡査が入ってきた。「警部補、似顔絵ができました」

「私がいただきましょう」ヒックスが言った。

ジェームズ巡査はヒックスを一瞥したあと、まっすぐ私のところに来て似顔絵を差し出した。「すぐにコピーを取ってきます」室内を見回してそう付け加える。

ガブリエルの髪は黒く、短く刈りこまれていた。髭はない。私が予想していたより丸顔で、唇は厚く、鼻も幅広だ。小さな半月形の傷跡が、右の眉尻から下に向かって延びている。フィリップが話していたとおり、淡い色をした眼光は鋭く、ただの似顔絵だというのに挑戦的な表情が見て取れた。私はその目をじっと見つめ、その奥にある冷たい心の情景を想像してみようとした。だが、想像のなかでさえ、そこは理解不能な景色をしていた。他人に対し、およそ考えうるかぎりの残虐行為を尽くした犯罪者を、これまで数えきれないほど捕らえてきた。まれに例外はあるとはいえ、たいがいの場合、彼らのなかに暗い秘密など存在していなかったし、邪悪な力に取り憑かれたりもしていなかった。ただ単に自制心を失っただけの夫であり、兄であり、弟であり、妻であり、親であり、誰かの子どもだった。出来事や感情——愛、憎しみ、そして恐怖——が命を持ってしまっただけだ。そしてすべてが終わり、自分の行為の陰惨な結果をあらためて目の当たりにしたときの彼らは、テレビの前の視聴者と変わらない。なぜそんなことになってしまったのか、ひたすら途方に暮れるのだ。

だが、このガブリエルは途方に暮れたりはしなさそうだ。この男の心に隙があるとしても、これまでの彼の行動には、どこを探ればその隙が見つかるかを示すヒントはない。私はテーブルに似顔絵を滑らせてヒックスに回し、ガブリエルの顔を観察する彼の目を観察した。内心で何かに驚いていたのだとしても、表情に変化はなかった。

「見覚えのある顔ですか」私は尋ねた。

ヒックスはなおも似顔絵に見入ったあと、椅子にもたれて首を振った。「こんな特徴的な顔、見たことがあればかならず覚えているはずです」そして立ち上がると会議室を出ていき、携帯電話で誰かを呼び出しながらドアを閉めた。一瞬、会議室を静寂が支配した。まるで、そろって外国に行って飛行機を降りたはいいが、どっちに行けば税関があるのかわからずにいるみたいだった。

「レーシーはたまたま巻きこまれただけだというヒックスの意見には賛成できないということかな」チャベス本部長が訊いた。

その言葉は、猛スピードで走り抜ける車から怒鳴られたもののように私の前を素通りしていった。私は心のなかで、レーシーのすべらかで欠点一つない手を握り締め、ママがいるから大丈夫と伝えようとしていた。心配しないで、泣かないで、怖がらないで。自分にも同じことを言い聞かせようとしていた。

「アレックス」誰かの手が伸びてきて私の手をそっとつかんだ。いつのまにか本部長がテーブルのこちら側に来て、隣に座っていた。「捜査を続けられそうか」

私はうなずいた。やるしかない。ほかに選択肢はなかった。行く手に何が立ちふさがろうと、私はかならず愛しい娘を救い出す。

「犯罪捜査について一番初めに教えてくださったこと、覚えてらっしゃる？」

本部長が微笑んだ。「自分より有能な人間をチームに加えること」口角が引き攣っている。いまにもくじけそうな心を気力で支えているのだ。

「この世に偶然などというものはない」私は言った。

こわばっていた本部長の顎の筋肉がふっとゆるんだ。もう一つ確かめておきたいことがあるのに、適当な言葉が浮かばないといった様子だった。まともな神経の持ち主なら、適当な言葉を思いつかなくて当然だろう。

「どうする？　その……」

「身代金のことなら、支払います。それでレーシーが帰ってくるのなら、たとえ借金を返すのに一生かかったってかまわない」

「そうか」本部長がうなずいた。「金の心配は私と市警に任せなさい。さてと、何から手をつけようか」

やるべきことは数えきれないくらいある。だが、どの方角に進めば娘にたどりつける？　万が一その選択を誤ったら、どんな結果が待っている？

「まずはブリームとフィンリーの自宅の電話を傍受します」

「そのための裁判所命令は私から申請しよう」

「それから、二人の奥さんの監視も」

ノースとフォーリーが了解というように同時にうなずいた。

「マスコミには伏せておくこと。一言もしゃべらないで」

「箝口令《かんこうれい》を敷こう」本部長が言った。

私はハリソンに顔を向けた。「私たちはレーシーの部屋の捜索から始めましょう」

娘の秘密を知る必要がある。そのためには、どれほど細かろうと、娘との間に存在しているはずの信頼の糸を断ち切らなくてはならない。ほかの三人が会議室を出ていくと、私はハリソンを見つめた。「その前にちょっと待っててもらえる？」

ハリソンがうなずき、戸口から一歩下がって私を先に通した。刑事部屋の奥にある私のオフィスに向かって歩きだそうとしたとき、ヒックスと部下二人がフィリップを伴って出ていこうとしているのが見えた。ハリソンが私の後ろから会議室を出たところで、たまたまフィリップがこちらに顔を向け、私たちの目が合った。フィリップも殺されているほうが筋が通るのに、なぜかこうして生きている。その点ではヒックスの指摘は的《まと》を射ていた。フィリップが生者の世界に留まっているのがただの幸運の結果ではないとするなら、ガブリエルはわざと警察に自分の似顔絵を作らせようとしたことになる。なぜだ？　何の目的があってそんなことをする？　フィリップはありがとうというように私に微笑んだあと、ＦＢＩ捜査官に押し出されるようにしてドアの向こうに消えた。

「ねえ、たまたま運がよかっただけだと思う？」私はハリソンに訊いた。「それとも、ガブリエルは自分の人相をわざと私たちに教えようとしたんだと思う？」

「僕もそのことを考えてました……いまのところもっともそれらしい結論は、ガブリエルは、僕がフィリップの部屋のドアを開けるうちの一人になるとは予想していなかったんじゃないかということです。僕でなくても、爆発物の知識のある人間が居合わせていなければ、あの爆弾はあのアパートの一角を吹き飛ばしてたでしょう。あなたもきっと死んでいた」

「とすると、タイマーで一分の余裕を持たせた理由がわからないわ」

ハリソンがこちらを向いた。「タイマー付きの爆発装置は、恐怖を何倍にも増幅します」

その言葉はしばらく空中を漂いながら、おい、こっちを見ろよと叫んでいた。

「恐怖を増幅？」私は一瞬考えを巡らせた。「緊迫感をあおるということ？」

ハリソンがうなずく。「そうです。ヒッチコック映画みたいに」

「被害者だけじゃなく、そのほかの人々も怯えさせようというわけね」

「警察に人相を知らせたかったと考えるより、そのほうが筋が通ります」

私はオフィスに入ろうとした。

「警部補」

立ち止まって振り返る。

「いずれにせよ、僕を本気で怖がらせた爆弾犯は、このガブリエルが初めてです」

私はハリソンを見返した。彼の目は、本来の年齢より年老いて見えた。私がこれまで見過ごしていた疲労感がそこにはあった。それは、年若い妻を埋葬した経験を持つ男の目、テロが何をもたらすかを身をもって知っている男の目だった。私は逃げるようにしてオフィスに入った。私が同性の刑事だったら、彼は本音を打ち明けていただろうか。正直なところ、裸の心と心を触れ合わせるより、そう、たとえば卑猥《ひわい》な冗談でも聞かされるほうがずっと気が楽だという気がする。

ドアを閉め、鍵をかける。それからデスクに歩み寄って電話を見つめた。母はコンテストの事件をテレビのニュースですでに知っている。いまから何時間かのうちに、マスコミはレーシーが行方不明になったことも嗅《か》ぎつけるだろう。またしてもテレビで知ることになるのはあまりにも他人行儀だ。

オフィスに視線を巡らせた。壁は表彰状や盾、メダル、プレート、写真など、輝かしいキャリアの記録で埋め尽くされている。しかしいま、その気になればいつでも私の心に疑念を芽生えさせることができた唯一の人物に対して、真実を認めなくてはならない。私は娘を守ることができなかった。自分がとんでもなく不出来な人間に思えた。

受話器に手を伸ばす。指が触れた瞬間、私は十六歳の子どもに返っていた。まじめなばかりで、何が正しいかわからず、完璧にはほど遠くて、何をしても中途半端な少女。人が私のキャリアをながめて想像するであろう有能な刑事ではなくなっていた。オフィスの壁に勢揃いした証拠の数々は、誰か私ではない他人のものだった。

呼び出し音が三度聞こえた。四度めが鳴り始めたところで、私は受話器を耳からほんの少しだけ離した。母が電話を取る前に切ってしまおうと無意識のうちに決意したかのように。

だが、ちょうどその瞬間にかちりと音がして電話がつながった。

「もしもし」

「アレックスよ、お母さん」

「アレックス。ずっと電話してたのよ。いま何時？」

時刻のことはすっかり忘れていた。腕時計を確かめる。もう午前零時を過ぎていた。「真夜中を過ぎてる」

「どうして連絡してくれなかったの？　そんなことだから――」

「お母さん」

「まったく、いくら忙しくたって電話の一つくらい――」

「大変なことが起きたの。ちょっと黙って私の話を聞いて」

「話を聞く用意ならいつでもあるわ。あなたがちゃんと連絡してくれさえすれば……まさか、あの子が妊娠したとか？」

「やめて。いいから黙って話を聞いて」

電話の向こうに沈黙が流れた。傷ついたような溜息が一つ。「わかりました。もう黙るわ」

私は事件を伝えようと口を開きかけた。しかし一言も発することができないうちに、涙があふれた。

「アレックス？」

母は私の感情のバランスがわずかでも傾くと敏感に察知する。そしてふだんなら、血の匂いを嗅ぎつけたサメのように抜け目なくその隙を突いて私を攻撃する。だが、今夜は違った。母の声が違う。いつもより穏やかで優しい。その声は、わたしのなかの、母とのあいだに愛情しかなかったころの記憶がしまわれている場所にそっと触れた。六歳の娘と、誇らしげな母親。ソウルメート。何がそれを変えてしまったのだろう。私が七歳のとき、父が家を出ていったせいだろうか。母が私を拒絶し、ついには赤の他人以上に距離が開いてしまうまで私を押しのけ続けたのは、母のように夫の沈黙に傷つかずにすむよう、強い女に育てようとしたからなのだろうか。

頬を伝い落ちた涙の滴が、デスクの上の報告書に小さな染みをいくつも作っていた。私は涙を拭って目を閉じた。「レーシーが誘拐されたの」

あえぐような気配がした。母の肺からすべての空気が押し出されたかのようだった。「え……どういうことなの。誘拐って――」

「誘拐されたのよ。文字どおり誘拐されたの」

「だけど……ね、これって冗談じゃないのよね」

「違うわ」

「あなたはお金持ちでも何でもないでしょう。誘拐されるのはお金持ちの家族よ。まるでわからない。何かの間違いに決まってる。とても――」

「やめてったら！」私は母の感情が暴走を始める前に引き止めようと大きな声を出した。

「親に向かって怒鳴るなんて」

「とにかく聞いて」

母が深呼吸をするのを確かめてから、先を続けた。

「ふつうの誘拐とは違うの。いまはまだ詳しく話せないけど、犯人の目的はお金じゃないんだと思う」

「じゃあ、何なの？　どうしてなの？」衝撃がじわじわと心に染みこみ始めたのだろう、母の声が甲高《かんだか》くなっていく。「ねえ、どういうことなの？」

「お母さん、誰かお友だちに電話して、家に来てもらって。いまは一人にならないほうがいい」

「そっちに行くわ」

母はアリゾナ州のサン・エステートという高齢者向けの住宅地に住んでいる。

「だめよ、来てもらってもすることがないし、私は忙しくて相手ができない。かえって一人ぼっちになってしまうわ」

「自分がどうしたいかくらい――」

「お母さん。いまはレーシーのことしか考えてる余裕はないの。お母さんがこっちに来ても、レーシーを助けられるわけじゃないでしょう。約束するから。レーシーは私がちゃんと助け出す。あの子は無事に帰ってくる」

「でも、そんな……だって……」長い長い沈黙があった。やがて蚊の鳴くような声が聞こえた。「アレックス……」悲しみに押し流されたように言葉が途切れる。「何もできなくてごめんね」

それは子どものころの記憶にある母の声だった。歌うような優しい声。電話を切る直前に聞こえていたのは、母が涙を必死で堪《こら》えている気配だった。

太平洋から涼やかな風が吹いて、空の雲はきれいに払われていた。気温は五度を下回っている。ハリソンの運転で、山麓のゆるやかな坂道を登っていく。私はウィンドウを下ろした。ここまで内陸に入っても、そよ風が太平洋の潮の香りをかすかに運んできていた。大きく息を吸いこみ、夜空を見上げた。黒一色の背景に星々がきらめくさまは、潮溜まりで発光する微生物を思わせた。この空の下のどこかに、私の娘はいる。

「明日の夜はみんな野宿ね」私は言った。

ハリソンが何の話かという顔でこちらを見た。

「パレードの場所取りのことよ。家族そろって毛布やら寝袋やらにくるまって、コロラド・ブールヴァードで野宿するの。私が子どもだったころから毎年そうやっていい場所を確保してる一家を知ってるわ。その家の伝統なのね。独立記念日の花火みたいなもの。でも、そうやってルートに陣取る人たちだけじゃないのよ、パレードを見物するのは」

全身を戦慄が駆け抜けた。スウィーニーの家の爆弾が炸裂した瞬間の熱風をふたたび肌に感じたような気がした。そのあとに続いた、耳を聾するばかりの衝撃も。「世界中でざっと二億人がテレビで見るそうよ」

ハリソンはその数字に驚いたらしい。「二億。それは知らなかった」

「スーパーボウルは別格として、一年を通してもっとも大勢が見るイベントの一つなのよ」

私は前に向き直り、暗い路面を凝視した。「フィリップは何て言ってたんだったかしら。ほら、ガブリエルの予言めいた話」

ハリソンは少し考えたあと、ささやくように言った。「じきに世界中が自分のことを知る。誰もが自分を恐れるだろう」

それだ。誰もが自分を恐れるだろう。その夢がかなうというわけだ。

「子どもたちもパレードを見に集まるわ……ガブリエルはその子どもたちを殺そうとしてる。そしてその瞬間を二億人が目撃するのよ」

ハリソンの目の周りの皺が深くなった。

「犠牲者が無垢な存在であればあるほど、テロの効果は大きくなる。狙いはそういうことよね？」私は言った。

ハリソンは盗み見るように私に目を向けたあと、前方に視線を戻した。「人相はわかってるんです。ルートには近づけませんよ」

「でも、近づく必要がある？　ガブリエルがこれまでに起こした事件を振り返ってみて。自分を犠牲にするつもりでいる人物がしたことに思える？」

ハリソンは一瞬考えたあと、ぎこちなく首を振った。「思えませんね」

「そう考えると、なおさら危険な人物だということになる。そうでしょう？」

これには答えが返ってこなかった。現実は、まるで仮面のようにハリソンの顔に張りついていた。事態は悪化する一方だという現実が。

マリポサ・ストリートに入り、私の自宅のあるブロックに向かう。この二十年、毎日目にしてきた家並みが背後へと流れていく。蔦のからまる斜面、その上に続く手入れの行き届いた芝生。屋根の上を走るプラスチックのトナカイ。雨樋《あまどい》から下がったつららを模して作られた白いクリスマスの電飾。ここはケリー家、あっちはゲーツェ家。レーシーはこのブロックで、生まれて初めて歩いた。あそこの家で、初めて男の子とキスをした。向こうの家で、夫が歯科医の妻と浮気をした。見慣れた風景だ。なのにいまは、映画の屋外セットか何かのように思える。ここでは絵空事しか起こらない。家はどれも書き割りで、満ち足りた安全な暮らしは台本のなかにしか存在しないのだ。内陸の砂漠から強い熱風が吹きつけてきたら、このすべてが瞬時に消え去ってしまうに違いない。

自宅前に覆面車両が停まっていた。ハリソンは車をドライブウェイに乗り入れた。ドアを開けて降りたが、私が座ったまま動かないことに気がついた。

あの子がいないとわかっている家に入りたくない。あの子の部屋に無断で入りこみ、持ち物を調べたりしたくない。それではまるで、個人的な秘密さえもいまや公共の持ち物に変わった、ただの新しい事件の被害者みたいではないか。

ハリソンは運転席に座り直し、じっと前に目を向けた。その目はガレージの扉を通り越して、時間を超えたはるかかなたを見据えていた。

「妻は行方不明になって六日後に発見されました」過去から目をそらすかのように、私に視線を移した。「不安な気持ちに顔がついてるつもりで反撃してやらなくては」

ハリソンは私の目を一瞬見つめたあと、前に向き直って深く息をついた。

「あなたは不安にどんな顔を与えた？」

ハリソンの口角がほんの少しだけ持ち上がって笑みを作った。そして指の間から何かが滑り落ちていったかのように両手を見下ろすと、首を振った。「僕には最後までできませんでした」

レーシーの部屋に入った。ハリソンは戸口でためらっている。床にTシャツが放り出されているのに気づいて、私は反射的にそれを拾い上げて畳み、ベッドの上に置いた。散らかった娘の部屋を来客に見せるわけにはいかない。

「日記はつけてましたか」ハリソンが戸口から訊く。

「日誌なら」何年も前、私が同じ質問をしたとき、レーシーにそう言い直されたことを思い出した。「日記というのは、十九世紀の女性たちが、その日誰とお茶を飲んだか忘れないように書き留めてたもの。日誌は文章を綴るもの。自分の人生を記録しておくもの」ハリソンの表情をうかがう。困惑しきっていた。「ティーンエイジャーって、妙なことに妙なこだわりを発揮するものなのよ」

私は室内にざっと視線を巡らせた。そこにあるすべてのものに手を触れたかった。そうすれば娘との距離が縮まるような気がした。くたびれた熊のぬいぐるみを抱き締めたい。そうすれば、熊が娘の居場所をこっそりささやいてくれそうな気がした。

「日誌はバックパックにはなかったから、ここにあるはず」私は言った。

ハリソンはまだ入口に突っ立っている。娘の私的な空間を侵し、寝室を捜索の現場に変容させることをためらっている。「あの、僕は向こうで待ってましょうか」

私は部屋を見回した。壁の淡い黄色のペンキから思い出が飛び出して、まるで対向車の流れのように向かってくる。前歯の抜けた七歳の少女がぴゅんと通り過ぎていった。高熱を出してうなされた五歳の少女。友だちが集まったお泊り会。笑い声。大音量で轟く醜悪な音楽。ドアの下の隙間からかすかに漏れてくる煙草の匂い。

自分を現在に引き戻そうとするように、ペンキ塗りの鉄のベッドポストをつかんだ。それからハリソンのほうを向いた。「いまは一人にはなりたくない」

「わかりました」

ハリソンはようやく部屋に足を踏み入れると、ぐるりと見回した。部屋の空気が変わったのがわかった。レーシーがほんの少しだけ遠ざかった。

「机にしまってあるとか」ハリソンが訊いた。

私はうなずいて机に近づいたものの、抽斗《ひきだし》を開けようとはしなかった。開けようとしても、手が言うことをきかない。ただ机を凝視するしかできない。

「代わりに調べてもらえる？」

「いいですよ」ハリソンが隣に来て、抽斗を順に開けていく。

私は目をそらした。私にはできない。やれるつもりで来たのに、やはり無理だ。娘をこれ以上遠ざけたくなかった。娘の秘密は秘密のままにしておいてやりたいと、これほど強く願ったことはない。

「ちょっとでも場違いなものがあったら出して」私は言った。

私は机を背にして窓の前に立った。抽斗が滑る音、紙をめくる音。窓は芝生を張った裏庭に面している。丸太を割って並べた柵の際にブーゲンビリアの植え込みがある。レーシーはいつも、犬を、たとえばゴールデンレトリーバーを遊ばせるのにぴったりの庭だと言っていた。だが、犬がそこで遊んだことはない。犬を飼ったらかわいそうな理由を私がかならず思いついたからだ。「犬を飼ったことはある?」ハリソンにそう訊いてみたがさごそという音が聞こえなくなった。「ええ、ありますよ。子どものころですが。いつも犬がいました……あ、ありました」

私は振り返った。ハリソンがレーシーの日誌を持ち上げてみせた。青い革装の本。表紙にひまわりが印刷されている。

「ああ、それだわ。持って歩いてるのを見たことがある」

ハリソンが日誌を差し出す。「あなたが――」

「いいえ、あなたが読んで。後ろからさかのぼってくれる? 電話番号、名前……何を探せばいいかはわかるでしょう?」

ハリソンは机に戻って椅子に腰を下ろすと、最後に書きこまれたページを開いた。「昨日ですね」

手早くページを繰りながら読んでいく。やがて何を見つけたのか、かすかな笑みを浮かべた。

「どうしたの？」

「コンテストの件です」そう言って私のほうを見る。「会場に居合わせたかったな」

「私は居合わせたくなかったけど」

とっさにそう口走ってから、まるで私の母のようではないかと思った。まったく、どうしてそんなことを言ってしまったのだろう。こうなってもまだ何も学んでいないということか。「いえ、いまのは本心じゃない。あの子、かっこよかったもの」私はそう言い直した。「あれだけ大勢の前であんなことをするなんて。あとで嫌な思いをすることも、周りからどう思われるかも、ちゃんとわかっててやったのよ。私にはとてもじゃないけどあんな勇気はない」

ハリソンは日誌に視線を戻してうなずいた。「ええ、僕もかっこいいお嬢さんだと思いますよ、警部補」

ハリソンの目がこちらを見ている。だが、私はその目を見返すことができなかった。胸が詰まった。声が震えてうまくしゃべれない。ようやく出てきたのは、「ありがとう」の一言だけだった。

ハリソンは日誌を調べる作業を再開した。そこに綴られた言葉の一つひとつを吟味し、隠された意味がないか、何かの暗号ではないか、確認していく。部屋はぎこちない静寂に包まれた。堪え難い空白だった。あのやかましい音楽だっていい、娘の電話の着信音だってかまわない、その空白を埋める音が恋しかった。呼吸が速くなる。それでも、吸っても吸っても空気が足りなかった。私の娘はどこにいるのだ？　いったいどこにいるのだ？

「外に出てる」私は廊下に出ようとした。

「Dという名前か文字に心当たりは？」

私は立ち止まった。ハリソンは日誌をこちらに向けている。「隣に電話番号が書いてあるんです」

私は日誌を両手で受け取った。ページに並んだ文字を、ほんの一瞬、ただぼんやりと見つめた。インクで作られた優雅な輪や角。それはまるでレーシーの長くほっそりとした指の延長のように思えた。昔から、娘の文字の美しさには感心するばかりだった。これは誰の遺伝なのだろう。私でないことは確かだ。赤い髪や体質と同じように、優雅な文字も、隔世遺伝したりするものなのだろうか。

Dという一文字と電話番号は、ページの真ん中あたり、大きな間隔を空けて書かれた二つの段落の間にあった。「前の段落とも後ろの段落とも、文脈上のつながりがないわね」

「Dが頭文字だとしたら？」

「最初に浮かぶのはダニエル」

「ダニエル・フィンリー」

「そう……でも、この番号はフィンリーのじゃないわ。報告書で見たのと違う」

私はレーシーの電話を使ってその番号にかけてみた。呼び出し音が一つ鳴るごとに、電気ショックが電話線を伝ってくるようだった。十回まで待って受話器を置いた。

「この番号から住所を調べてもらいましょう」ハリソンが番号をメモして部屋を出て行き、私は一人レーシーの部屋に残された。

娘の日誌を読みたいという誘惑に抗《あらが》いはしたものの、その引力は手強《てごわ》かった。抵抗しきれるはずがない。日誌に腕を回し、本人を抱き締めるように、娘の考えを抱き締めたかった。紙面を目で軽くなぞりながら、Dに言及した箇所がほかにもないかページをめくったが、見つからなかった。内容は読まないように意識したとはいえ、それは自分の命と引き換えにしても失いたくないものを愛さないようにと努力するようなものだった。疑問文ばかりが並んでいた。〈なぜ私は……なぜこんなふうに……いったい私が何を……どうして誰々はあんなにいやな人間なのか〉。十七歳という年代は、レールも終点もない壊れたジェットコースターみたいなものなのだ――私はそのころのことをもうすっかり忘れてしまったが。

日誌を拾い読みしているうち、ある一節に目が吸い寄せられ、そこから動けなくなった。読まずにおこうとしても、もう遅かった。小さく声に出して読み上げた。

〈いったい何をすればママはあたしを認めてくれるの？　いったい何をすればいいの？〉

ああ。

無意識のうちに日誌を膝に下ろしていた。壁の淡い黄色をぼんやりと見つめながら、繰り返した。「いったい何をすればいいの？」

そのとき、山麓のどこかから市警のヘリコプターのローターが空《くう》を切るぶん、ぶんという音が聞こえてきて、静寂を破った。窓から外を確かめると、ヘリのライトが闇を貫いて地表を真昼のように明るく照らしていた。ヘリは西に向きを変えて飛び去り、ローターの音も遠ざかった。それと入れ違いに、私の心臓の規則正しい音が空っぽの部屋に響き渡った。気づくと、関節が白く浮くほど日誌をきつく握り締めていた。目に涙があふれた。私は何をしてしまったのだろう。

ハリソンがドアをノックして入ってきた。私は日誌を閉じ、抽斗の元どおりの場所に返した。私たちが日誌を読んだことを娘に気づかれないようにしたかった。それを私たちのあいだの最後の嘘にしようと思った。

「いいニュースなら聞くわ」私は涙を拭って言った。

「アズーサの電話番号でした。住所から判断するに、個人宅のようです」

私は部屋を出ようとしたが、ハリソンは動かない。レーシーの部屋の壁を透かして遠くを見ているような目は、危惧《きぐ》なのか、信じられないという思いなのか、よくわからない表情を浮かべていた。そのとき、私のポケベルが鳴った。ハリソンはこれを予期していたらしい。

「何なの？」私は訊いた。

「例のフランス人――フィリップの車が見つかりました」

「どこで?」

ハリソンの首の筋肉にぐっと力がこもるのがわかった。「市警本部の前の通りの反対側に停めてありました。たぶん警部補のオフィスからも見える位置です」

背筋を寒気が駆け上がった。

「ガブリエルはまた私たちを相手にゲームを始めたってわけ? 今度はいったい——」

最後まで言わないうちに答えがわかった。恐怖をあおろうとしているのだ。そうだとすると、盗んだ車をわざわざ私のオフィスの真向かいに停めたのには、ただそこに車を停める以上の意味があるはずだ。

「見つかったのは車だけじゃない。そうね? ほかにも何か見つかったのね?」

ハリソンがうなずいた。「行方不明だったフィンリーの共同経営者、ブリームが乗っています」

11

ガーフィールド・アヴェニューは封鎖されていた。通りの両端に、いまから二十四時間と少し経過したころ、パレードのルートを見物客から守るために設置されるのと同じフェンスが立てられている。そよ風に吹かれてかさこそとアスファルトの上を移動しているマグノリアの枯れ葉を除けば、通りに動くものは一つもなかった。壮麗なスペイン風建築の市庁舎の前の中央広場を埋めているのは、イルミネーションを施された並木を見上げる数千の観光客ではなく、数えきれないほどの緊急車両だった。そして、聞こえるのは、どこか遠くの木の枝でサイレンの音を真似しているマネシツグミの声だけだ。

パサデナのダウンタウンの中心点から半径二ブロック以内にいた人々は、市警本部の職員も含め、想定される爆風ゾーンの外にすでに避難している。私たちの面目は丸つぶれだ。ガブリエルは郡裁判所と市警本部の真ん前にヒュンダイを停めたのだから。自分はどこでも自由に行かれるのだ、何でも好きなことをできるのだと高らかに宣言したようなものではないか。しかも、その主張はおそらく事実だろう。そのことが何より私を怯えさせた。

爆弾処理班のロボットは、ヒュンダイから三メートルほどの地点まで近づいていた。小型ビデオカメラは、生花店の経営者ブリームの顔を映している。助手席に座ったブリームの口はテープでふさがれ、恐怖に血走った目はカメラ越しに、誰か助けてくれと懇願していた。私たちはヒュンダイから一ブロック南、並木に囲まれた広場の片隅で待機している。レーシーの名付け親でもあるチャベス市警本部長は、小さなモニターにじっと見入りながら首を振った。

「やれやれ、こんなのは見たことがないな」

私も同じことを考えていた。ガブリエルのことを少しは理解できたつもりでいたが、この映像を見るかぎり、私は何もわかっていなかったようだ。「車内に積まれた爆薬の量は？」

本部長がわからんとかぶりを振る。「最初に到着した者は、状況を把握するなり即座に退却したそうだから」

「リアタイヤを見てください」ハリソンが言った。「車体が沈んで、フェンダーがタイヤに触れそうになってます。トランクに四、五十キロは積まれてるんじゃないかな」

「もしそれが爆発したら？」本部長が訊く。

「全員、爆発音が聞こえる前に死ぬでしょう」

「配線がどうなってるかはわかる？」私は尋ねた。

ハリソンがロボットを操作している技官に合図した。

私はロボットのカメラが送ってくる画像を映しているモニターを注視した。カメラはブリームの顔を離れて横に動き、助手席側のドアを映し出した。ドアの蝶番《ちょうつがい》の側に小さな物体が二つ見えた。

「ウィンドウ破壊アラームのセンサーに似てる」

「まさしくそのセンサーですよ。運転席側はまだ確認してませんが、やはりセンサーが取り付けられていると考えて間違いないでしょう。ドアを開けたり、ウィンドウを破ったりすれば、ばーん、おしまいです」そこで一呼吸おいて、ハリソンはこちらを向いた。「視認できるのはそれだけです。が、ほかにも仕掛けがあるかもしれません。リモコンとか、モーションセンサーとか」

「ロボットを介してブリームと話はできるかしら」

ハリソンはうなずいた。「電話回線を常時接続してあります」

カメラがぎこちなく動いてふたたびブリームを映し出し、顔が大写しになるまでズームした。ブリームの息は荒い。頬を汗の小川が幾筋も流れていた。

「この状態では、話しかけてもまともに答えられるかどうか」ハリソンが言った。

「ヒックス捜査官がＦＢＩの捜査チームを連れてこっちに向かってる。これはＦＢＩの管轄だ」本部長が言った。

「でも、ブリームに私の娘のことを訊いてくれるとは思えない」

本部長は少しのあいだモニターをにらみつけるようにしていたが、すぐにうなずいた。

「いいだろう、時間の許すかぎり話をしてみなさい」

ハリソンが操作パネルのマイクを指さした。「ふだんどおりの声で話してください。それでちゃんと聞こえますから」

　私がうなずくと、ハリソンはマイクのスイッチを入れた。

「ミスター・ブリーム。アレックス・デリーロ警部補です。お店でお会いしました。覚えてらっしゃいますか。聞こえていたら、できる範囲で結構ですから、うなずいてください」

　ブリームの額を汗の粒が転がり落ちた。

「聞こえてないみたいですね」ハリソンが言った。

「ミスター・ブリーム。私の声が聞こえてるなら、うなずいてください。そのロボットにカメラが搭載されてます。ロボットのほうを向いてうなずいてください」

　ブリームがゆっくりと顔の向きを変えた。まるで首をギプスで固定されているみたいな動きだった。

「自分がどこにいるかわかってないみたいですね」ハリソンが小声で言う。

「市警の精鋭を招集してあります。かならず助けますから」

　ブリームが首を振った。私たちが知らない何かを知っているといったふうだった。目は大きく見開かれているが、視力を失った人のように、焦点が合っていない。

「私の娘を見ませんでしたか。ローズクイーン・コンテストに出場してました。電話で話をされたはずです。レーシー・デリーロ。レーシー・デリーロがいまどこにいるかご存じですか」

　ブリームはまっすぐ前を見た。目に力が戻っている。記憶を掘り返そうとしているようだった。やがてカメラのほうに向き直った。

「レーシー・デリーロ――いまどこにいるかご存じですか」

ブリームの目尻に皺が寄った。まもなくそこに涙があふれた。

本部長が私の肩に手を置く。だが、私はあきらめられなかった。ブリームは何か知っている。知っているはずだ。何も知らないなら、あの車に閉じこめられることはなかっただろう。

「ミスター・ブリーム。私の娘を見ませんでしたか」

聞こえているのかどうか、表情からはわからなかった。ブリームはまたまっすぐ前に顔を向けた。目も、いま彼を取り巻いている悪夢の奥へ戻ってしまった。

「だめだな。そもそも聞こえてないんじゃないか」チャベス本部長が言った。

「誰かの顔を見ればまた違ってくるかもしれません。いまは一人ぼっちで怯えてるから話にならないだけで」

「アレックス、よせ――」

「気力を失ってるんです。私の顔を見れば、助かるかもしれないって希望が芽生えて……」

「あの車に近づくなど許さんぞ」

「でも、レーシーのことを知ってるのにこのまま死なせたりしたら……」私の肺から空気が抜けた。声が出ない。息を吸いこもうとした。まるでビニール袋越しに息をしようとしているみたいだった。ようやくかすれた声が出た。「一生後悔することになる」

本部長が厳格な父親のような目で私を見据えた。「ブリームの手は縛られている。口はテープでふさがれている。たとえきみの声が聞こえたところで、どうやって答えるというんだ？」

「うなずいてもらうだけで充分です。レーシーの誘拐事件も関連してるとわかれば、新たな情報を得たことになるでしょう」

本部長は首を振ってハリソンを見やった。「爆弾の専門家から説明してやってくれ。これがどれだけ危険な行為か」

ハリソンは通りの先のヒュンダイを見、私をちらりと見、最後に本部長を見た。「僕には娘はいませんので」

本部長はまた首を振った。そして通りに目を凝らして車を見つめた。「私には娘がいる」かすれた声だった。それから私に向き直った。「名付け親になった娘もいる」

車内の何をどう点検すべきか、ハリソンから長い長い講義を受けた。爆薬の形状。何かでくるまれているかどうか、回路はいくつあるか。アースや点火装置の位置、ヒューズの数、種類。回路の配線が見えるようなら、閉じているか、開いているか。開いていれば安全だ。閉じていたら、爆風の方向を見極めて、逃げるべきか、地面に伏せるべきかを判断する。まるでテロの醜いボキャブラリーを使って行なわれた高校の理科の授業みたいだった。

私はこの二十年、毎日この市警本部前の通りを歩いてきた。だが、いまはその同じ道とは思えない。バリケードをすり抜けると、まるで月面にでも降り立ったかのような錯覚に襲われた。母親たちがその日のパンを買うために狙撃兵《そげきへい》の目をかすめて走る、サラエボの忌まわしいほど静まり返った一角が頭に浮かぶ。一歩踏み出すごとに、地面が固さを失っていくような気がした。一歩踏み出すごとに、私はそれまで疑ったことのない善や悪や正義の概念が塵と化す、〝素晴らしき新世界〟へと導かれていく。

ハリソンにあらかじめ言われていたとおり、ロボットのすぐ手前で立ち止まった。そこから車の周囲を注意深く観察し、レーザー式モーションセンサーの存在を知らせるピンの頭ほどの赤いランプがないことを確認した。

「地面には何もなさそう」私は声に出して言った。ロボットのマイクがその声を拾っているはずだ。ハリソンは、私に無線機を持たせるのは危険だと判断していた。特定の周波数の電波に反応して起爆する仕組みになっているかもしれないからだ。

「了解」ハリソンの声が聞こえた。本人はほんの二百メートルほどの地点に立っているというのに、その声は地球の反対側から届いたみたいに聞こえた。

ブリームはまっすぐ前に顔を向け、棒でも呑んだように背筋をまっすぐに伸ばして座っている。まぶたは閉じられ、呼吸は出産のさなかの女性のように浅く速かった。

「ミスター・ブリーム？」できるだけさりげない口調でそう呼びかけた。

ブリームの目がぱっと開いた。悪夢から覚めたかのようだった。首から下を動かさずに頭だけをこちらに向ける。目の下に真っ黒なくまができた顔は、まさにいま命がじわじわと体外に流れ出してでもいるかのように蒼白だった。

「しばらくこうしてここにいます。あなたが一人きりにならないように。私を覚えていらっしゃいますか。デリーロ警部補です」

ブリームは記憶の糸をたぐっているような表情で私の顔をしげしげとながめたあと、うなずいた。私は車のすぐそばに近づき、なかをのぞきこんだ。ハリソンの推測どおり、ウィンドウとドアにセンサーが取りつけられているようだ。

「心配しないで。かならず助け出しますから」

私の頭に質問をねじこもうとしているかのように、ブリームの目が私を凝視する。それから膝に視線を落とした。心臓が口から飛び出しそうになった。車のすぐそばに立つ不安は吹き飛び、代わって氷のような戦慄が私の心をわしづかみにした。私はハリソンが話していた恐怖に直面していた。闘いを挑むまでもない。それを目にしただけで、私はすでに負けていた。人類を一つにつないでいる糸は、その瞬間、断ち切られた。こみ上げる吐き気をこらえながら、一歩後ろに下がった。それからブリームに聞こえないよう背中を向けて、ロボットのマイクにささやいた。

「ブリームの両手は膝の上にある。ただ縛られてるだけじゃない。ダクトテープが大きな玉になるくらいぐるぐる巻かれてて、両側から導線が出てる」

一ブロック先を振り返ると、ハリソンがチャベス本部長のほうを向いて首を振っていた。

「その導線がどこにつながってるか見えますか」ハリソンの声が聞こえた。

「わからない。シートの下に続いてる」

長い沈黙があった。私は通りの先のハリソンを見やった。ハリソンは答えを探すように地面を凝視している。ふいに私の腕の産毛が逆立った。ハリソンが何をしているかわかったからだ。ガブリエルの思考に潜りこもうとしているのだ。いま、ハリソンの頭のなかには、ガブリエルの似顔絵がある。彫りの深い顔立ち、黒っぽい髪。半月の形をした小さな傷跡。紙の上に描かれているだけでも、心を見透かされているような落ち着かない気持ちにさせるあの淡い色をした瞳。〝強き神の人〟。邪悪を絵に描き起こしたような顔。ガブリエルがこの恐怖の脚本にどのような結末を用意しているのかがわかれば、ブリームの両手に巻きつけられた爆弾の配線を推測するヒントを得られるだろう。

ハリソンが一つ首を振り、顔を上げて私のほうを向いた。「いますぐそこを離れたほうがいい。何もしないで、とにかく避難してください」

「仕組みがわかったなら――」

「いいから避難して」

「レーシーのことを訊かなくちゃ」

「アレックス、ハリソンの言うとおりにしろ。避難するんだ」チャベス本部長の声だ。

私は二人のほうを一瞥したあと、ブリームに向き直った。「ミスター・ブリーム。私の同僚がいま、あなたを救出する方法を考えてくれています」

ブリームが私を見上げ、次に自分の手を見下ろす。

「娘がどこにいるかご存じですか」

ブリームは私を見やって首を振った。何か伝えようとしているが、テープで口をふさがれているためにうまくいかない。ブリームの目から涙があふれた。いまのいままで彼のなかにわずかな希望が存在していたのだとしても、その最後の一滴が流れ出してしまったのだ。

背後のスピーカーからハリソンの声がした。「警部補。避難してください。急いで」

ブリームがテープの下で何か叫んでいる。首を左右に激しく振っている。

「早く逃げるんだ、アレックス！」通りの先から本部長の大声がじかに聞こえた。

ブリームの目が、ほんの一瞬、私の視線をとらえた。この人は覚悟を決めたのだとわかった。

「だめよ。かならず助けるから」私は言った。

ブリームは首を振り、テープの下から何か叫んだ。通りの向こう端では本部長がわめいている。「避難しろ、アレックス！」

私は一歩下がった。ブリームのくぐもった弱々しい泣き声は、いまや絶え間なく聞こえていた。もう一歩下がる。さらに一歩。それから向きを変えて走りだしたとき、視線の片隅で、ブリームがテープの玉に包まれた両手を持ち上げるのが見えた。

巨人に平手ではたかれたような衝撃があって、私は地面に四つん這いに倒れこんでいた。一瞬の静寂。次の瞬間、車のウィンドウの破片が粉雪のように周囲に降り注いだ。爆発音が腹を殴りつけ、通りの向かいの市警本部の壁に反響して静寂を破った。通り沿いのあちこちで車の盗難アラームが鳴り響く。ヘリのローターの音が近づいてきた。夜咲きのジャスミンの甘い香りに混じって、爆薬の刺激臭が立ちこめた。

「どうして？」心のなかでつぶやいただけなのか、声に出して言ったのか、自分でもわからない。首を振った。理解できない。ブリームはどうしてあんなことをしたのか。私は体を起こし、自分に怪我がないか確かめた。脚は大丈夫だ。腕も、頭も。ただ、口から血が流れていた。倒れた拍子に舌を嚙んだらしい。

大勢の警察官が通りを走ってくる。私は振り返った。驚いたことに、ヒュンダイは無事だった。ウィンドウは跡形もなく割れ、天井の内張は剝がれて垂れ下がっていたが、それ以外はどこも壊れていないようだ。ブリームはさっきと変わらず助手席に座っている。頭は顎が胸につくほどがくりとうなだれていた。鼻血が盛大にあふれている。口をふさいでいたテープの一本が剝がれて、裂けた肉のようにぶらぶらしていた。生きているにしても、意識を失っているらしい。

私はふらつきながらどうにか立ち上がると、車に近づいてなかをのぞいた。ブリームの両手がなくなっていた。残っているのは骨とちぎれた筋肉と、銀色の筒のような腱だけだった。

思わず後ろによろめいた。と、両肩に誰かの手が置かれた。私はその手に支えられるようにして車から離れ、歩きだした。大勢が一斉に質問を投げつけてくる。だが、私には一言も聞き取れなかった。頰を涙が伝っていることはわかったが、感情らしいものは何一つ湧いてこない。私の肩に置かれた手は、そのまま黄色い立入禁止のテープの向こうへと私を連れていき、歩道の縁《へり》に私を座らせた。

「アレックス、怪我はないか」

目を上げると、チャベス本部長の顔があった。私の前にしゃがみこんでいる。

「ブリームが自分から起爆したの。どうして？　自分で起爆したのよ」

私は信じられない思いで首を振り、両手で髪をかきあげた。安全ガラスの小さなかけらが、結婚を祝って新郎新婦に投げかけられる米粒のようにぱらぱらと落ちた。

車のほうに目をやる。全身を防護服で包んだ爆弾処理班の二人が、ぐったりしたブリームをウィンドウから引っ張り出し、近くで待機している救急隊のほうへと割れ物でも扱うように慎重に運んでいく。

「恐怖」私はささやくように言った。

「アレックス？」

「ブリームの目を見たの。恐怖を理解してた。あの人は恐怖の何たるかを理解してた」私は本部長を見上げた。「レーシーの居場所は知らないみたいだったけど、誘拐されたことは知ってた。それはわかった」

「おい、いったい何があったのか、誰か説明してもらえないか」険悪な声が聞こえた。

ヒックス捜査官がＦＢＩの捜査官一同を従えて本部長の背後に立っていた。青白い人工照明のもとでも、首筋が怒りで真っ赤に染まっているのがわかる。

「待てと言ったろう。手を出さずに、こちらに任せてくれと。なのに、きみたちは何をした？　そこの女性を勝手に――」

「〝そこの女性〟は殺人課の課長だ」チャベス本部長が私をかばうように言った。

「行かせて、大事な証人を吹き飛ばした。見事な手際だな。まったく、きみたちじゃ相手にならないとわからないのか」

「証人が自分で起爆したんだよ、ヒックス」本部長が抗議する。

「ほう、なぜそんなことをしたのかな。きみなら答えられるんだろうね、警部補」

ブリームを乗せたストレッチャーがかたかたと音を立てて通り過ぎていく。救急隊員が一緒に歩きながら忙しく応急処置を施している。ブリームの喉には呼吸補助用のチューブが挿入されていた。手のない腕の先端には、すでに血のにじんだ包帯が巻かれていた。爆薬の匂いがふっと漂った。まるで死臭のようにブリームの衣類に染みついてしまったのだろう。

起きたことを頭のなかで再生してみた。口をふさぐテープの下から漏れるブリームの叫び声。首を振るブリーム。彼は何かを知っている。恐怖。ふいに閃いた。ハリソンも同じ結論にたどりついたのかもしれない。だからすぐに逃げろと言ったのだ。

「ああ、なんてこと」声がかすれた。

チャベスが私の手を取った。「どうした？」

「ブリームは大勢を救うために自分を犠牲にしたんだわ」

「何だって？」ヒックスが訊き返す。

「トランクにはもっと大量の爆弾があったんだと思います。そしてブリームには選択肢が与えられていた。ガブリエルが選ばせたんです」

「選ばせた？」

「手を失うか、自分を救おうとした他人の命を奪うリスクを冒すか。ガブリエルはその二者択一を彼に押しつけたんです」

ヒックスが首を振った。「ブリームはパニックに駆られたんだ。そしてきみは運よく死なずにすんだ」

「ブリームの目に浮かんでいたのはパニックではありませんでした、ヒックス捜査官。彼は選択したんです……想像を絶する決断をしたんです」

ハリソンがチャベス本部長の傍らに来て私の顔をのぞきこんだ。「大丈夫ですか」

私はうなずいた。

「ヒュンダイには大量の爆薬が積んでありました。ブリームの手に巻かれていた分が爆発すると、ほかの起爆装置はすべて解除される仕組みになっていたようです。あれだけの量の爆薬が爆発していたら、ここはバグダッドの通りみたいになってたでしょうね」

「信じられん」本部長がつぶやいた。

「あの車はこちらで調べる」ヒックスは携帯電話を取り出しながら宣言した。「きみたちは引き揚げてくれ」

チャベス本部長がうなずき、ヒックスはほかの捜査官に大声で指示しながら歩み去った。

私はハリソンに目をやった。彼はブリームが何をしたのか、まるで私のすぐ横に立って見ていたかのように正確に把握している。自分の両手を犠牲にする覚悟を決めるまでの恐怖。

あの助手席で、あらゆる可能性を何度も何度も頭のなかで検討したことだろう。〝もし〟〝ひょっとしたら〟、そして〝祈り〟の渦に揉まれた末に、ガブリエルが初めから想定していた結末を選び取ったのだ。その衝撃は爆風の波のように広がって、真実を知る者全員の心をくじき、無力にした。

「あなたならガブリエルを出し抜けるわよね」私はハリソンに言った。

ブリームを乗せた救急車がサイレンを鳴らしながら猛スピードで走り去った。サイレンの音は、傷を負った動物の悲鳴のように夜空に響いた。ハリソンは救急車を見送ってから答えた。「どうでしょうか」

「よして」自分の無力さに腹が立った。「私の娘の命がかかってるのよ。私はこのくらいじゃあきらめない。絶対にあきらめないから」チャベス本部長の手を借りて立ち上がった。「ガブリエルはきっと何かミスを犯してる。まだ犯してなくても、いつかかならず犯す。うっかりそれを見逃したりしないようにすればいいだけのことよ」

私は二人を押しのけるようにして自分の車のほうに歩きだした。ブリームのあの目を見ていない。警察官の数は増える一方だった。だが、その誰一人として真実をわかっていない。

私は腕時計を確かめた。午前三時になろうとしていた。少し前まで夜空を輝かせていた星は見えなくなっていた。次の嵐が近づいているのだろう、風にあおられて飛ぶように流れる黒い雲が、まるで相手を威嚇《いかく》する蛇のようにとぐろを巻いていた。

「糞食らえよ」私は一人つぶやいた。レーシーならきっとそう言っただろう。私が同じことを言うのを聞いたら、きっとおもしろがるだろう。「糞食らえよ」

ブリームはかろうじて〝生〟の側に踏みとどまっていた。呼吸はチューブと人工呼吸器で維持されている。少なく見積もっても体の血液の六十パーセントがヒュンダイの車内に残されていた。あの車のなかでほかに何を失ったのかは、本人の意識が戻るまでわからない。真に慈悲深い神がこの世に存在するなら、ブリームの昏睡という救済は可能なかぎり長く続いて、生々しい記憶から彼を守るはずだ。

ブリームの奥さんは、バスの発着所にぽつんと取り残されて途方に暮れている旅行客みたいに救急病棟の廊下に一人座っている。小柄できれいな女性だ。短くそろえた茶色い髪を、神経質な手つきでしきりに耳の後ろに押しやっている。白いコットンセーターにカーキ色のパンツ、薄茶色のシャツに同じ色のソックスとベルト。その辺にあった服を慌てて引っかけてきたというふうではない。一部の女性たちのように、とくに意識せずともバランスのとれたコーディネートが即座にできる遺伝子を持っているのなら別だが――私がその遺伝子に恵まれていないのは明らかだ――きちんと考えて選んだ服なのだろう。病院に駆けつける前に、いまの状況にふさわしい色あいの口紅を選ぶ時間まで割いたようだ。そうやって――服や化粧で武装することで――ストレスに立ち向かう人たちもいるということなのかもしれない。

私はガブリエルの似顔絵を差し出した。「見覚えはありますか」

ミセス・ブリームは丁寧に見たあと、首を横に振った。「この人が夫にあんなことを？」

答えを曖昧にしたまま、私は質問を続けた。「朝、ご主人がどこに出かけたのかご存じありませんか。誰かに会いに出かけたんでしょうか」

これにも首を振る。「同じことをほかの刑事さんにも訊かれました。知りません。もう全部お話ししました。主人はふだんと変わりませんでした。何もかも順調でした……どうしてこんなことになったのか」

私はポケットからレーシーの写真を取り出して渡した。「この子がご主人と一緒にいるところを見かけたことは？」

ミセス・ブリームは写真をまともに見もせずに答えた。「主人は浮気などしてませんでした」

その口調の何かが、ブリームには浮気の前歴があることを明かしていた。「そういう趣旨の質問では――」

「あ、ごめんなさい。何も考えずに答えてしまって」また写真に目を向けたが、今度もお義理でそうしただけといった様子だった。だが、その目に〝あら？〟というような光が宿った。

「ローズクイーン・コンテストの出場者――？」

私はうなずいた。「ご主人は娘に三度電話をかけています。どうしてかご存じですか」

「出場者全員に電話してるはずです。パレードで着けるコサージュを製作することになってましたから」

「環境保護団体の活動に参加してたかどうか、ご存じありませんか」

ミセス・ブリームが私をじっと見返す。質問を聞き違えたのかと疑問に思っているか、なぜこんなときにそんなことを訊くのかと訝《いぶか》しんでいるような目つきだった。「まさか、シエラ・クラブ（サンフランシスコに本部を置く一八九二年創設の自然環境保護団体）がこんなことをしたとでも？」皮肉めいた口調だった。

そこまでだった。エヴァンズ・ブリームがどんな秘密を抱えていたにしろ、妻にはひた隠しにしていたのだ。ミセス・ブリームは廊下の先の緊急治療室を見つめた。「お医者さまからはまだ何の話もなくて」

それから、私の顔の痣《あざ》に目を留めて訊いた。「あなたは現場にいらしたんですか。主人に何があったかご存じ？」

私は自分の両手に目を落とした。銀色のテープでぐるぐる巻きにされた爆薬の玉が見えたような気がした。身の毛のよだつ決断をした瞬間のブリームの目が脳裏をよぎる。私はミセス・ブリームに視線を戻した。私が何をしたか、この人に知られずにすむものならそうしたいと思った。あんなことをしなければよかったと思った。「詳しいことは私も知らないんです。お役に立てなくてごめんなさい」

数分後、私は救急病棟を出てエレベーターに乗り、スウィーニーの自宅で負傷して入院中のパートナー、トレーヴァーの病室のある階に向かった。そんな芸当が可能なわけがないとわかっていても、トレーヴァーだけは永遠に変わらないと当然のごとく信じていた。だが、ガブリエルの出現でその信念は覆された。あっけなく。そしていま、私は娘が誘拐されたことをトレーヴァーに伝える言葉を探している。私は娘を守ってやることができなかったと打ち明ける言葉を。私は母親失格だと。だが、探しても探しても見つからなかった。事実を告げたとき、トレーヴァーの瞳に浮かぶであろう表情を直視できそうにない。エレベーターを停めるボタンを押そうと手を伸ばしかけたが、その前にドアが開いて、私は彼の病室のある階に降りていた。

廊下の壁は冴えない黄色に塗られていた。病室の幾つかから、人工呼吸器が弱りきった肺に空気をリズミカルに送りこむ音が聞こえている。一歩進むごとに、時間をさかのぼっているような感覚が強まった。気がつくと、三〇八号室の前で足を止めていた。そこはレーシーの父親が息を引き取った病室だ。二週間、毎日、レーシーと一緒にこの廊下を歩き、この病室に通った。あのころ廊下の壁の色は灰色がかったブルーだったが、ほかのものはまったく変わっていなかった。消毒液の匂い、院内放送の声、リノリウムの床をがたごとと行くストレッチャーの車輪の音、数えきれないほどの悲しみを目撃してきた病院の、決して自然とは言いがたい静けさ。

すべてはここから始まった。父親の息遣いが力を失っていくのに比例するように、レーシーと私との距離は広がった。初めて胸にしまわれたままになった感情、初めての秘密。いまレーシーがいる場所への最初の一歩は、ここで踏み出されたのだ。なぜ私は引き止める努力をしなかったのだろう。他人には見えないものを見るのが私の役目だったはずだ。なのに、なぜ私は見なかったのだろう。

ナースステーションに寄ると、面会時間はとうに終了していますと言われた。そこで警察のバッジを見せ、ちょっと顔を見るだけですからと断った。

トレーヴァーの病室に入る。しばらく戸口でぐずぐずしていた。病院のベッドに横たわったトレーヴァーは、ひどく小さかった。小さくて、弱々しかった。鼻にチューブが差しこまれている。頭蓋内の圧力を軽減することを目的に骨に孔《あな》を空けたため、頭には包帯が分厚く巻かれていた。顔は腫れて内出血だらけだった。医師の話では完全な回復が期待できるということだったが、その姿を見ていると、とうてい信じられない。

ようやくベッドに近づき、鉄の手すりを握り締めた。ナイトスタンドには、おそろいのパンダのジャンプスーツを着た双子の写真がある。

「いま何時？」トレーヴァーがかろうじて聞き取れるくらいの声で訊いた。一瞬だけ目を開いて私を見たが、すぐにまぶたを閉じた。それから指を伸ばした。私はその手を取った。

「真夜中よ」

薄い毛布の胸の辺りが持ち上がって、トレーヴァーが大きく息を吸い、ふうと大きな音とともに吐き出した。肺から空気を追い出すのには全体力が必要なのだとでもいうように。

「いろいろ聞いてますよ」ささやくような声。「ほんとなんですか」

「あなたは元気になることだけ考えて」

トレーヴァーの手が力なく私の手を握り締めた。次の瞬間、また眠ってしまったように見えた。呼吸が規則正しくなる。ゆっくりとした、穏やかな息遣い。

「レーシー……」彼はそうささやいたが、それ以上は声にならなかった。ふと、目尻に涙が一粒ふくらんだかと思うと、青黒い痣のできた頬を転がり落ちた。

12

　レーシーの日誌に書かれていた電話番号についてのハリソンの推測は当たっていた。アズーサの住所は、やはり個人宅のものだった。背の高いヤシの並木が続く通りに面した、こぢんまりとしたスペイン風の平家だ。近隣の民家のドライブウェイには、いわゆる〝ジャコタン〟の車が停まっている。それにしても、自宅から三十数キロも離れた民家の電話番号と、Dという一文字がレーシーの日誌に書き留められていたのはなぜなのだろう。Dがダニエル・フィンリーを意味するなら、そしてダニエル・フィンリーを介してこの一軒家を指しているとするなら、私の娘の誘拐事件と、生花店でフィンリーの後頭部に撃ちこまれた銃弾とをじかに結びつける線が引かれたことになる。さらに言えば、フィンリーの殺害事件と関わりがあるのなら、フィンリー殺害後にガブリエルの手で行なわれた暴力行為のすべてとも関わりがあることになるだろう。このあとに続くであろう暴力行為とも。

　だが、もし何の関わりもなかったら？　Dというのが、レーシーがどこかで知り合ったちょっとかっこいい男の子の頭文字にすぎないとすれば、私たちは、娘にはほんのわずかしか残されていないかもしれない貴重な時間を無駄にしていることになる。

ウィンドウを下ろし、湿り気を帯びた夜の空気を胸に吸いこんだ。一キロほど北に、サンガブリエル川を見下ろす切り立った崖が舗道から黒くそびえ、保安官事務所が〝国有林制度のスラム街〟と呼ぶ森に鋭く食いこんでいた。

私はダッシュボードに置いたセブンイレブンのコーヒーのカップをちらりと見やったあと、やはりセブンイレブンで買ったチキンサンドイッチの食べ残しを紙に包んで丸めた。

問題の民家には、すでに二度電話をかけてみた。二度とも応答はなかった。屋内は真っ暗で、ドライブウェイに車は停まっていない。

「もう一度かけてみて」私は言った。

ハリソンが番号を押す。呼び出し音が十回ほど鳴ったが、やはり誰も出ない。ハリソンは電話を切った。「どうします？　令状はありませんし。日誌に電話番号があったというだけでは請求する根拠としては弱すぎます」

「何か見つかれば別よ」

「令状なしに発見した証拠は、法廷では採用されませんよ」

「裁判のことを考えてる場合じゃないわ」

しばらくどちらも口を開かなかった。フロントガラスに雨の最初の何粒かが落ち、ワイパーに続く小さな川を作った。真っ黒な雲のリボンは、サンガブリエル山脈を滑り降りてアズーサ上空に到来した厚く重たげな雲の毛布に場所を譲っていた。また一つ、雨粒がフロントガラスを叩いた。続いてまた一つ。雨になれば、パレードの沿道に集まる市民の数も減るかもしれない。そうだ、雨乞いでもしよう。土砂降りの雨になれ。鉄砲水や土砂崩れでも何でも来いだ。天気が私たちの味方をしてくれることを祈ろう。

そのとき、家のなかで何かが動くのが視界の隅で見えた。少なくとも、何かが動いたように見えた。目をこすり、窓を凝視する。疲労は限界を超えていた。きっと街灯の光が窓ガラスに反射しただけのことだろうと思った。ところが、その何かはもう一度動いた。

「あれ見て」私は家のほうにうなずいた。

ハリソンには見えないらしく、首を振っている。

「右側の奥の窓」

何も動かない。

「たったいま何かが――」

窓の奥で、煙草の橙色の火が漆黒の闇に小さな孔《あな》を空けた。ハリソンはしばらくじっと目を凝らしていたが、やがて私のほうに首をかたむけて言った。「興味深いな」

「真夜中に電話が鳴ったら、あなたならまず何を考える？」

「誰が死んだんだろうと考えます」

私はうなずいた。「それでも電話に出ない理由は？」

「そこにいることを知られたくないからでしょう」

「つまり、何かを隠してるから」

「ええ、筋は通りますね」

小さな光の点はもう一度だけほわんと輝いたあと、暗闇に吸いこまれた。

「あの家に入ってもかまわない理由がたったいまできたようね」

私たちは通りの東側を歩き、煙草を吸っていた人物がいた窓とは反対側から家に近づいた。玄関のドアは重厚なオーク材だった。これを破るのはまず無理だろう。そこで忍び足で家の裏手に回った。どの窓にもカーテンが引かれている。その一つを透かして、蠟燭《ろうそく》の火らしき明かりが揺らめいていた。裏の角に来たところでいったん立ち止まった。私たちの足音に気づいたか、匂いを嗅ぎ取ったのだろう、数メートル先にいた犬が吠え始めた。つながれた鎖を引きちぎらんばかりにしている。真っ暗闇のなかでがちゃがちゃと鳴る鎖は、ディケンズの『クリスマス・キャロル』の幽霊を連想させた。

家の裏手に小さなポーチがある。階段を三段上ったところに、家を購入したあとに増設したのだろう、薄っぺらな網戸がついた規格ものの合板のドアが見えた。私たちは背をかがめて窓の下を通り過ぎ、階段を上ると、ドアの両側に分かれて立った。

私はグロックを抜いた。ハリソンもそれに倣うように九ミリ銃を握る。額に不安げな皺。一瞬で自分をこの世からあの世へ吹き飛ばしかねない爆弾を前にしても眉一つ動かさないくせに、生きて息をしている容疑者と向き合うと考えると、怖くてしかたがないらしい。まあ、その気持ちは理解できなくもない。ドアを破って突入するのは、アドレナリン中毒者向きの行為だ。四十路《よそじ》の子持ちの女向きではない。

「ノックはせずに入るんですよね」ハリソンが小声で訊く。

「そんなに緊張しなくて大丈夫だから」私は励ますように言った。

ハリソンはうなずくような仕草をした。意に染まずとも、〝大丈夫〟だという幻想にしがみついてそれに引きずられていくしかないのだと覚悟したみたいに。

「屋内の様子はまったく想像がつかないわ。だから銃口は下に向けておいてね。あなたはドアを破って。私が先に入る」

私は手を伸ばして外側の網戸を開けた。蝶番《ちょうつがい》がきいと鳴る音が、サイレンみたいに響き渡る。

キッチンの明かりがついた。屋内から足音が聞こえる。私を見るハリソンの目には明らかに迷いが浮かんでいた。

「破って」私は言った。

ハリソンの足がノブのすぐ下を蹴った。ドアの木目にひびは入ったが、錠前は壊れなかった。もう一度蹴る。錠前が降参し、ドアが勢いよく内側に開いた。私は室内に踏みこもうとした。と、コカ・コーラの缶が飛んできて私の頭をかすめた。そのまま戸口を抜けていき、ポーチの上を滑って裏庭に落ちた。

「警察です！」私は怒鳴った。しかし人影はすでに家の奥に消えていた。「警察です！」私はもう一度声を張り上げた。

不審人物の足音が遠ざかっていく。まもなくドアが閉まる音が聞こえた。

キッチンから短い廊下が延びていて、アーチ形の出入口のさらに先まで続いている。それとは別にもう一つ、やはりドアのないアーチ形をした出入口がある。その先は左手のリビングルームのようだ。廊下の右側に二つドアが並び、突き当たりにもう一つ見えていた。ハリソンが私を追い越していき、リビングルームに続く出入口の手前に陣取った。

私は突き当たりのドアの下から漏れている光を指さした。

「ついてきて。右手のドアを開けるから、援護して」

ハリソンがうなずき、私は暗い廊下を進んだ。グロックを命綱にして崖から飛び降りようとしているような気分だった。私は最初のドアを開けた。ハリソンが銃口を右手のドアに向けたまま、私のすぐ後ろに立った。私は最初のドアを開けた。クローゼットだった。何も入っていない。二つめはきちんと閉まっていなかったらしく、軽く押しただけで開いた。

「バスルームらしいわ」私は小声で言った。

奥にバスタブがあり、暗い色をしたシャワーカーテンが引かれていた。その向こうから、ちんという鋭い金属的な音が聞こえた。私は銃口を持ち上げてカーテンの真ん中に狙いを定めた。ハリソンが大きく二歩踏みこみ、そろそろと手を伸ばしてカーテンの端をつかむと、一気に開けた。シャワーヘッドから滴ったしずくが、バスタブの底に上下さかさに置かれていた金属のたらいに落ちた。ハリソンが私と顔を合わせて安堵の息をついた。

私はすぐに向きを変えると、廊下の突き当たりのドアにグロックの狙いを合わせた。室内を影が動き、ドアの下の隙間から漏れる光をときおりさえぎっている。ハリソンに合図した。ハリソンは忍び足で私の脇を過ぎると、ドアの片側に立った。

「警察です。両手を上げてゆっくり出てきなさい！」

ハリソンが私の肩にそっと触れた。「この匂い。何でしょう？」

私は何度か息を吸いこんで匂いを嗅ぎ取ろうとした。「何も匂わないけど——」

「煙だ」ハリソンはドアに目をやった。「何か燃やしてる」

ドアの向こう側で、煙探知器の甲高い警報音が鳴り響いた。

「ドアを破って」私は言った。

ハリソンがドアに突進して力強く一蹴りした。錠前はあっけなく壊れ、ドアは突風にあおられたように勢いよく開いた。私は室内に飛びこんで銃を構えた。床にしゃがみこんでいる人影があった。雑誌を手に、ごみ箱の底の小さな炎にせっせと風を送っている。

「雑誌を捨てて両手を挙げなさい。早く！」

男は雑誌を放り出すと、床に尻をつけ、両手で頭を抱えた。その姿は、六〇年代の〈核爆弾が破裂する光を見たら、体を丸めて頭を守れ〉という教育フィルムのお手本みたいだった。

「床にうつぶせになって両手を広げて！」

「武器は持ってないし、抵抗もしない！」男が叫んだ。「武器は持ってないし、抵抗もしない——」

「参考までに、私はあなたの頭に銃を突きつけてるから。さあ、床にうつぶせになって両手両足を広げて」

男は棒読みの台詞を繰り返そうとした。「武器は——」

私はグロックの銃口を男の後頭部に押しつけた。「床にうつぶせになりなさい」

男はうなずいて私の指示に従った。「武器は持ってないし、抵抗も――」

「同じことをもう一度言ってごらんなさい、頭を撃ち抜くわよ」

ハリソンが男の頭の側に回って九ミリ銃の狙いを定めるのを待って、私は男の背中を膝で押さえ、銃をホルスターにおさめた。「右手を貸して」

男は左手を持ち上げた。

「そっちは右じゃないけど、まあいいわ」

左手に手錠をかけ、右手を引き寄せてそちらにも手錠をかけた。

ハリソンが火のついたごみ箱をひっくり返して酸素の供給を絶った。それからドアの脇の火災報知器のスイッチをオフにした。ふいに訪れた静寂は、自動車事故に遭って目の前の世界の様相が一変した直後に残る感覚に似ていた。私は立ち上がった。一分以上、息を止めていたような気がした。

容疑者は二十代と思しき白人男性だった。床にばらけた長いドレッドロックヘアが巨大な金色の蜘蛛を思わせる。黒っぽい色の服は、だぶだぶしたデザインだ。

「見てください、これ」ハリソンの声がした。

部屋の隅に折り畳み式のテーブルが二台ある。そこに大きな段ボール箱が六つ積み上げられていた。ハリソンはそのうちの一つを開けて、金属の筒を取り出した。「メキシコ陸軍の煙幕手榴弾です。また一つ新たな点が線で結ばれたようですね」

私はほかの箱を開け、なかに入っていたプラスチックの一ガロンボトルを持ち上げた。

「〝ラウンドアップ〟よ」

「除草剤か」ハリソンが言った。

私は振り返って室内を見回し、レーシーが口にしていた言葉をささやいた。「直接行動」

「ここは戦闘準備室ってところかな」ハリソンが言った。

その部屋はさながら急進的環境保護活動のモニュメントだった。全焼したスキーロッジ、老齢樹の森、焼け焦げた木材運搬トラックなどの写真が壁を埋めている。ほかにも、遺伝子組み換え技術を使ってトウモロコシの品種改良を試みている大学研究室の見るも無惨な〝アフター〟を写したものや、化学メーカーのモンサントやデュポン、内務長官のいんちき指名手配ポスターも貼られていた。片隅に電源が落とされたままのノートパソコンがある。

「こうなると、レーシーは何かの事件に巻きこまれただけで、パレードを襲撃するガブリエルの計画とは無関係だとは考えにくいですね」ハリソンが言った。

私は床にうつぶせで転がっている若者を見下ろした。「でも、地球を救うのが目的の二十《は》歳《た》そこそこの集団が、ブリームの手を吹き飛ばすと思う？」

「いいえ」

「私も思わない」

私たちは同時に振り返って、伏せて置かれたごみ箱を見た。「何を燃やしてたのかしら」

「僕には人権がある。捜索令状がないなら、これは不法侵入だ」若者が床の上から言った。

鼻にかかった高い声には、母音を柔らかく発音する癖があった。ヴァーモント州かマサチューセッツ州辺りの出身か。きっとこの青年の両親は、ジーンズとＬＬビーンのセーターを愛用しているような、大らかでリベラルな人たちなのだろう。ただ、きっとどこかの時点で息子とのコミュニケーションが断線してしまったのだ。私は若者に近づいてそばに膝をついた。

「あなたを誘拐および殺人未遂の容疑で逮捕します。あなたには黙秘権と弁護士の同席を求める権利があります」

「殺人だって？」

「自分がどんな重罪を犯したか、おわかりじゃないようね」

「わかってないのはそっちだ」

ハリソンがごみ箱を拾い上げた。中身が床に落ちた。書類の縁が焼けた灰も一緒にはらはらと散った。ハリソンは小山のなかから地図をつまみ出して床に広げた。「パサデナの市街図ですね」

「糞ったれどもが」若者が毒づいた。

私は地図のそばにしゃがんだ。コロラド・ブールヴァードを経由するパレードのルートが黄色く塗られている。

「×印を見てください」ハリソンが言った。

ルート沿いの数ブロックごとに赤い×印がある。

「レーシーはいわば前座だったってことね」

ハリソンがうなずく。「煙幕手榴弾にラウンドアップですから」

ハリソンの指は地図の上端へと動いた。道路が山麓に入って上り坂になる辺りに小さな赤い点がある。目を凝らさなくては気づかないくらい小さなものだ。×印のインクが乾かないうちに地図を畳んだために転写されてしまったかのような。

「この地点に心当たりはありますか」ハリソンが訊いた。

私はこれまでの捜査を振り返って該当する場所を探した。まもなく、全身の血が凍りついた。「ええ……」すぐには先を続けられず、ハリソンの目をただ見返した。「私の家よ」

よろめきそうになりながら立ち上がり、何度か深呼吸を繰り返して、床に転がった若者の頭に銃を突きつけて娘の居場所を吐きなさいと脅しつけたい衝動に抗《あらが》った。そのとき、部屋の奥のものがふと視界をかすめた。『タイムズ』の切り抜きが壁に貼られていた。ちゃんと見えるところまで近づく――と同時に心臓が飛び上がった。ローズクイーン・コンテストの舞台から観客に向けて除草剤をスプレーしているレーシーの写真だ。娘の顔は、私の自宅に印を付けたのと同じ赤いマーカーで囲まれていた。

ハリソンが隣に立った。

「その子をあおむけにして」私は言った。

ハリソンが若者の腕をつかんであおむけにしているあいだ、私はレーシーの写真を見つめていた。

「いててて！」若者の悲鳴が聞こえた。「手首！　手首が痛《いて》えだろうが、この糞ったれ！」

私は若者のそばに戻って床に片膝をついた。無意識のうちに手を銃の握りの近くに持っていっていた。「娘はどこ？」

若者は挑むような目で私をにらんでいたが、やがてにやりとした。

「何、その顔は」

「弁護士を呼んでもらいたいな」

私の手は銃のそばを離れ、若者の胸を押さえた。若者の額に汗の粒が浮かび始めている。

「触るなよ、それって違法だろ！」

若者の心臓が太鼓のように激しく打っているのが掌《てのひら》に伝わってくる。

「ブリームって人を知ってるわね？」

若者の目に驚愕《きょうがく》が閃いた。「僕は何も知らない」

「知ってるはずよ。だって、あなたはお利口さんだものね。きっとヴァーモントかマサチューセッツ辺りのお坊っちゃま大学で人文科学と環境科学をお勉強してきたんじゃないかしら」

「弁護士が来るまでは何もしゃべらないぞ。それに、暴行を受けたって、あんたを告訴してやる」

「強がっても無駄よ、坊や」

私は若者のシャツの襟もとをぐいとつかんで体を床から浮かせると、手錠のかかった手の

小川は別のドアの下をくぐってさらに奥へ続いている。

「家のなかには入らないで」ハリソンの声が聞こえた。

もう遅い。そのときには私は、血の小川の源泉を隠しているドアへ向けて、すでに三歩踏みこんでいた。玄関から三メートルほどの位置に、テニスシューズが片方だけ上下さかさに転がっていた。私は立ち止まった。細い光の条《すじ》は、テニスシューズの鮮やかな黄色い紐を照らし出していた。娘のだ。

「レーシー！」私は叫んだ。

懐中電灯の光を室内に巡らせた。くたびれきった家具数点。寝椅子、張りぐるみの椅子、コーヒーテーブル、小型テレビ。ほかには何もない。血の小川の源泉を隠しているドアをもう一度照らす。まるで水中にいるかのように、闇に包囲されていた。呼吸する空気さえ乏しいような気がした。頭のなかで声が聞こえている――〝やめて、違うわ、違うと言って〟。娘の靴を見つめる。懐中電灯を握る手が震え始めた。

同じ声が頭のなかで言った。〝これは現実じゃない。これは現実じゃない〟。

これまで感じたことのない激しい怒りが湧き上がって全身の細胞を一つ残らず占領下に置いた。私はドアに向かって歩きだした。幽体離脱をして、外から自分の行動をながめているみたいだった。怒ったハイイログマの母親。私はあのドアと血の出どころへと続くトンネルに吸いこまれていく。

「待って、警部補」

さらに二歩進む。ドアノブのほうに手を伸ばす。

「警部補、やめてください！」ハリソンの怒鳴り声。

私はためらった。何か物音が聞こえたような気がする。だが、すぐにまたトンネルを滑るようにしてドアに近づいた。

「無茶をすればお嬢さんを助けられなくなります」ハリソンが静かに言った。

私は身動きを止めた。部屋のなかで聞こえているのは、私の心臓の音だけだった。トンネルの壁が崩れ落ちた。自分の手を見る。ドアノブまであと十センチのところに浮かんでいた。いつのまにそんなところに？　振り返ると、ハリソンが玄関口に立っていた。

「それ、レーシーの靴なの」私は言った。

手が勝手にドアノブのほうに動きだす。

「警部補」

「娘の靴なのよ！」私は叫んだ。

「そのドアを開ける前にすべきことがあります」

「関係ないわ」

私はドアに向き直り、ノブを握ると、一息にドアを開けた。なかにある何かから逃れようとでもいうように、空気がわっと噴き出してくる。銃口と懐中電灯を前に向け、血の川をたどって暗闇を進み、部屋の真ん中にある源泉を目指す。

ハリソンが横に並んだ。銃と懐中電灯をしっかりと握っている。

誰かがうつぶせに横たわっていた。両手は背中でテープを使って縛られている。服装を確かめるゆとりは私にはなかった。男なのか、女なのかも区別がつかなかった。ぼろきれで作った人形のようにぐにゃりとして、命は感じられない。それが自分の娘かもしれないという可能性さえ考えたくなかった。

「靴。両方履いてる？」私は訊いた。目を閉じて答えを待つ。答えを耳にするのが怖い。せいぜい一秒か二秒のことだったはずだが、そのときの私には数時間にも感じられた。

「履いてます」ハリソンが言った。

「この部屋にほかに何かある？」

ハリソンは懐中電灯の光を室内に一周させた。「マットレスが一枚、雑誌が何冊か。それだけです」

私はうなずいた。それから彼の腕に手を置いて深呼吸をした。「悪いけど、家のほかの部分の安全を確認してもらえる？」

玄関前に集まり始めたパトロールカーの回転灯の光が室内を赤く染め始めていた。

「私はすぐには動けそうもないから」

ハリソンはうなずいてその部屋を出ていき、別のドアを開けた。キッチンらしかった。私はふと自分の手を見下ろした。持っているという意識はまるでなかったが、まだ銃を握り締めていた。銃をホルスターに戻し、床に転がった娘の靴を見やった。黄色い紐はほどけていて、ほんの十センチほどのところを流れる血の小川に向かってだらりと伸びていた。

向きを変え、被害者の横たわっている部屋に足を踏み入れた。死の訪れと同時に、人間の体は重力に降伏する。すべての輪郭が失われることもしばしばだ。もし両手が背中で縛られていなかったら、被害者がうつぶせなのかあおむけなのかすら、とっさには判別できなかっただろう。遺体はジーンズとサイズが大きめの灰色のセーターという服装だった。懐中電灯で後頭部を照らす。艶やかな漆黒の髪。ただ、小さな射入口の周囲だけは別だった。その部分の髪は血で湿って艶が失われている。次に半分だけ見えている顔に光を当てた。短く刈りこまれた顎鬚《あごひげ》。開いたまま焦点の合っていない目は、最後の瞬間にそこに映っていたものをいまもぼんやりと見つめている。若い男だ。どんなに年上に見積もっても二十代半ばだろう。日系かもしれない。

めまいを感じて、私は戸口まで戻った。まだ子どもみたいな若者だというのに、見てはいけない顔を見てしまったばかりにこんな目に遭うなんて。自分の身に何が起きようとしているか、この青年が知っていたはずがない。地球を救うつもりが、こんな最期を迎えることになった。伐り倒されようとしているセコイアの樹を守ろうと、自分の体を幹に鎖でくくりつけて抵抗している青年の姿が目に浮かんだ。私は遺体から顔をそむけ、床の上のレーシーの靴に向き直った。

近づいて拾い上げる。左の靴だ。空気のように軽く感じた。娘はこの靴を、初めて箱から取り出したときと変わらず真っ白のまま維持することにこだわっていた。血痕が付着していないか調べた。ない。誰かに踏まれたのか、左側にこすれたような汚れがあるだけだった。

「最悪」この家で起きたことを頭のなかで再現しようとして、思わずそうつぶやいた。

レーシーはすべてを目撃したに違いない。別の部屋にいたのだとしても、物音は聞こえただろう。いずれにせよ、想像したくもない事態だった。あの子は殺人者を蹴ろうとしたのだろうか。逃げようとしたのだろうか。逃げようとして揉み合いになり、足を踏まれたのかもしれない。そう考えれば、靴の汚れに説明がつく。目を閉じ、頭に浮かんだ映像を払いのけようとした。しかし、こびりついて離れない。私はなんと無力なのだろう。ガブリエルは私から娘を奪っただけではない。職業柄、残虐な行為の結果は数えきれないほど目撃してきた。それでも、どれだけの傷を負わされようと、打ちのめされようと、最後にはかならず善が勝つという確固たる信念が失われることはなかった。だが、いまはそれさえも奪われた。

私は靴を両手で包んで胸に押し抱いた。夜明けは少しずつ駆け足になりながら近づいてきていた。どの窓からも淡い光が射しこみ、床に広がった血を黒みの強いチョコレート色から暗い薔薇色へと変えていく。ふと顔を上げると、チャベス本部長が戸口に立っていた。

「そっちの部屋で一人死んでます。見たところ小口径の銃で後頭部を一発撃たれたようです。フィンリーのときと同じ手口ですね」

本部長は安堵と懸念が複雑に入り交じった溜息をついた。

「レーシーはここにいたんです。私たちは一足遅かったようです」

本部長が私の手のなかのテニスシューズを一目だけ見た。それ以上の説明が必要ないことは明らかだった。口もとを手で覆い、ほんの一瞬だけ床を見つめたあと、本部長は信じられないといった表情で首を左右に振った。「糞野郎めが」その言葉は、修道僧の晩禱のごとくささやかれた。

ハリソンが別の部屋から戻ってきた。「安全を確認しました――爆発物はありません」

ハリソンの声はちゃんと聞こえていた。だが、いまの私の意識はそれを重要な情報とは受け止めなかった。私の指は、それを取り落とさずにいさえすれば娘といま以上に隔てられずにすむとでもいうように、娘の靴を大事に握り締めていた。

「これからどうしたら?」私は力なくつぶやいた。

ハリソンがチャベス本部長をちらりと見やった。どちらの目にも憂わしげな色が浮かんでいる。悲しみに暮れている母親など、足手まといになるだけだろう。私が着けている警察バッジは、無意味な小道具も同然だ。刑事として考えることができないなら、おとなしく家にいればいい。よき母親らしく、学校に行く娘の身支度を手伝い、ちゃんとした朝食を食べさせ、すてきよと言って送り出していればいい。私はレーシーの靴を見下ろし、指にからみつかせていた紐をほどいた。

しっかりしなさい――私は自分を叱りつけた。考えて。状況を分析して。ハリソンの顔を見て、現実に返る道を探した。「パソコンはあった?」

「ありません」

私は一つ息を吸った。慌てずに、一度に一歩ずつ。「とすると、ガブリエルが持ち去ったか、メールをやりとりしたとき、ここにはいなかったかのいずれかだわね」

「あのときにはもういなかったんだと思います」ハリソンが言った。

私はうなずいた。同意見だ。「つまり、わざとここに来させたということになる」

「そんな」チャベス本部長が言う。「糞野――」本部長のなかの敬虔なカトリック教徒が、冒瀆的《ぼうとくてき》な言葉が吐き出されるのを堰き止めた。「どうしてだ?」

私はハリソンの表情をうかがった。まったく同じことを考えているとわかった。「主導権が誰にあるか、はっきりさせるためでしょう」

「我々は操り人形ってわけか」本部長が腹立たしげにつぶやいた。

チャベス本部長は主導権を奪われるという経験に馴染みがない。その顔には、まるで玉座から追い落とされて戸惑っている王のような表情があった。

私は本部長に歩み寄り、たくましい前腕に手を置いてぐっと力を込めた。「急いで死亡推定時刻を出してもらわないと。それに、フィンリー殺害に使われたのと同じ銃かどうかの照合も必要です」

うつろだった目に光が戻り、本部長はうなずいた。「さっそく鑑識と監察医に検査を始めさせよう」

私は手のなかの靴をほんの一瞬見つめたあと、名残惜しく思いながらも本部長に差し出した。「これも検査に回していただけますか。ここに付いた汚れから手がかりが得られるかもしれません。運がよければ、決定打になるかも」

本部長はうなずいてそっと靴を受け取った。

もうここにはいられない。四方の壁が、墓を埋める土のように迫ってこようとしている。本部長のそばをすり抜けるようにして屋外に出た。前の通りには、十数台のパトロールカーが集結していた。制服警官のほとんどが、通り過ぎざまに事故現場を物珍しげにながめるドライバーみたいな目で私を見つめている。雨の粒が頬を叩き、小さな流れになって口角に集まった。涙と同じ塩辛い味がした。自分でも気づかないうちに泣いていたらしい。手の甲で涙を拭い、何気なく通りを見回した。雨に濡れたマクドナルドの紙袋をつついていたカラスは、ビッグマックの残骸には興味を失った様子で、一メートルくらい離れたところに立っていた。

パトロールカーと無線のやりとりのカオスのどこかから、携帯電話の甲高い音が聞こえている。制服警官の一人が近づいてきた。「二、三分前から、警部補の車のなかで電話が鳴ってるようですが」

私は制服警官のほうに向き直った。何を言われたか、とっさにわからなかった。「え、何?」

「警部補の携帯電話がさっきから鳴りっぱなし――」

最後まで聞き終える前に私は駆けだしていた。母親の勘、あるいは女の直感、刑事の第六感。何と呼んでもらってもかまわない。だが、早朝六時に殺人現場で鳴り続けている電話の音は、何かを必死に訴えているようにしか聞こえなかった。一瞬一瞬が、一秒一秒が、急げと叫んでいる。私は車に飛びつき、力任せにドアを開け放つと、シート越しに手を伸ばしてセンターコンソールから携帯電話を取った。「デリーロです」

　かちりと音がして電話は切れた。

「何よ」私は電話をシートに放り出した。重大な電話だったのかもしれない。何でもなかったのかもしれない。何にしろ、私は出そこなった。いまはどんなことであれ、拾いそこねてはいけないというのにだ。

　ちょうどそのとき、チャベス本部長が一軒家から出てきた。証拠袋におさめたレーシーの靴を制服警官の一人に預け、二言三言やりとりをしたあと、私のほうを見た。

　また甲高い電話の音が響き始めて、私は銃声でも聞こえたように飛び上がった。電話を凝視する。出るべきか迷う。何の報《しら》せなのか。何でもないのか。怖かった。五度めの呼び出し音が鳴りだしたところでようやく通話ボタンを押した。

「デリーロです」

　消防車のサイレンがかなたで鳴っているような気配だけが聞こえた。

「デリーロですが」

　それに応えた声は、恐怖と混乱からだろう、震えていた。「ママ」レーシーだった。「ママ」

　私は電話を耳に押しつけた。「レーシー。いまどこ?」

　沈黙。

「レーシー……レーシー、聞こえる?」全身に無力感が広がっていく。「レーシー、聞こえてる？　怪我してるの？　そこがどこかわかる？」

「いや……この子は知らない」

　歪んだような低い声。ろれつが回らないような不明瞭な発音。現実が引き延ばされ、ねじ曲げられたシュールレアリスムの絵画から発せられているような。即座にぴんときた。これはガブリエルの声だ。

「この獣《けだもの》」とっさにそう言っていた。

「そう言うあんたはそれ以下じゃないか」

　電話線を伝って手が伸びてきたかのように、その言葉は私の心臓をわしづかみにした。その瞬間、電話の向こうの男は、私の世界に君臨していた。神話のなかの神のように、指先で軽く触れるだけで、あるいはたった一言発するだけで、世界を作り替える力を持っていた。彼は正しい。獣一匹捕まえられない私は、それ以下だ。

「あんたを俺のパートナーに任命するよ、警部補。今後は俺の指示どおりに動いてもらう。さもないと娘が死ぬことになる」

「あなたとは取引などしません」

「俺の話を聞けば気が変わるかもしれないぞ。他人の命と娘の命、どっちか一つしか救えないとしたら、あんた、どっちを選ぶ？」

「頭がどうかしてるのね」

「俺の言うとおりにするんだな。さもないと、地獄がその頭の上に降ってくる」

「お願い、こんなことはやめて。娘に手を出さないで」

自分の言葉がひどく弱気に聞こえた。だが、隠そうとしたところで無駄だ。事実、私は弱い立場にある——この男の狙いどおりに。いまの私は、どんなことであろうとやるしかない。

「人質には私がなる。だから娘を解放して」

返事は沈黙だけだった。

「私を連れていきなさい！　私を人質にすればいいでしょう！」

「ママ」レーシーの声だ。

涙声。電話機から涙が滴って私の手に落ちそうだった。

「聞こえてるわ、レーシー」

電話はぷつりと切れた。娘が腕のなかからひょいとさらわれたように。頭がはっきりしているうちに発信元の電話番号を確かめようとしたが、非通知だった。力なく車に寄りかかった。同時に膝の力が抜けて、私は雨を吸った舗道にへたりこんだ。両手で顔を覆った。雨が髪を濡らしていく。

考えなくては。手がかりを探さなくては。ガブリエルの言葉の一つひとつを検討し、背景に聞こえていた音を分析しなくては。どんな小さなことでもいい。何かヒントがあるはずだ。

目を開けると、すぐ前に本部長がかがみこんでいた。「どうした、アレックス？」

「あの子の声を聞いたの」

本部長は私の傍らに落ちた携帯電話を一瞥した。「レーシーか？　レーシーの声を聞いたのか？」

私はうなずいた。「怯えてた……ああ、あんなに怯えて」

本部長が私の膝に両手を置き、冷静さを取り戻させようとしてのことだろう、優しく力を込めた。「アレックス。詳しく話してくれないか」

私は本部長を透かして遠くを見つめた。輪郭のぼやけたどこかの部屋、暗い隅にうずくまって震えている十代の少女。そのとき、しゅっという音がかすめ、カラスの黒い影が頭上すれすれを飛び去った。まるで私を現実に返らせようとしているかのようだった。私は本部長の黒っぽい目を見つめ、膝に置かれていた手に自分の手を重ねた。

「何があった？」本部長が訊く。

顔を上に向け、雨粒が頬を叩くに任せた。「あの子は……」言葉が続かない。

「アレックス、何があった？」

目を閉じ、もう一瞬だけ長く雨を感じていた。そうしていれば、雨が空恐ろしい夢を洗い流してくれるのではなどというはかない望みを抱いて。たったいまどんなやりとりがあったかを知ったら、本部長は私を信じられなくなるのではないか。子どもの命を奪うと脅された親を、誰が信用する？　信じてくれと言うのは無理な話だろうか。一方で、もしこのまま何も話さずにおいたら、私は自分がこのあとも正しい選択ができると信じられるだろうか。私はそこまで強い人間だろうか。冷たい、氷のような身震いが全身をざわめかせた。私はガブリエルの狂気にからめとられて彼のパートナーになったのか。私は本部長の目をまっすぐに見返した。

「アレックス。話してくれ」

「地獄が降ってこようとしてるの」

14

それから一時間、私は車に座って雨音に耳を澄ましていた。鑑識班や監察医はモンテ・ストリートの一軒家を検証している。あの無人の家のどこかに毛髪や繊維といった奇跡が落ちていて、見つけてもらえるのをじっと待っているのだろうか。指紋を作る曲線が、地図のごとくガブリエルのアジトと娘の居場所を教えてくれたりするのだろうか。私の心臓は、太鼓を使った大昔の通信のように、その問いにいちいち答えた。ノー……ノー……ノー。

チャベス本部長は、仮眠を取るといいと言ってくれた。しかし、現実から逃れようと目を閉じ、眠りの淵へとにじりよるたび、電話越しに聞いたレーシーの声がふいに蘇って、夜明けの冷たく濡れた現実へと私を引き戻す――〝ママ。ママ〟。

ふう。我が子のあんな声を聞いて正気でいられる親はいない。いるはずがない。

雨水の川が幾筋も流れるフロントガラス越しに外をながめる。すぐそこで展開されている光景は、遊園地の鏡の家に迷いこんだように歪んでいた。パトロールカーの回転灯の光はねじ曲がっている。現場周辺を調べている刑事たちの姿は、空間に穴があって、そこを出入りしているかのように、消えたり、また現われたりを繰り返している。だが、そんな揺れ動く世界の真ん中に、疑問が一つ、身じろぎもせずにどっかりと居座って私を押しつぶそうとしていた——娘を守るという仕事に、いったいどうすればここまで無惨に失敗できるのか。殺人課の刑事たる人間が、影の奥で待ち構えていた危険をなぜ察知できなかったのか。私は、郊外の平和な住宅地で暮らしている、テレビの画面を通してしか犯罪と接したことのない世間知らずな親とは違うのだ。二十年もの間、犯罪と向き合って生きてきた。血を流し、ショックに呆然としている犯罪の被害者たちをこの手で受け止めてきた。犯罪によってばらばらにされた家族を見てきた。希望が砕かれ、夢が壊されるのを目の当たりにしてきた。なのに、同じことが私の家で起きた。私の子どもの身に起きた。私たちは安全だという幻想は打ち砕かれた。これまでよくも気づかずにいられたものだ。なんという皮肉か。

ウィンドウをこつこつと叩く音がした。ハリソンだった。私がドアを開けるのを待っている。私は無意識のうちにロックしていたようだ。助手席から手を伸ばして運転席側のロックを解除した。ハリソンが雨から逃れてシートにおさまる。濡れたユーカリの葉の香りがハリソンを追いかけてきて、車内をさわやかに満たした。

「手がかりらしきものが見つかりました」事務的な口調だった。むなしい期待が入りこむ余地はない。「コロラド・ブールヴァードのモーテルのフロント係が、スウィーニーがそのモーテルに宿泊しているかもしれないと話しているそうです」

「スウィーニー？」私はつぶやいた。

展開が速すぎてついていけない。ごうごうと音を立てて流れる川を岸からぼんやりとながめているようだった。その奔流のどこかに娘は呑みこまれた。だが、私はどうすることもできないまま、娘が手の届かないかなたへと運ばれていくのをただ見送っている。

ハリソンの手はクラクションの上に浮かんでいた。自分がいま発した言葉の意味が私の脳味噌に染みこむのを根気強く待っている。

「スウィーニー」私は繰り返した。

事件の引力が私を刑事に戻らせようとしている。ガブリエルとの電話のあと、私は霧のなかに放りこまれていた。その霧が晴れていく。入れ違いに、記憶が次々と再生された。バンガロー式住宅のドアを開けるトレーヴァー、爆発の閃光、頬にぶつかるガラスの破片。スウィーニー。ブリームとフィンリーが雇っていた男。

「スウィーニーね」私は念を押すようにささやいた。事実の急流に足をすくわれないように。「スウィーニーがコロラド・ブールヴァードのモーテルに部屋を取ってる。そういうことね？」

「そうです」ハリソンが答える。

「見張らせてる？」

ハリソンはうなずいてエンジンをかけた。「覆面車両を張りつけてあります。警部補の指示があるまで、手を出さずに監視を続けるよう伝えておきました」一瞬のためらい。「少なくとも一歩前進です」

「ガブリエルの人相はわかってる」私は言った。「何をするつもりでいるかも知ってる。レーシーが人質にされてることも。スウィーニーみたいなけちな小切手偽造犯が、いまさら役に立つかしら」

「でも、フィンリーの家でいったい何をしてたのか不思議じゃありませんか。ほら、警部補をドアで殴ったあのときです」

「それがわかったところで、大勢に影響はないでしょう。スウィーニーが私の娘の居場所を知ってるとか、ガブリエルの写真を持ってるとか、そんなことでもないかぎり……話を聴くだけ無駄じゃない？」

ハリソンの目尻に小さな皺が浮かんだ。複雑きわまりない構造をした彼の頭脳は、まだ考えをまとめている最中なのだ。「ガブリエルが自分の顔を知っている全員を消すつもりでいるなら――」

「スウィーニーのことも探してるはず」私はあとを引き取って言った。

ハリソンが首を縦に振る。「それを利用できるかもしれません」

私はその考えを頭のなかで転がしてみた。「スウィーニーをおとりに使うということね」

ハリソンはうなずいた。「スウィーニーを某所で監視しているという情報を警察無線の全周波数で流して、ガブリエルが盗聴していることを祈りましょう。向こうから出てくるのを待つんです」

小さな小さな望みだ。だが、やってみる価値はある。「でも、その前にスウィーニーを取り調べるべきね」

「ちょっと考えてたことがあるんですが」

私はハリソンのほうを向いた。ハリソンはその話を切り出すべきかどうか迷っている様子だった。「いや、やっぱりあとにしましょう」

「話して。どんなこと？」

ハリソンの人差し指が、音楽に合わせてリズムを取っているようにステアリングホイールを叩く。「ガブリエルからかかってきた電話のことです」

「何か気になることがあるの？」

「どうして連絡してきたんでしょう」

「ゲームの一部なのよ」ガブリエルが何を言ったか、ハリソンには見当がついているということだろうか。

ハリソンは曖昧にうなずいた。私の説を買っていないことは明らかだ。

「ただ――」

「ねえ、何が言いたいの？」焦《じ》れったい。

ハリソンは一瞬自分の膝に目を落とし、すぐにまた前を向いた。私と視線を合わせようとはしなかった。「僕にも大切な人を失った経験があります。その人を取り返すことができるなら、どんなことでもしたでしょう」

ガブリエルの脅しを見事に言い当てていた。この人は見抜いているのだ。私の目を見て察したのかもしれない。よく知っているものをそこに見つけたのだろう――かつて奥さんの命を奪った力と取り交わした密約を。

「いざその瞬間が来るまでは、自分が何をするか、誰にも予想できないんじゃないかしら」

私たちの目が合った。真実は、言葉で綴られてはいないにしても、テーブルの上に広げられたも同然だった。

「あなたはご自分で思ってらっしゃるより強い人なのかもしれません」ハリソンが言った。

私たちの視線はさらに一秒だけ長くからみ合った。ハリソンは黙って車を発進させた。

去り際に、私はもう一度だけモンテ・ストリートの一軒家を振り返った。嵐を予感させるひんやりした灰色の空を背景にした黄色い立入禁止のテープは、鮮やかに咲くひまわりの列のように見えた。一軒家の玄関から監察医が現われた。薄手の布をかけられた遺体が一緒だった。人類の手から人類を救おうとしていた青年。歩道に下ろされたストレッチャーの車輪の一つが、壊れたショッピングカートの車輪みたいに無軌道に空回りしている。布に浮かんだかすかな血の染みが、銃弾が頭骨を貫いた位置を教えていた。あの若者の両親はどんな子育てをしたのだろう。息子を愛し、どんなときも味方をしただろうか。それとも、息子を煙たがっていただろうか。彼らが植えつけた信念が、結果的には息子の命をかすめ取ったのだろうか。私より親として立派に使命を果たしただろうか。それは報われただろうか。

「あの若者がうちの娘を知ってたのかどうか、考えずにはいられない」私は言った。

ハリソンはちらりと私を見たあと、車を南に向け、四ブロック先のコロラド・ブールヴァードへと走った。「爆弾処理班では」ためらいがちな言葉つきだった。「想像力を働かせすぎないよう叩きこまれます。それは一種のルールです。目の前に存在するものだけに意識の範囲を限定する――配線、ヒューズ、爆薬」

「そのルールは役に立つ？」

ハリソンは自分の忠告を嗤《わら》うように口の端をかすかに持ち上げた。「少なくとも僕の場合は役に立ったことはありませんね」

車がヴィスタ・パームズ・モーテルを目指す間、私はシートにもたれて目を閉じた。「レーシーがお腹にいたころ、子育て雑誌で同じことを読んだわ」

「役に立ちました？」

「生後一日もたたないうちに、病院が赤ちゃんを取り違えたんじゃないかと思ったし、薬を間違えられたんだとも疑ったし、あの子はいまごろ新生児室のちっちゃなベッドで誰にも気づかれずに死にかけてるんじゃないかと考えたりもした」

私はハリソンを見やった。それからウィンドウの外に目を向けたが、背後に流れていく風景は、ただ私の視界を素通りするだけだった。

「だから、あの記事を書いた人は、きっと子どもを産んだ経験がないんだって思うことにした」

ヴィスタ・パームズ・モーテルは、六〇年代に造られたイースト・コロラド・ブールヴァード沿いのモーテル街にあった。ローズボウル・スタジアムにほど近い界隈で、初代オーナーはきっと金脈を掘り当てたつもりでいただろう。ただし、フットボールのシーズンが年に何か月あるかという知識に欠けていたに違いない。ほとんどのモーテルの現在の経営者はよその土地から移ってきたアメリカ先住民で、マリオットやホリデイ・インに部屋を取る金銭的余裕のない観光客にはっきりと的を絞っている。清潔なシーツとやかましいエアコン、入口のドアに錠が二つ。それで一泊五十ドル。枕にちょっとしたお菓子が置いてあることはないし、バスルームにはヘアコンディショナーさえない。スウィーニーがガブリエルから身を隠すのにこのモーテルを選んだ理由は皆目見当がつかないが、ハイクラスな暮らしに慣れているからではないことだけは確かだろう。

　モーテルの向かいに茶色のクラウン・ヴィクトリアが停まっていた。キャスティング・クラブの池でメキシコ軍の少佐の死体が発見されたとき、一番に現場に駆けつけたフォーリー刑事が乗っている。私たちはそのすぐ後ろに停めた。フォーリー刑事が降りて雨のなか近づいてきた。ダンキンドーナツのロゴの入ったコーヒーカップを持っている。古い映画から抜け出してきたみたいな、ドーナツと警察官という典型的な取り合わせに、ハリソンがかすかににやりとしたのが視界の隅に映った。私は助手席側のウィンドウを下ろした。フォーリーが車内に身を乗り入れるようにした。きっとドーナツのスプリンクルだろう、ピンク色の粒が歯の間に挟まっていたし、クラーク・ゲーブル風の細い口髭には粉砂糖がまぶされている。あとは定年を待つのみといった、どちらかといえば当たりの柔らかそうな刑事と見えるが、実際には、スウィーニーのような前科持ちを絞り上げるのにまさしくうってつけの人物だ。

唇についた砂糖さえ拭ってやれば、たとえ相手が死体であろうと、震え上がらせて一切合切を吐かせられる。

「スウィーニーは二階の一番奥、二一〇号室にいます。カーテンは全部閉まってますね。別のチームが裏を見張ってます」

「チェックインしたのはいつ?」

「警部補とトレーヴァーが巻きこまれた爆弾騒ぎの当日の晩です。ほかの宿泊客から、テレビで見た写真の男に似てるって電話がフロントにあったとか」

「いま部屋にいるの?」

「います。メイドに頼んでドアをノックしてもらいました。まだ寝てるそうですよ。さっそくしょっ引きます? それとももう少し様子を見ますか」

「パレード開始まで二十四時間を切ってるのよ。様子を見てる暇なんてないわ」

「じゃ、鍵をもらってきましょう」フォーリーはそう言うと、歯をほじりながら自分の車に戻っていった。私たちはコロラド・ブールヴァードを渡ってモーテルの駐車場に車を乗り入れた。

駐車場はビールの空き缶だらけだった。歩道際の排水溝の鉄格子の上では、雨でふやけたピザの食べ残しが下水目指して格子の隙間をじりじりと進軍中だった。停まっている車の半数は、元日の大一番を観戦に来たのだろう、ワシントン大学のマスコット〝ワシントン・ハスキー〟が描かれたナンバープレートを付けていた。青いシボレー・ブレイザーの隣に、酔っぱらいが吐いた痕が残っている。

フォーリーがモーテルのオフィスから鍵を借りてくるのを待って、階段を上った。

「警部補をドアで殴ったってのはこいつですか」

そうだった、すっかり忘れていた。「そうよ。その場で謝ってもらったけど」

問題の部屋に来ると、ハリソンはドアの私たちとは反対の側に立った。

「窓の前は危険よ」私は注意した。

ハリソンは不安げな視線を肩越しに投げかけたあと、半歩前に移動した。

「で、どういう手はずでいきます？」フォーリーが訊く。

「スウィーニーは自分は命を狙われてると思ってる。いきなり踏みこんだら、無茶な行動に出かねない」

フォーリーは銃を抜くと、ドアの前に腕を伸ばし、拳で三度ノックした。「パサデナ市警だ！　ここを開けろ！」

ベッドから転げ落ちでもしたのか、室内でどすんと重い音がした。

「スウィーニー！　ここを開けろ！」フォーリーが怒鳴る。

また一つ重たい音。続いて慌てたような声。「くそ、くそ、くそ！」

「ほんとに寝てたらしいな」フォーリーが言った。

ドアの向こうからかすかな足音がした。パンツを穿《は》こうと格闘しているらしい。次に声が聞こえた。「のぞき穴からバッジを見せてくれ」

フォーリーはドアを見、私を見たあと、首を振った。「のぞき穴なんかどこにあるんだ、馬鹿」

「それじゃ、ほんとに警察かどうか確かめようがないじゃないか」

「あなたは私をドアで殴った。さあ、これで本物だってわかったでしょ」私はそう怒鳴り返した。

「ああ……」長い沈黙があった。「悪かったよ、あれは――」

「ここを開けなさい、ミスター・スウィーニー！　早く！」

チェーンが外れる音が聞こえ、錠が回る音が続いた。ドアノブが回り始めると同時に、フォーリーが庭に干されたシーツを払いのけるように軽々とドアを押し開けて踏みこんだ。スウィーニーは抵抗を試みようとしたが、その前にもうフォーリーにうつぶせに倒されていた。フォーリーがスウィーニーの頬を床にぐいと押しつけ、背中の真ん中に膝をめりこませる。

「動くんじゃねえぞ」この場を支配しているのが誰か、念を押すようにフォーリーが言う。

「わかった」スウィーニーが毛足の長い錆色《さびいろ》のカーペットに埋もれた唇の隙間から絞り出すように応じた。

フォーリーが手錠をかけている間に、ハリソンがバスルームを点検してほかに誰もいないことを確認した。換気の悪い部屋には、三十年分の煙草の匂いが染みついている。ベッドの頭の側の壁にタージマハールの色褪せた写真が飾られていた。箪笥《たんす》の上には歯ブラシと歯磨き粉の入った紙袋。一脚しかない椅子の背にシャツがかけてあった。それ以外に私物らしいものは見当たらない。スウィーニーの財産はほとんどすべてあの爆発に巻きこまれたのだ。フォーリーが立ち上がる。スウィーニーはカーペットに顔を押しつけたままだ。私はその傍らにしゃがみこんだ。

「あなたはとんでもないトラブルに巻きこまれてるの」

「なあ、誰かと勘違いしてるんじゃゃ――」

「ごまかそうとしないで。さもないと殺人の共犯で告発するわよ」

「殺人だって？」スウィーニーが数オクターブ高い声で叫んだ。

私はフォーリーを見上げた。「起こしてやって」

フォーリーが腕をつかんでベッドに座らせた。スウィーニーの目は、年季の入った詐欺師《さぎし》らしく、ペテンが暴かれた場合に備えてすばしこく室内を走り回り、逃げ道を探している。

「俺は何も知らねえって」

「やめなさい」私は抑えた声でささやいた。怒鳴りつけるのと同等の効果があった。「知ってることを洗いざらい話してちょうだい。知ってるつもりでいることも含めてね。嘘をついたりごまかそうとしたりしてごらんなさい、死ぬまで刑務所で過ごすことになるから、そのつもりで。あなたは警察官に暴行した。前科もあるわね。一方の私には、時間がないの。協力してくれれば、あなたの雇い主の家で私をドアで殴ったことは忘れてあげてもいい」

「俺の何だって？」

「あなたのボスよ。フィンリー。生花店で働いてたんでしょう」

風船がしぼむみたいに、スウィーニーの体から空気が抜けた。天井を仰いでうなずく。

私はハリソンに目配せした。「車からファイルを持ってきて」

ハリソンがうなずいて出ていった。

「フィンリーの家にいたのはどうして？　何を探してたの？」

「金だよ。ほかに何を探せってんだよ？　ボスは殺《や》られた、うちは爆弾で吹っ飛んだ。ほかに何しろってんだよ？」

「新しい仕事を探すって手もあったろう、馬鹿めが」フォーリーが罵《ののし》った。

スウィーニーは私の目をのぞきこむようにしたあと、視線をそらした。心のどこか奥底で自分の生きかたを恥じていて、その気持ちがついに溶岩のようにあふれ出そうとしているのを感知したかのように。あるいは、母親が肩口から自分のしていることをのぞきこんで、うんざりしたように首を振っているのではないかと恐れているように。

「金に困ってたんだって。ドアで殴ったときは、あんたが刑事だなんて知らなかったし」

一つめの嘘。血圧が一気に上がった。「嘘をつくなと警告したはずよ。刑務所行きは決まりね」

「いや、待って……悪かったよ。あんたが刑事だってことは知ってた。焦っちゃってさ。悪かったよ」

「フィンリーについて知ってることを洗いざらい話しなさい」

「何も知らねえってば」

「質問に答えろ！」フォーリーが身を乗り出してスウィーニーの鼻先に顔を突きつけた。

台本をちゃんと心得ているスウィーニーは、溜息をついてうなずいた。「大したことは知らねえよ。俺はただの積み降ろし係だったからな。俺を雇ったのはもう一人のほうだしさ」

「ブリームのことね？」

「そう」

「ブリームも死んだわ」私は素っ気なく言った。

スウィーニーの顔に明らかな驚愕が広がった。だが、すぐに守りを固めた。「俺じゃねえよ」

「黙れ、この馬鹿」フォーリーが言う。

ドアが開いた。ハリソンが入ってきてファイルを差し出す。開くと、レーシーの写真があった。学校で撮ったアルバム用の写真だ。レーシーはこの写真を嫌っていた。太って見えると言っていた。だが、私の目には一つの欠点もないように映った。ピアスをする前に撮影されたものだった。写真を持ち上げた私の手はかすかに震えている。ハリソンは、きっとそれに気づいたのだろう、震えが止まるまで視線をよそへ向けていた。

「この子に見覚えはない？」私は写真をスウィーニーのほうに向けた。スウィーニーの目はその上をなぞっただけで通り過ぎた。「いや――」

「ちゃんと見なさい！」私は怒鳴りつけた。

スウィーニーは電気ショックでも受けたみたいにしゃんとした。一つうなずいて、私の娘の写真に視線を向け、じっと見入った。たとえけちな詐欺師ごときであっても、犯罪者に写真を舐《な》めるように見られると、娘が穢《けが》されるようで嫌だった。

「あれ、これってコンテストで騒ぎを起こした子じゃねえの？　ああ、そうだ、ニュースで見たぞ……あの子だろ？」同意を求めて私の表情をうかがう。

「テレビで見ただけ？　ほかで見かけたことはない？」

「ねえな、一度も。いったい何が知りてえんだよ」

私は写真をそっとファイルに戻すと、今度はモンテ・ストリートの一軒家で発見された若者のポラロイド写真を取り出した。顔だけを写したものだ。生気のない目は半分開いている。うつぶせになっていたせいで血が溜まって、顔がほんの少しだけ歪《ゆが》んでいる。

「この青年に見覚えは？」私は写真を持ち上げて質問した。

スウィーニーは困惑したような顔をした。「何か変だぜ、こいつ」

「頭に銃弾がめりこんでるのよ」

「よしてくれよ、いったいどういうことだよ」

「あなたの家に爆弾を仕掛けた男に殺されたらしいの」

「え、あれ、爆弾だったのかよ？」

「何だと思ったんだ？」フォーリーが口を挟んだ。「ひとりでに爆発したとでも思ったか」

「よくある話だろ」

「そうだな、羽の生えた犬と同じくらい、ありふれた話だな」

「この若者を知ってるの、どうなの」

「一度も見たことねえって」

このとき初めて、スウィーニーの声が恐怖でかすれた。今度はアズーサで逮捕した若者のポラロイド写真と、殺されたメキシコ軍少佐の写真を見せた。

「こいつらも知らねえよ。なあ、いったい何がどうなってんのか教えてくれよ」

私はガブリエルの似顔絵をファイルから抜き取ってスウィーニーの目の前に持ち上げた。

「この男はどう?」

スウィーニーの目は、何の感情も映し出さなかった。本当に知らないのだ。芝居ではない。恐怖にとらわれた様子もなかった。いっさい反応なし。私はハリソンを見た。ハリソンも私と同じ判断を下し、同じように困惑している。

「見たことねえな」スウィーニーが言った。

「ちゃんと見て」

スウィーニーは深呼吸をして、もう一度似顔絵に見入った。「やっぱ見たことねえよ」

「嘘をつくんじゃない!」フォーリーが怒鳴りつけた。

スウィーニーは三たび似顔絵を凝視した。「見たことねえって。どの顔も見たことねえんだよ。誓ってもいい。俺はこんな小物だぜ。誰も相手になんかしやしねえって」

これほど正直で悲しい自己評価を下す人間は初めてだった。私の心に他人を気遣うゆとりがあれば、この男を哀れに思っているところだろう。似顔絵をファイルに戻す。ファイルを閉じると同時に、たった一つ残っていた希望への扉も閉ざされたような気がした。

「じゃ、なんで隠れてた？」フォーリーが訊いた。

「ボスが撃たれたし、刑事に暴行しちまったし、前科持ちだからだよ。くそ、俺が何かしたと思ったのかよ？　銃なんかおっかなくて触れねえんだよ、俺は」

「わかってんだろうな、嘘ついたら——」

「嘘はついてないようよ」私は言った。

フォーリーががっかりしたように私を見た。時間を無駄にしただけだった。ハリソンや私と同じように、フォーリーもそのことを痛いほどわかっているのだ。

「な、俺のうちを吹き飛ばしたのはさっきのやつなのか？」

私はフォーリーに合図して出口を指さした。「私の車に乗せて」

フォーリーがスウィーニーの腕をつかんでベッドから立ち上がらせた。

「教えてくれよ、そいつが犯人なのかよ？　なあ、俺は被害者なんだぜ」

「黙れ」フォーリーが言った。

「俺には知る権利が——」

フォーリーは手錠をかけられたスウィーニーの腕をぐいと持ち上げた。激痛に全身を貫かれたのだろう、スウィーニーはぴしゃりと口を閉じた。二人が部屋を出ていこうとしたところで、私はふと思いついて尋ねた。「ミセス・フィンリーに会ったことはある？」

深い考えがあってのことではない。ただの直感からだった。もしかしたら、この場合の

〝直感〟は、〝藁にもすがりたい気持ち〟とも同義だったかもしれない。フォーリーが乱暴な手つきでスウィーニーの向きを変えさせた。前が開きっぱなしのジーンズにジム・ビームのロゴ入りTシャツ、布の面積より穴の面積のほうが広そうな黒い靴下。二十九歳にして二度の服役経験を持つみすぼらしい前科者に娘の生存の望みをかける自分が、ひどく情けなく思えた。

「ああ、何度か……見かけたことがある」

「話したことは？」

「あったと思う」

「あるの、ないの？」

スウィーニーは肩をすくめた。首振り人形みたいに頭を左右に動かしている。この男は人生の大部分を答えをはぐらかすことに費やしてきたに違いない。

「あったかな」

フォーリーが手錠をまたぐいと引っ張る。

「ある！」甲高い悲鳴のような声だった。

「どんな話をした？」

「べつに。お疲れさまって言われたから、こっちもどうもって言った。その程度だって」

私はフォーリーに目配せした。フォーリーがスウィーニーを引っ張って出ていき、部屋にはハリソンと私だけが残された。

「顔を見られていないなら、ガブリエルはどうしてスウィーニーを消そうとしたんでしょう」ハリソンが訊く。

私は首を振った。ベッドの上のタージマハールの写真がふと目に入った。さっきは気づかなかったが、額にはガラスがはまっていない。過去にこの部屋に泊まった誰かがマクドナルドの黄色のマークを宮殿のてっぺんに描き足したらしく、オーナーが消そうとした痕跡が残っていた。私は向きを変え、開いたままのドア越しに降りしきる雨をぼんやりと見つめた。南カリフォルニアの雨には、ニューイングランドや中西部の雨の美しさや安らぎはない。どこもかしこも舗装されているせいか、ここで降る雨は冷たく無慈悲で、どこまでも荒々しい。ソローがロサンゼルスの住人だったとしたら、『ウォールデン――森の生活』は土砂崩れと鉄砲水について書かれたエッセイになっていたことだろう。

「さあね」なかば上の空でそう答えていた。

「何か理由があるはずです」

私は考えを整理しようとしたが、どうにもまとまらない。

「スウィーニーが嘘をついてるとか」

私はかぶりを振った。「そうは思えなかった」

「爆弾はスウィーニーを狙ったものだという僕らの推測が間違ってるということは？」

間違い？　今回の事件で私たちの読みが当たった例を探してみた。一つも見つからなかった。「次の質問をどうぞ」私は自嘲気味に言った。

「スウィーニーはガブリエルに会ったのに覚えていないだけということは考えられませんか」

ガブリエルの似顔絵を思い浮かべる。特徴的な傷跡。淡い色をした射貫くような目。「あんな顔よ。あなたなら忘れる？」

「一度見たら忘れません」

「ガブリエルが何かしくじったということかしら」

「そうだとすると、最初のミスですね」

「ほかにどんな可能性がある？」

「爆弾の本当のターゲットは別人だった」ハリソンが言った。

「たとえば誰？」

「警部補とか」

私は大きく息を吸い、ゆっくりと吐き出した。「それはないと思う」

「どうして？」

私は戸口に立って、下の路面を激しく叩く雨をながめた。大きな水たまりができていて、車が通るたびに高さ二メートルに届きそうな盛大なしぶきが跳ね上がる。

「ガブリエルは私を利用しようとしてるから」

ハリソンが戸枠の反対側に立った。「さっきの電話ですね？」

私はうなずいた。

「レーシーを救うためなら、あなたがどんなことでもするだろうとにらんでるわけだ」

「そう」恥ずかしさと何か別のものがないまぜになって胸に込み上げた。「ごめんなさい。もっと早く話すべきだった」

「僕だってすぐには何も言えなかったと思いますよ」ハリソンは一瞬のためらいもなくそう応じた。

私は礼を言う代わりに彼の目をちらりと見た。「どのみち結果は同じよ。だって、ガブリエルのほうも約束を守るとは……」

そのまま思考が漂うに任せた。ガブリエルの心に忍びこもうとしたところでとうてい無理だろう。相手は殺人者なのだ。このまま殺しを続けるに決まっている。それ以外の前提で動くのは愚かだ。

「警部補はレーシーを救うためにかならず取引に応じる——ガブリエルがそう確信してるなら、そのまま信じさせておきましょう。そのあいだにできるかぎりやつに近づいて、ミスを犯すのを待つんです」

「私もガブリエルがいつかミスを犯すという希望にしがみついてきた。でも、いまはもうしがみつけるほどの希望は残ってないみたい。これまでのところ、ガブリエルはたった一つのミスも犯してないもの」

「ミスを犯せば、すぐにわかりますよ」

「ええ、絶対に見逃すわけにはいかない」私はきっぱりと言った。「チャンスが二度あるとは思えないから」

　しばらくどちらも口を開かなかった。

「スウィーニーにミセス・フィンリーのことを訊きましたね。どうしてです？」ハリソンが言った。

「ミセス・フィンリーはスウィーニーに会ったことがないと言ってた。嘘をつくのは妙でしょう」

「名前を知らなかったとか。臨時の従業員ですし」

「そうね、その可能性はあるわ。でも、こうなったらきちんと確かめる必要がありそうね」

「本人に訊くんですね？」

　私はうなずいた。「ええ。本人に訊きたいわ」

　私の携帯電話が鳴りだした。ジャケットのポケットから取り出す。「デリーロです」

　一瞬の間があって、あの声が聞こえた。

「ありがとう」ガブリエルの声にはいっさいの感情がなかった。生きているものが発しているようには聞こえない。

「何の話――」そう訊き返しかけたが、そのときにはもう電話は切れていた。

　ハリソンのほうを向いて言った。「あいつだった」

「ガブリエル？」

　私はうなずいた。「ありがとうって」

「それだけですか」

またうなずく。「ありがとうって、その一言だけ」

「何がありがとうなんでしょう?」

「わからない」

私は駐車場を見下ろした。フォーリーは自分が乗ってきた車のドアを開けようとしている。スウィーニーはその五メートル後ろ、私の車の後部座席に座って、頭のなかの音楽に合わせるように首を上下に振っている。

「また何かゲームをしてるつもりなんでしょうか」

私は首を振った。「前の電話からいままでのあいだに、何が変わった?」

「ここに来ました」

「あ――」声がかすれた。

ハリソンの顔を見た。衝撃が脈打つように全身を駆け抜けていく。彼も同じ恐ろしい事実を理解し、同じ衝撃を感じているのだとわかった。ハリソンが即座に階段のほうに走りだした。私はフォーリーに叫んだ。「スウィーニーを車から降ろして!」

ちょうど通りかかったトラックがギアチェンジをし、そのぎいいというやかましい音が私の言葉をかき消した。フォーリーがこちらを見上げ、聞こえないと首を振って訊き返した。

「何です?」

ハリソンは一つめの踊り場で向きを変えようとしている。あと一続き分階段を降りれば、駐車場だ。

「スウィーニーを車から——」

　車の下側で発せられた青白い光が、雨で濡れた舗道に反射した。爆風は音もなく吹き上がり、オーロラを思わせる作り物じみた青い炎の束が車内を輝かせた。スウィーニーが辺りを見回す。ふいに虫が群がってきたのにびっくりしたような顔をして。次の瞬間、激しく首を振り始めたかと思うと、車のなかにまばゆいオレンジ色の炎があふれ、スウィーニーの姿が呑みこまれた。

15

ガブリエルが使った燃焼促進剤は、自動車の鋼鉄のシャーシを溶かすほどの高熱を発生した。炎が噴き出したとき、ハリソンとフォーリーがそろってドアのハンドルに飛びついたが、そのときにはもう熱くて触れなくなっていた。手の施しようがなかった。スウィーニーは、自分が死のうとしていることやその理由を知る暇もなく、ものの数秒で息絶えた。透明な青い炎が自分の周囲で躍っていることに気づいたときは、まだ熱さを感じていなかったはずだ。だが次の瞬間、彼の肺から空気が吸い出された。酸素を求めてあえぐ猶予も与えられないまま、スウィーニーは死んだ。

私は寒さに震える肩に毛布をかけ、市警本部の会議室に座っていた。自動車の火災の直後、降りしきる雨のなかに立ち尽くしたせいで全身がびしょ濡れだった。チャベス本部長が紅茶の入ったカップとビニールにくるまれたサンドイッチを持って入ってきた。

「最後に食事をしたのはいつだ?」

私は首を振った。思い出せない。

本部長は紅茶とサンドイッチを私の前に置くと、向かい側の椅子に腰を下ろした。続いてハリソンが入ってきてドアを閉めた。そろそろ正午になろうとしている。モーテルの現場を封鎖している間に、貴重な数時間が失われた。一分、また一分と時が刻まれるごとに、レーシーは私の手から遠ざかっていく。

「私はガブリエルをまっすぐスウィーニーのところに案内してしまったのね」

「まさかこんなことになるとは、誰にも予測できなかった」

「いいえ、ちゃんと考えれば予想できたはずだわ。ガブリエルは一ブロックと離れていない場所にいたんです。それに、あの車に乗っていたのはレーシーだったかもしれない」

本部長は私を見つめている。その目は物問いたげな表情が――訊かずにすませられるものならそうしたいであろう質問が浮かんでいた。「どうして電話のやりとりを全部話してくれなかった？」

「ガブリエルとの？」

本部長がうなずく。

「話せば、捜査に適任じゃないと判断されるだろうと思ったから」

「きみの能力には全幅の信頼を置いている」本部長はきっぱりと言った。

「どうしてわかったの？」私はハリソンに視線を向けた。ハリソンは自分がしゃべったのではないと首を振った。

本部長が答える前にドアが開き、ヒックス捜査官が入ってきた。私がまだ会ったことのないスーツ姿のＦＢＩ捜査官を二人従えている。私は本部長を見やった。本部長がかすかにうなずいた。

「モーテルに電話をかけてきたとき、ガブリエルが〝ありがとう〟と言ったのはなぜかな」

ヒックスが訊いた。

テーブルの際に立ったヒックスを見つめた。ほかにはいったい何を知っているのだろう。

「私の携帯電話を盗聴してたのね」

ヒックスはポケットから小さなテープレコーダーを取り出して再生ボタンを押した。

「〝あんたを俺のパートナーに任命するよ、警部補。今後は俺の指示どおりに動いてもらう。さもないと娘が死ぬことになる〟」

ヒックスは停止ボタンを押し、テープレコーダーをポケットにしまった。

「ずっと盗聴してたなら、ありがとうって言われた理由もわかるでしょう」

「わかる。ガブリエルの顔を知っている最後の人物のところへきみが案内したからだ。その最後の人物はどうなった？　みごとトーストになった！　それも取引のうちだったのか？」

チャベス本部長が憤然と椅子を蹴って立ち上がった。首筋の血管がくっきりと浮いている。

「よせ、ヒックス。取引なんかないことはよくわかってるだろう」

「そうかな。我々が耳にしていない会話がないとは言いきれませんよ。娘を殺すと脅されたんだ、デリーロ警部補にとってはそれ以上に強い動機はないでしょう。取引などしていないと保証できますか」

「できる。私はデリーロ警部補を信じてる。自分の命を預けてもいいと思ってる」チャベス本部長が言った。

「コロラド・ブールヴァードに集まる大勢の市民の命はどうです？　安心して預けられますか」

「ああ、預けられるね」

「私ならそんな危険は冒さない」

「スウィーニーを殺す理由はありませんでした」私は言った。

ヒックスが信じられないといった顔で私を見た。「きみも死体を見たんだろう？　あれを見たら、隠れた目的があったとしか思えないね、私には」

「スウィーニーに似顔絵を見せました。ガブリエルには一度も会ったことがないという返事でした」

ヒックスは私の言葉の重さを量るように一瞬間をおいたあと、こう尋ねた。「で、きみはその返事を信じたわけか」

「ええ。そのことで嘘をついても何の得もないでしょうから」

「嘘ではないと判断した根拠は？」

「そのときのスウィーニーの表情を観察していました。私は有能な刑事です」

「本当に有能な刑事なら、スウィーニーはまだ生きてただろうな！」

チャベス本部長が半歩左に移動し、ヒックスと私のあいだに立ちはだかった。「私の記憶が正しければ、ヒックス捜査官、レーシーの誘拐とガブリエルは関係ないと主張したのはきみだった。もう少しよく考えてからものを言うよう忠告したいね。デリーロ警部補の娘はな、頭のおかしな男に誘拐されてるんだ。このあともまだ無神経な態度を取るつもりなら、この建物からきみを叩き出してやる。そうさ、正面玄関のドアがぶち壊れるくらいの勢いでな」

二人はしばしにらみ合っていたが、やがてヒックスが半歩後ろに下がって肩をすくめるような仕草をした。それから視線を会議室にぎこちなく巡らせたあと、私を見た。

犯罪者、警察官、夫、妻。この世のあらゆる人間が、あらゆる動機から真実を隠す。なかでもFBI捜査官はそのスキルを磨きに磨いている人々だ。

「ヒックス捜査官が本当はどう考えてらっしゃるにしても、私たちには教えてくださらないんじゃないかしら」私はヒックスをにらみ据えた。「ねえ、ヒックス捜査官?」

「お嬢さんの件を気の毒に思っていないという印象を与えたなら、謝ります。あなたの携帯電話は、昨夜から盗聴していた。フランス警察を通してガブリエルの身元が判明したからです」

「え？　どうしていままで黙ってたの？」

「私にも娘がいる。だから、あなたの焦りはよく理解できます。その気持ちをガブリエルに利用されていないか、確かめる必要があったんです。前にも似たような事件を起こしてるんですよ、ガブリエルは」

「似たような事件？」

ヒックスは重々しい表情でうなずいた。

「すると、テロリスト警戒リストに載ってたのか」チャベス本部長が訊いた。

「いいえ。指名手配リストに載ってました」ヒックスは向きを変えて私を見た。「私が話をしたフランスの刑事は、ガブリエルを〝コレクター〟と呼んでいました。彼の作品の〝陳列室《ギャラリー》〟を発見したとかで」

「ギャラリー？　何の？」

「被害者のです。フランス警察によれば、ガブリエルは最大で七人を……込み入ったシナリオのもとに殺害したと推測されるとか。その後、いまから二年ほど前に姿を消している」

「シナリオというと？」

ヒックスは考えを整理するように間をおいてから続けた。「医師や便利屋を装って被害者に接近した。刑事に化けたことまであったようです。殺人を重ねるごとに――ほかにぴったりな言葉が浮かばないのですが――〝プロット〟は複雑で手の込んだものになっていった……同時に、暴力の度合いも加速しました。ガブリエルはストーリーを、物語を用意して人を殺すんです。子どものごっこ遊びみたいに」

「いまの話を聞くかぎりでは、いわゆるテロリストとは違うわね」私は言った。

ヒックスはうなずいた。「ええ、違います」

「テロリストじゃないなら、何なんだ？」本部長が訊く。

「連続殺人者」私はささやくように言った。

「そう、遺憾ながら、そう呼ぶしかなさそうです」

心が沈んだ。部屋に空気が足りなくなったみたいにうまく息ができない。立ち上がって窓を開けた。激しい雨は次の目的地へ向かったらしい。私の顔を湿らせたのは、淡い霧だけだった。その霧が頬の上で集まって、涙のように伝い落ちた。

「つまり、どういうことだ?」本部長の声。

私は室内を振り返った。ヒックス捜査官を見る。その表情から、どういうことなのか、彼も理解しているのだとわかった。テロリストのねじ曲がった心理にも、よくよく探してみれば、道理の種はどこかに存在している。どこまで心が歪もうと、暴力を自分なりに正当化する理屈が失われることはない。しかし、連続殺人者の暗黒に包まれた心にどれほど深く手を差し入れてみても、見つかるのは、想像が及ぶかぎりもっとも恐ろしい悪夢だけだ。

「これまで想定していた以上に行動が予測しにくく、また危険でもあるということです」ヒックスが答えた。

「人を殺すという点では変わらないだろう。どう違うのかよくわからないな」

「テロリストの行動は、政治的メッセージをできるかぎり声高に伝えることを目的に、最大の損害を及ぼすよう計算されています。言い換えれば、目的がわかっているわけですから、そこから逆算して、どんな行動を取るかあらかじめ推測する余地があるということです。ところが連続殺人者には、政治思想がありません。人を殺すことは、目的を果たすための手段ではない。人を殺すこと自体が目的なんです」

「だとしたら、なぜテロリストのふりをする?」

です」

「ここに世界最大のステージがあるからです。もっとも注目を集めやすい役があるからで

「よしてくれ、まるで俳優か何かみたいな言いかただな」

「ガブリエルは俳優みたいなものです。精神は歪みきっているかもしれないが、それでもまだ、犯罪を実行するのに別人になる必要があるんですよ。多くの連続殺人者は殺人を実行するあいだ、別の人格に成り代わっています。ただ、これほど極端な例は少ない。ガブリエルの心のいったいどこがどう壊れたのかわかりませんが、〝自分らしく〟いられるのは別の人間を演じてるときだけなんでしょう」

「別の人間になって人を殺してるときだけ」私は言い添えた。

「そのとおり」

「つまりこういうことか、今回の犯人は、オスカー狙いの単なるいかれ野郎だと？」

「単なるいかれ野郎ではすみませんよ。これ以上ないくらいのいかれ野郎です」

「ほかの事件について話してもらえませんか」私は言った。

ヒックスは私を見て躊躇《ちゅうちょ》した。同じ親としてのためらいだ。「どうしても――？」

「ガブリエルは私を誘《おび》き出すために娘を誘拐した。相手のことを知っておけばそれだけ有利になるわ」

ヒックスはＦＢＩ捜査官の一人を振り返り、開いたファイルを受け取った。「九八年、ガブリエルは医師を装ってパリの病院に潜りこみ、素知らぬ顔で回診を行なった。しかも二晩

続けて。襲われたものの生き延びた被害者の一人は、あんな有能な医者は初めてだと証言しています。看護師の何人かも、あのような思いやりのある医師がもっと増えればいいのにと思ったと話したとか。

二日めの夜、やつは三人の患者に猿ぐつわを嚙ませ、ベッドに縛りつけて、手術を施した。事件後に検視を担当した監察医は、被害者はその手術が終了する間際まで生きていたと思われると報告しています」現場を撮影した鑑識写真をファイルから抜き取ってテーブルに置く。

「むごい……」チャベス本部長の声はかすれていた。

「先はまだまだありますが……どれも猟奇性では似たり寄ったりです」

私は写真に素早く目をやってすぐに顔をそむけた。どうしてもそこに娘の顔を当てはめてしまいそうだった。いまそんなものを見たら、正気を保てなくなるだろう。私は窓のそばに戻り、鈍い灰色の景色を見つめた。

「すべての事件の詳細が判明しているわけではありません」ヒックスが続けた。「ただ、共通点らしきものが一つある。どんな役を演じるにしろ、役柄にふさわしい優れたスキルと知識を披露しているということです。刑事を装えば、あれほど話をしやすい刑事は初めてだと評される。犯人逮捕までやってのけてるんですよ。便利屋を演じたときは、大工として最高の手腕を発揮した」

「そしていまはテロリスト役を演じているというわけね」私は街並に目を向けたまま言った。

「爆弾のプロを」

「そのとおり」ヒックスが答えた。

窓に背を向ける。「大工を装ったときは、工具の何かを凶器に使ったのかしら」

ヒックスは重々しくうなずいた。「ええ、家の改装でもするみたいにね」

会議室は死んだように静まり返った。それぞれがいま感じているものを表現するには、もはや言葉では足りないとでもいうように。たったいまもたらされた情報は、屍《しかばね》を包む衣のごとく、物理的な重さを持って私の肩にどさりと載せられたような気がした。私はまた窓のほうに向き直って景色に視線をやった。体の奥のほうで生まれたパニックの嵐が渦を巻きながら急速に勢力を増し、形を成し始めている。これまでは、自分がどんな事態に直面しているのか、きちんと理解しているつもりでいた。娘を誘拐したのが何者なのか、私の敵が何であるかも理解しているつもりだった。しかしいま、私は何一つわかっていなかったという現実が目の前に突きつけられている。

刑事として考えること。私にできることはそれしかない。考えて、解決策を導き出すこと。

「ガブリエルの写真はありますか」私は尋ねた。

「残念ながら。ただ、フランス警察も似顔絵は作成してます。こちらで作ったものとほぼ同じです」

「とすると、同一人物であることは間違いない」

「ええ。間違いなく同じ男でしょう。違いは、フランス警察は、彼をフランス人だと考えて疑わなかったという点かな。今回の目撃証人のフィリップは、ガブリエルはアメリカ人だと

「ほんとはどっちなのかしら」

「ガブリエルは最近になってヨーロッパからアメリカに帰ってきたとフィリップは話してますね。それならそれで筋は通ります。しかし、アメリカ人であろうとなかろうと、一つだけ確かなのは、ガブリエルはその気になればどんな人間にも化けられるということです」

「フランス側の捜査資料にも目を通したいわ」

「入手できたものはすべてコピーして届けさせましょう」

「病院の被害者の一人は助かったとおっしゃってましたね」

ヒックスはファイルにさっと目を走らせた。「ええ、男性ですね。フランス側の似顔絵は、この被害者の証言に基づいて作成されてる」

その言葉は宙空に浮かんで、ほら、こっちをごらんというように手を振っていた。ガブリエルはじかに接触した人物をなぜ殺さずにおいたのだろう。フィリップが死なずにすんだことについても、同じ疑問がずっと心にまつわりついていた。ガブリエルはなぜフィリップを殺さなかったのか。ほかにも生き延びた被害者がいると知って、ようやくその答えがわかった。「フィリップが助かったのは、偶然ではなかったということね」

「そう、私もそう思います」

「おいおい、どういうことだ?」チャベス本部長が訊く。

「自分が犯人であることを知らせるために殺さずにおいたんです」

本部長が首を振った。「まだわからんな」

「本人にどこまで自覚があるかわかりませんが、ガブリエルは犯人が自分であることを観客に知らせずにはいられないんですよ。世間の注目を集めたいという欲求は、暴力への欲求に負けないくらい強いということ」

「出演作にはちゃんと名前をクレジットされたいというわけです」ヒックスが言った。

「俳優なら当然よね」私は公園で上演されたシェイクスピア劇の話でもしているみたいにそう付け加えた。

ハリソンが私の傍らに立ち、街を見晴らした。どこか下のほうでやかましいクラクションの音が響いた。緑色のオウムの小さな群れがロケットのようにすぐ目の前を横切っていく。ぼやけて見えないほど翼を高速で動かし、悲鳴のような甲高い声だけを残して。重力との闘いにいまにも命を奪われそうだとでもいうように。

「親という役回りについて、私が理解できてないことが数えきれないほどあるのは知ってたわ。レーシーによれば、〝何《なん》にもわかってない〟。だけど、少なくとも刑事という役回りについては、ひととおり理解したつもりでいた」私は静かに言った。「ガブリエルに関する私たちの推測は、これまでのところすべて間違ってたようね」

ハリソンは人々が忙しく行き交う歩道を見下ろした。幸運にも、自分の暮らす街の息の根を止めかねない出来事がいままさに進行中であることをまったく知らずにいる人々。

「間違ってるわけではありませんよ」ハリソンが言った。「僕らが絶対に知るはずではないことがいくつかあるというだけのことです。誰も知るはずではないことが」

眼下の街に視線を巡らせた。そのどこかにいるガブリエルの存在を肌で感じた。うなじを手でなでられたと同じくらい確かに。

「いまこの瞬間にも私たちを見張ってるのかもしれない。見張ってないとしても、見張られてるかもしれないと私たちに思わせることに成功してる。いずれにせよ、私たちは分が悪いということね」

ハリソンはうなずいた。「ガブリエルの役作りは完璧です」

ありとあらゆる感情が湧き上がって渦を巻いた。怒り、恐怖、パニック、もどかしさ。だが、何より毒を持っていたのは、無力感だった。これまではそのことを理解していたかどうか怪しいが、私という人間を定義しているのはレーシーだ。母親という身分を失うことがあれば、私はただの刑事でしかなくなる。それでは私は生きていけない。レーシーがじりじりと遠ざかっていくのがわかる。もしこのままあの子を失ったら、道しるべも同時に失われるだろう。私は窓際を離れ、会議用のテーブルのそばに戻ると、ヒックスの向かいの椅子に座った。「あなたの考えを聞かせて。娘はいまどういう状態にあると思いますか」

「アレックス。この話はいったんやめにしないか」チャベス本部長が気遣うように言った。

「どんなに辛い話でも、直視しないわけにはいきません……目をそむけることはできません」

ヒックスは、どう答えるべきか考える時間を稼ごうというのか、長い深呼吸をした。「お嬢さんを取引材料にしたということは、まだ生きている可能性は充分にある。加えて、お嬢さんはやつの……やつの芝居に欠かせない登場人物の一人でもあるということでしょう」

「パレードを中止したらどうなるだろう」本部長が訊く。

「娘は殺され、ガブリエルは次のターゲットを探すでしょうね。私たちには絶対に邪魔のできないターゲットを」

「私もそう思います」

私はファイルを見つめた。何か見逃しているような気がする。「過去の被害者のなかに女性は一人でもいた？」

「いいえ」

「それなのに、どうして今回はレーシーを選んだのかしら。ほとんどの連続殺人犯の動機には、何らかの性機能障害がひそんでいるものでしょう。彼らの壊れた心のなかで被害者が何を象徴してるにしろ、彼らにとって被害者を殺すことは、その何かを支配するということ。これまでの被害者がすべて男性なんだとしたら、ガブリエルが抱えている欲求は男性を殺すことによってしか満たされない種類のものだと考えるのが妥当よね。なのに、どうしてレーシーを拉致したのかしら」

「あなたに近づく手段としてでは？」ヒックスは、私とガブリエルとの取引のことを言っている。私とガブリエルのあいだに交わされたと彼が決めてかかっている取引。娘の命を救うか、赤の他人の命を救うか。

「でも、どうして？　私も女よ。ガブリエルの欲求はやはり満たされない」

「ひょっとしたら、あなたとレーシーは被害者に選ばれるはずではなかったのかもしれません。あなたには別のプランを用意している可能性もある」

「いったいどんなプランだ？」本部長が言った。

鼓動が激しくなった。私は心臓をなだめようと一つ深呼吸をした。「ガブリエルは彼のお芝居のエンディングに私と娘の両方をそろえようとしてる」

私はそう言ってヒックスを見つめた。ヒックスがうなずく。

「テロを装った連続殺人のテレビ中継。レーシーと私は、その筋書きのどこかにキャスティングされてるのよ」

会議室が静まり返った。

「心配はいりませんよ」ヒックスが言った。「もともと万全の警備態勢が敷かれている。それをいっそう強化するだけのことです。やつの人相特徴はわかってるし、爆弾を隠せそうな物体はパレードのルートには近づかせない。とくにテレビ中継が予定されてる最初の二ブロックには」

「雨が降ってくれるといいな、見物客も少なくなるだろうから」本部長が言った。

ヒックスが首を振る。「低気圧は真夜中までには東に抜けるという予報です。明日はおそらく快晴でしょうね」

「絵に描いたようなパレード日和」私は小さな声で言った。「ところで、ガブリエルが私に

かりゼロ」

「二度とも別の携帯電話を使ってかけてました。どっちも盗んだものです。電話からは手が

連絡するのに使った電話から情報は？」

「あと二十時間だ。何かできることはないのか」本部長が訊いた。

「こちらには強みが二つあります」ヒックスはそう言って私を見た。

私はあとを引き継いだ。「一つ、ガブリエルは私を利用しようとしてる。二つ、彼には、存在さえしない大義のために命を投げ出す予定はない」

「どうしてわかる？」本部長が訊く。

「連続殺人犯は自殺傾向を持たないからです。それどころか、死を恐れてる。ついに逮捕される日が来るまで、自分だけは何としても生き延びようとするものです」

「もう一つ可能性があるわ」私は言葉が勝手に唇から忍び出たとでもいうように、のろのろと言った。「ガブリエルの過去の犯罪やそのパターンを把握したつもりでいても、子どものころに両親や近所の大人に虐待されたせいで心が壊れたらしいとわかったとしても、たった一つの要素があれば、それはすべて無意味になる」

「その要素とは？」チャベス本部長が首をかしげた。

私はハリソンの目を見やった。私がこれから言おうとしていることを、彼はわかっている。

「進化を続けているとしたら――一つ犯行を成功させるたびに脱皮してるとしたら、過去に関する情報は何の役にも立たないということです」

そのとき、携帯電話の呼び出し音が鳴り響いた。全員が自分の電話を確かめたあと、私の手のなかの電話を見つめた。

「ガブリエルからだったら、前歴をつかんだことを悟られないように。お嬢さんを救うためには、やつのシナリオどおりにことを進めるしかありません」

私はうなずき、一つ深呼吸をして気持ちを落ち着かせたあと、電話に出た。「デリーロです」

「警部補。火事はお気に召したかな」

ガブリエルの声からはやはり体温が伝わってこない。自制のきいた理性の声、または狂気の声。いずれにしろ、効果は同等だった。私は氷風呂に投げこまれたように感じた。

私は会議室の一同を見回してうなずいた。

「あんなことする必要はなかったのよ。スウィーニーはあなたを覚えてなかったんだから」

「慎重を期すに越したことはない」

「スウィーニーを死なせる必要はなかった」

ガブリエルは笑った。電話線を経由して耳に届くその音が、笑い声と呼べるのなら。魂の、熱にうなされたとき見る夢を支配している領域から逃亡してきたような音。「人間は残らず死ななくてはならないんだよ」

「どうして？」

「おまえたちは弱いからだ。弱い者には罰を与えなくてはならない」

「娘と話をさせて」

「だめだ」まるで子どもに腹を立てた親のような口調だった。「FBIに伝えろ。おまえたちは子どもの集まりだ、俺はミスを残らず帳消しにしたとな」

電話は唐突に切れた。はらわたの奥底から怒りがふつふつと湧き上がってきて、私は電話をテーブルに叩きつけたい衝動と闘った。

「何だって？」ヒックスが訊く。

私はいま聞いた言葉を頭のなかで早回しで再生し、隠された意味を浮かび上がらせようとした。「〝ミスを残らず帳消しにした〟そうです」

「そりゃいったいどういう意味だ？」チャベス本部長が言う。

私はハリソンに視線を向けた。「ミスって何かしら」

「スウィーニーを殺したことを言ってるとか。バンガローで殺しそこねた間違いを正した」

「彼は〝残らず帳消しにした〟と言った。ミスは複数あったということよね。ほかにどんな間違いがあったのかしら」

「僕らがまだ知らないことを指してるとするなら、僕らには意味のない発言だということになります」

「意味がないなら、そもそも言わないはずよね。なのに言ったということは、私たちの反応を期待してるということだわ。自慢げな口ぶりだった。ほかにも何かやったのよ」

ハリソンは記憶をたどっている。この四十時間に起きた惨《むご》たらしい出来事を一つずつ検討している。「トレーヴァー。彼が死なずにすんだのは、ガブリエルから見ればミスなのでは」

私は首を振った。ガブリエルはトレーヴァーを狙ったわけではない。バンガローに仕掛けた爆弾は予定どおりに爆発した。ミスを犯したのはガブリエルではない。不注意にもなかに入ろうとしたトレーヴァーのミスだ。ガブリエルが〝帳消しにした〟ミスはほかにある。

「ガブリエルの顔を知ってる人物は二人生存してるのよね。その一人、レーシーのことを言ってるとは思えない――もしそうなら、自分の力を私に見せつけるチャンスを逃すはずがないわ。となると、フランス人のフィリップだけが残る」

「しかし、僕らの推理が正しいとすれば、ガブリエルは自分の似顔絵を描かせるために故意にフィリップを殺さずにおいたんですよ」ハリソンが言った。

私たちは何を見逃しているのだろう。これまで私たちがしがみついてきたロジックの大筋に間違いはなさそうだ。それでも、契約書で言えば細かな文字で書かれているようなこと――こちらに不利になりかねない重大な何かを私は見逃している。私はハリソンを見た。

「いま何て言った？　ガブリエルはなぜフィリップを生かしておいた？」

「似顔絵を――」

「それよ」

「何がそれなんだ？」本部長が訊く。

「似顔絵。ガブリエルは私たちに自分の人相特徴を知らせたかった。フィリップはガブリエルの人相特徴を証言した」

当世随一の悪役というわけ」

「だから？」ヒックスが焦れったそうにする。

「おかげでガブリエルは、作品のすべてに自分の名をクレジットすることができる。当世随一の悪役というわけ」

「でも、手柄を自分のものにするのと、自分の顔を知ってる人物を生かしておくのとはまったく別の話でしょう。私たちが知るかぎり、面通しでガブリエルを指さすことができて、しかもいまも生きてるのは、フィリップとレーシーだけだわ。そしてレーシーには別の役割を用意してる。とすると、残るのはフィリップ一人よ」私はヒックスのほうを向いた。「フィリップはいまどこに？」

「谷にある証人保護施設。捜査官が何名か張りついてる。あそこなら安全ですよ」

「FBIは子どもの集まりだ――ガブリエルはそう言ってた。そんなことを言う理由は？」

「あの隠れ家は絶対に見つけられない。フィリップは安全です」

「スウィーニーのことは見つけた」

「それでもあの施設は――」

「ヒックス捜査官、ガブリエルは、IQ二〇〇の中学生みたいなものよ。同じクラスの生徒は自分の玩具《おもちゃ》で、実験用のラットみたいにいたぶるために存在してると思ってる。先生たちは世間知らずだから、好きなように操れるし、自分が何か悪さをするあいだ、注意をそらしておくのも簡単だと思ってる。ふつうならとうていできそうにないことをガブリエルがやってのけるのを、あなたも見たでしょう。彼が人を殺すのは、楽しいからなのよ。彼はどんな人物にも化けられる。私たちはガブリエルの学習曲線にまるで追いついていっていないという証拠が、これ以上まだ必要？」

私たちの視線が一瞬ぶつかった。

「フィリップは無事だと言いきれる？」

ヒックスの目にあった鋼の意志が、ほんのわずかに——ヒックスに身動きを許す程度に——譲歩した。ヒックスはかすかにうなずくと、携帯電話を取り出してボタンを押した。

「ヒックスだ。フィリップに替わってくれ……だったら部屋から呼んでこい……ドアをノックして起こせばいいだろう。そうだ、いますぐだ」

新鮮な空気に当たりたくて、私は窓のほうに歩きだした。

「何だと？」ヒックスの声。相手の言っている意味がわからないとでもいうような。私は足を止めて振り返った。ヒックスの確固たる自信がぐらりと揺らいだのが目に見えたような気がした。たったいま癌の宣告を受けたみたいな表情をしている。

「やっぱり」まともに声が出なかった。

「入るな。封鎖しろ！」ヒックスが電話に向かって怒鳴っている。「爆弾処理班の到着を待て……そうだ、聞こえただろう！　待てと言ったんだ」

ヒックスは、いま聞かされたことをうまく理解できないとでもいうように身じろぎ一つせず突っ立っていた。まもなく、誰とも目を合わせないまま私たちに向かって言った。「ドアには鍵がかかってた。うちの者が外に出て確かめると、窓が開いてた。カーテンの隙間から、ベッドの一部が見えた。血の染みが残ってるそうだ」

ヒックスはほんの一瞬、私の目を見た。その目には、当惑と驚愕《きょうがく》が入り交じった表情が浮かんでいた——想像を超えたもの、自らの理解力を超えたものを目撃した子どもが浮かべるような表情が。

「フィリップが消えた」

16

ハリソンと私は焼け焦げたボルボに代わって覆面車両をモータープールから借り出し、一〇一号線伝いにサンフェルナンドヴァレーを横切ってFBIの証人保護施設に向かった。ヴァンナイズ・ブールヴァードを曲がって北に進む。クリスマスの飾りをちかちかさせ、売り物の車の上にビニールの巨大なサンタクロースの風船を浮かべた自動車販売店が何ブロックも並んでいる。どの店も英語とスペイン語とアルメニア語で〈クリスマスお買い得キャンペーン！〉を告知していた。一軒では、三人の営業マンが東方の三博士の扮装をして店の前に立ち、〈月々の支払い開始は三月〉の特別ローンで客の気を引こうとしている。

現実から乖離《かいり》して独自の世界を築き上げたような景色をながめていると、ガブリエルは理想的なホームグラウンドを見つけたらしいと考えずにはいられなかった。

自動車販売店の最後の一軒から三ブロック走ったころ、無計画に成長したあげく、文字どおり土地がなくなるまで谷を埋め尽くした住宅地に三百六十度包囲された。ここに百五十万近くの人々が暮らしている。居所を知られたくない人物を隠すには申し分のない場所だ。少なくとも、FBIはそう判断した。

証人保護施設は、閑静な並木通りに面した、郊外によくある小さな正方形の平家造りの住宅だった。幅も奥行きもある芝生の庭、杭垣、薔薇の花壇、ローズマリーの生垣。曲がりくねりながら玄関に続く煉瓦敷きの小道をしだれ柳が守っている。ドライブウェイにＦＢＩのセダンが五、六台停まっていることを除けば、非日常的なことなど何一つ起きたことのない、インディアナ州あたりの農場の母家を刈り取り、そのままここにぽんと移植したみたいだった。

フィリップは家の裏側の寝室をあてがわれていた。二つある窓からは、腎臓の形をした池のある裏庭と、その向こうの路地が見える。窓の片方は開いたままで、網戸は大きくＸの形に切り裂かれていた。ＦＢＩの捜査官が二名、一晩じゅう屋内にいたが、何の物音も聞いていないという。

ＦＢＩの爆弾処理班が安全を確認したあと、私は部屋に入って視線を巡らせた。以前は十代の子ども、おそらく男の子の寝室だったのではないだろうか。ポスターが貼られていたと思しき四角いテープの跡が壁にいくつも残っている。クローゼットのすぐそばには、的を外したダーツの矢が突き刺さった穴がいくつもあった。どことい って特徴のない借り物の家具が並んだ様子は、住宅というよりモーテルの部屋を思わせる。

ベッドのシーツに血の染みが付いていた。傷を――防御創を負った手が引きずられたような、長さ三十センチほどの染み。フィリップの靴は、ベッドに入る前に脱いだ状態のまま、ベッドのそばに置かれている。その靴だけを残して、フィリップは消えていた。

ガブリエルの存在がいまも部屋に影を落としている。ここにいたのだ。獲物をつけ狙い、死のゲームを楽しむ肉食獣。私は暴力というものを理解しているつもりでいた。衣類が洗濯されないまま床に散らかっていたというだけの理由から妻を殺した夫を何人も見てきた。人は友人を殺す。相手の手に握られていた金が目当てで、会ったこともない他人を殺す。しかし目の前のこれは、私の理解を超えた、意思を持った悪だった。憎しみや怒り、とんでもなく間違った形で発揮された愛といったものはここにはない。人が互いを殺す、悲しいほどありふれた理由のどれ一つとして当てはまらない。彼は、赤信号ですぐ隣に停まった車に乗った、できれば目を合わせたくない悪夢だ。暗い夜道で向こうから歩いてくる、顔の見えない誰かだ。彼はどこにでもいる。そして私の知らないことに対する恐怖をあおりたてる。想像をかきたて、震え上がらせる。

ヒックスが隣に立ち、いらだったように室内を見回した。「抵抗する人間を窓から引きずり出した？　FBIの捜査官が同じ家のなかに二人もいたのに？　その二人とも物音一つ聞いてないのに？　そんな芸当、いったいどうすればやってのけられる？」

私は血の染みたシーツを見つめ、切り裂かれた網戸を見つめた。暗い部屋でフラッシュライトが閃いてそこで繰り広げられている物語を断片的に見せるように、頭のなかに絵が描かれ始めた。ベッドが照らし出される。その日起きた恐ろしい出来事からの脱出口を必死で探しながら、眠ろうとしているフィリップ。きっとなかなか眠れずに何度も寝返りを打っていただろう。うとうとすることはあっても、すぐに目が覚めてしまう。安心できる瞬間はほとんどなかったはずだ。夜は、ゆっくりと燃えていく導火線のようなものだ。

プラスチックの網戸を切り裂く音は、ほとんど聞こえなかったはずだ。暗闇のどこか離れた場所でファスナーが開かれる程度の音。たとえ気づいたとしても、とくに関心を払うことなく枕に頭を埋《うず》めただろう。だがまもなく、安物のコロンの甘ったるい匂いが鼻をかすめる。その瞬間、すべてを了解したに違いない。顔の向きを変えようとした。悲鳴をあげようとした。だが、凍りついて何もできない。彼の意思は、外科医のメスにすっぱり切り取られたみたいに、その日の恐怖の経験によって奪われていた。

ヒックスは窓に近づき、網戸の切れ目に指先をすべらせた。それから、信じられないというように首を振った。「どうしてこんなことが起きた？　フィリップはなぜ悲鳴もあげなかったんだ？」

「あげたくてもあげられなかった」

「どうして？」

「怖くて」私はささやくように言った。

ヒックスは向きを変え、部屋のあちこちに視線を投げて道理を探した。だが、ここにはそんなものは存在しない。「ここで殺すこともできたはずだ。どうして連れ去ったんだろう」

私はなかば感心したような思いで首を振った。「自分の力を見せつけるためでしょうね」

「きみはやつを高く買いすぎてる」

私は首を振った。「それは違うわ」

「どう違う？」

「彼が怖いのよ」

ヒックスは私を見て首を振った。ＦＢＩ認可のボキャブラリーに〝恐怖〟は含まれていないことになっている。私のような刑事は怯えてもかまわない。だがＦＢＩの捜査官は、鋼鉄の意志をもって一致団結し、敵に立ち向かう。ヒックスはまた窓のほうを向いた。「やつはフィリップをどうするつもりだろう」

そのことは考えたくない。考えた結果出てくる答えは、レーシーにも当てはまるだろうからだ。そして、その答えを頭に思い描くことなど、私にはとても堪えがたい。「利用価値がなくなるまで利用するでしょう」

鑑識課員が二人入ってきて、指紋採取のために窓枠に粉をはたきつけ始めた。やるだけ無駄だろう。私たちが発見するのは、ガブリエルが私たちに発見させたいものだけだろうからだ。すなわち、白いシーツに残った血まみれの手の跡、開けっ放しの窓、そして空っぽの部屋。

「この保護施設のことを知ってたのは？」私は尋ねた。

「誰も知らない。証人保護施設はかならず偽名で賃貸される。しかも、一度使ったらそれまでだ。所有者には、保護施設として賃貸されたことさえ知らされない」

「フィリップはここの電話を使ってる？」

ヒックスは首を振った。「いや、一度も」それから拳《こぶし》をぐっと握り締めると、壁に叩きつけようとするみたいに肩の辺りに持ち上げた。「こんなことが起きるなんて、ありえない」

「ヒックス捜査官。私はこの二十四時間で学んだわ。想像さえできないことと、かなりの確度でありえそうなこととの違いは、さほど大きくないんだって」

ヒックスは首を振りながら室内を見回し、こちらを向くと、廊下のほうをじっと見つめた。

「フィリップがここに到着したのは何時？」

「十時過ぎ。コカ・コーラを飲んで、すぐにベッドに入った」

私は出ていきかけて戸口でためらった。私のこの現場の解釈には不完全なところがあるような気がする。私に見えていないものは何だ？　子ども向け雑誌の『ハイライツ』によく載っている、絵のなかに別の絵が隠されているパズルでも解こうとしてるみたいだった。

「夜のあいだ、ほかにも開いてた窓はあった？」

「あったとしても関係ないだろう。やつはこの窓から忍びこんだ」

「鍵はこじ開けられてたの？」

ヒックスは首を振った。「こじ開けられた形跡はない」

「とすると、もともと開いてたということ？」

「何が言いたい？」

「昨夜《ゆうべ》は寒かった。窓を開けっ放しにして寝るのは変でしょう」

「きみは窓を開けっ放しで寝ることはないのか」

「あるけど、ちゃんと毛布をかけて寝るわ。でも見て、ここの毛布はたたまれたままよ。一度も使ってない」

「フィリップはベッドには入らなかったのかもしれないな」

「だったら、まるでベッドに横になってたみたいな位置に血の跡があるのはどうして?」

ヒックスはベッドを見やった。血は鮮やかな色を失い、コーヒーのような褐色に変わりかけている。ヒックスはじっと見つめた。ヒックスは日本の芸術的な書道作品でも解読しようとしているみたいな目で血の跡をじっと見つめた。「フィリップが自分で窓を開けてガブリエルを招き入れたと言いたいのか?」

「いいえ、とくに何を言おうとしてるわけでもないわ。ただ事実を整理しようとしてるだけ」

「いいか、ほんの何時間か前に爆弾を巻きつけて自分を殺そうとした相手なんだぞ。いったいどうしてその相手を部屋に入れる?」

「さあ、わからない」

私は窓に近づいて裏庭を見やった。腎臓の形をした小さな池は黒っぽい色に塗られていて、まるで地表にぱくりと開いた傷口のようだった。ハリウッドの〝タール池〟が思い浮かんだ。水の池と勘違いさせて誘《おび》き寄せた哀れな犠牲者を、じわじわと底に引きずりこんで命を奪う池。腕に鳥肌が立った。ガブリエルのポートレートを見ているような錯覚に陥った。彼はあの水面のすぐ下で待っている。私を引きずりこもうと待ち構えている。

17

天気予報は当たり、物憂い雨を降らせていた低気圧は山を越えて東の砂漠へと去った。使い古しの毛布に空いた穴のように、空のところどころに淡い青色がのぞき始めている。明日はどうやらパレード日和になりそうだ。雪を頂く山々を背景に、コロラド・ブールヴァードはこの世のあらゆる色を集めた夢に染まるだろう。

ハリソンはハリウッドのフィリップのアパート前で車を停めた。ぐっしょりと雨を吸った新聞やビニール袋がアスファルトの路面に張りついている。マヤ族の面影のあるメキシコ人の屋台商人が通り過ぎた。ピンク色の花束のような綿飴が入ったビニール袋を無数に吊り下げたポールをかついでいた。

アパートの階段を上る。まるで何事もなかったかのように、ふだんどおりの生活が営まれていた。あちこちの部屋のドア下の隙間から、いつもと同じスパイスの温められる香りが漂っている。いつもと同じ音楽がくぐもったリズムを刻んでいる。いつもと同じアルメニア語やアラビア語やスペイン語の怒りを帯びた声が、まるで新世界の悪夢といった風情で薄暗い廊下をさまよっている。

フィリップの部屋の入口は、〈みだりに剝《は》がした者は刑事訴追の対象となります〉と警告するＦＢＩのテープで封鎖されていた。街の落書き画家がそのテープの上から蛍光オレンジのスプレーペイントで仲間の名前を書き殴っていた。私はテープを剝がし、ドアを押し開けて室内に入った。

部屋はめちゃくちゃな散らかりようだった。ガブリエルにつながる物証はすべて持ち去られている。残されたものは、すべて指紋採取用のパウダーの薄いベールをかぶっていた。フィリップが爆弾を膝に載せて座っていた椅子だけが、どこも変わっていないように見えた。

この部屋は、ガブリエルがそこで過ごしたことが確実にわかっている唯一の空間だ。ガブリエルについていくらか知識を得たいまなら、以前は見逃した些細なディテールに気づくことができるかもしれないという淡い期待があった。これまで私たちはテロリストを相手にしているつもりでいた。だが今回は、じつは連続殺人者であると認識があらたまっている。この部屋で起きたことを頭のなかで再生してみた。フィリップがいまも生きているのは、ガブリエルが自分のアイデンティティを私たちに知らせようとしたからだ。しかし、ガブリエルはなぜ、ハリソンのような爆弾のスペシャリストがあのドアを抜けてこの部屋に入ってきて、フィリップの膝の上の爆弾を処理すると確信できたのだろう。ガブリエルは抜け目ない。偶然などというものに頼ったりはしないはずだ。

「どうしたら狙ったとおりの結果を確実に手に入れられる？」

「簡単ですよ」ハリソンが言った。「ほかの可能性をすべて排除すればいい」

「ガブリエルはこの部屋でどうやってそれをやってのけたのかしら」

二人とも無言で室内を見回した。

「フィリップがガブリエルの共犯者だということはありうる？」私は尋ねた。

ハリソンは驚いたように私を一瞥《いちべつ》したあと、ここで起きたことを頭のなかで順に追っているように椅子を見つめた。「爆弾の構造から考えて、ということですか。タイマーの数字がゼロに近づいたときのフィリップの目の表情の変化から、ですか」

「どっちも」

ハリソンは片手を持ち上げて、口髭でもてあそぶみたいに上唇に触れた。「目の表情。あれは芝居じゃなかった」

「爆弾の構造はどう？」

「単純なものでした」

「スウィーニーのバンガローのは精緻《せいち》だった。なのに、どうしてここのは単純だったの？」

「複雑な仕組みを必要としなかったから。椅子にじっと動かずに座っているたった一人の人物を殺せれば充分だったから」

「その人物を殺すのが目的ではなかったとしたら？」

「どうやってそれを証明します？」

「ほかの可能性をすべて排除することによって」

ハリソンは首をかしげた。別の角度から見てみようとしているかのように。

「導線を切っていなかったら、爆発してたでしょう」

「あなたが来なかったら、フィリップは自分で爆発を止められたと思う？」

ハリソンは首を振った。溶けかけて滑る角氷を逃がさないようにしているみたいだった。

「シマウマの模様はどっちが縞《しま》かと訊くようなものです。黒が縞か、それとも白か。見かたによって答えは変わります」

「もしフィリップに知識があれば可能だったと思う？」

「爆弾処理のしかたを知っていたら……ええ、可能だったでしょうね。でも、それではまだ〝なぜ〟に対する答えにはなりません」

「ガブリエルの人相を私たちに教えるため」

「フィリップが出頭すればすんだことでしょう。爆弾は必要ない」

「でも、ただ出頭してきたとしたら、私たちは彼の話を信じた？　フィリップは、人間パイプ爆弾に仕立て上げられた瞬間、鉄壁の信任状を与えられたとも言えるわ」

「信任状？　何の？」ハリソンはそう訊き返したが、その答えがすぐに閃《ひらめ》いたことは、目を見ていればわかった。「嘘の人相を述べても信じてもらえるということですね」

私はうなずいた。「ただしそれは、フランスの警察が持っていた似顔絵と一致してた」

「となると、僕らはまた出発点に戻ったというわけだ」ハリソンが言った。

「そう……私たちは幸運だった」

みすぼらしい小さな部屋を見回す。建物のどこかで、廊下を誰かが通りかかったのだろう、犬が激しく吠えながらドアに体当たりしている音が聞こえている。

部屋の隅に置かれた、いかにも中古品の安売店で買ってきたといった箪笥の前に立つ。抽斗《ひきだし》はすべて引き抜かれ、中身は床に空けられていた。散らかった衣類から読み取れたのは、フィリップの行きつけの服飾店はギャップだという事実くらいだった。箪笥の上の壁には、鏡と、フィリップが写ったスナップが十枚ほど貼られていた。そのうちの一枚を取る。フィリップは大きな白い建物の前に立っていた。秘密を胸にしまいこんでいる人物が浮かべるような笑み。セコイアの森のなかのレーシーの写真を思い出した。ほかの写真もすべて剝がし、万が一、本人確認の必要が生じた場合に備えてポケットにしまった。

「もしまだ無事に生きてるとしたら、きっと死んだほうがましだと思ってることでしょうね」

窓に歩み寄って外をながめた。雲の隙間をかき分けるように、夕陽のほのかな光が広がろうとしていた。十メートルと離れていない別のアパートの窓の一つが柔らかなピンク色に染まっている。その奥に赤ん坊を胸に抱いてそっと揺らしている母親が見えた。その様子はまるで水に浮かんででもいるみたいだった。

「失われたものでしか測ることができない何かを、どうしたら理解できる？」私は言った。

ハリソンは母親と赤ん坊のいる窓に目をやった。が、母子の親密なひとときに自分の視線を侵入させてしまったのを申し訳なく思ったかのように、すぐに顔をそむけた。奥さんが殺されて以来、無関係の他人の愛情表現を目にするのさえ、彼の心には負担に感じられるのだろう。

「夫が亡くなるころには、愛情なんてとうの昔に消滅してたわ。でも、レーシーにとっては違ったのね。あの子が失ったものを理解しようと精一杯の努力はしたわ。でも、どうがんばっても無理だった。そして、私の理解力の欠如が、娘との距離をさらに大きく広げた」

母と子をもう一度だけ見やってから、窓に背を向けてフィリップの部屋をながめた。「死を調査することを仕事にしてる人間なら、もっと理解力があってもいいはずよね」

ハリソンの視線は私の目の上で一瞬だけ足を止めたが、すぐに通り過ぎて、フィリップが座っていた椅子に落ち着いた。

「ごめんなさい。こんなときに持ち出す話じゃないわね」私は言った。「ただ……」そのまま思考が漂うに任せた。

ハリソンは気にしないでというふうに首を振り、遠い記憶に目を凝らそうとしているような表情を浮かべた。「理解力など、悲しみには歯が立ちません。人間は、わざわざそういうふうにできてるんだと思いますよ」

しばらくどちらも口を開かなかった。私は思考を捜査に引き戻し、ガブリエルが暴れ回ったあとに残された瓦礫《がれき》のなかに、しっかりとした足場を確保しようとした。もう午後五時を回っている。レーシーにはあと十五時間しか残されていない。ふたたび娘をこの腕に抱き締めたいなら、目の前のことに集中し、自分のなすべきことをしなくてはならない。だが、それは難しかった。レーシーの子ども時代を一歩一歩たどり直したい。私が犯した過ちを一つずつ取り消したい。娘の人生を再構築しさえすれば、この二十四時間のあいだに娘の人生が進んでしまった方角を修正できる――私は心のどこかでそう信じたがっている。

だが、さすがにそこまで愚かではなかった。この部屋にいて、そんな愚にもつかない幻想を信じることは許されない。どこかに答えがあるとすれば、ここで見つかるはずだ――世界のほかのどこよりも私の理解が及ぶ場所で。犯行現場は、これまでに私が曇り一つない透明さにもっとも近いものを発見したことのある数少ない場所の一つだ。輪郭が即座にくっきりと浮かび上がるとはかぎらない。しかし、暴力が通り過ぎたあとに残される証拠は、過去に誰が書いたどんな声明文よりも論旨明快だ。血液、骨、皮膚、体温、毛髪、絨毯の繊維、DNA、弾道、こじ開けられた錠前、傷の角度、死体の姿勢……そういったすべてが真実を語り、語られた真実は、あらゆる反論をはねつける。

見逃していた手がかりが一つでも目に飛びこんでこないかと期待して、室内にもう一度視線を巡らせた。もし何かあるとするなら、その何かはまだ私から隠れている。

「現時点で判明してる事実からガブリエルのプロファイルを作るとしたら、まず第一に何を挙げる？」

「知性でしょう」

私はうなずいた。「ガブリエルはテロリストではないとわかったとき、なおさら恐ろしくなった。ただのテロリストより危険な人物だということだと思ったから」

「言えてます」

「でも同時に、ミスを犯す可能性も高くなったわ」

「どうして？」

「殺人事件の二割から三割が迷宮入りになる。でも連続殺人にかぎっては、九割以上が解決する」

「何が違うんでしょう」

「天才について回るものは？」

ハリソンは一瞬考えてから答えた。「うぬぼれ」

私はうなずいた。「ガブリエルは、自分は食物連鎖の頂点にいると信じてる。いつ誰を殺そうと、自分が罰を受けることはないとね。自分の視界に入る顔、すれ違う人、車で追い越していくドライバー。全員が次の犠牲者候補だと思ってる。ガブリエルにしてみれば、他人がまだ生きてるのは、単に自分が手を出さずにいるせいなのよ。自分には絶対的な力があると感じてる」

「〝強き神の人〟」

「私たちは彼の獲物なの。天敵のいない捕食者は、自分がまさに屠《ほふ》ろうとしている獲物を恐れることなど決してしない。でも、恐れないがために、いつかミスを犯すはずよ。私たちにそのことに気づく能力はないという決めつけがあだになって、心に油断が忍びこむ」

「神は間違いを犯しませんからね」ハリソンが言った。

こうしてこの部屋にふたたびやってきたのはそのためだ――手がかりを探すためではなく、

何か希望に似たものを見つけるため。

「私たちはガブリエルが知らないことを一つ知ってる。たぶん、ガブリエルが気づいていない唯一のこと」

「何です？」

「彼は神ではないということよ」


夕闇が迫るころ、私たちは殺されたダニエル・フィンリーの自宅ポーチに続く階段を上り、玄関のチャイムを鳴らした。私の車で焼死する前、モーテルの部屋で、スウィーニーは亡くなった雇用主の妻を知っていると言った。それ自体は些末な証言だ——この家を初めて訪れたとき、ミセス・フィンリーからスウィーニーという従業員とは面識がないと聞いていなければ。些細なことで嘘をついたと判明した以上、レーシーの居場所に結びつくような大きなことでも嘘をついている可能性を疑わないわけにはいかない。

太いチェーンをかけたままのドアの陰からのぞいたミセス・フィンリーの顔は透き通るほど青白く、退色して忘却の彼方へと消えかけている十九世紀の写真を連想させた。疲れて生気をなくした目は、私に向けられてはいたが、そこから入力された視覚的情報は脳に届いていないのではと思わせる。

「身分証明書を見せてください」その声は怯えたようにこわばっていた。

私は市警のバッジと身分証を目の前に掲げた。「昨日もうかがいました」

ドアの隙間から、右手に握られた大型ナイフの鈍い輝きが見えた。ナイフの大きさと指の細さとの対比は滑稽《こっけい》なほどだった。あれではオレンジをスライスするのだってきっと無理だろう。

「私を覚えてらっしゃいますか」

ミセス・フィンリーはうなずいたが、物腰には何の変化もない。

「そのナイフを置いて、玄関を開けていただけませんか。お話ししたいことがあります」

一瞬のためらい。だがすぐにナイフを傘立てに差し、いったんドアを閉じてチェーンを外した。

屋内の空気は、閉め切られたままだった納戸を久しぶりに開けたみたいによどんでむっとしていた。ダイニングルームのテーブルの上には、刑事たちの襲撃の残骸なのか、空《から》のファイルや抽斗が積まれている。テーブルの向こうに並んだ窓のサッシに、太い釘がぞんざいに打ちつけられていた。窓が開かないようにしたかったのだろう。その周囲のオーク材の枠に、的を外したハンマーの打ち跡が無数に残っていた。

「どうして後片付けをしてくれなかったのかしら」テーブルを見てミセス・フィンリーがつぶやく。足が止まることはない。絶えずちょこちょこと動き回っている。ひとところでじっとしているのは危険だとでもいうように。

「何か不安なことがおありですか、ミセス・フィンリー」私は尋ねた。

彼女はちらりと窓を見やったが、すぐに目をそらした。「用心して損はないでしょう」

「窓を釘で打ちつけたうえに、家のなかであんな大きなナイフを持ち歩くのは少し異常に思えますが」

ミセス・フィンリーは胸を抱くように腕を組んだ。「夫が殺されたんです」小さな声だった。目はどこか遠くをうつろに見つめている。

「殺されたのはご主人だけではありません」

彼女は床に視線を落とし、ささやくように言った。「そうですね」

「あなたはご主人の〝直接行動〟に関わっていらっしゃいましたか」

相変わらず床を注視している。その目には何の感情も表われていない。

「ミセス・フィンリー。捜査の手がかりになることをご存じなのに、ご自分では気づいていらっしゃらないのかもしれません。私の質問に答えていただけませんか」

彼女は目を閉じると、体力を使い果たしたランナーのように大きく息を吸いこんだ。「大学時代には私もいろんなことをしました。取るに足りないこと、愚かしいことをいろいろ。でも、行動すれば世界を変えることができるなんて信念は、とっくに捨てました」

「最近はどうでしたか、ミセス・フィンリー。ご主人がどんな活動に関わってらしたか、ご存じでしたか」

「そういった質問にはもう答えました」

「ええ、嘘をついてね」

顔を上げて私を見る。彼女の目には、悲しみよりもっと重たい何かがあった。

「ご主人はパレードを利用した計画を立てていた。あなたもそれに関わっていましたか」

「夫とのあいだには何の関わりもありませんでした」

彼女の目にあるものが何だかわかった。はるか昔、私の夫の目に同じものを見た。欺瞞《ぎまん》の影によって光が追い払われたとき、愛はこういう表情を浮かべる。

「臨時従業員のスウィーニーについて話してください」私は言った。

「何のお話かわかりません」

「嘘をつくのは、彼らのためにも、あなたのためにもなりません」

ほんの少しのあいだ、ミセス・フィンリーは私の質問から自分を守ろうとするような視線をこちらに向けていた。だが、まもなく、周囲に張り巡らされていた防壁に亀裂が入ったかのように見えた。そしてまるで崩れ落ちる建物のようにばらばらに砕け散った。

「ほんの数回……それだけです」

「最後はいつでした?」

答えはすぐには返らなかった。しかし、一つ息が吐き出されると同時に、抵抗の最後のかけらも吐き出された。「一昨日の晩です」

「どこで?」

「いつもの場所です。コロラド・ブールヴァードのモーテル」

ハリソンが私を一瞥した。

「ヴィスタ・パームズね」

彼女は無言でうなずいた。「終わりにするつもりで行きました……そのためだけに行きました」

涙があふれ、顔を両手で覆う。終わりにできなかったのは明らかだった。

「スウィーニーは、ご主人の計画に関わっていましたか」

彼女は首を振った。

「どうしてスウィーニーと関係を？」

「大切な存在ではなかったから。私は怒ってたから。夫を傷つけてやりたかったんです。一から十まで具体的にお話ししなくちゃいけませんか」ほんのかすかに首を振る。「私はいったい何を考えてたのかしら」

「ご主人が殺されたのは、あなたとスウィーニーの不倫のせいではありません」私は言った。不安に取り憑《つ》かれた目は、まるで檻《おり》に閉じこめられた動物のそれだった。

「どうしてわかるの……何かが起きた理由がどうしてわかるの？」

私はポケットからレーシーの写真とガブリエルの似顔絵を取り出し、テーブルの上に並べた。「見覚えは？」

彼女は二枚を見比べて首を振った。「ほかの刑事さんからも同じものを見せられました」

そう言って手を伸ばすと、レーシーの写真を拾い上げ、じっと見入った。「行方不明になってる子」

「私の娘です」

一瞬、目が合った。それからミセス・フィンリーは、自分を恥じているかのように視線をそらすと、空いたほうの手で口を覆って驚愕に息を呑む気配を隠した。

「ご主人と環境保護団体との関係を何かご存じありませんか。娘の行方を探す役に立ちそうなことを」

「いえ……」

「何一つご存じないんですか」

ミセス・フィンリーは、私に手の甲で頬を張られたかのようにぎくりとした。膝を胸に抱き寄せ、椅子の上でそっと体を前後に揺らす。口を開いて何か言いかけたが、言葉は音にならないままこぼれ落ちた。

私はハリソンを見た。それからレーシーの写真とガブリエルの似顔絵をポケットにしまった。鎧戸《よろいど》でがっちりと守られた家を見回す。腹の底からふつふつと怒りが湧き上がった。娘が狂気に冒された男の手のなかにあるというのに、貴重な時間を安っぽい不倫などという手がかりを追うのに費やしてしまった。ミセス・フィンリーの肩を両手で揺すり、しゃっきりしろと言ってやりたかった。いま起きていることについて彼女に責任はない。だが、彼女はこうして無事に私の目の前に座っている。いまこの瞬間は、それだけで充分責める理由になる。

私は玄関に向かいかけたが、ふと足を止めた。「窓の釘は抜いても大丈夫ですよ、ミセス・フィンリー。捜査の役に立つことを何かご存じだったら、あなたはとうに死んでるはずですから」

燃えるような怒りのせいか、よどんで息苦しい空気のせいか、軽いめまいを感じて、私は急ぎ足で玄関からポーチに出た。気持ちを落ち着かせようと何度か深呼吸を繰り返したが、地面はやはり足もとでぐらついていた。ハリソンの手が優しく肩に置かれ、私を車に導き、シートに座らせると、膝のあいだに頭を押しこんだ。

「ゆっくり深呼吸を」静かな声だった。

一つ息をするごとに、足の下の世界は元どおり安定を取り戻していった。やがて肩に置かれたハリソンの手に意識が向いた。指がそっと私の首筋をなでている。ふう……誰かに触れられるのはいったいいつ以来だろう。彼の手にすべてを委ね、その優しい感触のなかに消えてしまいたかった。抱き締められたかった。心配いらないよとささやいてもらいたかった。その思いは、闇を怖がる人が光を求めるように強烈だった。だが、彼の指が首筋をなでるたびに、心に新たな傷が口を開いた。かつて持っていたもの、いま失おうとしているものを思い出させられた。

ゆっくりと顔を上げて、シートの背にもたれた。ハリソンは手を引っこめた。長らく行方知れずになっていた宝物を思いがけない場所で見つけ、そっと取り出すように。

私は家のほうを振り返った。ドアはすでに元どおりぴたりと閉ざされていた。窓の一つをミセス・フィンリーの影が横切った。あの大きなナイフを手に忍び足で部屋から部屋へ歩き回り、釘がゆるんでいないか、窓を一つずつ確認しているのだろう。

「あの人は死から自分を守ろうとしてるのかしら。それとも愛から?」私は小さな声で言った。

ハリソンは困ったような視線を私に向けたが、その目には、鎧戸で閉ざされた彼自身の過去しか映っていないようだった。「その二つの衝動の境界線は明確ではありません」

それからハリソンは、フィンリーの家を振り返った。私とはまったく違うものを見ているらしい。「思ったんですが」そう言って少し考えこむ。目の周りに皺《しわ》が寄った。「思ったんですが、モーテルのフロント係にスウィーニーが宿泊してると教えたのはガブリエルじゃないでしょうか。不倫のことを知っていたとすれば、ミセス・フィンリーを尾行するだけですんだわけですから」

私はたしかにとうなずいた。「仮にそうだとすれば、ガブリエルはいつでもスウィーニーを殺せたはず。なのに、わざわざ私たちに爆弾を配達させた。私たちは彼の玩具というわけだわね。彼専用の遊び道具」

そのとき、私の携帯電話が鳴りだした。その音は、まるで悲鳴のように車内に響き渡った。命を持たない物体が悪という性質を——善という性質でもいい——帯びることがあると考えたことは一度もない。だが、いま鳴っている電話のやかましい音には、恐怖を感じた。ガブリエルの手が伸びてきて、私をつかもうとしているような。彼の指先が私のブラウスの生地をなぞったかのような。早鐘のように打ち始めた心臓を落ち着かせようと深呼吸をしているあいだに、電話は四度叫び声をあげた。怒りに駆られたハイイログマの母親のつもりで——

自分にそう言い聞かせた。彼に主導権を渡してはいけない。通話ボタンを押した。「はい」

「警部補」

彼の声を聞くのは、繰り返し見る悪夢のなかにふたたび足を踏み入れるようなものだった。私は目を閉じた。崖の縁で足を滑らせて転落しかけてでもいるみたいに、全身の筋肉の一つひとつが張りつめた。

「今夜は忙しくなるぞ」ガブリエルが言った。「あんたと娘のためにすばらしい計画を用意した」

足の下にあった崖の縁は消え、私は転落を始めた。

「いまから八分以内にマレンゴとウォリスの角に行け。学校がある。もし遅れたら、娘の指を一本切り落とす。誰かを連れてきたら、二本だ」

彼の声は、草むらの奥に消える蛇みたいにするりと遠ざかり、次の瞬間には電話は切れていた。

「降りて」私はハリソンに言った。

ハリソンが驚いてこちらを見た。まるで地平線から太陽が昇るように、その目に理解が浮かんだ。「一人で来いと言われたんですね」

私はうなずいた。「八分しかないの」

「いい考えだとは思えません」

「ルールを決めてるのは私じゃないのよ。さあ、早く降りて。お願い」

ハリソンは首を振った。「そんなことはさせられません」

「議論してる暇はないの。降りて」

ハリソンはドアを開けると、しぶしぶといった様子で車を降りた。私は運転席に移動してエンジンをかけた。アドレナリンが電気ショックのように全身を駆け巡る。心臓は、怒りの拳がテーブルに叩きつけられるような勢いで胸壁を叩いている。

「マレンゴ・アヴェニューとウォリス・ストリートの交差点から半径三ブロック地点に非常線を張って。ついでに、その内側に警察官が一人もいないように念を入れてね。もし一人でもいたら――」それに続く言葉は喉の奥で渋滞を起こした。「わかった？」

「すぐに手配します」ハリソンはうなずいた。

腕時計を確かめる。電話が切れてから三十秒が経過していた。回転灯とサイレンのスイッチを入れ、アクセルペダルを踏みこみ、Uターンして北に向かった。私の頭のなかの市街図に誤りがなければ、現在地はウォリス・ストリートから南に十四か十五ブロック、マレンゴ・アヴェニューから東に四ブロックから五ブロック。

交差点を次々と突っ切っていく。私の車をよけようとして、いくつものヘッドライトが歩道側に急に向きを変えたが、かまっている場合ではなかった。前しか見えないよう目隠しをされた馬のように、ただ闇雲に車を駆る。景色は輪郭のにじんだ色や曖昧な形の断片になって背後に飛び去った。やかましいサイレンをクラクションの音が貫いた。右に目を動かす。白いセダンが私の車の助手席側のドアからほんの十センチほどのところで停まるのが見えた。

次の瞬間には、それもリアビューミラーのなかに消えていた。

角を曲がってマレンゴ・アヴェニューに入る。ショッピングカートを押した女性が横断歩道に足を踏み出そうとしていた。ピンクのジャケット、白のパンツ、真っ赤な口紅。ココア色の肌、いかにもメキシコやエルサルバドルからつい最近移住してきましたといった丸っこくて魅力的な体つき。いまからブレーキをかけても間に合わない。

「どいて、どいて！」私は叫んだ。その声は女性には届かなかった。

何が起きようとしているか女性がようやく気づいたときには、運命はすでに石板に刻まれたがごとく、変更不可能になっていた。私の車の右前方に跳ね上げられたショッピングカートが高々と宙を舞う。女性が口に手を当てた。一瞬、時が凍りつき、私は女性の驚愕の表情をじっくりとながめた。ふたたび時間が動きだしたとき、食料品の詰まったビニール袋がボンネットに着地して破裂し、白い米粒がフロントウィンドウを駆け上がった。猛烈な吹雪のなかに放りこまれたみたいだった。

アクセルペダルを床まで踏みこみ、飛ぶように過ぎていくブロックを頭のなかで数えた。あと五ブロック……四ブロック。

もうすぐだ。行け……行け。

ウォリス・ストリートの手前三ブロックの交差点で、パトロールカーが道路を封鎖しようとしていた。これはガブリエルを捕まえるチャンスになるかもしれないという一条《ひとすじ》の希望は、それを見た瞬間に完全に消えた。交差点に停まったパトロールカー一台。ただそこにあるというだけの無意味な存在。ガブリエルに反撃できない自分の無力が情けなかった。

そのとき、青いピックアップトラックが交差点に進入してきた。思わず悲鳴が漏れた。トラックは急ブレーキをかけ、私のほうは急ハンドルを切って、その前をぎりぎりですり抜けた。マレンゴ・アヴェニューの真ん中に戻ろうとした勢いで車の後部が大きく滑り、反対車線の縁石にタイヤがぶつかった。

「どうして邪魔するのよ！」そう怒鳴ってステアリングホイールを拳で叩いた。

私の決意は螺旋《らせん》を描きながら狂気に吸いこまれ、その狂気は私の全身を覆い尽くした。たった一台の不注意な車が、たった一つのミスが、私の娘を……ああ、それ以上は考えたくない。

ウォリス・ストリートとの交差点でタイヤをきしらせながら車を停め、回転灯とサイレンを止めた。腕時計を確かめる。まだ時間はあるだろうか。とっさにはわからなかった。たぶん、あと十五秒……いや、そんなに残っていないかもしれない。

「お願い」そんな言葉が唇からこぼれた。まるで祈りのように。それから私は周囲を見回した。

通りを歩いている人はいない。停まっている車に乗っている人もいない。交差点の先、マレンゴ・アヴェニューに面して、バス停のベンチ。その背後に学校の駐車場。右手には、一ブロックを丸ごと占める市営公園がある。向こう端に犬の散歩中のカップル。

ふいに孤独感に襲われた。ひどく無防備な気がした。ここに呼び出されたのはなぜか。運転しているあいだは、考えている余裕がなかった。しかしいまはその疑問を避けて通ることはできない。通りの前後左右に視線を巡らせる。私がここにいる理由を探す。このブロックにあって、ほかにないものは何だ？　北隣の、あるいは西隣のブロックとここは何が違う？　とりたてて場違いなものはない。ありふれた街角と思えた。

耳の奥でしつこく鳴っていたやかましいサイレンの名残が消えるのと入れ違いに、通りの反対側の公衆電話のベルの音が聞こえてきた。

それだ。私がここにいる理由はそれだ。ガブリエルは私の携帯電話が盗聴されているのを知っていて、私と二人きりで話そうとしているのだ。ねずみをいたぶる猫。

猛然と走って通りを渡り、受話器をつかんだ。濃い霧のせいで濡れていた。死体の手のように冷たかった。

「遅刻だ」ガブリエルが言った。

耳に切りつけてくるようないらだたしげな声。

「そんなことない！」私は必死に叫んだ。

腕時計を見る。私が気づくまで、この電話はどのくらい鳴っていたのだろう。

「サイレンを鳴らしてたから、聞こえなかったの。ちゃんと時間どおりに来てた」

「言い訳のつもりか、警部補？」

「どんなことでもするから」

「あんたは売女だな」

「母親よ」

「その二つに何か違いがあるのか？」

それか。ガブリエルの人生の地図上に記された×印。そこからすべてが始まった。神よ、我らを助けたまえ。これが舞台で演じられるお芝居なら、その重みはギリシャ神話の悲劇と同等だったろう。恐怖の滴る悪夢ではなく。

「二人きりで話したかったんでしょう？」

「いますぐあんたを殺すこともできる」

学校の建物に並んだ窓に素早く目を走らせた。スコープの十字線が私の顔をなぞるのを感じたような気がした。だが、恐怖はすぐに去った。ガブリエルは、そういう種類の殺人者ではない。彼は死の伝道者であり、私は彼が執り行なう儀式の一部だ。そして、私にはまだ役割が残っている。

「殺したいなら、どうぞ」

「俺とあんたの仲だろう。殺したりしないさ」

「あなたとのあいだには何の関係もないわ。娘を奪ったくせに」

獣じみた奇妙な笑い声。「足もとを見ろ」

「え？」

「下を見ろ」

猛烈な勢いで蔓延《まんえん》するウィルスのように、冷たい恐怖が駆け上がってきた。

「俺に嘘をつくとどうなるかの見本だ」ささやくような声が続いた。

足もとに目を落とす。人間の指の形をした物体。薄暗いなかでも見間違いようがなかった。

吐き気がこみ上げた。口に手を当てて衝撃を押し戻した。

「そんな」声がかすれた。目に涙があふれた。そんな、そんな、そんな……

「そいつはあんたの娘のじゃない。しかし、簡単にそうなるぞ。俺はいま、娘の手をつかんでる」

私は受話器を握り締めて叫びだしたいのをこらえた。彼の指が娘の手に巻きついている光景など想像したくない。だが、想像せずにはいられなかった。ガブリエルのその一言は、私のなかに嵐を解き放った。膝から力が抜けかけて、私は電話台にしがみついた。

「そいつはＦＢＩから引き取ったごみにくっついてた」

「あなたは――」私はそれに続くはずだった言葉を呑みこんだ。彼のルールに従ってゲームを進めること――そう自分に言い聞かせた。最後まで、そう、この男を殺し、この男が這《は》い出してきた地獄に送り返してやるその瞬間まで。

「で、覚悟はできたか」ガブリエルが言った。

「覚悟？　何の？」

「俺たちはパートナーか？　娘の命を救いたいか、それとも縁もゆかりもない他人の命を救いたいか」

私は胸の底まで息を吸いこみ、胸の底から息を吐き出した。

「覚悟はできたか」

「いいえ」私は自分でも聞き取れないくらいの小さな声で答えた。

「じきにできる」

「そんなことはないわ」

笑っているような気配があった。私の返答はすべて彼が事前に用意した脚本に書かれたとおりだとでもいうように。

「警部補。あんたにはまだよくわかってないようだ。俺のために自分がどこまでできるか」

電話は切れた。受話器が私の手から落ちた。私は足もとに転がった指から離れようと後ずさりした。自分は物証を汚染しないようにそうしているのだと信じたかった。だが実際には、恐怖からだった。周囲に動くものがないか、あちこちに目を配る。そんなことをしても無駄だということはよくわかっている。ガブリエルはここにはいない。私の顔や体をなぞっている十字線はない。一人で来いと言ったのは、単に恐怖を増幅させるためだ。ガブリエルは私を、薄暗い通りに一人きりで立つ怯えた女に変えた。

「糞ったれ」舌がうまく動かない。「金輪際……」

怒りのあまり、体が震えだしそうだった。大きく息を吸う。しばらく息を肺にためておいてから、吐き出す。もう一度。もう一度。

携帯電話を取り出した手が止まる。視線が切断された指に吸い寄せられた。私は何か見逃している。いまここで起きたことの意味は？　ガブリエルが思いつきで行動することはない。

すべてにかならず理由がある。ほんの小さなディテールにも、かならず。電話のやりとりを頭のなかで再現する……そいつはＦＢＩから引き取ったごみにくっついてた。

指に近づいてしゃがみ、よくよく観察する。指の付け根の切り口は、外科医がメスで切ったようにすぱっと鮮やかだ。うっすらとした血の膜は、粘度を帯びて乾き始めている。爪の先、肉とのあいだに、黒っぽい土が詰まっていた。見たところ人差し指のようだった。それが背後の学校を指さすような向きに歩道に置かれている。私は振り返り、フェンスの奥の学校の敷地に目を凝らした。とくに何もない。空っぽの駐車場があるだけだ。

フェンスに近づき、それに沿って歩いて、右三十メートルほどの位置にある門の前に立った。門は閉まっていたが、かけられている鎖はだらりと垂れ下がっていた。頑丈な輪の一つが、指の切り口と同じようにきれいに切断されていた。掛け金を外し、門を押し開ける。暗い駐車場の三十メートルほど先、公衆電話から見えなかった場所に立つ二つの校舎のあいだで、ぼんやりと光が輝いていた。携帯電話からハリソンにかけた。二度めの呼び出し音が鳴る前にハリソンが出た。

「無事ですか」

「ええ、大丈夫。ガブリエルはいないわ。でも、またかけ直すまで非常線は張ったままにしておいて」

電話を切り、暗い駐車場を光のほうに歩きだした。足を地面に下ろすたびに、靴の下で砂利がこすれて私の居場所を声高に叫ぶ。まるでガラスの上を歩いているようだった。暗闇のどこかでマネシツグミが同じフレーズを繰り返し歌った。車の盗難アラームにそっくりだ。無意識のうちにグロックの握りに手をやっていた。光が作る輪に近づくと、二つの建物のあいだに長さ十五メートルほどの通路が伸びているのが見えた。突き当たりに通用口がある。そのすぐ手前のまぶしいハロゲンライトが、緑色の大型ごみ集積器を照らしていた。

通路に面した壁には窓は一つもなかった。この通路に出入りするには、突き当たりの通用口か、私がいま立っている場所を通るしかない。

「ごみ」私はガブリエルの言葉を一人つぶやいた。

携帯電話を取り出しかけたところで、市警のヘリコプターのローターが空《くう》を切る、ぶん、ぶん、ぶんという音が夜空に響き始めた。ヘリは暗闇をゆっくりと旋回し始めた。

銃を抜き、通路に足を踏み入れた。ごみ集積器に近づくと、ねずみと見まがうような巨大なゴキブリが光のなかからぞろぞろと出てきて、建物の下に消えている排水溝に逃げこんだ。腐りかけた生ごみの胸の悪くなるような甘ったるい臭いが、ごみ集積器の半径二メートルに充満している。なかからは、紙や金属の表面を動き回る数百本の小さな足が立てる音が聞こえていた。銃を高い位置に構え、危なっかしく傾いたプラスチックの蓋に手を伸ばした。持ち上げた瞬間、何かが私の指先を駆け抜けていった。蓋を勢いよく開けると同時に、銃口を集積器のなかに向けた。腐臭の波が湧き上がる。ハエの群れが頬をかすめて飛んでいった。思わず一歩後ろに下がった。

ごみ集積器の底が動いているように見えた。数百匹のゴキブリが、ファストフードの包装紙や濡れてしんなりしたピザの箱、コカ・コーラやマウンテンデューの空き缶を襲撃していた。

　死体は膝を底につき、微妙に前に傾いてはいるものの、ほぼまっすぐに立っていた。腕は背中に回され、肘の少し上のところを銀色のダクトテープで縛られていた。首の上部に大きく口を開いた傷口から、腱や筋肉、かつては頭部と胴体をつないでいたはずの骨が見えていた。頭部は持ち去られていた。右手の人差し指が欠けている。ごみ集積器の床に血液はほとんど流れていなかった。別の場所で殺されたあと、ここに運ばれたということだ。青いＴシャツとジーンズは、フィリップが着ていたものと同じだった。ゴキブリの動く絨毯を透かして、足が見えた。靴も靴下も履いていない。ＦＢＩの保護施設の窓からガブリエルに引っ張り出されたときのままだ。

　また一歩下がり、通りのほうを見やった。それまで私は、レーシーにだけは何事も起きないという希望に意地になってしがみついていた。だがその希望は、蠟燭の炎が吹き消されるように、一瞬にして消えた。銃をホルスターに収め、携帯電話を取ってハリソンを呼び出した。

「鑑識を呼んで」ハリソンが出るなり私は言った。「フィリップが死んでる」

　電話を切り、通路を表通りのほうへと歩きだしたが、三メートルと行かないところで立ち止まった。まさか。そのイメージは、暁の東の地平線から広がる光のように浮かび上がった。空が夜から昼に姿を変えるように。振り返ってごみ集積器を見つめる。そんなことがありうるだろうか。いや、私は間違っていないはずだ。これに関しては絶対に正しい。私は有能すぎるほど有能な刑事なのだから。

ごみ集積器のところに戻り、被害者の腕を縛っているダクトテープを確かめた。ありえないことだった。絶対にありえない。だが、私は間違っていなかった。過去に経験した恐怖が、記憶のなかの音のない悲鳴のようにこだました。これと同じものを前にも見たことがある。

18

ハリソンは、崖の縁に近づこうとしている高所恐怖症の人を思わせるおずおずとした足取りで、ごみ集積器に歩み寄った。なかがちゃんと見えるところまで行くと、ほんのわずかに首を伸ばし、ヒエロニムス・ボスの凄惨《せいさん》な絵画を間近で鑑賞しているみたいな嫌悪に満ちた目でガブリエルの作品を見つめた。

パーツの欠けた人体は、どこをどう見ても作り物としか思えない。私はつねづね、それは人間の本能の奥深くに隠された自衛のためのメカニズムなのではないかと思っている。その昔は日常茶飯事だったであろう阿《あ》鼻叫喚《びきょうかん》を、自分とは無関係のものとしてながめるために、遠い遠い祖先が身につけたもの。

「こんなのは初めて……」ハリソンはどこかへ漂っていきそうになった思考をどうにか引き止めたらしい。「作り物みたいだ」静かにそうつぶやく。

「目や顔がなくなるだけで、生きている人間との共通点はほとんどすべて失われる。残骸は、何年も住む人のいない空っぽの部屋みたい」私は言った。

ハリソンの目がフィリップの腕を伝い、両手を見つめた。片方は拳を握り締めたままだ。

死の苦痛があまりにも大きくて、それをいまでも忘れられずにいるかのように。

「手は別ですね」ハリソンが言った。「その共通点は失われていない」

そのとおりだった。生に意味を与える感覚は、まず視覚、その次に触覚だ。赤ん坊の繊細で柔らかな指から、曾祖母の紙のように薄くなった皺だらけの皮膚まで。人は手を使ってものをつかみ、感触を確かめ、新しいものを創り、ときには破壊する。声が頼りにならないとき、言葉が見つからないとき、人は手を使って意思を伝えようとする。

ハリソンは死体から顔をそむけて私をまじまじと見た。その目がいぶかしげに細められる。

「何か手がかりを見つけたんですね」

「腕を見て。肘のすぐ上で縛られてるでしょう」

ハリソンは二本の腕がきれいに並ぶほどきつく締め上げている銀色のダクトテープに視線を戻した。「それが何か?」そう訊いたきり、しばらく死体をしげしげとながめていた。やがて、私の反応がまだ不自然なことに気づいたのだろう、ふたたび顔をこちらに向けた。

「あなたにとっては意味がある。そうですね?」

私はうなずいた。「これはガブリエルの最初のミスなんだと思う」

ハリソンはよくわからないといった顔で首を振った。「どういうことです?」

「一年半前、山麓の沼でホームレスの死体が発見されたの。身元はいまだにわかってない。ジョン・ドーって仮名のまま迷宮入り」

「その事件とつながりがあると?」

「ジョン・ドーは膝立ちの姿勢で喉を掻《か》き切られてた。両腕はダクトテープでまったく同じように縛られてた。それがその事件の不可解な点の一つだった。ホームレスの男を処刑する理由は何？　だけど、ほかの未解決事件との結びつきは一つも見つからなかった」

ハリソンは考えこんだ。一つの死ともう一つの死のあいだに横たわる二年近い歳月に橋を架けようとしているかのように。しばらくして、首を振った。「フィリップの証言では、ガブリエルがアメリカに来たのは五日前です」

「でも、フランスで姿を消したのは二年前よ」

「フィリップは間違っていると考えてらっしゃるんですね」

「または、嘘をついた。でなければ、嘘をつかれた」

「腕の縛りかたが同じという一点だけで？」

私はごみ集積器のなかの死体にちらりと目をやった。「これまでに二百件近い殺人事件を捜査してきたわ。そのうちの二十件くらいでは、被害者の両手が縛られてたかもしれない。でも、どの場合でも、縛られてるのは手首だった」

「この二件を除いて」ハリソンが言った。

私はうなずいた。「二百分の二は偶然とは思えない。ホームレスを殺した犯人がガブリエルじゃないなら、辞表を出したっていい」

ごみ集積器に背を向け、通りにずらりと停まったパトロールカーの回転灯を見つめた。私の人生に隠されていた耐えがたい真実が胸に深々と突き刺さって、心臓が飛び上がった。これまでいったいいくつの夜を、濡れた舗道の上で暴力の残骸を調べることに費やしただろう。泥酔した夫の拳に殴り殺された妻の、あるいはギャングのメンバーの歪んだ愛着によって頭蓋骨を割られた十歳の少女の最期の瞬間を推理する特権と引き換えに、レーシーと過ごすはずの時間をどれだけ犠牲にしてきただろう。こっちを選ぶ人間がいったいどこにいる？　娘にお休みのキスをする代わりにこっちを選ぶ母親がどこに？

「もういや」私は一人つぶやいた。

振り返ると、ハリソンが私を見つめていた。質問するタイミングを待っていたらしい。

「その事実から何がわかります？」

私は意識を現実に引き戻した。「連続殺人者は、殺したいという衝動のスイッチを切ることができない。それこそが自分の存在意義だから。それをなくしたら、この世界に居場所がなくなるから。しかも虚栄心が強いでしょう、ホームレス殺害事件を迷宮入りさせるなんて我慢できないはず。両腕の同じ位置をダクトテープで縛ったのは、彼なりの自己主張なのよ」

表通りに向けて歩きだす。ハリソンがすぐ後ろからついてくる。

「ホームレスを殺したのも自分だとあなたに知らせようとした――？」

「ガブリエルが暮らしてる悪夢のなかで、彼はアーティストのつもりでいる。自分の作品に他人の名が冠されるなんて、考えたくもないはず」

「つまり……」

「ホームレス殺害事件を徹底的に洗い直しましょう。事情聴取をした相手、捜査対象になった場所。単独では何の意味も持たない物証も一つ残らず点検する。きっと何か関連が見つかるわ」

「僕には一つわからないことがあります、警部補」

私は振り返った。ハリソンが先を続けた。

「僕らはこれまでのガブリエルの行動に偶然はない、彼が思いつきで動くことはないと考えてます。すべてに意味があると」

「そう考えたほうが無難だと思うけど」

「では、頭部をあのごみ集積器に残していかなかったのはなぜです？」

私はさらに二歩進んだところで立ち止まった。たしかに。言われてみれば変だ。

「フィリップが何者なのか知られたくないのね。フィリップの指紋がデータベースに登録されていれば別だけれど、顔がなく、歯科治療記録もない状態では、DNAくらいしか確認のしようがない。ただし、それも対照試料があればの話。つまり、フィリップの身元を確認するのはほぼ不可能ということね」

「僕もまさにそのとおりのことを考えてました」ハリソンが言った。

その推論は、解釈されるのを待っているかのように私たちのあいだの空間にふわりと浮かんでいた。

「ガブリエルはフィリップの何かを恐れてる。死体になってもまだ恐れなくてはならない何か。それがわかれば……」

想像を大きく一飛びさせるのは恐ろしかった。一度に一歩ずつだ。先を急げば、見るべきものを見逃して、気づかないうちにそれを迂回してしまいかねない。わずかでも手もとが狂えば、トランプで作った家は崩壊する。そして私は娘を永遠に失うだろう。

「少なくとも何らかの意味があるはずです」ハリソンが言った。

私は首を振った。「重大な意味があるはずよ」

腕時計を確かめる。午後十一時になろうとしていた。時間は飛ぶように過ぎていく。まるで夜明けを待ちきれないとでもいったように。最後にもう一度、ごみ集積器のほうを振り返った。鑑識の写真係のフラッシュがたかれ、犯行現場に白い光が炸裂した。

それは単なる推論ではなかった。すべてを変える突破口かもしれなかった。

19

ロサンゼルス中心部の衣料品店やアクセサリー店が立ち並ぶ一角を車で走っていると、コダクロームフィルムで撮影された五十年前のメキシコシティに紛れこんでしまったような錯覚に襲われる。安物の衣類のけばけばしい色や手作りアクセサリーが店頭から歩道にこぼれ落ちて、まるで縁日にでも来たみたいだ。トウモロコシ粉で作ったトルティーヤの甘い香りとディーゼル車の排気ガスの匂いが漂っている。サルサがマリアッチと競い合い、マリアッチはサイレンや路上犯罪や、国境の南側のみすぼらしい小屋から運ばれてきたあげくに破れた夢と競い合っている。天使の街《ロサンゼルス》の住人の大部分にとって存在しないも同然の場所。ハリウッドヒルズの門衛つき高級住宅地とは、第三世界のスラム街ほどもかけ離れた場所。

光と音楽とけちな路上犯罪から四ブロック北に上ると、通りは暗くなり、人は少なくなり、危険度も増す。どの戸口からも充血した油断のない視線が外をうかがい、脅威が通りかかることがないか警戒している。最新型のセダンが角に停まり、クラックの売人を待っている。路地から街娼が客引きに出てきたが、私たちが警察であることを鋭く見抜いて、また路地の奥に引っこんだ。

ハリソンは、サンペドロ・ストリートの廃業した商店を本拠にしているブラザーズ・オブ・ホープ伝道会の前で車を停めた。私たちをここに連れてきたのは、故ジョン・ドーの捜査資料だ。ざっと目を通したところ、被害者が最後に仮住まいにしていたのがここで、また両腕を縛られ、喉を掻き切られて発見される前、生きている姿を最後に目撃されたのもここだとわかった。

　車を降りたとき、通りには誰もいなかった。隣の商店の前にはガラス瓶の破片やビールの空き缶、ドラッグ常用者に繰り返し使われて血やら何やらがこびりついた注射器などが散乱しているが、伝道会の前の歩道は清潔そのものだった。伝道会の明かりを一つ残し、この通りの生活は夜に備えてぴたりと閉ざされた扉の奥に退却したらしい。

　東の方角から、小口径の銃のぱんぱんぱんという軽い音が空に響いた。

「そろそろ午前零時ってことですね」ハリソンがそう言って振り返り、私がきょとんとしていることに気づいた。「新年ですよ、警部補」

　ああ、忘れていた。人々は今夜、お祝いをしているのだ。生活を変え、夢を叶えるために、新年の決意や約束が交わされている。ハリウッドヒルズや郊外の住宅街では、シャンパンがグラスに注がれているだろう。ヒスパニック居住区では、お祝いのしるしにピストルが空に向けて発射される。パンチョ・ビヤ（二十世紀初頭のメキシコの将軍・革命指導者）もさぞ誇りに思うことだろう。

「すっかり忘れてた」遠くでまた一つぱんと音が鳴って、銃弾が空に放たれた。

　時間を年という単位で計ることがふたたびできるようになるだろうか。私の世界は、これからの八時間に集約されていた。パレードの開始まで、ガブリエルの地獄が私の頭上に降ってくるまで、あと四百八十分。

伝道会に入ると、部屋のあちこちに乱雑に置かれたテーブルに、計六人の男が座っていた。何人かは両手でしっかりと握ったコーヒーカップの上にかがみこみ、隠された秘密を探し出そうとでもしているように黒い液体を凝視している。ほかの男たちは、故障したきり放置された機械みたいに身動き一つしない。

奥の隅に女が一人だけいた。全財産を詰めこんだビニール袋をいくつか傍らに置き、西部開拓時代に開拓移民たちが夜のあいだ、安全のために馬車を円形に並べてその内側で眠ったみたいに、椅子で障壁を作っていた。私たちが入ってきたことに気づいたのは、その女一人だけのようだった。狩られる小動物の用心深い目で私たちを遠慮なく観察した。その目はすばしこく動き、危険がどれほど増大しようとしているか判定しようとしているようだ。この部屋では大晦日は、人間の汗と出がらしのコーヒーと漂白剤の混じった濃厚な匂いに窒息しそうになりながら、大晦日であることに気づいてももらえないまま過ぎていこうとしていた。

小さなオフィスから、白いシャツに黒っぽい色のパンツという出で立ちの五十代の髭面の男性が出てきて、手を差し出した。フランシスコ会のポール神父だ。一年半前、ホームレス殺害事件の捜査で事情聴取をした。腕は港湾労働者かと思うほどたくましく、まくり上げた袖の下からタトゥーが少しだけのぞいて、神父の過去は現在よりもはるかに複雑だったことを――ついでに信仰との関係も薄かったであろうことも――それとなく伝えていた。私はハリソンを紹介した。神父の案内で小さく質素なオフィスに入る。壁にキリスト受難の像が掲げられていた。反対の壁には、ドジャースの青いペナントがある。

「前にお話しした以上のことは何も知りません」神父は言った。「殺された男性を覚えてたのは、規則を破って酒を持ちこんだからです。しかたなく出ていってもらって、それ以降、出入り禁止にしました。ふだんは一度で見限るようなことはしませんが、彼の態度はあまりにも好戦的でしたので」

私はガブリエルの似顔絵をポール神父の前に置いた。神父は、相手の目を見ただけで怒りや絶望の度合いを読み取れなければ自分の安全が脅かされかねない立場にある人物特有のまなざしで、その似顔絵を観察した。

「会っていれば覚えてるはずです」神父はそう言って首を振った。「この顔は一度見たら忘れられませんよ。ここに来たことがあるとは思えません」

私はポケットに手を入れ、フィリップの部屋の鏡の隣に貼ってあった写真を取り出した。

「この男に見覚えは?」

神父は太くたくましい指で写真の角をつまんでそっと持ち上げた。じっと見つめる目に即座に疑問が浮かんだ。「どこかで……」そうつぶやいて少し考えていたが、まもなく疑問は記憶の閃きに置き換わった。「ああ、おそらく……」

写真をデスクに置いて椅子の背にもたれ、記憶をたどるような表情をした。「短期間だけここでボランティアをしてた男です。ええ、おそらく間違いありません」

「確かですね？」

神父はもう一度写真に目を落としてうなずいた。「何週間か、ここの出張サービス車の運転手をしてました。記憶に残ってるのは、うちのボランティアのなかで唯一のフランス人だったからです」

「いつごろのことでしょう」

「かなり前ですね」

「日にちはわかりますか」

神父はうなずいて向きを変えると、デスクの後ろのファイルキャビネットを開け、フォルダーをめくり始めた。「ボランティアの住所や電話番号はかならず取っておくようにしてるんです。また手伝ってもらいたいときに連絡が取れるように。たいがいは二度と来てくれませんが」

「この男はどうでした？」ハリソンが訊いた。

「それきりでしたね」ポール神父は使い古しのファイルを一つ取り出した。なかの書類を手早くあらため、縦十二センチ、横十八センチほどのカードを抜き取った。「これです。ジャン。姓は書かれてない」

「ジャン？　間違いありませんか」

「ええ」神父は刑事みたいな目で私たちの反応を分析した。「あなたがたは別の名前でご存じなんですね」

私はうなずいた。「フィリップとして」

「ボランティアがどうして偽名を使ったんでしょう？　逮捕状でも出てるとか？　ビザが切れてるとか？」

「それはなさそうです」

「アメリカに来てることを誰かに知られたくなかったのかな」神父はそう言ってガブリエルの似顔絵にちらりと目をやった。「彼とか」

「あなたは刑事になるべきでしたね、神父」

「昔、保護観察官にもそう言われました」

「最後に彼と会った日付を教えていただけますか」

「最後に来たのは、と……」指でカードの一行をたどる。まもなく目当ての数字を見つけて顔を上げた。「二〇〇三年の四月です」

「ホームレスが殺された一月《ひとつき》前」ハリソンが言った。

「住所は書いてありますか」

神父は用心深い目で私を見た。「ボランティアの情報はできれば公開したくないですね。どうしてもという理由がないかぎり」

「いまから二時間ほど前、あなたがジャンとしてご存じの男、私たちがフィリップとして知っている男が、大型ごみ集積器のなかで死体で発見されました」

ポール神父は無言でカードを差し出した。「彼の魂のために祈りましょう」

名前の横に住所はあったが、電話番号は記入されていない。私は一瞬、カードを見つめてから、ハリソンに渡した。

「パサデナの住所だ。ハリウッドじゃない」ハリソンは驚いたように言った。

私は立ち上がり、神父に手を差し出した。神父は優しくその手を握った。私の目をじっとのぞきこむ瞳には、信仰心と絶えず闘いを続けている厭世観《えんせいかん》があった。「新しい年の最初の数時間が、古い年の最後の数時間がもたらしたよりもよいものを運んできてくれますように」

「ありがとう、ポール神父」私は向きを変えて出口に向かった。

「あなたのためにも祈りを捧げますよ、警部補」

腕時計を確かめた。私の四百八十分のうち十分が、すでに新しい年に消費されていた。

20

パサデナの住所を訪ねてみた。フリーウェイ二一〇号線から一ブロック北、ヴィラ・ストリートに面して建つ、部屋数八の荒廃したアパートだった。外壁は薄汚れた芥子色で、六〇年代初頭の建築当時の風潮に倣って、エントランスの上に、不似合いに壮麗なアパート名が不似合いに壮麗な書体で掲げられていた――〈ザ・ヴィラ・エステーツ〉。

エントランスの両側に、アパートが下り坂を転落し始めたあとも取り残されてそのまま忘れられた年配のドアマンといった風情で、落書きだらけのヤシの木が立っていた。

内廊下はなかった。外廊下に面して各部屋の玄関が並んでいる。一階に四部屋、二階に四部屋。ポール神父に教えられた住所によれば、目当ての部屋は一階の一番奥だ。玄関は建物の角の少し引っこんだ位置に設けられ、その手前には背丈のある植え込みがあって、表通りやほかの部屋からの視線をさえぎっている。

「誰にも見られずに出入りできますね」ハリソンが言った。

一つだけある窓のカーテンは閉まっている。玄関前には宅配のタイ料理店やメキシコ料理店のチラシが何枚か散らかっていた。

「不法滞在の日雇い労働者の肝を潰《つぶ》すだけの結果になるか、あるいは……」

私はハリソンを一瞥した。ハリソンはそのまま言葉を濁した。私たちがこうしてここに立っているのは、ほかに打つ手がないからだ。死んだ男の二年前の住所を訪ねるほかに。

「つい最近引っ越したばかりなのよ、きっと」私は言った。

ハリソンはうなずいたが、内心ではそうは思っていないに違いない。「引っ越しついでに名前を変えた」

私は銃の握りに手を置き、ハリソンにノックするよう合図した。

「警察だ！　開けろ！」

室内からは何の気配も伝わってこない。私はカーテンをじっと見ていたが、まったく動かなかった。

「もう一度」私は言った。

ハリソンは今度は拳でドアを叩いた。やはり誰かが出てくる気配はない。何気なく地面のチラシを見た。その瞬間、私は息を呑んだ。スウィーニーのバンガローの爆弾が起こした熱い風が脳裏をちりちりと焼いた。ガラス片の雨が視界に蘇って、思わず後ずさりした。

「スウィーニーのバンガローの玄関にもチラシがあった」

ハリソンは私の顔を一瞬見たあと、戸枠に丹念に手を滑らせて爆弾が仕掛けられている証拠を探し始めた。私の胸の奥で幻滅と怒りが沸騰した。またしてもガブリエルに思考を冒された。幽霊話を聞かされた子どもにでもなったみたいな気がした。

「忘れて」私は手を伸ばしてハリソンの肩に触れた。

ハリソンがこちらを向く。

「こんなことをしてる時間はない……レーシーには時間がない。思い切って蹴破って」

「ええ、それが手っ取り早い」

人を殺すために設計された装置を慎重のうえにも慎重を期して分解する能力に自分の命を預けている人物にしては、大胆な宗旨変えだ。あるいは、自暴自棄になっているだけのことか。

ハリソンは一歩後ろに下がると、片足を持ち上げて力強くドアを蹴った。ドアは突風に吹かれでもしたかのように勢いよく開いた。私は素早く向きを変え、グロックの銃口を室内に向けた。動くものはない。煙草の苦い匂いがする。玄関脇の壁を探って電灯のスイッチを入れた。

リビングルームに小さな丸いコーヒーテーブル。その上に大きな灰皿。テーブルを囲むように大きな枕がいくつか。ほかに部屋にあるのは、テレビだけだった。私は寝室のドアを指さした。ハリソンがリビングルームを横切って、ドアをそっと押し開けた。銃口で見るようにして室内を確かめたあと、明かりをつけた。なかに入ろうとしたところで立ち止まる。彼の目は驚いたように何かを見つめていた。「ちょっとこれを見てください」

私は寝室のドアに近づき、ハリソンの隣に立った。寝室の床の上にはシングルのマットレスがある。シーツと毛布は軍隊式にきちんと折り込まれていた。その隣にノートパソコンとプリンターが置いてあった。

「すごいな」ハリソンがつぶやく。

　壁という壁が写真で埋め尽くされていた。私の目は、たったいま激しい戦闘が行なわれた場所にたまたま来合わせてしまった市民のそれのように、いやいやながら室内を一周した。

「彼のギャラリーね。フランスの警察もきっとこれと似たようなものを見つけたんだわ」

　ハリソンの顔を確かめる。そこには人間の理解という地図から足を踏み外してしまった人物の困惑した表情が浮かんでいた。

「こんなもの、見たことが……」最後まで言う必要はなかった。私の目を見れば、その答えは聞くまでもない。ハリソンは信じられないというように首を振り、おずおずと室内を見回した。ガブリエルの被害者の写真、写真、写真。画廊の展示のようにきれいに並んでいる。ハリソンは恐怖を隠そうと無為な努力をしながらこちらを向き、私の前に立ちふさがった。

「たぶん、まず僕が確かめたほうが――」

　私は首を振った。心臓が胸壁にぶつかりそうなくらい激しく打ち始めていた。「その必要はないわ」

「しかし、警部補――」

「レーシーはここにはいないから」

「お願いですから、僕に先に確かめさせてください」

　私はハリソンの目をじっと見つめ、その可能性に屈するのを断固として拒んだ。「レーシーの写真があるはずがない。絶対にない……絶対に」

ハリソンの目は、懇願するように私の目を見返した。「そのとおりでしょう。それでも、僕に先に確かめさせてください。僕のためだと思って。あなたのためではなく」

ハリソンの手が私の手のほうに伸びかけた。が、すぐに退却した。見ると、私の手は震えていた。「時間が無駄になるだけよ」

「わかってます」

「いいわ」わたしはしぶしぶうなずくと、寝室に背を向けてリビングルームを凝視した。

「でも、レーシーはここにはいないから」

ハリソンの手が肩にそっと置かれる感触。それはすぐに消えた。ハリソンが部屋に入っていく。ハリソンが一歩進むごとに、私の心臓は十回打った。彼が息を呑む気配がし、足音の間隔が短くなった。部屋を一周し終えるのに、永遠とも思える時間がかかった。一秒ごとに、彼が一歩踏み出すごとに、レーシーはこの部屋の壁のどれかにいたりはしないという確信は力を失っていった。いったいどうして私の世界はこうも完全に狂ってしまったのだろう。頭のなかでささやき声がした。「もう堪えられない。もう無理だ。もう――」いまにも叫びだしそうだった。

「お嬢さんの写真はありません、警部補」

私は勢いよく振り返った。安堵の波が全身に広がって、あやうく膝の力が抜けそうになった。乱れた呼吸を落ち着かせようとしていると、ハリソンが私の体に両腕を回した。

「確かなのね」

「はい、確かです」

ハリソンの腕はもう一瞬だけ私を抱き締めていたが、私が深呼吸をすると同時にすっと離れた。

「ガブリエルは今夜ここに来たようですね。ひょっとしたら、ほんの一時間くらい前に。フィリップの写真がもうありますから」

私はハリソンの横をすり抜けて寝室に入ると、殺戮の記録をながめた。身の毛のよだつような行為の一つひとつが、まるで夏休みに出かけたイエローストーン国立公園の思い出を収めたアルバムのように並んでいた。バッファローや熱泥泉の写真のように。ごみ集積器のなかのフィリップの頭のない死体。キャスティング・クラブの池に浮かぶメキシコ人少佐。生花に囲まれて冷たい床に横たわるフィンリー。炎を噴き上げる車のなかのスウィーニー。レーシーの靴が見つかったモンテ・ストリートの一軒家で、両手を背中で縛られて死んでいた環境活動家。それだけではなかった。

「ブリーム」私の唇から恐怖のささやきがこぼれ落ちた。

怯え、落ちくぼんだブリームの目は、カメラをまっすぐに見つめている。爆弾が炸裂する前に私が見たのとまったく同じ目。口をテープでふさがれているが、顎の筋肉が歪んでいる。テープの下で必死に悲鳴をあげているのだ。爆弾の玉に包まれた両手は、慈悲を請うように持ち上げられている。

「爆発のあとでは撮れないから、先に撮影した」ハリソンが言った。

「ガブリエルという人間を理解してるつもりでいたわ……それは大間違いだったようね」

私は顔をそむけた。その目をそれ以上見ていられなかった。しかし、顔をそむけても、その視線を感じた。それから完全に逃れられる日は永遠に来ないだろう。

「この写真の背景に、撮影場所を特定する手がかりになりそうなもの、見覚えのあるものは写ってる？」

「ありません」

「そうよね」

ブリームの写真の隣は、コロラド・ブールヴァードを撮影したものだった。一瞬、場違いな一枚だと思ったが、すぐに気づいた——この写真がここにある理由に。「たいへん、パレードのルートだわ」

「オレンジグローヴとコロラドの交差点のすぐ東かな」

「テレビで中継されるはずのブロック」

ハリソンはしばらく写真を見たあと、首を振った。「このそばには近づけませんよ。いまの時点でもう立入禁止になってますし、山車《フロート》も信号も観覧席も何もかも事前の危険物捜索がすんでます。この一角に立ち入るには身体検査を受けなくてはならない」

「どうやってすり抜ける気かしら」

「すり抜けるのは不可能です」

そう言ったそばから、ハリソンの言葉を裏づけていた確信が揺らいで消えるのがわかった。そんなことは絶対に起きるわけがないと信じられることなど、もはや何一つ残っていない。それはアメリカ人の誰もが知っている。

私は振り返って室内をながめた。反対の壁に、写真一枚分のスペースが空いていた。「もう一枚貼る予定でいるようね」絵画の下から別のイメージが浮かび上がってくるのを待つように、そのスペースを見つめた。

「空けてある意味は無数に考えられます。または、何の意味もないのかもしれません」ハリソンが言った。

「これから誰かが死ぬという意味よ。その誰かは……」

私の声は力をなくして消えた。二人とも無言で壁の何もないスペースを見つめた。ハリソンがこちらを向いた。その目には、彼も私も口に出したくない暗黙の真実があった。

「警部補――」

私は首を振って顔をそむけた。

「次にやつから電話があって、お嬢さんと赤の他人のいずれかを選べと迫られたら、お嬢さんを選ばなくてはいけません」

私はその言葉が耳に届かなかったかのように聞き流した。「このアパートを一センチ刻みで捜索しなくちゃ。パソコンのファイルも一つ残らず開いてみましょう。彼の居場所を教えてくれるものがかならず何かあるはず」

「警部補、やつから電話があったら――」

「考えるだけ無駄よ」

「そんなことはありません」

私は怒りに駆られて振り返った。「この部屋を見て。ガブリエルが慈悲なんてものを持ち合わせてることを示す証拠が一つでもある？　私は何か見逃してる？」

「時間を稼げるかもしれません」

「彼はあの子を殺すわ。これまでは希望を捨てずにいたけれど、きれいに消えた」

この瞬間まで、そう口に出したらおしまいだと思っていた。その言葉は運命を決定づける恐ろしい重みを持っていた。なぜ自分がこれまでその言葉を避けてきたのか、言ったとたんにわかったような気がした。

「私にはあの子しかいない……あの子がいればそれだけで幸せだった。なのに、その気持ちをどうやって伝えたらいいのかわからなくて……」

「僕らはやつを一歩リードしました」ハリソンが言った。

ただうなずくしかできなかった。それから、さっきの弱気な発言を償うために何か言わなくてはという思いに駆られた。「小さな一歩だけれどね」

寝室を出てチャベス本部長に連絡し、このアパートに監視をつけてもらえるよう頼んだ。

ガブリエルが戻ってくれば、捕まえられる。ただ、戻ってくるとすれば、壁に写真の最後の一枚を貼るためだろうこともわかっていた。そう、そのとき捕まえてももう遅いのだ。

本部長との電話を切ると、煙草の匂いと死のイメージから逃れて頭を整理しようといったん外に出た。すぐ目の前の庭にレモンの木があった。拳ほどの大きさの実がたわわになっている。レモンの香りがするかと息を吸ってみた。空気は何の香りもさせていなかった。夕方のひんやりとした湿気は、触れたものすべてをそのときそれがあった場所に接着したらしい──音さえも。辺りは不自然なほど静かだった。

暗闇に向かって息を大きく吐き出す。息は白く染まり、空に向かってふわりと消えた。同じブロックのどこかから、まだ新年を祝っている人々の歓声が深夜の静寂を乱す。中西部の氷や雪を思い描く。朝には数百万の人々がパレードの中継を見る。文明というセールスマンの過去最高の業績。〈あなたも一緒だったらよかったのに〉という旅先からの葉書の究極の進化形。

振り返り、ガブリエルのみすぼらしいアパートをながめる。地上の楽園は、いったいいつ、私たちの指のあいだをすり抜けてしまったのだろう。ロサンゼルスの歴史をたどってみれば、ここだ、まさにここだよと指をさせる瞬間が見つかるのだろうか。オレンジの果樹園がアスファルトの下に最初に消えた瞬間？　それとも最初の宅地開発？　百回めの、千回めの宅地開発？　パサデナ・フリーウェイに最初のコンクリートが流しこまれたとき？　いや、それは砂漠に芝の種が最初に蒔《ま》かれた瞬間かもしれない。オーウェンズヴァレーの水を大自然から盗んだ瞬間かもしれない。ロサンゼルス川を造った瞬間、ディズニーがオレンジ郡内の二エーカーの土地を地上でもっとも幸福な場所と宣言した瞬間かもしれない。もしかしたら、幻想をもとに建設された街で撮影された最初の映画の最初の一コマとともにすべてが始まり、終わったのかもしれない。もしかしたら、ここで生まれたあらゆる人々、大陸を横切って、あるいは大洋を横切ってやってきてここで暮らしたあらゆる人々に、それぞれ決定的瞬間があったのかもしれない。そう、夢が現実の前に屈服する限界点が。

パトロールカーの甲高いサイレンの音が、ほんの一瞬、南の夜空を切り裂いた。アパートのなかに戻った。ハリソンが寝室の戸口に近づき、目配せをしたあと、何か忘れ物でもあるみたいに寝室に視線を戻した。私は寝室に近づいた。

「日記のようなファイルを見つけました。小説といったほうが近いかもしれませんが——出来の悪い小説です。やつの最初の殺人から記録されてるようです」

「日記？」

ハリソンはうなずき、持っていたメモ帳に目を落とすと、声に出して読み始めた。「〈クラス写真の三列め、誰の目も通り過ぎる位置に、僕は写っている。僕の名前、髪の色を記憶している人はいない。僕の声を憶えている人も。僕は透明人間だ〉」メモ帳をポケットにしまう。「いまのが書き出しです」

私が寝室に入ろうとすると、ハリソンに腕をつかまれ引き止められた。ハリソンは少しためらったあと、私をまっすぐに見た。その目は、私の不在のあいだに読んだものの重さを伝えていた。私の胸に芽生えた希望は、動脈が断ち切られたかのように、勢いよく流れ出していった。

「何なの？」

ハリソンは浅く息を吸って言った。「結末がすでに書かれてるんです」

思考が渦を巻き始めた。「レーシーのこと？　何て――」

ハリソンが首を振る。「最後の何ページかをざっと読みましたが、お嬢さんのことは一言も書かれてません」

「じゃ、誰のことが書いてあるの？」

「あなたです。結末に登場するのはあなたでした、警部補」

「私？」

「たぶん、ご自分でお読みになったほうが」

私はハリソンの背後のパソコンを見つめた。

「何て書いてあったか教えて、ハリソン」

ハリソンの顎に、来るべき衝撃に備えようとするように力がこもった。それから、別れを告げる恋人を思わせる目で私を見つめた。「パレードが行なわれるなか、あなたはコロラド・ブールヴァードを歩いています……爆弾を体に巻きつけて」

21

ハリソンの言葉は室内の空気を吸い集めた。ふいに息苦しくなった。

「大丈夫ですか」ハリソンの声。

私はうなずいた。だが、それが強がりにすぎないことは、ハリソンにもわかっただろう。足の下で地面がばらばらに崩れ落ちようとしていた。

「私が彼の自爆犯ということ」私はささやくように言った。

深呼吸をしようとした。私の体は、ここから逃げ出したいという衝動と闘っている。私たちがいるこの空間に属していたくないと本能的に感じ取ったみたいに。

「どんな方法を使う気でいるのか、それを知りたかった。これでわかったわけだわね」

爆薬をたっぷりぶら下げたハーネス。肩に食いこむその重量を想像すると、身震いが出た。

「願いごとをする前によく考えろとはよく言ったものね」

「あなたに群衆が集まったコロラド・ブールヴァードを歩かせるなんて、逆立ちしたって無理ですよ」

「娘を人質に取ってるのよ……何だってさせられるわ」

ハリソンの目が私の目を見つめる。すぐ下に押し隠された不安を悟られまいとしている。

「さすがにそれは無理です」

「さっきあなたが言ったのよ。レーシーを選べって。そうするつもり。レーシーを選ぶわ」

「発信機を着けさせてください。あなたがどこにいるか、つねにこちらで把握できるように」

私はうなずいた。「ヒックスに連絡して。それに関してはＦＢＩのほうが経験豊富だわ」

ハリソンが携帯電話を取り出してボタンを押し始めたところで、私の電話が鳴った。私はポケットに手を入れようとした。

「出ないで！」ハリソンが怒鳴った。「もしやつからだったら、もしすぐにどこかへ行けと言われたら……発信機を着けるまでは行かせられない」

「三十分かかるかもしれないでしょう」

「しかたありません。待つしかない」

私は携帯電話をポケットから取り出した。電話は掌《てのひら》の上で鳴り続けた。七度鳴ったところで、私は首を振り始めた。八度めで、娘に向けられた銃が発射の衝撃で跳ねるのを感じたような気がした。

「出ないと――」

「いけません」

ハリソンは私の手から電話を奪い取ろうとしたが、そのときにはもう私は電話を開いていた。

「デリーロです」

「選べ」ガブリエルが言った。

まるで顔に重い扉を叩きつけられたようだった。私はハリソンを見やった。ハリソンがうなずく。足早に私から遠ざかり、ヒックスに電話をかけ始めた。

「その前に娘の声を聞きたいわ。聞かせてくれないなら、地獄にでも何にでも勝手に堕ちて」

「興味深い言葉の選択だな、警部補」

「娘と話をさせて。断るなら、これまでよ。ここでおしまい。あなたはそれでいいわけ？」

ガブリエルは笑った。静寂があったが、電話が切れたわけではない。ハリソンを見やる。寝室の反対側で、信じられないといった顔で首を振りながら、電話に向かって怒鳴っている。「大至急つないでくれ！　一分も待てない……だめだ。そっちからかけ直してくるのを待ってたら手遅れになる。さっさとヒックスを出してくれ！」

私の電話からは、椅子の脚が床をこするような音が聞こえた。続いて浅い息遣いが数度。私はその音を知っている。自分の鼓動の録音に耳を澄ましているようだった。レーシーだ。間違いない。生まれたばかりのレーシーをこの腕に抱いたとき、その息遣いを胸に感じた。

「レーシー」

沈黙。

「私よ、レーシー」

「ママ」

「ちゃんと聞こえてるわ」

レーシーは何か言いかけたが、感情が昂《たかぶ》って声がうまく出ないらしい。

「何か言って、レーシー」

「このいかれた糞ったれが――」

レーシーの手から電話が叩き飛ばされる気配、そのまま床に落ちる音。

「レーシー!……レーシー、聞こえる？　レーシー!」

電話の向こうで何か音がしている。私は電話機を耳に押し当てた。そうすれば娘に少しでも近づけるとでもいうように。

「レーシー、聞こえる？」私は叫ぶように呼びかけた。「愛してる。かならず助けるから」

返答はない。

「レーシー」

床の上を何かが滑る音。

「レーシー……レー――」

「選べ」

一瞬、みぞおちを殴られたように息ができなくなった。「ろくでなし。私がどっちを選ぶか、よくわかってるくせに」

「ちゃんと答えろ」生意気な生徒に腹を立てている教師のような口ぶりだった。「答えろ!」

怒鳴り声。命令。

「レーシーを選ぶわ」

「六分後にオレンジグローヴとアルタデナの交差点に来い。ほかに警察の人間がいたら、ヘリコプターの音が聞こえたら、犬を散歩させてるカップルがいたら、娘の喉を掻き切るぞ。電話は切るな。このまつないでおけ。おまえが口にする言葉を一つも聞き漏らしたくない」

私はハリソンのほうを向き、人差し指を唇に当て、声を出さないよう伝えた。それから身振りで書くものをくれと頼んだ。ハリソンがポケットからメモ帳とペンを取って差し出す。玄関に歩きながら、私は猛烈な勢いでペンを走らせた。

〈ヒックスは盗聴してる?〉

ハリソンがうなずき、返事をメモ帳に書きつけた。〈ここに来て発信機を着けるのに二十分かかる〉

私は首を振った。玄関を出て車に向かいながら、私たちは忙しくメモ帳をやりとりした。

〈六分後にオレンジグローヴとアルタデナの交差点〉

〈一緒に行きます。後部座席に伏せてれば――〉

私は首を振った。ハリソンが書き続ける。

〈一人で行かせるわけには――〉

私はメモ帳をひったくった。〈あなたは日記を読んで！！！〉私はエクスクラメーションマークをいくつも並べた。〈日記を読めばレーシーの居場所がわかるはず――あの子を見つけて〉

〈あの子を見つけて〉の下に何本も線を引いた。

車に着き、ドアを開けた。ハリソンが手を伸ばして私の電話の送話口をふさぐと、耳もとでささやいた。「あなたの居場所はどうやって探せば？」

私たちの視線がからみ合ったが、たちまちほどけた。

「計画を細部まで日記に書いてるはず」私はささやいた。「万が一、連絡が取れなくなったら……彼の計画の先回りをして」

ハリソンはだめだと首を振った。「これはフィクションじゃないんです」

「ガブリエルだって、自分が書いたことをフィクションだとは思ってない」私は車に乗りこみ、彼の手を取った。「娘をお願いね」

エンジンをかけ、アクセルペダルを踏みこんで、アルタデナ・ストリート目指して東へと走りだした。

オレンジグローヴ・ブールヴァードとアルタデナ・ストリートの交差点は、場所を間違えて唐突に出現した小さな町のようだった。歩道際には、車を斜めに停めるためのガイドラインが引かれている。ダイナー、織物店、中古家具店、床屋。どの看板もアルメニア語とスペイン語で書かれているのでなかったら、ここはインディアナ州かと勘違いしそうだ。

南西の角に車を停めた。一台の車が北――山麓の住宅街の方角に向けて走り去った。運転席に座っているのは若い女性で、飲み過ぎたことを自覚し、意思の力でどうにか無事に帰宅しようとしているみたいにまっすぐ前をにらみつけていた。反対の角にシェブロンのガソリンスタンドがあって、どこかショートしているのか、看板のライトが不規則に点滅を繰り返している。それだけだ。交差点には人っ子一人いない。

私の腕時計によれば、あれから五分と三十秒が経過している。残り三十秒。通りに目を走らせ、ガブリエルが今度は何を計画しているのかヒントを探す。

あと二十秒。

これといったものは見つからない。ああ、せめてガブリエルの日記に目を通せていれば。日記にはディテールが一つ残らず記されていたのだろうか。私がこうして車に座っていることも、次に何をするのかも、初めて犯すミスも、すべて書かれているのだろうか。だが、手を伸ばしても届かないものをほしがっても意味はない。私に与えられているのは、目の前にあるものだけだ。いや、ひょっとしたら、厳密には、背後にあるものと言うべきかもしれない――瞬間の一つひとつが積み重なった結果、私はここにいるのだから。

ハリソンの解釈が間違っていなければ、ガブリエルは私を捕える必要がある。どうやって捕える？　罠《わな》はいまここに仕掛けられているのだろうか。私はその罠にまっすぐ足を踏み入れるのか。娘の姿を見て、身代わりを申し出るのだろうか。

あと十秒。

いや、それはしない。ガブリエルの姿が目に入ったら、彼を殺す。たった一度のチャンス。

レーシーに残されたたった一度のチャンス。

最後の数秒が、かちり、かちりと音を立てて過ぎた。

「警部補」ガブリエルが言った。

その声は、頭のすぐ横で銃が発射されたかのように耳のなかに轟《とどろ》いた。私はいやいや電話を拾い上げた。「何？」

「俺の指示に従う機会は一度だけだ。少しでも躊躇してみろ、娘は死ぬぞ。ガソリンスタンドの隣に公衆電話がある。携帯電話は車に置いて、公衆電話に走れ。急げ！」

交差点の向こうで電話が鳴りだした。

私は車を降りた。携帯電話はシートに置いて、ドアを開けたままにした。交差点の向こう側までの五十メートルは、地雷原を行くのと同じくらい恐ろしい道のりだった。一歩進むごとに、私はガブリエルの心の暗く邪悪な悪夢の奥へと分け入り、車のシートにぽつんと置かれている現実世界と私をつなぐ唯一のものから遠ざかっていく。公衆電話に飛びついたとき、私は全裸にされたように感じた。子どもみたいに無防備になったように感じた。彼は私をこちら側の世界から切り離そうとしている。自分の世界に引き入れようとしている。それこそが恐怖だった。鳴り続ける電話、誰もいない通り、暴走を始めた想像。

息を切らしながら受話器を持ち上げた。アドレナリンが全身を駆け巡っている。私は動揺を声に出さないよう努めた。自分が優位に立っているという確信を彼に与えてはいけない。

「はい」私は息を弾ませたまま言った。

「十五メートル先に茶色の車が停まってる。そいつに乗ってアルタデナを北に向かえ。走れ！」

受話器を放り出すようにして車に走った。古ぼけた車だった。少なくとも十年は前の型だろう。塗料が剝げていた。車種はおそらくインパラ。乗りこむと、安っぽいアフターシェーブローションと気の抜けたビールの匂いがした。後部座席にビールの空き缶が散らかり、汚れた衣類が山をなしていた。運転席の床には小切手換金所の領収書が何枚か落ちている。この車の持ち主はおそらく日雇い労働者、それも不法移民だろう。さらに、かなりの確率で、すでにこの世にない。助手席に置かれていた携帯電話が鳴りだした。

その電話を取って次の指示に従えば、私は娘を呑みこんだ悪夢に完全に足を踏み入れることになる。自分の空っぽの車のほうを振り返った。ハリソンはいまごろ、私がこれから何をすることになるか、ガブリエルの物語を読んでいることだろう。画面を見つめ、首を振りながらこうつぶやく彼の声が聞こえるようだった――〈だめです、警部補、行っちゃいけない〉

「でも、レーシーがいるの」私はハリソンに弁解するようにつぶやいた。「行かなくちゃ」

私は電話に手を伸ばしかけたが、激しい怒りの波に呑みこまれてその手を止めた。

「このいかれた糞ったれが！」私はレーシーが使ったとおりの表現でそう怒鳴った。

両手で顔を覆い、歯を食いしばった。どうにか怒りを鎮めようとした。

「レーシー、レーシー、レーシー……」激しく鼓動する心臓を慰めるようにそうささやく。ここで自制心を失ってはいけない。いまはだめだ。冷静に頭を働かせなくては。私の武器は、冷静さと、彼の心臓にめりこませてやる予定の九ミリの銃弾だけだ。

最後にもう一度、娘にも聞こえているかのように、「レーシー」とささやいた。それからアクセルペダルを踏みこんで、電話を取った。「アルタデナを北に向かって走ってる」

「知ってる」

「どこまで——」

「うるさい」ガブリエルが吠えた。「俺が話せと言わないかぎり、口を開くな。いまのあんたはな、何でもないんだ。警部補でもない、刑事でもない、母親でもない。あんたが何なのかは、俺が決める」

「じゃあ、あなたは何なの？」

短い、不気味な静寂があった。「あんたの未来だ」

尾行されているのかどうか、ルームミラーで確かめた。アルタデナ・ストリートは空《から》だった。脇道から出てつけてくる車はない。ガブリエルは来ていなかったのだ。すべてはったりだったのだ。そして私は彼の指示に従った。もしかしたら、状況を変える力がほんのひとかけらだけこの手に残されていたかもしれないのに、たったいま私はそれを捨てた。「糞ったれ」

ガブリエルの嘲笑。「似たもの親子だな」

何か言い返してやろうとしたが、できなかった。まったく同じことを言った人物が過去に一人だけいた。母だ。そのとき、私は侮辱されたと感じて腹を立てた。どうして腹が立ったのだろう。無条件に娘を認め、愛することを恐れたのはなぜだ？　私はいったい何を恐れていたのか。娘をありのままに受け入れることによって、自分の何が暴かれることになると思ったのだろう。

「あんたはただの愚かな女だ」ガブリエルが言った。

最低だ。自分の人生の本質を連続殺人者に教えられるとは。「いまからは違うわ」

ワシントン・ストリートを越えると、道は上る一方になった。この先の山麓地帯には、もう少し高級な住宅街が広がっている。夢のなかで見る風景のように、両側の通りは曲がりくねり始めた。頭上に山が黒々とそびえている。いまにも倒れこんできて、足もとにあるすべてを覆い尽くしてしまいそうだ。一ブロック進むごとに、街路は暗くなり、人の気配もなくなった。百メートルほど前方の道の真ん中にコヨーテが一匹現われ、悲しげな遠吠えを響かせたあと、夜の奥に消えた。

「ミドウィックで左に曲がれ。一ブロック半先で車を停めろ」ガブリエルが言った。

左折した。目の前を埋め尽くす闇をヘッドライトが切り開く。オポッサムの不気味に輝く赤い目と灰色の亡霊のような輪郭が照らし出されたが、すぐに雨水管に逃げこんだ。この通りには人家は一軒もない。土地の勾配が急すぎるからだ。一ブロックと半。車を路肩に寄せて停めた。一番近い街灯は、さらに一ブロック半先にあった。さらにその先の暗闇のなかに車が四台停まっている。あのなかのどれかにガブリエルと、ひょっとしたら私の娘が乗っているのに違いない。彼はすぐそこにいる。どんな計画を立てているにしろ、ガブリエルは理想的な場所を選んだ。私は月の暗い側に座っているも同然だ。そして眼下に広がるロサンゼルスの灯は、銀河の輝きも同然だ。どんなにがんばっても、その光の一つにさえ手が届かないのだから。

「エンジンを切ってライトを消せ」

私は反射的に指示に従おうとしたが、手は抵抗した。だが、まもなく、不本意ながら言われたとおりにした。ふいに完璧な闇の底に放りこまれた。目が慣れない。すべてのミラーに視線を忙《せわ》しく走らせて背後の闇に動くものがないか探したが、あったとしても、私には見えなかった。腰に手をやり、グロックをホルスターから抜いて、膝の上に置いた。私は静寂に耳を澄ましているつもりでいたが、それは静寂ではなかった。山々から近くの渓谷へと流れこむ奔流のホワイトノイズ。斜面の下側の茂みの奥で何かが動いた。私は銃を握って安全装置を外した。しかし茂みのなかの気配は消えた。

そのとき、アルタデナ・ストリートの闇をヘッドライトのまばゆい光が貫いた。車が交差点にさしかかるのが見えた。と、交差点の真ん中で停まった。私はグロックを握り直し、腕を伸ばして構えた。ヘッドライトがルームミラーを横切って、ゆっくりとこちらに近づいてくる。

「何だ？」ガブリエルが言った。その声には、少し前まではなかった緊張が感じ取れた。

「わからない」

「尾行させたのか」

「いいえ」

「嘘なら、いますぐ娘を殺す」

「やめて！　嘘じゃない」

「なら、その車は何だ？」

「きっとパーティ帰りの車よ」

言い終える前に、それは違うとわかった。ルーフの回転灯らしきものに見覚えがある。

「警察だな」

「違うわ」

「娘は殺す」

「やめて！」私は電話に向かって叫んだ。「警察じゃない。民間の警備会社よ。いわゆる〝レンタコップ〟。この辺りでは住民が共同で契約してるの。それだけよ」

「レンタコップだと？　何だそれは？」

「周辺をパトロールするの。警察とは違う」

「警察《コップ》と言っただろう」

「世間ではそう呼ばれてるってだけ。一時間当たり七ドルで巡回する。それだけよ！」

反射するライトがまぶしくて、ルームミラーを手で覆った。セダンはすぐ後ろまで近づいてきて速度を落としたあと、通り過ぎた。ドライバーはちらりと私を見たが、こちらからは暗くて向こうの顔は見えなかった。車のドアに警備会社の名前がでかでかと書かれていた――〈アームド・レスポンス〉。

「ほらね、何でもなかった」

「嘘だったら……」

「嘘じゃないったら」

ところが、レンタコップの車は二十メートルほど先で縁石際に寄って停まった。赤いブレーキランプが暗闇の奥から威嚇する二つの目のように輝く。私は信じがたい思いでそれを見つめた。どうしてこんなときに。よりによって、どうしていま。ドライバーが降りてくる気配はない。ただ停まって待っている。私は底知れぬ淵の真上に水平に架《か》けられたガラス板の上に立たされているように感じた。娘の命は、GED（日本の大検のように、試験に合格すれば与えられる高卒資格と同等の学力証明書）をぶら下げた警察かぶれの男が次にどんな行動を取るかに委ねられている。

「行って」私はささやいた。「そのまま行って」

「どうして停まった？」ガブリエルがいらだたしげに訊く。

「私がその辺の民家に泥棒に入ると思ってるからよ。与えられた仕事をしてるだけのこと」

「つけさせたんだろう！」ガブリエルはいまにも爆発しそうな声で怒鳴った。

足の下のガラスにひびが走った。ぴしり。「違う！」

「いいか、娘の喉にナイフが食いこもうとしてるぞ」

「私が追い払うから！」

「つけさせたんだろう！」

「違う！」

「嘘をつくな！」

「嘘じゃない！」私は懇願するように叫んだ。

返ってきたのは沈黙だけだった。

「ほんとよ、誓うわ。嘘じゃない」

電話はやはり黙りこくっている。

「お願い。娘に手を出さないで」

目を閉じた。足もとのガラスが砕け始めた。

「お願い――」

「追い払え。急げ」

次の瞬間には私は銃をホルスターに収めて車を降り、レンタコップの車のほうに歩きだしていた。流れる水のホワイトノイズの合間に、雷鳴に似た音が鳴る。空を見上げたが、雲は一つもなく、稲光も見えない。エンジンをかけたまま停まっているパトロールカーに近づくにつれて、雷鳴はどんどん大きくなっていった。まるで台風の目に向かって歩いているようだった。地面がかすかに揺れている。次の瞬間、雷鳴は岩が転がる地鳴りの滝に変わった。頭上の山の一部が土砂崩れを起こしていた。自動車ほども大きさのある岩がコンクリートの擁壁の上を跳ねながら落ちてくる。土砂は通り道にあるすべての物体を呑みこんだ。

「あいつも連れてって」私はつぶやいた。祈った。土砂の川の通り道にガブリエルがいることをただただ願った。「あいつをさらっていって」

しかし、始まったときと同じくらい唐突に土砂崩れは終わった。地鳴りはたちまち鎮まって、夜はふたたび不気味な静寂を取り戻した。奇跡は起きなかった。今夜は起きなかった。

レンタコップの車まであと六、七メートル。私の様子をうかがおうと、ドライバーがルームミラーの向きを調整しているのがかろうじて見えた。市警のバッジを取り出し、銃と間違われないよう、金色に輝く盾形の紋章を前に向けた。リアのバンパーを通り過ぎたところで、運転席側のウィンドウが音もなく下りた。

「警察です」私はバッジをかざして言った。「いますぐこの一帯から退去してください！」

ドアに近づいたとき、ドライバーがこちらを向いた。暗闇のなか、その顔がほんの一瞬だけ星明りに照らされた。その目を見た瞬間、おぞましい既知感に襲われた。私はその目を知っている。そしてその目は、獲物を見つけた肉食動物のそれのように、私を値踏みしていた。

ウィンドウから、ショットガンの見間違いようのない輪郭が突き出した。私は銃に手をやった。が、遅かった。私の指がプラスチックの握りの冷たさを感じ取るのと同時に、ショットガンの銃口から真夏の稲妻のように放たれた閃光が闇を輝かせ、世界は白一色に染まった。

22

音はなかった。色も、匂いも、感触もない。私は倒れようとしているのか。立っているのか。もう倒れているのか。どのくらいの時間が過ぎたのだろう。一時間か、一分か、それとも一秒か。自分が息をしているかどうかも定かではなかった。心臓が鼓動するたびに胸から鈍い痛みがウィルスのように全身に広がって、その途中にあるものすべての感覚を奪い去った。これが死ぬということなのか。一センチずつ。細胞一つずつ。そうやって死んでいくのだろうか。

星空のほのかな光が少しずつ見えてきた。遊園地のびっくりハウスの仕掛けみたいに、絶え間なく動き、形を変えている。私は車の傍らの地面に横たわっていた。路面に浮いた砂利が頬に食いこんでいる。唇に油じみた味をかすかに感じた。周囲で何か動いている。だが、私の目はその動きに追いつけない。車のトランクが開く音、砂利を踏む足音。

右に顔を向ける。グロックを握った右手が、体のほかの部分と切り離されたみたいに投げ出されていた。いったい何があったのだろう。頭のなかで再現してみようとした。しかし無意識が波のようにせり上がって意識を呑みこみ、右手は蠟のように溶けてアスファルトと一体化し始めた。

闘わなきゃ。何か探して。何か思い出して。波を押し戻すの。押し戻すのよ。

「レーシー」唇がそう小さくつぶやいた。

波は低くなっていき、やがて遠ざかった。入れ違いに、記憶が蘇った。車に近づく私。閃光を放つショットガン。

どこを撃たれたのだろう。肌にもシャツにも血の湿った感触がないのはなぜだろう。妙だ。そうか、私は死んだのだと考えれば筋が通る。そうだ、ショットガンが発射される前に、直前に、ほかにも何かあった。

「目」私はささやいた。

あの目を知っている。ただし、ガブリエルの似顔絵からこちらを見つめていた目とは違う。では、誰の目だ？　記憶のなかを探す。だが、目当ての顔は、記憶の視界のすぐ外にあってぼやけている。

足音がこちらに向かってくる。私は銃を握っている手を見やり、動けと念じた。何かしろと命じた。だが、まるで広大な谷の向こう側にいる誰かに大声で何かを伝えようとしているみたいだった。足音が迫っていた。私の指は一本ずつそろそろと動き始め、銃の握りにからみついた。

「動きなさいったら。早く、早く」私は小さな声でつぶやき、銃を地面から持ち上げようとした。足音はもうすぐそこまで来ている。

近づいてくる人影に銃口を向けたつもりが、私の手は、大荒れの海に翻弄される船の甲板《かんぱん》に横たわっているみたいに、でたらめに揺れ動いただけだった。銃は私の射界のなかで豪快に揺れている。

「警部補」誰かの声。

傍らにそびえ立つ黒い人影に狙いを定めようとした。銃を右手でコントロールしようとした。

「しっかり支えて」自分に言い聞かせ、必死で右手をコントロールしようとした。

銃は左を向き、また右を向く。

「しっかり」

銃口が人影に重なった瞬間、引き金にかけた指に力をこめた。「いまよ」私は自分の手に命令した。「いまよ！」

銃が一瞬静止した。撃てる。

「やめておくんだな、警部補」ガブリエルが言った。

ブーツを履いた足が私の手首を踏みつける。ざらざらした路面に皮膚がこすれた。グロックは力なく地面に落ちた。

「あんたにはしてもらいたいことがまだあるんだ、警部補」彼が布きれを持った手で私の口を覆った。「さあ、吸うんだ、警部補。思い切りいけ」

布からは洗浄液に似た刺激臭がしていた。私は顔をそむけようとしたが、もう体に力が入らない。

「娘みたいに抵抗するな」

「地獄へ堕ちなさい」

私は彼のほうに手を伸ばした。私を包みこもうとしている無意識の霧を晴らすことさえで
きれば、彼の顔が見えるはずだとでもいうように。布がさらに強く口に押しつけられた。後頭部が路面にごりごりとめりこむ。

「吸え！」いらだった声。

さらに何秒か逆らったものの、やがて酸素を求める本能に負けて咳きこんだ。布に含まれた苦い空気が肺に送りこまれる。

「その調子だ」ガブリエルの声が遠くへ漂っていく。「吸え。もっと吸え」

最後の力を振り絞り、頭を左右に振って彼の手を払いのけようとしたが、私にはもう、彼に抗《あらが》えるほど、自分の体をコントロールする力は残っていなかった。

「レーシー」私は意識を失うまいとしてささやいた。

すぐ目の前にレーシーの顔が浮かんだ。レーシーの唇は動いているが、声は聞こえない。頭のなかで、いまどこにいるのと訊こうとしたが、言葉は言葉にならなかった。レーシーの目に無数の星が浮かび、まもなくレーシーは夜空と一体化した。そちらに手を伸ばしたが、私の下の地面が崩壊を始め、私は落ちていった。レーシーは星のあいだに消えた。

私は移動している。飛んでいるのかもしれない。映像や音が驚くべきスピードでやってき

ては去っていく。レーシーを抱く私。のちに夫となる青年にキスされている私。鏡の前に裸で立っている幼い私。夕食のテーブル。無言で座っている母。銃声。ばらばらにされた死体。手。粉々に砕け散るガラス。病院のベッドに横たわるトレーヴァー、包帯でぐるぐる巻きにされた頭、目尻に浮かんだ一粒の涙。池に浮かぶ赤いセーター。必死に助けを求めるブリームの目、レーシーの空っぽのテニスシューズ。見渡すかぎり敷き詰められた薔薇、数千の薔薇、血の色をした薔薇。

その奔流に呑みこまれて、頭がぐらぐらし始めた。吐き気を催した。だめだ。しっかりしなくては。手を伸ばして何かにつかまろう。指先でつかまるところを探す。指に力が入らず、私は滑り落ち始めた。落ちるに任せた。ただ眠りたかった。なりゆきに身を任せたかった。落ちる速度は増していく。吐き気は治った。これでいい。あとは落ちるところまで落ちるだけだ。なりゆきに任せて……抵抗せずに。映像はどれも色を失い、次に輪郭を失って、私は無意識という避難所に滑り落ちた。

さっきとは動きが違っていた。蛇口から滴がシンクに落ちる音に似た、かたたん、かたたんという音が暗闇の奥で鳴っている。目を開けた。真っ暗だった。手を動かそうとしてみたが、言うことをきかない。胸の痛みもさっきとは違っている。誰かの手が私の胸を強く押して、肺から空気を全部追い出そうとしているみたいだった。傷があるのだとしても、その存在を感じ取れない。

音の感覚はせばまっていき、やがて遠ざかったかと思うと、即座に戻ってきた。この音には聞き覚えがあると思った。音のするほうに手を伸ばした。その音はロープで、それをたどれば理解にたどりつけるはずだとでもいうように。かたたん。かたたん。かたたん……

この音なら知っている。これは――

頭がふっと軽くなって、無意識がまた私を包みこもうとしていた。

「やめて」私は声を絞り出した。無意識を払いのけようとする。意識にしがみつこうとする。

音の感覚は最大限に開いていた。か――たたん……か――たたん……

この音なら……この音なら知っている……

か――たたん。

「車」そうつぶやいた。タイヤがアスファルトを踏む音。彼は私をどこかへ連れていこうとしている。ロープは私の手のなかから逃げていこうとしている。〝彼〟とは誰だ？

か――たたん。

「ガブリエル」またつぶやく。彼は物語の仕上げにかかっている。私はその登場人物だ。物語を締めくくる人物。

無意識の川が押し寄せてきて私の足をすくう。私はつかのま抗ったが、闘い抜く力はない。タイヤの音が遠ざかる。もう一度手を伸ばしてつかまるところを探す。一瞬、コロラド・ブールヴァードを歩いている自分の姿が見えた。それだ。まずはそれにしがみつこう。さらに遠くへ手を伸ばす。パレード。パレードが見えた。私は人込みのなかを歩いている。

「だめ……やめて」叫ぼうとした。だが、声が出ない。幼い女の子が私に手を差し伸べて微笑みかけた。

23

「警部補」

その声は部屋の反対側から聞こえた。あるいは長い廊下の向こう端から。そして遠い記憶のようにぼんやりとしていた。

「起きろ、警部補」

平手打ちが飛んできて、頬に鋭い痛みが走った。誰かの手が私の顔をつかみ、容赦なく左右に揺さぶる。

「起きろ！」怒鳴り声。

意識は、アミューズメントパークの乗り物みたいに戻ってきた。速度を上げ、くるりと回転し、心臓が口から飛び出しそうな勢いで唐突に上下して時間を飛び越えながら。そして、まるでローラーコースターの最後の急降下のように、限界まで速度を上げたあと、壁にぶつかるようにして停まった。私は乱暴に投げ出されて現実に着地した。

頭を持ち上げる。私は椅子に背を伸ばして座っていた。目隠しをされている。手足は椅子にきつく縛りつけられていた。彼の冷たい手が頬に触れた。私は顔をそむけた。

「よし」ガブリエルが言った。

彼が私の背後に回った。安っぽいアフターシェーブローションの香りもついていく。私は頭を整理しようとした。この部屋に至るまでの道のりを最初の一歩までさかのぼる。暗闇に閃いた白い光。ショットガン。舗道に浮いた砂利、唇についた油の味。シャツは乾いている。血は流れていない。

「スタン弾で撃ったのね」

弾《たま》が当たったところが、熱く焼けた炭を押しつけられているみたいに痛む。

「殺そうと思えば殺せた」

だが、彼は殺さなかった。このあとも、彼のドラマの登場人物として立派に役割を演じきるまでは殺さないだろう。それは私に与えられた唯一の強みだった。数時間後に自分がどうやって死ぬことになっているか知っているのを強みと考えられるなら。

「娘はどこ？」私は訊いた。

頭の横を――耳を平手で叩かれた。圧力を持った鋭い痛みが全身の隅々まで鳴り響いた。電気の流れている電線で叩かれたみたいだった。

「殺そうと思えば殺せたんだ」ガブリエルが腹立たしげに繰り返す。私が自分の立場をわきまえていないことを、私の運命は彼の手に握られているとちゃんと理解していないことを責めるように。

温かな息がうなじに吹きかかって、私は身を縮こまらせた。

「運がよかったな」ガブリエルが耳もとでささやいた。

彼の息からは、シナモンの甘さと焦がしたニンニクの苦さが感じ取れた。背後から伸びて肩に置かれた手が胸のほうに下り、スタン弾が当たった場所を押す。私は痛みにあえいだ。肺が空っぽになった。まるで彼の手に心臓を直接握られたようだった。

「痛いか」

私は答えようとしたが、肺のなかには、たった一言発するための空気さえ残っていなかった。手は今度は上に向かい、私の喉に触れた。尖った釘のような人差し指が顎の線をなぞる。胸の痛みが和らぎ始め、ようやく息を吸いこんだ。「救いようのないろくでなし」私は罵った。

彼の手の感触が消えた。私はきっとまた平手打ちが飛んでくると身構えたが、何も起きなかった。暗闇のなか、蛇が巣に退却するように、彼がすっと離れていくのがわかった。

彼の目に何を見たのか、ガブリエルの似顔絵で見た目とは違うと私に教えたものは何だったのか、思い出そうとした。彼の目は淡い色をして、鋭い光をたたえていた。ダイヤモンドみたいに。威嚇《いかく》するように私をにらみつけていたが、敵意ではない表情を浮かべているところも想像できなくはなかった。優しさ、懇願。あるいは愛。涙。歓喜。

この顔は一度見たら忘れられませんよ——ポール神父は似顔絵を見てそう言った。彼の目は、似顔絵のあの目とは違う。彼の目はカメレオンの目……俳優の目だ。どんなものにでもなれる目、どこででも見かける目。誰のものであってもおかしくない目。そう思ったとき、理解がすとんと落ちてきた。単純で、完璧な理解が。

「あなたはガブリエルじゃない。違うんでしょう?」私は言った。「ガブリエルなんていないのよ。あなたはガブリエルという隠れ蓑《みの》を創り出した。闇から光のなかに出ていけるように」

返ってきたのは沈黙だけだった。

「あなたは誰?」

暗闇の向こうを彼が動いている。動物のように私の周りを歩いている。観察し、どこに牙を食いこませるかを考えている。

もう一押し。私は思った。彼の物語の穴をつつくのよ。

「フランスのことなら知ってるわ。どうやって人を殺したか知ってる。あなたはテロリストじゃない。あなたは何かを盲信していたりしない。信条のために闘ってるんじゃない。大義なんかないのよ。あなたが殺すのは、病んでるから。心がねじ曲がってるから。支配欲の塊だから。あなたは暗い穴の底から這い出してきてしまった。でもね、あなたはその暗い穴の底に帰るべきなのよ」

忍ぶような足音は私の真後ろで止まった。私は呼吸を続けようとした。しかし、部屋のなかには空気がなくなってしまっていた。言いすぎただろうか。彼の内側で身をひそめている狂気が解き放たれる限界点はどこにあるのか。

彼の息がうなじに吹きかかる。私の全身の筋肉が、次の攻撃を予期して張りつめた。だが、やはり何も起きない。暗闇のなかで、彼の息遣いの音と感触は、獣のそれに変容していた。原始的で、野蛮で、何も隠すもののない獣。何ものも恐れない獣。食物連鎖の頂点に君臨する獣。私は巣穴に引きずりこまれようとしている獲物だった。

「俺のことがわかったつもりでいるのか」彼のささやき声。

「女を殺したことが一度もないって知ってる。それはどうしてなの？」

彼が笑いだす。「やっぱりわかってない」

「いいえ、あなたのことなら――」私は言いかけた。

「自分の母親を殺した。喉を掻き切った」

彼の指が私の頬に触れて、そこに落ちかかっていた髪をそっと払いのける。彼の言葉を頭のなかで繰り返す。私の全身に新たなパニックの波が押し寄せた――母親を殺した……母親を殺した。「嘘よ――」

「あんたには俺のことは絶対に理解できない」彼が耳もとでそう続けた。

「お母さんに何をされたの？」私は力ない声で訊いた。

「あらゆることをだ」またささやき声。

恐怖を振り払って話を続けようとした。「あなたは――」

「ベストの重みを感じるだろう？」

寒気が背筋を駆け上がった。両肩に、それまでは感じていなかった重さを感じた。両手でつかまれているように。その重さは私を上から押さえつけていた。同時に、私をぐるりと取り巻いているようだった。慎重に深呼吸をした。空気が、私が知りたくないことまで教えてくれるのではと怖かった。ベストが胸を締めつけてくる。爆薬は、行儀よく並べられた粘土の細長い塊のような感触だった。その内側にもっと硬い物体が詰まった小さなポケットがいくつかあって、息をすると、それが肌に食いこんだ。釘だ。金属片だ。それ以上は考えるまでもない。私は大量殺戮《さつりく》の中心点になるのだ。

彼の言うとおりだ。私は彼を知らない。理解できない。たったいま、私は彼の悪夢のなかに両足を踏み入れた。彼の世界がこんな場所だったとは。彼の非情さの証拠も、それどころか、私の娘をさらったという事実さえも、いま私が座っているこの世界に直面する心の準備をさせるには足りなかった。意識しなければ息もできない。そして息をすれば、喉が恐怖に震えた。パニックという避難所に逃げこみたいという衝動が全身を脈動させていた。その衝動と懸命に闘わなければならなかった。少しでも油断したら、私はあっさり負けるだろう。

「レーシー」私は小さくささやいた。「レーシー。レーシー。レーシー……」

娘は私の信号灯だった。私を元の世界に導いて。助けて。

そのとき、ぽんという軽い音がしてカメラのフラッシュがたかれ、目隠しが作る闇がほんの一瞬淡くなった。またシャッターが切られる音。もう一度。フラッシュが閃くごとに私の呼吸は速くなり、乱れていった。いま起きているこれは……そう、私は彼のギャラリーに加わろうとしているのだ。

抵抗するための、パニックを押しのけるための足がかりを探した。

「国境を越えて爆薬を運んで来られる人物が必要だった。だから生花店のブリームとフィンリーを巻きこんだ。警察の非常線を越えて爆弾をパレードに持ちこめる人物も必要だった。だから娘をさらった。私を誘き出すために」

「娘をいただいたのは、声が気に入ったからさ」

「あなたのために人を殺すつもりはないから」

「ママ」娘の声がした。

その声は震えていた。私が助けにくると信じて待っていたのだろう。なのに、たったいま、この姿を見てしまったのだ。

「レーシー」私は言った。涙があふれて、声がかすれた。「無事なの？」

「それはあんたの心がけによるな」ガブリエルが言った。

痛みから発せられた甲高い悲鳴が私の暗闇を貫き、次に心をメスのように切り裂いた。

「卑怯者！」私は叫んだ。手足を縛られたまま、前に乗り出せるだけ乗り出す。「娘に触らないで！」

また娘の声が聞こえた。「いや！」

「やめて。やめて！」私は金切り声をあげた。涙が目隠しを湿らせた。

「ママ！　ママ！」レーシーが言った。「こんなやつの言うこと聞いちゃだめだよ！」

彼は私を弱い立場に追いこもうとしている。順序立てて。一歩ずつ。機械を解体していくように。

「お願い」私は懇願した。

部屋の奥から聞こえていたレーシーの泣き声はほとんど静かになった。

「わかった。あなたの言うとおりにする。だから娘に手を出さないで……娘に触らないで……言うとおりにするから……」私は顎が胸につくほどうなだれた。声は先細って消えた。

「あんたもほかのやつらと変わらないってことか。意思が弱い。いつだって最後には降参する。あんたなんかいてもいなくても同《おんな》じだ」

わざと怒らせようとしている。自分の支配力をひけらかしている。私は大きく息を吸いこみ、駆け足で打っている心臓を少しでもなだめようと、しばらくそのまま溜めておいてから、ゆっくりと吐き出した。もう一度。もう一度。深呼吸を繰り返しながら、元の世界に戻る道を探した。と、いまとなっては前世とも思える場所で知っていた声がかすかに聞こえた。

「あきらめちゃいけない」

初め、その声は聞こえなかった。いや、私には聞く余裕がなかった。だが、同じ声がふたたび呼びかけてきた。

「あきらめちゃいけない」

トレーヴァーの声だ。ビッグ・デイヴ。レーシーの守り神。

「そいつは警部補がどこまで知ってるか知らない。それを利用するんです」

「わかった」私はささやいた。

ドアが開く気配がした。続いてレーシーの悲痛な叫び声が聞こえた。「ママ！」

いやがるレーシーをガブリエルが引きずっていく。レーシーは抵抗している。足をばたつかせて彼を蹴飛ばしている。

「レーシー！」

「やめてったら、このいかれた糞ったれ！」レーシーの甲高い声。

娘の果敢な抵抗は、病院から赤ん坊のレーシーを初めて家に連れ帰った夜の泣き声のように、私の目を覚まさせた。自分の弱さが急に恥ずかしくなった。娘は四十時間近くも囚われの身でいるというのに、心の強さをガブリエルからいまも守り続けている。

「レーシー、もっともっと言ってやりなさい！」私は声を張り上げた。

ドアが勢いよく閉まり、レーシーの声が遠ざかる。ガブリエルに抵抗している気配はさらに数秒聞こえていたが、まもなくそれも消えた。

「レーシー！」

私は静寂に包囲された。ガブリエルの武器の一つ。それに力を奪われたくなければ、闘わなくてはならないと思った。

「レーシー、かならず助けるから！　約束する。かならず助けるから！」

心臓が胸に巻きつけられた爆薬の塊にぶつかる音が聞こえるようだった。ポケットの釘が鉤爪《かぎづめ》になって腹部に食いこむ。

ドアがきいと音を立てて開いた。ガブリエルの存在感がふたたび部屋を侵略する。

「そいつは警部補がどこまで知ってるか知らない」トレーヴァーのささやき声。

獲物に忍び寄る猫のように、ガブリエルはゆっくりと私の背後に回った。

「娘を解放してくれれば、言われたとおりにするわ」私は言った。

彼の返答は沈黙だった。それは叫び声よりもよけいに不安をかき立てた。

これも計画のうちなのか。私は計画の核心にまっすぐ歩いていこうとしているのか。彼が私のために用意していたまさにその場所に足を踏み入れようとしているのか。たったいまの一言で、娘と私が落ちこんだ穴をさらに深く掘ってしまったのか。どうすれば確かめられる？　ハリソンはこれから起きることを読んで、〈だめだ、だめだ、だめだ〉とつぶやいているだろうか。どうしたらわかる？　いや、私には知りようがない。考えるだけ無駄だ。

「それじゃ気に入らないなら、いますぐ殺して」

ガブリエルは何度か浅い呼吸を素早く繰り返した。陣痛のさなかの妊婦のようだった。

「それじゃ困るのよね、そうでしょう？　いまここで私を殺せば、パレードの計画が台無しになる。あなたの欲しいものはそれなんだもの。力を実感すること。世界の二億の人たちに自分の作品を見てもらうこと。あなたの恐ろしさを痛感させること。夜、通りで見知らぬ人とすれ違うたびに、あなたかもしれないと怯えさせること」

私はさらに続けた。

「レーシーを解放しなさい。さもないと、これまでの努力がすべて水の泡になるわよ」

背後の床板がガブリエルの重みできしんだ。

「あなたは初めから存在しなかったも同然になる。誰もあなたを恐れない。あなたはごまんといる殺人者のなかの一人になるのよ。昨日のニュースとして忘れられるの」

獣のような浅い呼吸が二つ。それきり何も聞こえなくなった。彼の影が私の上を通り過ぎたような気がした。うなじの産毛が逆立った。

「それが私の条件よ」

ナイフの刃が喉に押しつけられた。刃は温かかった。ガブリエルの手の一部でもあるかのように。紙の端に指を滑らせてしまったときの痛みに似た、ちりちりとした感触。私は目を閉じた。「愛してるわ、レーシー」静かにそうささやいた。

刃はじりじりと皮膚に食いこんでくる。目を開いた。目隠しの生地に点々と散った織りの隙間から射してくる光、私にとっての世界の残骸をじっと見つめた。

刃がいっそう強く押し当てられた。私はたまらずに顎を持ち上げた。目を閉じて、セコイアの巨木の森にいるレーシーをまぶたに映し出した。自由で、一点の非の打ちどころもないその姿。

そのとき、ナイフの刃がかすかに震えた。彼の手が震えているのだ。まもなく、ナイフは静かに離れていった。

「あんたはコロラド・ブールヴァードを歩く」ガブリエルは言った。走って息を切らしているみたいな声。「そして創造の光とともにこの世から消える」

24

夜明けには音がある。目隠しが作る暗闇のなか、朝の光が山々の向こう側をじわじわと昇り、こちら側を滑り下りて盆地に広がる音が聞こえた。コオロギの合唱がふいにやんだ静寂に、朝が訪れた。マネシツグミやカラスのやかましい声や、私道に投げこまれた朝刊がぴしゃりと落ちる音、遠いかすかな車の音とともに。車は、初めはほんの何台かだったが、次第にその数は増え、ホワイトノイズは潮が満ちるように高まった。

「そろそろあいつがやってきます」トレーヴァーのささやくような声が耳の奥で聞こえた。

私は手を伸ばそうとした。トレーヴァーが同じ部屋にいるのではと期待して。

「そこの様子を説明して」トレーヴァーが言った。

それはトレーヴァーが殺人課に異動してきてすぐのころ、私がよく使った言葉だ。犯行現場で見逃していたものを再発見するトレーニングの一環だった。

これまでに聞いた音を手がかりに、いまいる部屋の様子を頭のなかに描いた。「部屋の広さは三メートルかける四メートルくらい。表通りに面して窓が一つ。南向きで、フリーウェイが見える。犬の声はしない。住宅街ではなさそうね。おそらく低家賃の商業地域」

「匂いは？」

目隠し越しに大きく息を吸った。かすかな匂いがある。花ではない。どこかつんとしたところのある甘さ。一日経過した死体の匂いを初めて嗅いだときの印象に似ている。

「何の匂いかわからない」

「わかるはずです。よく考えて」

もう一度空気を吸いこむ。匂いに色があるつもりで視覚的に想像してみようとする。

「明るい匂い、強い匂い」

「それから――？」

「動物の脂」私はささやいた。何か馴染みのあるものを感じる。だが、それが何なのか思い出せない。

「犯行現場を分析するみたいに分析してみて」トレーヴァーが言った。

「今日は元旦だわ」私は言った。

「元旦と言えば？」

「パレード……フットボールの試合……でも、それとは関係ない」

「そう、関係ない」

足や手を縛っているものから逃れようとするみたいに、その匂いを押したり引いたりしてみたが、やはりぴんとこない。「だめ、わからない」

「いや、わかるはずです」

「どうすればわかる？」

「時間をさかのぼる」

「どこまで？」

「考えるまでもないでしょう」

「大晦日」

「そう」

「今日はパーティの翌朝」

「そう」

「二日酔い」

「そう」

私は首を振った。「だめよ、わからない」

「いや、もうわかってる」

「二日酔い――メヌード（牛の胃〈トライプ〉と野菜に香辛料を加えて作るメキシコ風スープ）。誰かがトライプを料理してる」

しばし周囲の音に耳を澄ました。これまで気づかなかった音が聞こえた。かすかだが、確かに聞こえている。「換気扇の音」

「その調子」トレーヴァーの声。

「近くにメキシコ料理店がある」

目隠しの内側の暗闇を見つめて考えた。新しい発見の高揚感は急速にしぼんだ。「喜ぶのは早いわ」私はつぶやいた。メヌードがメニューにないメキシコ料理店など、この街には存在しない。「こんなの、何かわかったうちに入らない」腹が立った。

「ガブリエルについて話してください」

私の口に布きれを押し当てた手から、全体像を思い浮かべようとしてみた。「たくましい。身長は百八十センチくらい。右利き――」

「そんなことは些末な情報です」

「自分が奪う命に価値はないと思ってる。被害者はただの登場人物で、彼が創造するまでは命さえ持っていない」

「彼の母親は別でしょう」

そのことを思い出しただけで、全身の神経がちりちりと焦げた。彼は自分の母親の喉を掻き切った。「そうね、母親は特別だわ」

「どう特別なんです？」

「初めから生きてた」

「なぜ殺したんでしょう」

「わからない」

「怒りに駆られて？」

違う。ガブリエルのなかに怒りに似た感情は一つとして見当たらない。「救おうとしたのよ」

「何から?」

「母親自身から——仮想の罪から、現実の罪から。他人にはわからない」

「そのあとは?」

私は少し考えてから答えた。「それを境に彼の人生が始まった。自分の手で自分の舞台に創造するものが、彼にとっての現実になった。そのほかのものは、それ以外の命は、まやかしになった」

ドアの向こうから足音が聞こえて、トレーヴァーは沈黙し、私は目隠しのなかの孤独へと急ぎ足で戻った。ドアが勢いよく開いて、ガブリエルが入ってきた。

「いよいよね」私はつぶやいた。

彼は音もなく私の背後に立った。シャワーを浴びたらしい。シャンプーの香りがした。息はコーヒーの強い匂いと砂糖のほのかに甘い匂いをさせている。

「ベストを脱ごうとすれば爆発する」ガブリエルが言った。「人込みから走って遠ざかろうとすれば、モーションセンサーが働いて爆発する」

「フィリップのときと同じね」私は言った。

ガブリエルの鼻《び》腔《こう》から短く息が吐き出された。にやりとしている。そのことを思い出して笑っている。

「ハリソンにも解除はできない。二人とも死ぬことになるだけだ」

「このベストを着けてたら、パレードには近づけないわ」

「ジャケットで隠す。この爆薬は犬にも嗅ぎ分けられない。しかもあんたは警察官だ。誰も引き止めやしない」

イスラエルが開発した爆薬は無臭だということを思い出した。暗殺の完璧なツール。

「あんたが気に入ったよ、警部補。あんたの家族の一員になったみたいな気分だ。俺がしてることを理解してくれてるところがいいね。あんたは力ってものをよくわかってる。俺はコロラド・ブールヴァードであんたを殺す。人類史上もっとも目撃者の多い殺人になるだろう。想像してみろ。世界中の家で、家族がテレビの前に集まって、有名なローズパレードを見てる。次の瞬間、俺はその全員の人生に、家庭に入りこんでるんだ。俺は世界の全員が恐れるものになる。眠ろうとして目を閉じるとき、彼らは俺を恐れる。車のバックファイアが聞こえれば、俺が後ろを歩いてるんじゃないか、いまのは爆弾の音じゃないかと恐れる。俺はあらゆる場所にいる。あんたが俺を恐怖の象徴にしてくれるからだ。それがあんたから世界への最後の贈り物になるんだよ、警部補。あんたは世界中のすべての人間の記憶に残る――俺と一緒にな」

「このいかれた糞ったれ。殺してやる」私は言った。

ガブリエルは私の言葉が耳に入らなかったかのように先を続けた。「パレードの開始時刻が来て、先頭のマーチングバンドが行進を始めたら、あんたはコロラド・ブールヴァードに出て、マーチングバンドと並んで歩く。あんたの姿を確認したら、ベストのポケットに入ってる電話を鳴らす。そしてあんたの娘が自分は解放されたと知らせる」

私の両腕を椅子にくくりつけていたものが解かれた。手首は背中で縛られたままだ。

「そのあと、起爆装置から火花が散るのがわかるはずだ。心臓の少し上が熱くなる。炭素棒の焼ける匂いもするだろう」

「断ったら？」

「その目隠しを取る。そしてあんたは、娘が時間をかけて仔牛みたいに解体されるのを目撃することになる。娘の悲鳴を聞き続けることになる」

それだけで、私はふたたびガブリエルの支配下に置かれた。

「お願い、娘に会わせて――」

「あんたは娘のむきだしの心臓が止まる瞬間を見る。娘はあんたの目を見つめたままだろう」

「やめて――」

「遅れれば、娘は死ぬ。何かいじったら、ポケットのなかの電話を使ったら、娘は死ぬ。娘が死んだあとも、爆弾は予定どおり起爆させる。わかったな？」

「地獄に堕ちればいい――」

ガブリエルの手が私の喉をつかんだ。「わかったな？」

爪が皮膚に食いこむのがわかる。「わかった」私は声を絞り出した。

「よし」

彼の手は次に私の口をふさいだ。前にも嗅いだ苦い匂いがした。

「前回と同じだ……吸え」

私は反射的に抵抗した。吸いこむまいとした。ガブリエルが腕を首に巻きつけ、手をいっそう強く押しつけてくる。「あんたにはただでさえ時間がないんだ。無駄にするな」

私は首を振った。ガブリエルが空いたほうの手で私のみぞおちを殴りつけた。肺から空気が全部出ていった。苦しくて、息を吸いこむしかなかった。救命用の酸素を吸うみたいに、エーテルを肺の奥に送りこんだ。

「さっき説明したこと、ちゃんと覚えてるな？」ガブリエルが耳もとでささやいた。

エーテルが喉の奥を焼いた。まもなく、冷たさが胸から全身へ広がった。指が動かない。しゃべろうとしたが、声が出なかった。私は麻酔薬の霧の奥へと引きこまれ始めた。暗闇の遠くからさまざまな色が万華鏡のように現われ、目隠し布を透かして押し寄せてきた。

「一つでもミスをしてみろ、娘は死ぬ」

私は首を振った。いや、実際には振ったつもりでいただけかもしれない。

「遅れたら……娘は死ぬ」

ガブリエルの言葉は間延びして、もともとは形を持っていたかのように輪郭を失い始めた。

「俺の期待に応えなければ……娘は死ぬ」

言葉は溶け合い、次にほんの一瞬だけ形を取り戻したあと、色の洪水にさらわれていった。

25

私はふたたび移動している。または、移動したあと止まった。麻酔薬の霧のなかからでは、どちらなのか判然としない。時間は後ろ向きに折れ曲がり、元に戻る勢いではるか前方に飛ぶ。現在は過去へと漂った。ある瞬間、私は横たわっていて、遠いジェットエンジンの音に似たくぐもったタイヤの音を聞いている。次の瞬間には、双子を両腕に抱いたトレーヴァーをながめている。さらに次の瞬間には、どこかの部屋にいて、ガブリエルの犠牲者の全員が救いを求めるような目で私を見つめている。

いまは車の往来の音が聞こえている。その音はとても近くて、タイヤの回転する音は数百の自動車の音の集合体に呑みこまれていた。どれか一つの音に集中しようとしてみた。それを踏み台にすれば、無意識状態から這い出せるのではないかと期待して。だが、音が多すぎる。せわしく繰り返される短い笛の音《ね》。クラクション。興奮した調子の話し声も聞こえたが、何を言っているのかはわからない。遠くで音楽が鳴っていた。楽譜から音符をかき集めて空中に放り上げたような、でたらめで不調和な音楽。

やがて何も聞こえなくなった。音は黙りこんだ。動きも止まった。自分の呼吸を数えて意識にしがみつこうとした。一……二……そこで無意識へと滑り落ち始めた……三……三。私はレーシーの父親のために掘られた空っぽの墓穴をのぞきこんでいる。と思うと、私は落ちていた。夢のなかで、手足をばたつかせながら、どこかを転がり落ちるみたいに。転落はまもなく唐突に止まった。彼の手が脇の下に差し入れられ、私を起こそうとしている。目隠しの圧迫感が取り払われた。日の出にカーテンを開けたように、光が射しこんだ。灰色と白の模様が視界をうろうろしているのはわかったが、ほかのものは何一つ見分けられない。

「吸え」

アンモニアの強烈な臭いに鼻腔を直撃され、頭がぐらりと揺れた。灰色と白で構成された穏やかな視界にいくつかの色が浮かんだ。人の顔の輪郭が一瞬現われ、また遠ざかった。

「吸え」

またしてもアンモニアの臭いが私に平手打ちを食らわせた。彼の目が見えてきた。その目は、私がもはや存在しないもののように私を透かしてその先を見ている。

うつむくと、膝の上に自分の手が見えた。ゆっくりと顔の前に持ち上げる。息をする。もう一つ。もう一つ。

少しずつ手がはっきりと見えてきた。意識が私に向かって突進してくる。コントロールを失った車のように忙しく向きを変えながら、衝突の瞬間を目指して。吐き気がこみ上げた。視界は明瞭になったりにじんだりを繰り返している。手で探ると、ホルスターにグロックがあった。無意識に銃をつかんで、ガブリエルの輪郭が浮かんでいた場所につきつけた——が、車は空っぽだった。シートの上で体を起こし、左右を見た。通りはほとんど無人に近かった。パレードのルートに近いのだろう、後れを取った何人かが絶え間ない人の流れを目指して急いでいる。ガブリエルは消えていた。

銃を膝に置いて深呼吸を繰り返した。麻酔の作用で頭ががんがん痛む。腕時計は七時十五分を指していた。パレードの開始まで四十五分。記憶していなくてはならないこと、指示があったはずだ。だが、よく思い出せない。

そのとき、ジャケットが不自然にふくらんでいること、胸や肩に覚えのない重量感があることに気づいた。慎重にファスナーのつまみを指先ではさみ、そろそろと下ろした。ベストが現われた。胸を取り巻くように整然と並んだポケットに、煉瓦の形をした爆薬が入っていた。何本もの導線がベストを一周しているようだ。その終端は、心臓のすぐ上の電極に集まっている。爆薬の下をのぞきこむと、金属片がぱんぱんに詰めこまれていた。釘の先端がナイロン地を貫いて無数に突き出している。目隠しをされているあいだに頭に描いた想像図はだいたい当たっていたようだ。ただ、真ん中に一つだけ、そこに描きこまれていなかったものがあった。水銀と思しき液体が入った小さなガラスの円筒《シリンダー》。モーションセンサーだ。ワイヤが水銀の表面に浅く浸かっている。私の体が傾き、ワイヤが水銀の表面を離れてシリンダーのなかの帯電した空気に触れれば、その瞬間にスイッチが入る。その次に何が起きるかは爆弾の専門家でなくてもわかる。私はゆっくりと息を吐き出してみた。たったそれだけの動きで、シリンダーのなかの水銀が震えた。

頭痛は即座に消えた。ガブリエルの一言ひとことが蘇った。私の死のシナリオを細部まで残らず思い出した。

「逃げれば死ぬ」私はささやいた。車の周囲に目を走らせる。「逃げなくても死ぬ」

　シートの上を滑るように移動し、ドアを開けて、そっと地面に足を下ろす。立ち上がったとたん、膝の力が抜けて、舗面が猛烈な勢いで近づいてきた。慌てて車のドアにすがりついた。左手がガラスの上を滑り、右手はかろうじてドアの上端をつかんだ。まるで高層ビルの十五階の窓枠にぶら下がっているような心地だった。モーションセンサーを確かめる。水銀が揺れている。一つ揺れるごとに、ワイヤがいまにも露《あらわ》になりかける。

「転んでも死ぬ」思わずつぶやいていた。目を閉じた。寒気が全身に広がった。「レーシーも死ぬ」声がかすれた。

　しっかりとドアにつかまったまま、脚に力がもどり、頭がはっきりして、自力で立っていられるようになるのを待つ。ここはどこだろう。通りの左右を見る。空は雲一つなく晴れ渡り、風もなかった。私の右側を通って南に向かっている人たちは、オレンジグローヴ・ブールヴァードを目指しているはずだ。商業ビルと居住用アパートが一緒くたに並んでいるところを見ると、ここはおそらく、コロラド・ブールヴァードの北、ウォルナット・ストリートだろう。チャベス本部長とＦＢＩが設定したであろう警戒網のすぐ外側。ハリソンは私を探しているはずだ。だが、どこを？　ガブリエルの日記の記述はどこまで具体的なのだろう。警察官を見つけなくてはならない。だが警察官のいそうな場所にたどりつくには、オレンジグローヴ・ブールヴァードに向かう人の波と一緒に、少なくとも一ブロックは歩く必要がありそうだ。ガブリエルが痺《しび》れを切らしたり、ミスをしたり、私が転んだり、縁石を踏み外したり、はしゃぎすぎた八歳の子どもにぶつかられたりしたら、いったい何人が死ぬことになるだろう。

あと四十分。

どこか遠くでマーチングバンドが本番前の肩慣らしをしている。ドラムロールが聞こえ、トランペットが音階を下から上まで鳴らす。フレンチホルンの美しく哀しげな音色も聞こえた。

三ブロックほど南を二機のヘリコプターがパレードのルートに沿ってゆっくりと行き来している。何を探しているのだろう。敵？　敵ならここにいる。この私だ。

「そんなことをしても無駄よ」私は八つ当たりのようにつぶやいた。

一歩足を踏み出すたびに、すべての音、すべての動き、すべての色が鮮明になっていった。十万人の見物客がそれぞれの場所に落ち着き、その声の集合体が発電機の低い回転音のように空気を震わせている。通りのどこかから綿飴の甘い香りが漂ってきた。続いてコーヒーの香り。何ブロックか南に待機している数十台のフロートを盛大に飾る何千本もの花々の芳香。死に至る道のりの最後はこういうものなのか。動物が本能的に死を自覚するように次の角で終わりが待っていることを知っているとき、最後の道程はこういうふうに感じられるものなのか。

オレンジグローヴ・ブールヴァードまであと三十メートルを残して、私は立ち止まった。コロラド・ブールヴァードへ向かう人々は、もはや形や鮮やかな色の服の川ではなくなっていた。人間の集まりだった。独立した、個性を持った人間。二人と同じではない。それぞれが固有の物語と歴史を持っている。顔も見分けられた。老いた顔、若々しい顔。乳母車を押している父母、手をつないでいる恋人、ぴたりと身を寄せ合うようにして歩いている家族連れ。微笑んでいる顔、笑っている顔、無邪気な顔。すべてが集約されていた。日常の心配ごとや悩み、平和という幻想に襲いかかった地球規模の狂気から解放されたひととき。

おそるおそる一歩踏み出す。もう一歩。もう一歩。ついに群衆の輪の端にたどり着いた。誰とも目を合わせまいとした。だが、それは不可能だった。どうしても人の目を見てしまう。人々の目は、見てくれと私に要求していた。理解してくれと、価値を与えてくれと要求していた。

人々のあいだに分け入り、一緒に南へ歩きだした。幼い子どもを抱いた若い女性が私を見た。唇が笑みを作りかけたが、途中でやめた。女性の目の表情が変化するのがわかった。疑念、不審。女性は子どもをしっかりと抱き直し、顔をそむけた。裏切りという忌まわしい感覚がウィルスのように私の全身をむしばんでいく。私はここにいるべき人間ではない。私は裏切り者だ。どうしてここまで来てしまったのだろう。まだ一人きりだったときになぜ止まらなかったのだろう。立ち止まっていれば、誰も巻きこむことなく、一人で……

ガブリエルの言葉が思考に割りこんだ。「選べ」

漆黒の髪と焦げ茶色の瞳をしたメキシコ系の女の子が私を見上げた。私が自分にしたと同じ質問を投げかけているような視線。女の子はまもなく人込みに呑みこまれて消え、別の顔が見えた。次々と。どの顔も、自分たちにまぎれて危険が一緒に歩いていることを知らずにいる。

私のなかで答えが出た。娘のためなら迷わず命を差し出せる。でも、これはできない。パレード見物に向かうこの人たちは、ただの他人ではないからだ。ガブリエルが理解できないことの一つがそれだからだ。私たちはみな、同じ布地の一部なのだ。その布の繊維の一つ一つが、私たちの生活を、人生を織りなしている。ふだんはそれを見て見ぬふりをしている。そんなものは存在しないふりをしている。互いを傷つけ、互いから盗む。欺《あざむ》き、嘘をつく。だが、ときにその布のことを思い出させる瞬間がやってきて、私たちを一つに結びつける。その瞬間が長く続くことはない。だが、布が存在することは確かだ。レーシーはそのことを知っている。そして、そのことをはっきりと表明した。私が予期していた以上に雄弁に。

「糞ったれ」わたしはささやいた。

子どもが走って追い抜いていった。腕にぶつかられたが、どうにかバランスを保った。母親らしき女性が戻ってきなさいと叫び、私をちらりと見た。「すみません」

私はいいえと応じようとしたが、何も言えなかった。声が喉に張りついて出てこない。歩く速度を上げた。どんどん上げた。ここにいてはいけない。この人たちから離れなくてはならない。この人たちの夢から、笑い声から、そう、まだ正常なまま保たれている人生から、離れなくてはならない。前方を見ると、人々の流れは速度をゆるめ、列を作り始めていた。

　セキュリティチェックだ。警察官がいる。通りを封鎖している数台のパトロールカーの回転灯が見えた。ポケットからバッジを取り出し、人々の列から外れて先へ進んだ。人々は、二人が並んで通れる幅に設置された柱のあいだへと誘導されている。すべての顔がまじまじと観察され、すべての持ち物が点検されていた。誰も文句は言わない。以前なら言っただろうが、いまは違う。時代は変わったのだ。

　私の行く手の片側にはカリフォルニア州警察の制服警官が二人、もう片側にパサデナ市警の制服警官が一人立っている。近づくにつれ、市警側の一人はジェームズ巡査だとわかった。巡査の目に驚愕《きょうがく》が浮かぶ。しかしそれもつかのまのことで、すぐに冷静さを取り戻し、胸回りが不自然にふくらんでいる私のウィンドブレーカーをじっと見つめた。

「ここから離れたいの」私は切羽詰まった声で言った。

「総出で探してたんです――」

「急いで！　わかる？　もう時間がないの」

　巡査は一瞬ためらったあと、州警察の二人に合図した。二人がバリケードに通路を空け、巡査と私はそこを抜けて歩きだした。

「ハリソンのところに連れていって」

　巡査は不安げにうなずいた。「みんな――」

「時間がないのよ」私は繰り返した。

群衆のほうを振り返る。子どもを抱いた女性がうさんくさそうに私を見ている。危険を察したのだろう。目を見ればわかる。あの目つき。この世界がどれだけはかないものかを知っている目。

停めてあったパトロールカーに巡査とそろって急いで乗りこむ。

「警部補はもう殺されてしまったんだとみんな思ってました」

巡査は回転灯とサイレンのスイッチを入れて、オレンジグローヴ・ブールヴァードを南へ走りだした。

「怪我人が出ないように、誰もいない場所に行かなくちゃ」私はウィンドブレーカーのファスナーを下ろした。

巡査は爆弾を見つめた。衝撃を隠しきれない様子だった。「処理班が涸《か》れ谷で待ってます」不安げに私の顔を見たあと、視線を路面に戻した。

私は無線機のマイクを取った。「こちらデリーロ警部補。ハリソンにつないでください」

巡査がアクセルペダルをぐいと踏みこみ、道路封鎖中のパトロールカー二台を迂回すると、車を谷のある西に向けた。

「何かにぶつけると、巡査、二人とも死ぬことになるから気をつけて」

巡査の頬にさっと赤みが差した。スピードを少しゆるめ、ステアリングホイールを両手でしっかりと握り締める。

無線機のスピーカーからきんと甲高い音がしたあと、ハリソンの声が聞こえた。「警部補。

無事ですか」

「日記にはレーシーの居場所は書いてあった？」

沈黙が返ってきた。

「ハリソン？」

「いいえ……書いてありませんでした」

その答えを聞いて、胸が苦しくなった。私はシートに沈みこみ、無線機のマイクを力なく膝に置いた。おしまいだ。ガブリエル本人が居場所を明かさないかぎり、レーシーを助けることはできない。こんなことがあっていいのか。いいはずがない。許せない。つい何時間か前、私は娘と同じ部屋にいたのだ。娘の声を聞いたのだ。ほんの一、二メートルのところに、娘はいたのだ。

もしかしたら、私の質問のしかたが悪かったのかもしれない。ハリソンを誤解させたのかもしれない。「確かなの？　全部読んだの？」

ハリソンはためらっている。チャベス本部長の顔を見て、そこに答えを探しているハリソンの姿が目に浮かぶようだった。

「確かなの？」私は繰り返した。

「はい。残念ながら」

サイレンの音が私の世界から消えた。背後に飛び去っていく人々の顔がぼやけた。空の色は褪せた。青さは消え、さまざまな濃さの灰色だけが残った。

いなかった。

「爆弾の外観を教えてください」ハリソンが言った。だが、その言葉は私の意識には届いていなかった。

車はアロヨ・ブールヴァードに入り、涸れ谷に沿って南に進んだ。両側に並ぶ家々は、カリフォルニアの夢を形にするために試されたあらゆる建築様式の見本市だった。チューダー様式、平家造り、クラフツマン様式、スペイン風建築。衰退した帝国の遺物のようだ。ここはもはや私の街ではない。私はもうここに属していない。

マイクを持ち上げて送話ボタンを押した。「レーシーのことは何も書かれてなかったの？」

ひとしきり雑音が鳴ったあと、ハリソンの答えが聞こえた。「いまは爆弾のことに集中すべきです」

「いいから、何て書いてあったのか教えて」

チャベス本部長の声に替わった。「アレックス。レーシーはもう助けられないと思う」

私は目を閉じ、首を振った。「そんなこと信じない」

「アレックス――」

「信じません」

無線のスイッチを切った。およそ八キロにわたるパレードの開始を待つ五十三台のフロートがちらりと見えた。ホールマーク社のグリーティングカードの絵がトレーラーくらいのサイズになって現実に飛び出してきたみたいだ。そしてそれぞれを隙間なく覆う生花は、冬の雨に育てられて自然に咲いたようだった。カリフォルニアで何かを実現するのに必要なのは夢と水だけだという幻想を余すところなく象徴している。そして、百十五年間の歴史上、パレードが中止されたことは一度たりともない。

谷を抜ける通りとの交差点に来た。通りの入口で警戒中のパトロールカーのそばを抜ける。はるか下方、メキシコ人少佐が死体になって浮かんでいた池から三十メートルほど離れた駐車場の真ん中に爆弾処理コンテナがあって、それを中心に半径十五メートルのセーフティゾーンが設けられていた。万が一、私が——私が爆発してしまったときのために。

車は待ち構えていた制服警官のあいだを通り抜け、セーフティゾーンの真ん中に停まった。ジェームズ巡査がドアを開ける。「警部補はこのままお待ちください」

私はうなずいた。

「幸運を祈ってます、警部補。お嬢さんの無事も」

巡査は早足で歩み去った。入れ違いに、負けないくらいの早足で、機材の入ったバッグを提げたハリソンが近づいてきた。分厚いケブラー製のベストを着て、防弾バイザー付きのヘルメットをかぶっている。少し離れたところにチャベス本部長とＦＢＩのヒックスがなすべもなく立っているのが見えた。私は車のドアを開け、両足をそっと地面に下ろした状態で、ハリソンが十五メートルの距離を横切ってくるのを待った。ハリソンがすぐ前に膝をつく。

私の目を見つめる。

「大丈夫ですか」

私はうなずいた。まるで〝大丈夫〟みたいに。

ハリソンの視線が爆弾のあちこちを探る。仕組みを悟った瞬間、彼の目からあの秀才の大学生みたいな表情が消えた。

「前のより複雑ですね」何気ない口調。

それからヘルメットを脱いで車のボンネットに置いた。

「ねえ、ヘルメットはかぶっておいて」

「これが爆発したら、かぶってても役に立ちませんから」そう言って今度は背中に手を回すと、ケブラー製のベストも脱いだ。「時間はどのくらい残ってると思いますか」

私は腕時計を見た。「三十分」

ハリソンが首を振る。「足りないな」

「先頭のマーチングバンドがオレンジグローヴからコロラド・ブールヴァードに入って行進を始めたら、私も一緒に歩くよう指示されてる」

ハリソンは爆弾入りのベストを見つめたまま、頭のなかで何やら計算していたが、やがて答えが出たのか、首を振った。「ウィンドブレーカーを脱いでください。背中側が見たい」

私は立ち上がり、ハリソンが後ろに回ってウィンドブレーカーをそろそろと脱がせた。

「背中はどんな様子？」

「前とほとんど同じです」ハリソンは一歩離れ、配線を目でたどり続けた。「やつはテープで何か貼りつけてましたか。肌にワイヤが直接くっついてる感触はありますか」

「ないと思う」

「よし」

「何がよしなの？」

「あなたの体そのものを低電圧の回路にすることもできた。回路を開くと……どかん」

ハリソンは爆弾の隅々まで目を凝らしながら、弱点を、装置の欠点を探している。

「ね、一つ教えてもらいたいんだけど」私は言った。

ハリソンの目が探索を一瞬だけ中断した。「何です？」

「日記のなかで、ガブリエルはレーシーを殺したの？」

しぶしぶといったふうにハリソンがうなずく。

「ほかの出来事との関係でいつだか書いてた？」

ハリソンは日記を頭のなかで読み直しているような顔をした。「いいえ」

「じゃ、レーシーはまだ生きてる」

ハリソンが爆弾から目を上げた。「生きてる」語尾がわずかに上がった。

「電話がくるまでは殺さないはずだから」

「電話？　何のことです？」

「パレードが始まって、私がコロラド・ブールヴァードを歩きだすとき」

ハリソンがうなずいた。「そのことは日記に書いてありました」

「ベストのなかの電話が鳴って、娘が自分は無事だと伝える声が聞こえることになってる。

ガブリエルは、いまから娘を殺すと言うでしょうね。そして娘の悲鳴が続く……私を操り、コントロールできるそのチャンスを逃すわけがないわ。ガブリエルはそのために生きてるの。力を実感できなければ生きていけないのよ。私たちが空気がなければ生きていけないように」

ハリソンは少し考えたあと、うなずいて同意した。「自分は神だと思いたい」

「私の知るどの神とも違うけどね」

私たちは無言のまま見つめ合った。まもなくハリソンの目は爆弾に戻った。

「起爆のトリガーは少なくとも四つあるようです。モーションセンサーが一つ。ベストにぐるぐる巻かれてる導線もそうです。そのうちの一本が起爆装置につながってる。ベストを切り開くか、そっと持ち上げて脱ぐか……」

「ほかの二つは何？」

「ほかの二つは僕にもよくわかりません。着てらっしゃるシャツの下をのぞいて、肌に導線が張りつけられてないか確認しないことには。ブラは着けてます？」

「ね、私の体のどこかに、私にはブラが必要だっていう誤解を与えるようなところがあった？」

ハリソンの目の表情が和らいだ。口もとも微笑みに近い形を作った。それから手を伸ばすと、私のスラックスのボタンを外し、慎重にシャツの裾を引っ張り出しながら背後に回った。

「できるだけ動かないように努力してください。ちょっときついかもしれませんが、僕の手が入る隙間はありそうですから」

シャツの下にハリソンの手が入ってきた。あちこちにそっと触りながらうなじまで上った。

「何もありません」

「前を触って同じことを言ったら、ただじゃおかないから」

ハリソンが前に来る。シャツのなかに手を差し入れ、指先で腹回りを確かめていく。乳房のすぐ下まで来たところで、手が止まった。いままで気づかなかった導線の存在を、私も感じた。心臓がぴょんと跳ねた。呼吸が速くなる。

「どうしよう……ねえ、何とか――」

「ふつうに呼吸して」ハリソンは安心させるように私の目をのぞきこんだ。「こいつの相棒を探します」

私はうなずいて目を閉じた。ハリソンの手がもう片方の乳房の下に移動し、そこでも導線を発見して止まった。ハリソンはそっと手を引っこめた。

「ねえ、これって大変なこと？」

ハリソンはバッグからクリップを数個とワイヤを一本取り出した。「僕がミスをしなければ、大したことじゃありません」

またシャツの下に手を入れて、クリップとワイヤを慎重に導線につなぎ始めた。

「彼の目を見たのよ、ハリソン」

ハリソンは黙ってクリップを導線に留める作業を続けている。

「ガブリエルの似顔絵はでっち上げだわ。彼は存在しないの。だから正体がつかめないのよ」

　クリップを一つ留め終えた手は、私の胸の上を横切って反対の乳房の下に移った。

「狙った獲物の一人と仲よくなって、警察に架空の人相特徴を証言させるの。そのあと、用済みになった獲物を殺す」

「たとえばフィリップ」

　ハリソンは目を上げずに言った。

　私はうなずいた。「フランスでも同じことをしたんだわ」

　その言葉はなぜか立ち去りがたそうに空中にしばらく浮かんでいた。どうしてなのかはわからない。二つめのクリップが導線に留められるかちりという音がして、ハリソンは手をシャツの下からいったん出し、今度は小さなニッパーを握ると、シャツの下にそろそろと差し入れた。爆弾などというご大層なものを巻きつけられて初めて、久しぶりに男性の腕の細く柔らかな毛を胸に感じるなんて。泣いていいのか笑っていいのかわからない。

　ハリソンはニッパーの刃で導線をはさんだ。彼の手の温かな感触、その上に冷たい鋼鉄の感触。

「これが間違いだったら、僕もあなたもこれが間違いだったと知ることはありません」ハリソンはそう言って私を見上げた。私はうなずいた。

「切って」声がかすれた。

　ハリソンの手の筋肉が収縮し、ニッパーの刃は音もなく導線を切った。ハリソンは一瞬目を閉じ――祈りでも捧げたのかもしれない――そのあとほっとしたように大きく息をついた。

めた。

「大丈夫ですか」

私はうなずいた。

ハリソンはシャツの下から手を出し、今度は険しいまなざしでモーションセンサーを見つめた。

「じっとしてて」そう言ってもっとよく見ようとセンサーに顔を近づけた。

さっきの言葉はまだその辺をうろうろしていた。手を振って注意を引こうとしている。

「私、フランスのことで何て言ったかしら」

ハリソンは爆弾から一瞬目を上げたが、私の言ったことは聞いていなかったらしい。「いまちょっと忙しいんです」

私は記憶を巻き戻した。「狙った獲物の一人と仲よくなって、警察に架空の人相特徴を証言させるの。そのあと、用済みになった獲物を殺す」

ハリソンはしぶしぶといったふうに爆弾から意識を引きはがした。「どうしてそのことがそんなに重要だと思うんですか」

私はさらに記憶をたどろうとした。しかし、フランス側の資料には一度しか目を通していない。しかも読んだのは何十年も前のことのように思えた。「どうしてかというと……」あと少しで手が届きそうなのに、それは指先をかすめて逃げてしまった。「ああ、もう」

次の瞬間、雑学クイズの解答が天からふいに降ってくるみたいに、答えが目の前にどんと落ちてきた。「どうしてかというと、そんなことは起きてないからよ」

ハリソンが私を見つめる。その目に疑問が浮かぶ。「何が起きてないんです?」

「フランスで似顔絵作成に協力した被害者は生き延びた。その被害者は殺されてない」

「運がよかったんでしょう」言い終える前に、ハリソンは私を見て首を振った。その言葉は当てはまらない。ガブリエルに関して〝運〟などというものは存在しない。「運がよかったとは思わないんですね」

「ええ。その被害者が殺されなかったのには理由があるのよ」

「どんな理由です?」

「一番単純な理屈がたいがい正しいものだわ」

「一番単純な理屈を見つけられればね」ハリソンは少し考えていたが、見つからないらしい。

ある考えが私の頭に閃いた。「ガブリエルはなぜフィリップの頭部を切断したのかしら」

ごみ集積器のなかの光景が蘇ったのだろう、ハリソンの目の周りの皺が深くなった。「僕らを震え上がらせるため」

「あれがなくても、もう充分震え上がってたわ。ほかには?」

「身元確認を不可能にするため」

「どうして?　何を知られたくなかったのかしら」

ハリソンは首を振った。

「シャツのポケットに写真があるの。ベストの下に手を入れたら届く?」

ハリソンの手がベストとシャツのあいだにそろそろともぐりこむ。ポケットを探し当て、写真を引き出した。またそろそろと手をベストの下から退却させた。写真は、フィリップの部屋から取ってきたものだ。

私は写真を受け取って、そこに写っている目を確かめようとした。だが、これではよくわからない。かなり引いて撮影した写真だった。「ちょっと厳しいわね」

さらにしばらく写真を見つめた。フィリップは大きな白いビルの前に立っている。エントランスの上にはフランス語が書かれている。車、歩行者、それに――

「何を探してるんです？」

「これ」

私は写真をハリソンのほうに向け、背景で動いているぼやけた物体を指さした。ハリソンが目を凝らす。

「救急車かな」

「エントランスの上のフランス語。どういう意味かしら」

「病院みたいですね」

「病院の前でスナップ写真を撮る理由は？」

「ふつうはそんなところで――」ハリソンにもぴんときたらしい。「まさか」

「そうよ、最初の被害者を殺した場所なんだわ」

「病院の連続殺人」

私はうなずいた。「彼のコレクションの記念すべき一枚めということ」

ハリソンは愕然《がくぜん》としたように私を見つめている。「フィリップがガブリエル？」

本当にそうなのか、頭のなかで再点検する。「目隠しをされてたあいだに、ガブリエルがあなたの名前を言うのを聞いた。でも、私は一度もあなたの名前を言ってない。あなたを知ってたのは、フィリップのアパートであなたが彼の膝の上の爆弾を解除したから」

事実がパズルのように一気に組み上がっていく。

「ＦＢＩの保護施設からさらわれたわけじゃない。自分で手を傷つけておいて窓から逃げたのね」

これまでと違う観点が開けた。理解が進むにつれ、私自身の過ちが重くのしかかってきた。殺人者をいったんは捕えておきながら逃がすのは、どんな警察官にとっても悪夢だ。

「ごみ集積器の死体は、アームド・レスポンスの警備員なのよ」

「僕らがいつかは気づくことを知ってたはずです」

「でも、そのころには彼は姿を消してる。真相が暴かれようが関係ない」

私たちは信じがたい思いで互いを見つめた。やがて私の目に涙があふれかけた。「悔しい。一度は捕まえたのに」

私は両手で顔を覆った。感情が洪水のようにあふれて、体が震え始めた。

「やつは僕ら全員をだましたんです。あなた一人じゃない」ハリソンが言った。

私は彼を見て首を振った。「これは私の事件よ……捜査を指揮したのは私よ」

ハリソンは何か言いかけたが思い直した。もう何も言うことはない。これ以上理解すべきことはない。

「あと何分ある？」私は訊いた。

ハリソンが腕時計を確かめる。「二十分」

もう一度ディテールに意識を集中しようとした。私たちはガブリエルの大芝居の共演者だったという事実以外のことを考えようとした。「全部解除してる時間はない。そうでしょう？」

ハリソンは私をまっすぐに見てうなずいた。「間に合いません」

何かを考えるのと、他人が同じことを言うのを耳で聞くのとは、まったく別物だ。ベストを見下ろした。だが、私の視界に浮かんでいたのは、時間切れになろうとしている時計だけだった。

「とすると……」ハリソンの声。

私が爆発しそうだった。もう堪えられない。ベストの重みで息が苦しい。娘を取り返したい。娘の声を聞きたい。今度娘を抱き締めたら、もう二度と離したくない。娘を殺そうとしている人物を私自身が逃がしたことを記憶から消去したい。

「とすると――？」私はハリソンを見つめた。私がいままさに呑みこまれようとしている底なし沼から這い出す手段を、彼なら探し出してくれるのではないかと期待して。

「トリガーのいくつかはただ解除の手間を取らせるためだけのものです。つまり、やつが実際に使おうとしてるトリガーだけを心配すればいい。これを起爆するには、離れた場所から操作するしかありません」ハリソンは言った。それから爆薬のすぐ上のポケットを開くと、慎重な手つきで携帯電話を取り出した。彼の目が、私の目には見えない何かを見つけた。

「妙だな」ハリソンがささやくような声で言う。

私は彼の目をのぞきこみ、彼が感じている恐怖のレベルを読み取ろうとした。だが、恐怖を感じていたのだとしても、彼はそれを隠すスキルをとうの昔に身につけていた。奥さんが殺されて以来、愛から身を隠すことを身につけたのと同じように。「何が妙なの？」

ハリソンは小型ナイフを取り出すと、携帯電話の裏蓋をこじ開け、回路に見入った。「何もないんです。ただの電話だ」

「どういうこと？」

今度はベストを見る。それから釘の詰まったポケットの一つを切り裂いた。釘が砂利の上に落ちた。はらわたがあふれるように。

「リモートで操作できるトリガーはない」ハリソンの顔が怒りで赤く染まった。

金属の詰まったポケットをすべて切り裂く。

「時間を無駄にしてしまいました」

「どういうことなの、ハリソン？」

彼がまっすぐにこちらを見る。「わかりませんか」

私はわからないと首を振った。

「ガブリエルの狙いが大勢を殺すことだったら、こんなふうに簡単に釘やら破片やらを取り除けるのはおかしいでしょう」

ハリソンは爆薬の入ったポケットを見ていた。何かを探している。彼の目は導線をたどってあちこちに動いた。やがて爆薬の詰まったポケットの一つを注意深く開いた。指で導線をたどる。彼の目はそこに隠された意味を分析している。

「くそ、やられた」爆薬の塊を取り出し、雷管を抜き取ると、柔らかな塊を握りつぶした。

「粘土です」

その塊を地面に投げ捨てる。手早くほかの三つのポケットを開く。「ただの粘土だ」

その三つも投げ捨てた。私は彼が触らなかったポケットを見下ろした。「この一つを除いて」

ハリソンがうなずく。「そうです」

「これは私を殺すため」

「そしてトリガーはあなたです」

「モーションセンサーね」

「日記のあなたとレーシーが死ぬくだりを読んで、あなたはコロラド・ブールヴァードで死ぬのだから、ほかにも大勢が死ぬんだろうと決めつけていた」ハリソンは私を見つめている。

「殺そうと思えば何十人も殺せたのに、本当に殺そうとしてるのはあなただけというのは――？」

私は少し考えてから答えた。「私以外の誰も殺す必要がないから」

「どうして？」

「テレビよ。私たちはあらゆることをテレビを通じて経験する。世界の二億人が、パレード中継を通じて、彼を自分たちの居間に招き入れることになる。私が死ぬのを見て、二億人が彼を恐れるようになる」

身の毛のよだつ真実がふいに見えた。

「選べ」私はささやいた。

ハリソンが不安げに私を見る。

「彼は、私がほかの人を巻きこむまいとすることを恐れた。だから選択肢を単純にした。私が迷わず一つを選ぶような選択肢を用意したのよ。娘の悲鳴を聞くか……悲鳴を止めるか」

尾根を見上げた。パレードを見物しようと会場に向かう人々の列。ガブリエルの歪《ゆが》んだ欲望にふいに焦点が合った。

「連続殺人者は、暴力行為に親密さを求める。ガブリエルは言葉で殺そうとしていた。言葉だけで。恋人のように、耳もとで言葉をささやくことで。それ以上に親密な行為はないわ。そして大勢がその結果を目撃し……彼を恐れる。これ以上の力はない。彼はすべてを手に入れるの」

目の前に広がった新たな風景を解釈しようと、私たちは見つめ合った。

「監禁されていたのがどこかわかりますか」

私は首を振った。「どのみち、レーシーはあそこにはいないと思う。きっと私にとって意味のある場所に連れていったはず。私たちに自分の圧倒的な力を見せつけることができる場所……私が彼の言うとおりにする理由になるような」

「でも、どこなんです？」

谷を見回す。斜面に点在する民家。

「自宅」私はハリソンに向き直ってささやいた。「私の家族の一員になったみたいな気分だと言ってた」

ディテールが猛烈なスピードで飛んできては背後に去っていく。

「発見されたとき、レーシーの車にはガレージを開閉するリモコンは残ってた？」

ハリソンは少し考えたあと首を振った。「目録に記載されてた覚えはありません。でも、ご自宅には警備の者がいます」

「電話を貸して」

ハリソンから電話を受け取って、自宅にかけてみた。呼び出し音が四つ。留守電が出た
――〈アレックスとレーシーです。メッセージをどうぞ。〉

発信音が鳴る。誰も電話を取らないまま、メッセージ録音用のテープが尽きた。

「車にいるとか」ハリソンが言った。

しかし、まだ何か見逃している。この数日というずたずたの布に隠された何か。

「留守電」

「留守電がどうしたんですか」

「レーシーがさらわれる前、自宅に電話してメッセージを残したの。でもレーシーは録音されてなかったと言った。私も確かめたけど、確かにメッセージは残ってなかった。あの時点でもう、彼はうちに侵入してたのね。彼がメッセージを消したのよ」

ベストを見下ろす。「これを解除するのにあとどのくらいかかる？」

ハリソンは首を振った。「間に合いません」

「じゃあ、慎重に動くしかないわね」

ハリソンが私を見る。その目の奥で、あらゆる可能性が検討されている。「ええ、ご、ごく慎重に」

顔を上げると、ハリソンの背後にチャベス本部長が立っていた。言うべき言葉を探しているものの、どこにも見つからないらしい。ベストを見やり、次に心配があふれ出しそうな目で私を見た。「時間がないぞ。パレードの開始を遅らせてもらうか」

「遅らせれば、レーシーが殺されます」

驚愕、続いて安堵《あんど》。「生きてるんだね？」

私はうなずいた。本部長は私をじっと見つめた。疑念を完全には手放していない。レーシーが生きていると信じたくないからではなく、警察官を三十年もやるころには、疑念はいつ何時《なんどき》も傍らを離れない伴侶になっているからだ。

私は写真を差し出した。「フィリップは死んでいません。彼がガブリエルです」

本部長は、グランドキャニオンを初めて見た観光客みたいに身動きを止めた。

「ガブリエルが自分をキャスティングしたもっとも演じ甲斐のある役は、テロリストではなく、被害者でした」私は言った。「私たちは作り話を追いかけていたんです」

「彼を見たのか」

「いいえ」

「とすると、勘で言ってるのか」

「僕も警部補と同じ考えです」ハリソンが言った。

私はウィンドブレーカーを本部長に渡した。「女性警官にこれを着せてコロラド・ブールヴァードを歩かせてください」

「手配しよう」

「指示を受ける携帯電話と、私のと同じ色のスラックスが必要です」

本部長がうなずく。

「SWATはどこに？」

「ほかの者と一緒に、コロラド・ブールヴァード沿いで待機してる」

「そこから何人借りられますか」

本部長は私の顔をしげしげとながめていたが、まもなく私が言わんとしていることを察したらしい。「やつはパレードには来ていないと思うんだな」

私はうなずいた。「レーシーを自宅に連れていったんだと思います」

「確かなのか」

「いえ、確信はありません。もし私の勘が外れていれば、娘を失うことになるでしょう」

「アレックス。準備は万全だ。こっちに賭けるほうが確率が高い」

「つまり、一人も借りられない。そういうことですね。単なる勘に人員は割けない」

本部長は肩越しにヒックスを見やり、一つ息を吸った。

「彼は娘を殺そうとしてるんです、エド。自分の勘に従うしかないんです」

レーシーのたくましいラテン系の名付け親は、テキーラをあおるみたいに大きく息を吸った。SWATを引き揚げさせて、もし私が間違っていたら。パレードで何かが起きたら……本部長にすべての責任が降りかかる。被害者全員の葬儀に出席しなければならない。三十年積み上げてきたものが崩れ去る。周囲からは白い目で見られる。そんなリスクを冒してくれと懇願することはできない。私のために。レーシーのためでも。

「ハリソンと私で行きます」私は言った。

本部長は首を振った。「待て、一人なら貸し出せる。私だ」

26

ハリソンが運転する車はマリポサ・ストリートに入り、歩道際に寄って止まった。蔦やアイスプラントに縁取られた坂道の四分の三ほど先、左側に、私の家がある。すぐ前の通りに覆面車両が停まっている。本当ならさっき私たちの電話に応答したはずの制服警官の姿はない。

「車にもいないか」ハリソンが言った。それから私を見た。「朝刊もまだドライブウェイにある」

チャベス本部長が双眼鏡で家の前面を偵察している。「どの窓のカーテンも閉まってる」

「出るときは開けっ放しだったのに」

私は自分の家を見つめた。子を授かり、生まれたばかりの娘を病院から連れ帰った家とは思えない。私の家がここであるわけがない。見せかけだけの鎧戸《よろいど》、黄色い塗料。郊外に暮らす子を持つ親として世間並みのことをしてみようという無謀な計画のなれの果てであるみすぼらしい薔薇の花壇。何もかもが、この十八年、毎朝見てきたとおりだった。しかし、どこも変わっていないということが、今朝はかえって空恐ろしく感じられる。あの内側を、すべての子どもが怯える悪夢がベッドの下から這い出して徘徊《はいかい》しているのだ。

「いまから二分後に、F15戦闘機が何機かパレードのルートに沿って飛ぶ音が聞こえるはずだ」本部長が言った。「その二分後に、先頭のマーチングバンドが角を曲がって行進を始め、十万人の見物客が歓声をあげる」

すべてが加速していくのがわかる。置いていかれそうだ。息をする余裕がほしい。だが、止めることはもう誰にもできない。

「四分」私はつぶやいた。耳で聞いて確認しなければ現実とは思えない。

「で、どういう手順で入る?」本部長が訊く。

「ガレージの北側にドアがあります」私は説明した。「そっと開閉すれば、家のなかからは聞こえません。ガブリエルは、きっと私の寝室か娘の部屋に、娘と一緒にいるでしょう。おそらく娘の部屋です」胸にくくりつけられたモーションセンサーに目を落とす。「万が一の場合はどれくらい離れれば……」それ以上は言えなかった。

ハリソンと本部長がぎこちなく視線を交わす。それからハリソンが爆弾を見つめ、その破壊力を瞬時に弾き出した。「屋外では、三メートル以内にいれば重傷を負うでしょう。屋内では条件が変わります。爆風でものが飛ばされますから、危険は増大します」

スウィーニーの家の玄関で、破片の暴風雨に一瞬にして呑みこまれたデイヴの姿が脳裏に浮かんだ。「ガラスやドアが粉々になる」私はつぶやいた。

ハリソンの顔に、葬儀の参列者みたいな表情が浮かぶ。葬儀にやってきて初めて、死というものを実感したみたいな。「家のなかのあらゆる物品が凶器になります。スプーン、ペン、コーヒーカップ……何もかも」

腕時計を確かめる。ふいにそれさえも凶器に見えた。うまく言うことを聞かない手でシートベルトを外し、車から降りようとした。チャベス本部長の大きくてたくましい手が優しく、だがしっかりと私の手首をつかんだ。目が合った。本部長の目には、私を殺人課の課長に任命したときと同じ、強い確信があった。

「頼む。やめてくれ」本部長は静かに言った。

かなたの空から、F15戦闘機の低いエンジン音がかすかに聞こえ始めた。勢力を増しながら近づいてくる嵐の気配に似ていた。通り道を邪魔すれば、何であろうとなぎ倒してやるぞと威嚇している。私は腕時計から手を離し、本部長の手に触れようとした。だが、できなかった。

「三メートル」小さな声で自分に念を押し、手を引っこめた。私はもう本部長の世界の一員ではない。警察官の世界という、とうに感受性を失った世界の一員ですらない。誰が何を言おうと、何をしようと、私を完全にそこに復帰させることはできないのだ。

「そろそろ彼から電話がかかってきます」私は言った。

本部長は引っこめられる私の手を見つめていたが、私たちのあいだにはいまや越えがたい深い溝が出現したことに気づいたのか、悲しげにうなずいた。「ジェームズ巡査がコロラド・ブールヴァードを歩く役を買って出てくれた。ガブリエルの指示は私が巡査に伝える。巡査はそのとおりに動く。

「電話がかかってきたら、ガレージから入りましょう」

ハリソンが車を発進させ、行き止まりになった通りの先に向かった。右側の三軒めの前を通り過ぎようとしたとき、亡くなった夫の不倫相手、歯科医の妻が青いバスローブに黄色の室内履きという姿で朝刊を取りに出てきた。顔は青白く、二日酔いの人みたいにまばゆい朝日に目を細めている。こちらを一瞥したものの、私に気づいてすぐに視線をそらした。私が不倫を知った日以来の習慣だ。私としては、罪悪感ゆえの行動と思いたいところだ。羞恥《しゅうち》ゆえならなおさらいい。だが、実際のところは、不倫などなかったふりをしたいだけのことなのだろう。そしてたぶん、私の顔さえ見なければ、彼女の世界では不倫はなかったことになるのだ。

外観には、私の家のなかで起きているであろうことを示唆するものは何一つなかった。このブロックのどの家と置き換えてみても違和感はないだろう。どの家も似たり寄ったりで、一軒だけ浮いていたりはしない。寝室が三つの田舎風の平家、その隣は寝室が四つの田舎風の平家、その隣は斜面を利用した中二階のある家。すべてはいまや私とは無縁のもの、私はもはや属していないご近所感覚の一部だ。

ハリソンは行き止まりで車の向きを変え、私の家の北側二軒めの住宅の前で停めた。三人そろって車を降り、銃を抜いて、その手をさりげなく体の脇に沿って下ろすと、二軒の家の前庭伝いに私の家のガレージのドアに向かった。

はるか下方、谷の底から、パレードのルートの上空を飛ぶジェット戦闘機の音が、しだいに音圧を増しながら雷鳴のように轟いた。周囲の家々の窓ガラスがびりびり震えた。私の家の敷地の始まりを示す縦に割った丸太の柵を乗り越える。片目で柵を、片目でモーションセンサーのなかでゆらゆら揺れている液体を見やりながら。柵から四歩。三人並んでガレージの外壁に背中を押し当てた。

私の息は、二キロくらい全力疾走してきたみたいに弾んでいた。心臓は胸に縛りつけられた爆薬の塊に体当たりを食らわしている。二度大きく深呼吸をし、山々を見上げた。標高千五百メートルの頂はうっすらと雪をかぶっていた。

「それは完璧なほど美しい朝だった」私はつぶやいた。

ハリソンが不思議そうにこちらを振り返った。

「悲劇の起きた日のことって、かならずそんなふうに書かれるでしょう」

ハリソンはしばらく私を見ていたが、やがて遠い地平線に目を移した。「かならずでもありませんよ。雨が降ることもあります」静かな声だった。

ジェット戦闘機の轟音《ごうおん》はピークに達し、まもなくかなたに消えた。そのあとにはぎこちない静寂が残った。小鳥の声も聞こえない。車の音も、音楽も聞こえない。眼下の街の九百万人の生活の気配というホワイトノイズも聞こえない。私は鍵を取り出し、そっと鍵穴に差しこんだ。「私が先頭で入ります」

本部長が首を振った。「許さん」

「ガブリエルが私たちがここに来ることを予期していないなら、私を見ればためらうはずです。爆弾を着けてるんですから」

本部長がどっちつかずの表情をする。

「彼の最大の悪夢は、支配権を奪われることです。被害者が優位に立つことです」

「つまりきみが、か」

私はうなずいた。

「一瞬だけこちらが有利な隙が生まれます。ただ、本当に一瞬でしょう。レーシーをお願いします」そう言ってハリソンを見やった。「二人であの子を……何があっても助けてください」

二人はしぶしぶながらうなずいた。私はベストのポケットから携帯電話を取り出した。本部長はジェームズ巡査に電話をかけている。巡査は即座に応じたようだ。二言三言交わしたあと、本部長がこちらに顔を向けた。「開始まで一分を切った」

胃がぐっと締めつけられた。深呼吸をしようとしたが、肺は新鮮な空気の受け入れをあからさまに拒絶した。モーションセンサーと、ベストに巻きつけられた導線を見下ろす。一つ息をするたび、一歩進むたび、それは思いがけず生き延びたことへのボーナスのような気がした。上空にそびえる山々をもう一度見上げようとしたとき、向かいの家の芝生に一頭の鹿が立っていることに気づいた。背中から左の後ろ脚にかけて、深紅色の乾いた線が走っている。左脚は折れているようだ。きっと自動車に撥《は》ねられたのだろう。目は、見慣れた表情を浮かべていた。いまここで私が鏡と向き合ったら、そこに映っているであろう表情。目を閉じて、空気を強引に肺に押しこんだ。次に目を開いたとき、鹿は消えていた。

「チャンスはほんの一瞬です」私は念を押すように言った。「ジェームズ巡査が走りだしたのに爆発が起きなければ、ガブリエルは娘を殺すでしょう」

それが合図になったかのように、私の手のなかの電話が鳴り始めた。「くたばれ」私はささやいた。ベルが六度鳴るのを待ってから、電話に出た。

「覚悟はいいか、警部補?」ガブリエルが言った。

私は鍵穴に差しておいた鍵をつまみ、ゆっくりと回した。

「スタート地点にいるわ」

「音楽は聞こえるか」

「音楽?」

本部長がジェームズ巡査に音楽は聞こえているかと尋ねたあと、私に向かってうなずいた。

「いま聞こえ始めたところ」私は答えた。

そろそろとドアを開け、ガレージの様子を確かめた。いつもの匂いがそろっていた。園芸用具の甘い香り、ごみのつんとくる臭い。だが、ほかにも何かあった。前にはなかった何か。死を連れてくるもの。

「ここで銃を発射したようです」私は小声で言った。

暗さに目が慣れるのを待つ。やがて、いつもならレーシーの車があるはずの場所に、アームド・レスポンスのパトロールカーが停まっているのが見えた。銃口をガレージのあちこちに向ける。何もない。

「レーシーと話がしたいわ」

「あとでさせてやるさ」

ガレージの奥に家に入るドアがある。そのドアはほんのわずかに開いており、ナイフの刃のように細い光が暗闇を切り裂いていた。パトロールカーの向こう側に回ってドアに近づく。ハリソンと本部長が両側に陣取った。家のなか、奥のほうの部屋から、テレビの音が聞こえていた。

「いま演奏してるのは何て曲だ、警部補?」ガブリエルが私を試すように訊く。

最初の曲はたしか毎年同じだ。「『海兵隊の歌』」

「電話をバンドのほうに向けろ。俺にも演奏を聴かせるんだ」

私は送話口を覆った。「ジェームズに、電話をバンドのほうに向けるように伝えてください」

本部長が巡査に指示をしたあと、電話をこちらに向けた。マーチングバンドの演奏がちゃかちゃかと聞こえている。私は自分の電話の送話口を本部長の電話のスピーカーに押し当てた。ガブリエルにもちゃんと聞こえるだけの時間、だが、何か変だとは気づかれないだけの時間。

「聞こえた？」

返事は沈黙だった。

「ほかにどうすればいいの？」

やはり返事はない。私は本部長を見て首を振った。「怪しまれてるのかも」

私はキッチンに入るドアを押し開けようと手をかけた。そのとき、血の小川が目に入った。鉛筆ほどの細い細い川。その川は屋内から流れ、戸口でダムを作っている。そのダムから階段の一段めにしずくがぽたり、ぽたりと滴っていた。心臓が喉元まで跳ね上がった。まさか。まさか。急いでドアを押し開けた。しかし、途中で何かにぶつかって止まった。銃を構え、室内側からの何らかの反応を待った。だが、何もない。

「次にどうすればいい？」私は電話に向かって言った。

答えは返らない。テレビから流れるマーチングバンドの演奏がかすかに聞こえるだけだった。

音を立てないようにドアの隙間からキッチンをのぞいた。ブーツの底が見えた。それがドアの開閉を邪魔していた。電話に応じるはずだったパトロール警官が、不自然な角度に曲がった片脚を体の下に敷くようにして仰向けに横たわっていた。重たげなまぶたをした目は天井をうつろに見上げている。右の眉のすぐ上に、十セント硬貨よりも小さな穴が空いていた。脈拍を確かめるまでもない。きっと自分を殺した人物の顔を見る暇さえなかっただろう。無人の家を警護するのに飽き、うんざりし始めたころ、ガレージのドアが開く音を聞きつけて、軽い気持ちで様子を確かめにきたのに違いない。銃口から放たれた閃光は見えたかもしれないが、彼の目に映ったものはそれが最後だったろう。自分を殺した銃声を聞くこともなく、自分の身に何が起きたかを知ることもなく、即死した。この若者は、たしかベーカーという名前だった。ブリームの生花店からの通報で最初に駆けつけたパトロール警官だ。テレビのインタビューを受けてるみたいなしゃべりかたをしていた青年。

チャベス本部長が私のすぐ後ろに立った。信じられないといった顔で死体を見つめている。本部長になって以来の殉職者はたった一人だった。そしていま、二人めを前にしている。本部長の目に悲愴《ひそう》な色が即座に浮かんだ。肩をがくりと落とし、目を閉じて、胸の前で十字を切った。

私は死体から目を上げた。ガスレンジの火がつきっぱなしだ。薄暗いなかで青い炎がほのかに輝いている。鍋などは載っていない。ガスのしゅうという音は、襲撃のために身を縮めた蛇が発する威嚇の声に似ていた。

一瞬その炎を見つめていたあと、ダイニングとリビングルームに続く廊下に視線を移した。死体をまたぎ越え、キッチンのタイルの床に足を踏み出す。リビングルームを照らしているのは、カーテン越しに射すほのかな陽の光だけだった。その部屋で浴びる朝日はいつも温かく感じた。だが、暴力は、それをグロテスクなものに変容させた。おいでと私を誘っているように見える。部屋のなかの家具は、この家の本当の目的を隠すための小道具だ。ハリソンが隣に来た。アドレナリンが目をぎらつかせている。こめかみに汗が光っていた。

「いやな予感がしますね」

私はリビングルームをのぞきこんだ。背もたれの高い読書用の椅子、ミッション様式のソファ。その向こうの暗い廊下。廊下の先から、テレビの音がかすかに聞こえている。この家は知り尽くしているはずなのに、初めて足を踏み入れたかのように感じた。

「罠《わな》の予感がするってことでしょう」私はささやき返した。

ほかの家で、ほかのリビングルームで、ほかのキッチンで、ほかの寝室で、同じものを見てきた。家庭が悪夢に変わり、そこから逃げるしかなくなった痣《あざ》だらけの女性たちの目に、同じものを見てきた。

「コロラド・ブールヴァードに出ろ」ガブリエルの声が聞こえた。

私はベーカーの傍らに膝をついている本部長を見やった。本部長は顔を上げ、立ち上がった。私はうなずいた。

「巡査に歩きだすよう言ってください」

本部長が指示を伝える。私は深呼吸をし、グロックを握り締めた。

「歩きだしたわ」

カーペット敷きのダイニングルームに入り、キッチンを振り返った。本部長はガスレンジの青い炎に見入っている。

「あんたに聞かせたいものがある」ガブリエルが言った。

「何？」

「娘が死ぬ声だ」

「やめて」

「走れ」

私は本部長のほうを振り返った。本部長はガスレンジの火を消そうとしている。

「巡査に指示を」私は早口に言った。

本部長がつまみを回す。青い炎はかちりと音を立てて消えた。

「速く」ガブリエルが言う。「もっと速く」

私はリビングルームに入ろうとした。本部長もついてこようとしたが、何か物音が聞こえたのか、振り返ってガスレンジを見た。ハリソンが手を上げながら、首を振った。廊下の先から悲鳴が聞こえた。

「ママ、助けて」レーシーの叫び声。

ハリソンがチャベス本部長のほうに戻り始める。手と首を振っている。「危ない」

「あ」本部長が驚いたようにつぶやいた。

それからこちらを向いた。次の瞬間、キッチンが爆発し、まばゆい白い光に包まれた――本部長も一緒に。ハリソンの体が宙に浮き、ダイニングルームの椅子を後ろ向きに飛び越えた。私はとっさに顔をそむけようとしたが、天然ガスの青く燃える指が部屋を横切って伸びてきて、砂漠から吹く乾いた熱風のように私の頬に触れた。太陽をじかに見てしまったときに似た痛みが目を貫いた。耳に届いたのは、食器棚から食器が硬い雨のように床に降り注ぎ、割れる音だけだった。

私は電話から手を離し、飛んでくる破片からモーションセンサーを守ろうとしたが、そのときにはすでにすべてが終わっていた。倒れた椅子の山に埋もれたハリソンが、蜘蛛《くも》の巣から逃れようとしているみたいにもがいている気配がかすかに聞こえている。細かな塵がキッチンからふわりと漂って、すべての表面を雪のように覆った。私は床に膝をついていた。だが、いつその姿勢を取ったのか、記憶がない。モーションセンサーを確かめようとしたが、視界の真ん中に鈍く輝く光の円盤が浮かんでいた。厚手のガーゼを目にかぶせたみたいだった。ほとんど何も見えない。視界の周辺ではぼんやりとした形や色をとらえられるが、真ん中は……真ん中はない。ただ鈍い灰色の光があるだけだ。

モーションセンサーのガラスのシリンダーに触れてみた。ぎざぎざした縁が指先に触れた。ひびが入っている。次の爆発を待った。そのまま忘却の彼方に送りこまれるのを待った。だが、爆発は起きなかった。頬に湿った感触が伝っている。手で確かめると、キッチンのほうを向いていた耳から血が流れていた。

ハリソンを最後に見た場所に顔を向けた。「見えないの」そう言ったが、自分の声も聞こえなかった。

ハリソンが返事をしたのだとしても、それも聞こえなかった。

立ち上がって寝室に通じる廊下のほうに向きを変えた。地中深く下っていく洞穴にしか見えない。私の視界に映っているのは、大きな丸い暗闇が一つと、それを囲むほのかな光だけだった。

その暗闇のなかで、何かが動いた。

「撃つわよ」私は大声を張り上げ、グロックを構えた。

暗闇は脈動しているようにも見えたが、そこから出てくるものはない。

廊下の見取り図を頭に描く。長さは十二歩。一歩踏み出した。脚が萎《な》えて倒れかけたが、どうにか力を取り戻した。銃は信じられないくらい重たく感じられた。目の前の闇に狙いを定めようとするだけで手が震える。

一歩、また一歩。床の上の何かの破片を踏みつけて足が滑った。ベストの重量に肩を引っ張られて転びそうになる。危ういところでバランスを取り戻した。

両手で銃を支え、黒い円をじっとにらみ据えながら、壁に沿って進む。

息をする。もう一つ。

バスルームの前に来ると、ドアを押し開けた。視界の外辺ににじんだ輪郭を描いている淡い黄色のシャワーカーテンは、空中に浮かんでいるみたいだった。銃を左右に向けつつ、空いているほうの手で視界の中央の空白を探る。

誰もいない。

向きを変え、グロックをレーシーの部屋に向けた。視界の下端に、ドアの下の隙間から漏れる鈍い光がかろうじて見分けられた。テレビの明滅するような青みがかった光にも似ている。手でノブを探し当て、全身の力をかき集めると、勢いよくドアを開けた。部屋の真ん中でテレビの画面がほのかな光を放っているようだ。視界の外周に焦点を合わせるようにしながら、銃を左右に向けた。動くものはない。音もない。といっても、何も聞こえないのは、私が聴力を失っているせいなのか、本当に何の音もしていないからなのか、判然としない。一歩なかに入る。床の上の何かにつまずきそうになった。心臓が早鐘のように打ち始めた。

「レーシー」声がかすれた。胸のモーションセンサーを傾けないよう、上半身を直立させたまま床に膝をつき、その何かを手探りした。タフタ。コンテストで着たドレスだ。布地を手のなかにかき集める。そうやって娘の持ち物をすべて集めれば、娘を守れるとでもいうみたいに。しかしふとその愚かさに気がついて、ドレスを床に落とした。

廊下に出て、今度は突き当たりの私の寝室に向かった。右手の壁に家族の写真が並んでいる。左手に銃を持ち直し、右手で額を数えていく。一歩進む。家族の歴史を一つさかのぼる。その繰り返し。耳から流れた血が顎の先から滴ってシャツにぽたりと落ちた。爆発で空中に撒き散らされた小さな塵の粒をいっぱいに含んだ汗の粒が目を痛めつける。廊下は私の足もとから完璧な暗闇へと転がり落ちていこうとしているように見えた。

ドアを探して手を前に伸ばす。手はまるで切断されたかのように目の前の闇に消えた。私は壁に背を当ててもたれ、目の周りの汗と塵を拭ったが、それで解決することではなかった。

息をして。深呼吸を一つして、よし、行こう。

背中に額縁の感触がある。その形から、幼いレーシーが父親に肩車してもらっている写真だとわかった。

心臓の音が耳の奥で轟いている。まるで拳《こぶし》を壁に叩きつけているみたいな音だ。モーションセンサーに指を触れてみる。シリンダーを震わせている自分の鼓動が、点火された導火線のように思えた。

「あいにくだけど、私はまだ生きてるから」そうささやいた。

暗闇のなか、私の顔から十センチと離れていないところを何かが通り過ぎたように見えた。銃を持ち上げて暗闇を探る。インクのなかを動かしているようだった。何もない。

壁を手探りし、戸枠をたどってノブを見つけた。どのくらい時間が過ぎただろう。三十秒？　一分？　とにかく時間がかかりすぎている。

一息にノブを回し、目の前の暗闇に飛びこんだ。ドアが勢いよく開くと同時に、ほのかな光の薄板が突進してきた。寝室は、コロナに縁取られた淡い灰色の広がりでしかなかった。部屋のあちこちにグロックの銃口を向けながら、動くもの、色のあるもの――ガブリエルの位置を教えてくれる手がかりを探した。

「レーシー！」私は叫んだ。

声が聞こえて、私は勢いよく右を向いた。テレビ画面のにじんだ輝きが、一、二メートル先に浮かんでいる。

「レーシー、どこなの？」

背後からくぐもった叫び声が聞こえた。振り向いて、私の目には探せないものを見つけようと手を精一杯伸ばし、声のするほうに近づいた。一歩。もう一歩。まだ何も見つからない。

「レーシー。声が出せるなら聞かせて」

猿ぐつわを嚙まされているのだろう、かろうじて聞き取れるかどうかの細い声が聞こえた。

「レーシー。お願い、もう一度」

さっきより格段に弱々しい声。

その声のほうに一歩踏み出したとき、うなじに温かな空気が吹きかかった。振り向いて、目の前の灰色の空間にグロックを持ち上げる。

「あなたの正体はわかったわ、ガブリエル。ああ、フィリップと呼ぶほうがよかったかしら？　あきらめなさい。この家は数分以内に完全に包囲されるわ」

視界の右側が乱れた。私は銃をそちらに向けて引き金を引いた。テレビの画面が破裂した。ガラスが砕け、空気が噴《ふ》き出す。

私は一歩下がり、銃を左に向けた。「ハリソン！」声を張り上げる。

ガブリエルの安物のアフターシェーブローションの香りがすぐそばを通り過ぎた。私はそれを追いかけて向きを変えたが、私の目は何もとらえられなかった。

そのとき、頰を指先でなでられた。

向きを変えたが、しまったと思ったときにはすでに遅かった。私はトリックに引っかかって、彼がいるのとは反対を向いてしまっていた。彼は真後ろにいる。冷たい感触をした手が私の喉をつかみ、もう一方の手は、私の銃を握っているほうの手をしっかりと押さえた。

「あんたは最後まで選ばなかった」耳もとで彼の声が聞こえた。

喉をつかんだ手に力がこもった。尖《とが》った爪が皮膚に食いこもうとしている。

「なあ、俗信は事実なのか？　目が見えないと、ほかの感覚が刺激過多で爆発しそうになるほど敏感になるのか？　恐怖の匂いはどんなだ？　暗闇は心細いか？」

「地獄に堕ちなさい」

「地獄を出現させる場所は選べるものなんだよ、警部補。たとえば寝室、キッチン、ごみ集積器……病院はとりわけ地獄向きだ」

「あなたは死ぬのよ。そしてあなたの計画は、一つも実現しないまま終わるの。あのお粗末な日記とやらに書いてたとおりには絶対にならない。全世界があなたを恐れることはないの。あなたの名前さえ知らないのよ。あなたは失敗した」

喉に巻きついた彼の手にいっそう力がこもった。「俺の何を知ってるつもりでいるんだ？……何もわかっちゃいないくせに！」その声は怒りで震えていた。

「いいえ、知ってるわ」

倒した獲物を見下ろす肉食獣のように、彼は二度、浅い呼吸をした。私が想像していたよりもずっと力が強い。ガブリエルは私の銃を握っているほうの手を肩越しに後ろに向けさせると、銃口を自分の額に押し当てた。「殺せよ。引き金を引け。地獄が俺を待ってる」

私は引き金にかけた指に力を入れようとしたが、思い直した。こんなに単純なはずがない。こんなに潔い終わりであるはずがない。この男は、今度はいったいどんなゲームを始めたのだ？

「やめておく」私は言った。

彼は私の体をぐいと引き寄せると、耳もとに唇を近づけてささやいた。「命を奪うのがどれほど簡単なことか知ってるか。どうか命を取ってくれと必死で懇願する人間のほうが多いことを知ってるか」

私は銃をしっかりと握り直し、彼のこめかみに強く押しつけた。

「あんたの娘にくくりつけたタイマーからは導線が三本出てる」

頬に押しつけられた彼の首筋の脈を感じる。ゆっくりと打っていた。脈拍は少しも速くなっていない。まるで爬虫類《はちゅうるい》のそれのようだ。

「正解の導線を引き抜けば、娘は死なずにすむ。間違った導線を引き抜けば、あんたは自分の手で娘を殺すことになる」

銃口をいよいよ強く彼のこめかみに押しつけた。

「やりたいんだろう、え？　実感したいんだろう。あんたは力を求めてる。人間はみんなそうだ……ほら、殺せ……俺の頭に弾丸を撃ちこめよ……仲間が増えると思うとわくわくする」

私の指がじりじりと引き金を絞っていく。「もうゲームにはつきあわない。どの導線か言いなさい」

彼が首を振る。「まったく、あんたはどういう母親なんだ？」

来た。私が答えを知らない最大の疑問。

「どの導線なのか教えなさい。さもないと――」

「あんたは自分の子を殺すわけだ」

「あなたを信頼していい理由が一つでもある?」

「あんたの家族に迎え入れられて嬉しかったことかな」

「あなたなんか家族じゃない」私の指は引き金から離れた。

「タイマーの残り時間は二分だ……ああ、もう二分を切ったな」

「かならず見つけ出すから」私は低い声で言った。

彼の顎の筋肉に力が入るのがわかった。「別の人間になった俺をか?」彼は笑っている。「残り三十秒になったら、レーシーの部屋のあの少女趣味な電話にかけて、正解を教えてやる」

彼の手が喉と手首から離れた。

「もちろん、出ていく俺の背中を撃つのは勝手だ……どうするかはあんたが決めるんだな」

ほんの一瞬、彼の体が私の背中に押しつけられた。次の瞬間、その圧力は消えた。私はほんのつかのま、凍りついたように立ち尽くしていた。彼の言葉が頭のなかをぐるぐると駆け巡っている。やがて振り返ると、グロックを持ち上げた。ぼんやりとにじんだ役立たずの視界は、そよ風に吹かれたカーテンのように揺らめいていた。耳を澄ました。何の音も聞こえない。匂いはどうだろう。ブルートのアフターシェーブローションの香りを探す。だが、空気も私の視界と同じく、ただ灰色で空っぽだった。

銃を廊下の暗闇に向け、いつでも引き金を引けるよう指に力を込めた。

「ガブリエル！」そう叫ぶ。

廊下に空いた柔らかな暗い円の真ん中に狙いを定める。

何の気配も返らない。

そのまま待った。床板がきしむのを。光の模様が変化するのを。銃を持つ手の筋肉が張りつめた。やがて私は一つ息を吐くと、銃を下ろした。

彼はもういない。

私の意識は、ほんの一時《いっとき》廊下に未練を残していたが、すぐに寝室に戻った。「レーシー？」

私の視力は、回復するどころか、悪化の一途をたどっている。視界を縁取るぼやけたコロナは、いまやまばゆい光のプリズムに変わっていた。

「何か音を立てられるなら立てて」

体を縛っているものから逃れようと体を伸ばしたのか、床板がきしむかすかな音が聞こえた。私は手を伸ばし、音の聞こえたほうに歩きだした。娘がよちよち歩きを卒業して以来、嗅いだ記憶のない香りが空気を満たしていた。我が子の甘く、完璧な香り。

つい急ぎ足になった。その拍子に、床にあった何かに足を取られてよろめいた。肩にずっしりと食いこんでいるベストの重みを忘れていた。転ぶと覚悟した。床につくつもりで手を前に伸ばした。その手が思いがけずベッドの支柱を探し当てた。しっかりとつかんで体を支える。息をひそめ、センサーのなかの液体が傾いてワイヤを露にした証《あかし》を待った。白い閃光と、それに続く無を待った。

「お願い」私はささやいた。祈りを捧げる献身的な信者のように。最後に真剣に祈ったのはいったいいつのことか、思い出すことさえできない。ただ信じることは簡単だ。それは恋みたいなものだ。しかし、信仰は愛に似ている。存在を物理的に証明できない何かを信じることを求められる。

息を吐き出した。ワイヤはまだちゃんと液体に浸かっているらしい。

曲線を描く木製の支柱を離し、手探りしながら慎重にベッドの反対側に回った。

「どこなの、レーシー?」ささやくように言う。

ベッドの上をなでるように探ると、娘のデニムの懐かしい感触が見つかった。膝のすぐ上をダクトテープで縛られている。

華奢《きゃしゃ》な体をたどる。小さな爆薬の塊と起爆装置に行き当たった。私は凍りついた。それに触れた瞬間、手が震え始めた。不安や恐怖について知らないことはもうないと思っていた。だが、それは間違いだった。爆弾はテープでまとめられ、中世の飾り襟のようにレーシーの首にワイヤで巻きつけられていた。何か言葉をかけたかったが、声が喉につかえた。レーシーの体は恐怖で震えている。

「安心して。ママが外すから」

レーシーの顔を触って、口をふさいでいるテープを見つけた。娘の頬を伝った涙が私の指を濡らす。テープの周囲を指でなぞり、ワイヤがはみ出していないことを確認したあと、テープの端を爪で持ち上げて剝がした。レーシーは何か言おうとしたが、激しく泣きじゃくるばかりで言葉にならなかった。「ママ」

抱き寄せたかった。抱き締めたかった。だが、それはできない。額に張りついた髪をかきあげてやり、頰を優しくなでた。

「取って……これ、取って！」レーシーが泣き声で懇願する。爆弾ではなく、肌にくっついた寄生虫か何かみたいな言いかた。

「すぐ取ってあげる。でも、ママは目が見えないの。だから、手伝って……いいわね？」

レーシーがまたしゃくり上げ、それにつられて体が震えたが、すぐに全身をこわばらせると、弱々しくうなずいた。

「糞……ったれ」

「そうね……いかれた糞ったれだわ」

レーシーがまた泣きじゃくり始め、まもなく呼吸は浅く短くなった。私は娘が子どものころ、夜中にぜんそくの発作を起こしたときのように、胸にそっと手を置いた。「ゆっくり息をして。いい？　一度に一つずつよ……吸って……吐いて……吸って」

呼吸のリズムはゆっくりになり、苦しげな息遣いも治まった。

「その調子。じゃ、これを調べましょう。ママが触ってるものが何なのか、教えてちょうだい」

「わかった」それだけ言うのがやっとというような小さな声だった。

私は両手で爆弾の全体に触れてみた。大部分はテープで覆われているが、タイマーと思しき四角い物体がある。片側から二本、反対からは一本、導線が伸びていた。

「これ、見える？」

娘の息遣いはまたせわしくなった。

「ゆっくり。これが何だか教えて」

「その位置じゃ見えない……」レーシーはまだ何か言おうとしたようだが、そのままになった。

「いいのよ、大丈夫だから。導線は見つかった。それだけで大進歩よ」

「それ何？」

娘の視線を感じた。私の体に巻きつけられた爆弾を見ている。

「こっちの心配はしなくていいのよ」

「それも爆弾だよ……どうしよう」

レーシーは震えだした。そこで私は嘘をついた。

「ママのはもう解除してもらってあるから。いまはあなたの心配だけすればいいの。わかった？」

レーシーの部屋で電話が鳴りだした。

「どうしよう、どうしよう。ママ、急いで……急いで」

レーシーの声は怯えきっていた。私は見えないながらもできるだけ急いで廊下に向かった。

ガブリエルは、残り三十秒になったら電話すると言っていた。手でドレッサーをたどってその先のドアを見つけた。視界を縁取るまぶしい光のせいで、歩くとバランスを崩して転びそうになる。そこで目を閉じ、手で壁をなぞってレーシーの部屋のドアを探し当てた。

電話は部屋の奥、ベッドの向こう側だ。部屋の真ん中のテレビを迂回《うかい》した。床に投げ出されたドレスが足にからみついたが、かまわず歩き続けた。と、ドレスがベッドの脚に引っかかってしまった。

だめよ、だめよ。邪魔しないで！

足を力任せに引っ張った。布地が裂ける音がして、私を解放した。

何秒たった？　考えたくないほど。時間は飛ぶように過ぎていく。どんなに止めたくても、過ぎていく。

急ぎ足でベッドの向こう側に回り、電話に手を伸ばした。だが、勢い余って電話をベッドサイドテーブルから落としてしまった。とっさにかがんで拾おうとしたところで、体を傾ければ、モーションセンサーのなかの起爆用のワイヤが空気に触れてしまうことを思い出した。上半身をまっすぐ起こしたまま膝をつき、床の上を手探りして電話のコードを見つけ、それをたぐり寄せて受話器を拾った。

「どれ？」

「あと二十秒しかないぞ」ガブリエルが言った。

「どれを抜けばいいの？」

「青が見えないのよ！」

「青――私は目が見えないのよ！」

「知ってる……じゃあな、警部補。あと十五秒だ」

電話を放り出し、急いで部屋を横切ってレーシーのドレッサーの前に立った。手鏡があるはずだ――美人コンテストに応募するための変身の一環として買ったもの。あれがまだここにあるなら……

ドレッサーの上に手を滑らせた。コンテストに備えて買いそろえたほかの小間物が次々と倒れる。あった。縦二十五センチほどの大きな手鏡のなめらかな表面が指に触れた。私は前が見えないまま急ぎ足で部屋を出ると、廊下伝いに自分の寝室へと歩いた。

頭のなかでカウントダウンが始まっていた。十五。十四。十三。

暗闇のすぐそこに奈落の縁《ふち》があるような気がした。

ベッドに膝からぶつかった。手で娘の脚を探す。自分は何も見えないまま、タイマーがレーシーに見えるよう鏡の向きを調整した。

「青いのはどれ？」

「見えない――」レーシーが叫んだ。高所から転落した人がびゅうびゅうと唸《うな》る風の音に負けじと声を張り上げているみたいだった。

「青いのはどれか教えて。大丈夫だから」

「見えない――鏡が裏向きなの！　反対だよ！」

私は鏡をひっくり返した。

「もう少し上に向けて」

微調整する。

娘は体を震わせたかと思うと、泣きだした。

「レーシー、青いのはどれ？」

十。九……

「どうしよう」

「早く教えて！」

娘の声は敗北を認めたかのようだった。「全部青だよ」

恐怖に乗っ取られたのだろう、レーシーの体は波打つように大きく震え始めた。私は鏡を放り出し、手探りで導線を三本とも見つけた。

どれが正解だ？

ハリソンの姿を思い浮かべる。それぞれの導線の役割を理解しようとしているハリソン。どれがアースで、どれがトリガーで、どれが……わからない。見当もつかない。

八……七……

闇のなか、レーシーが過換気の発作を起こしかけているのがわかる。

考えて。頭を使って。何かヒントがあるはず。青が正解。どういう意味だ？

六……五……

「ママ」レーシーが泣いている。「怖い……怖いよ」

頭のなかを整理しようと試みた。ガブリエルならどんな仕掛けをする？　彼ならどんなゲームをする？　彼が演じた最大の役はテロリストではなかった。被害者フィリップだった。あの爆弾を膝に載せ、ハリソンがタイマーを解除しているあいだ、私をじっと見つめていた。あの目は笑っていた。俳優。彼には現実はどこにも存在しない。私たちは彼を捕《とら》えていた。なのに、そのことに気づかなかった。彼にとってこれはゲームだ。死を招きかねない狡猾《こうかつ》な罠だ。三本の導線、どれもが青……選べ。

四……三……

かなたでサイレンの甲高《かんだか》い音が聞こえ始めた。こっちに近づいてくる。私は三本の導線を握り締めた。

「死にたくない」レーシーが泣き声で言った。

二……

「愛してるわ、レーシー」

目を閉じて、気を迷わせる光のプリズムを追い出した。黄色いドレスを着たレーシーが見えた。両腕をいっぱいに広げて私に駆け寄ってくる。十歳のレーシー。五歳のレーシー。そして……レーシーが私を呼んでいる。両手で持った何かを私に見せようとしている。発見。謎。贈り物。

「青が正解」私はささやいた。

――……

部屋からあらゆる音が消えた。記憶の音さえも。私は両手に力を入れると、三本の導線を同時に引き抜いた。

――……――……――……

起爆装置が放つ目のくらむ閃光を待った。死が訪れる直前に襲ってくるはずの焼けるような熱を待った。だが、何も起きなかった。静寂のなか、一秒が過ぎ、二秒が過ぎ、三秒が過ぎた。これはガブリエルのシナリオのひねりなのだろうか。安堵と希望を味わわせたうえで、数秒後に爆発するのだろうか。三本を一気に引き抜くことで、私は自分と娘に死を宣告したのか。それとも自分と娘の命を救ったのか。どっちなのだろう。どうしたら確かめられるだろう。それとも、これは天才的な猟奇殺人者が実験用のラットに仕掛けた残酷なジョークなのか。私の恐怖はもう私のものではない。彼のものだ。彼は私の恐怖を好きにもてあそぶことができる。

「助かったみたい」私は言った。

「この音、何？」レーシーが言った。

「音――？」

そう訊き返したとき、私にも聞こえた。空気が噴き出す甲高い笛のような音。

「どこから聞こえてるかわかる、レーシー？」

「わからな――あ！」レーシーが叫んだ。

「どこからなの？」

「あたしの爆弾からだよ、取って、早く取って」

空気が噴き出す笛のような音はしだいに大きくなっていく。

「早く！」レーシーが悲鳴をあげる。

私は手を伸ばした。と、ゴムの風船が指先に触れた。レーシーの首に巻かれた装置から風船がふくらみ始めていた。子どもの玩具。まるでジョークの恐ろしい仕上げみたいだ。風船はどんどん大きくなって、やがて破裂したとき、爆弾も起爆するのだろう。私は両手で風船をつかみ、空気を押し出そうとしたが、止まらない。風船はふくらむ一方だ。笛の音も比例して大きくなっていく。

レーシーの呼吸はこれ以上ないほど乱れていた。何か言おうとしているが、息ができず、声が出ない。私の手のなかの風船の表面は完全に張りきろうとしている。まもなく、いつ破裂してもおかしくないほどぱんぱんになった。

「私たちはあなたの遊び道具じゃないのよ！」私は叫んだ。

レーシーの体が激しく震え、ベッドが揺れ始めた。

「やめて」私は言った。それから金切り声で叫んだ。「人でなし！」

風船が破裂する音が部屋に満ちて耳を聾した。そして静寂が訪れた。恐怖と希望がないまぜになった静寂。私は一つ息を吸った。もう一つ。そしてすべてを終わらせる二度めの、そして最後の破裂の瞬間に備えて身構えた。

だが、今度も爆発は起きなかった。

ゴムのかすかな匂いが空中を漂っている。風船の切れ端がちぎれた皮膚のように私の手首に張りついていた。私は五まで数えた。それから念のため十まで数え、ようやく本当に終わったらしいと思った。ほかにはもう何も起きなかった。

ガブリエルの大芝居はついに幕を下ろしたのだ。最後の場で使われたふくらむ風船の小道具は、彼が手を触れるだけで、あらゆる物体に——子どもの玩具《おもちゃ》にまで——恐怖が注入されることをあらためて痛感させた。私たちが無事に生きているのは、私が正しい選択をしたからなのか。それとも、彼が私たちに代わって選択したからなのか。その答えを知るすべはない。彼がどこからやってきたのか、なぜあのような人間になったのかを知るすべがないのと同じように。

手を伸ばして娘を探した。ようやく見つかると、しっかりと抱き締めて赤ん坊のようにそっと揺らした。レーシーは気がゆるんだのか、ふいに泣きだし、寒がっているように体を震わせた。

「あの糞った——」そう言いかけたが、言葉は泣きじゃくる声に呑みこまれた。

私は娘の頬の柔らかな肌を指先でなぞった。「もう大丈夫。彼にももう手は出せない」

そのとき、レーシーの肩がこわばった。首を振っている。「ねえ、胸のそのガラスの管から何かこぼれてる」

モーションセンサーに触れてみた。水銀の重たい粒が一つ、私の指から掌《てのひら》を転がって床に落ちた。

「やだ、それってまずいんだよね、そうだよね」レーシーの声はまたしても震え始めた。

心配いらないと言おうとした。だが、声にならなかった。息を吸いこもうとしてみたものの、空気はベストの抵抗に遭ったように肺に入ってこようとしない。私はレーシーの頬に触れたあと、体を離した。

「置いていかないで」

「危ないのよ――」

「いやだ！　置いていかないで！」

ベッドから下りたとき、ひびの入ったガラスからまた一粒、水銀が滴って転がった。レーシーはもう安全なのだ――私さえ離れれば。レーシーに危害を加える可能性のある唯一のもの、それは私だ。

「ほかの部屋に行かないと」

「いや、一緒にいて」

出口に向かった。レーシーが泣きだす。「ママ」

「愛してる」

「行かないで！」

「大丈夫だから」

「置いていかないで。一緒にいて」

「いられないの……」

最後の一言は唇から静かにこぼれ落ちた。私は娘に背を向け、廊下の形をした暗闇のほうに足を踏み出した。

「ママ！」レーシーの叫び声が追いかけてくる。「置いていかないで……ねえ……置いていかないで」

手探りで出口を見つけ、廊下に出ると、できるだけ急いで寝室を離れた。指先で家族の写真をたどりながら、リビングルームの鈍い光を目指す。ハリソンは、この爆弾は半径どのくらいの範囲に被害を及ぼすと言っていた？　娘は絶対に安全だと確信するには、どれだけ離れればいい？　三メートルだった？　五メートルだった？　娘とのあいだに何枚の壁があれば安心できるのだろう。レーシーの部屋の前を過ぎ、リビングルームに向かった。廊下の暗闇から出て、カーテン越しに陽の光が射しているリビングに入るのは、太陽をまともに見上げるようなものだった。部屋には爆薬の刺激臭がまだ充満していた。

「ハリソン！」

返事はない。

「あなたの力が必要なの」私は哀願するように言った。

やはり返事はない。ダイニングルームのほうに一歩踏み出した。キッチンが爆発してダイニングルームに白い閃光があふれたとき、ハリソンはそこにいた。床はキッチンの戸棚に入っていた食器類の破片だらけだった。一歩ずつ慎重に足を下ろす。割れた板ガラスの上を歩くのに似ていた。一瞬、ガブリエルのアフターシェーブローションの香りが漂ったような気がしたが、同じように一瞬にして消えた。グロックを抜こうとしたが、寝室に置いてきてしまったらしい。そのとき、誰かの手が私の脚をつかんだ。

「警部補」

ハリソンがすぐ足もとの床にいる。爆発のあと、そこまで這《は》ってきたらしい。私は床に膝を下ろして手を伸ばした。ハリソンは、スタミナを使い果たしたマラソンランナーみたいに膝をついて体を丸めていた。顔の右側は血と細かな破片で覆われていた。

「力を貸して」私は言った。

「よく聞こえないんです」力ない声だった。

私は彼の手を探して持ち上げると、モーションセンサーに触らせた。彼の指は死んだように動きが鈍かったが、センサーのガラスの表面をそっと調べ始めるなり、ふいに命を取り戻した。

「ひびが入ってる」

私はうなずいた。「ワイヤは見えてる?」

じっと見つめている気配。「はい」

「どのくらい?」

「ほとんど完全に」

ハリソンは重たげに息を吸いこんだ。それを口に溜まっていた血と一緒に吐き出す。

「車に工具があります。テープでひびをふさがないと」

「見えないの」

困惑したような沈黙。

「目が見えないの。車に行くのは無理ってこと」

ハリソンは苦しげに息をした。もう一つ。「それなら、別の方法で解除しましょう」

センサーに触れてみると、ひびからまた水銀の粒が盛り上がりかけていた。「別の方法って？」

手順を組み立てるという行為に、残されていた体力のすべてを奪われたらしい。「すぐ前に来て、僕に抱きつくようにしてください」息切れがしたのか、ハリソンは一瞬休んでから続けた。「センサーの導線はベストの内側で信管に接続されてます。ベストの下に手を入れてそれを切ります」

私は床の上を滑るようにしてハリソンに体を近づけた。彼の顔の血が私の頬を濡らす。焦げた髪の匂いが頭皮に染みついていた。

「両腕を上げて……」彼の声がまた途切れそうになる。「腕を僕の首に回して。僕がベストの下に手を入れられるように……」そこでまた声が力を失い、尻切れになった。「さあ、早く」ささやくような声。

私は腕を持ち上げかけたが、思い直して首を振った。「そんなことさせられないわ」

私は彼から離れようとした。だが、彼は力を振り絞るようにして私を引き止めた。「あなたがさせてるんじゃない……僕がそうさせてくれと頼んでるんです。ついでに言えば、いますぐやらないと、二人とも死ぬことになる」

私は首を振った。するとハリソンは私の頬にそっと手を触れた。「お願いだ。あなたを助けさせてください」

私は両腕を持ち上げてハリソンの首に回した。ハリソンの手がベストの下にもぐりこみ、爆弾の入ったポケットの裏側までそろそろと這い上った。まもなく探し物を見つけたらしい。

「まずいな」

「どうしたの？」

ハリソンはほんの一瞬、まるで降伏したかのようにうなだれた。「導線が五本あるんです。どれがどこにつながってるかわからない。僕が見つけてない第二の信管があるのかもしれない」

「二つめはないと思うわ」

「どうして？」

「彼はまた私たちで遊んでるのよ」

「確信が持てなければ何もできません」

「全部切って」私はささやくように言った。

ハリソンが首を振る。「できません。シーケンサーが入ってるかもしれない。間違った導線を切ったら。間違った順番で切ったら」

「ニッパーを貸して。自分でやるわ」

ハリソンは一つ息を吸った。肩の筋肉に力が入るのがわかった。「それは僕が許さない」

私は彼の頬に自分の頬を押し当てるようにして言った。「時間がないの。あなたに責任はない……だから私を離して」

ハリソンはわずかに顔を上げて私の耳もとでささやいた。「力のかぎり僕に抱きついて」

「いやよ」

彼の指が五本の導線をすべてニッパーの刃のあいだに押しこむのがわかった。「きっとうまくいく」静かな声だった。

「やめて」私は懇願した。

「できるだけ体をくっつけて。さあ」

私は腕を彼の首に回し、彼の顔を私の顔に押しつけた。無精髭《ぶしょうひげ》が頬をちくちくとくすぐる。唇に彼の血の味がした。手を彼のうなじに当てて、目を閉じた。そしてささやいた。「いいわ」

彼はそれとわからないくらい小さくうなずくと、そっと息を吐き出した。次の瞬間、ニッパーを握った彼の手の筋肉に力がこもるのを感じた。金属的なかちりという音がして、ニッパーの刃が導線を切断した。

何度も繰り返し見る悪夢から覚めるときのように、一秒が過ぎ、二秒が過ぎた。いつ悪夢に引き戻されるのかと待つ。だが、引き戻されることはなかった。

ハリソンはベストの下からそっと手を引き抜いた。ニッパーが床に落ちるかたんという音がした。彼が私を抱き寄せる。私たちは互いの呼吸のリズムに寄りすがった。

「ありがとう」彼の怪我をした耳にささやいた。だが、その言葉は彼には聞こえていなかった。

彼の腕から力が抜け、彼は私に抱かれたまま意識を失った。一台めのパトロールカーのサイレンが角を曲がってこの通りに入り、私の家を目指してくるのが聞こえた。まぶたを開き、カーテン越しに射しこむぼんやりにじんだ光を透かしてキッチンに目を向けた。チャベス本部長は負傷して、若い制服警官は死んで横たわっているキッチンに。

終わった。娘は助かった。南に何キロか下ったところ、パサデナの中心街では、パレードが無事にコロラド・ブールヴァードを行進中だ。この百十五年、ずっと繰り返してきたように。そして世界の二億の人々が、人の想像力という偉大な力が生んだ美しい光景を、安全に楽しくながめているはずだ。

「その陰で何があったかなんて知らずにね」私はつぶやいた。

27

「何が見えるか言ってください」医師は私の目から包帯を巻き取りながら言った。

ガブリエルが私を暗闇に放りこんでから一週間が過ぎていた。主治医は、目はもっとも治癒の速い器官の一つだと言って私を元気づけた。「まさしく自然の奇跡です」眼球をそう呼んだ。とはいえ、それがすでに目撃してしまったものを取り消すことは、さすがの医学にもできない。ガブリエルが通り過ぎていったあとの私の世界は、果たして以前と同じに見えるのだろうか。彼は私から娘を奪った。リビングルームの床でネズミをいたぶって遊ぶ猫のように、私を玩具にした。七人を殺した。トレーヴァー、ハリソン、チャベス本部長もあやうくその数に加わるところだった。そして私は彼を逃がした。娘を取り返すために、彼を自由の身にしたのだ。私は彼を逃がした。刑事にとって最悪の悪夢だ。

「彼の頭に銃を突きつけてたのに」

夜、目の見えないままベッドに横たわっていると、耳の奥でそんなささやきが聞こえる。

私はそうしようと思えば完全に終わらせることができた。だが、そうしなかった。私はそこまで強い人間ではないからかもしれない。そこまで有能な刑事ではないだけのことかもしれない。あるいは、絶好のチャンスに恵まれながら引き金を引くのをやめた私のその一部は、ガブリエルに支配されなかった唯一の部分だからなのかもしれない。魂の秘密の隠れ家。日常生活やそれが私たちに与える傷から守られて、愛がひっそりと生きている場所。レーシーを愛している部分、レーシーの命を救うためならどんなものでも――ガブリエルの自由でさえも――喜んで差し出す意思を持った部分。

それがガブリエルから私への贈り物だ。私は娘が大人の女性に成長していくのを見守ることができる。娘の人生の最初の十七年間に私が母親として犯した過ちをすべて取り消す努力ができる。私は成長できる。そしてその贈り物に対する見返りとして、決して消えることのない残り火を心に抱いて生きていく。ガブリエルがどこへ行こうと、誰に触れようと、誰を苦しめようと、それは私が選び取った結果なのだと知りながら生きていく。

ガブリエルはあれからどうしたのだろう。

私が確実に知っていることは少ない。彼は殺された制服警官のパトロールカーで私の家を離れ、コロラド・ブールヴァードのパレードのルートに含まれていた界隈から三ブロック離れたところに乗り捨てた。目撃者の一人は、ガブリエルはパレードを見物しながら、次々と通り過ぎるフロートに手を振ったり写真を撮ったりしていたと証言している。別の目撃者は、ロングビーチ空港で彼を見かけたという。いずれも裏づけはない。ガブリエルは忽然《こつぜん》と姿を消した。

フランス領事館には、ガブリエルに人相特徴が一致するフランス人がアメリカに入国したという記録は残っていない。パスポートの記録も存在していない。ビザも、労働許可証も、何一つ。採取できた部分指紋の照合を試みたが、ＦＢＩのデータベースにもアメリカのどの州のデータベースにも、一致するものは登録されていなかった。全国の学校の記録が調査された。逮捕記録、軍務記録、出生証明書も調査の対象になった。果ては漁業許可証まで。調べられる記録はすべて調べられた。だが、どこにも何も見つからなかった。

日記のなかでガブリエル自身が言っているように、彼はクラス写真に写ってはいるが、誰も顔も名前も覚えていない少年だ。だが、最後の日まで――彼が死ぬその日まで、私は彼を忘れない。電話が鳴り、変死体が発見されたと告げられるたび、私はもしかしたらと考えるだろう。街中であのアフターシェーブローションの香りが鼻をかすめるたび、私は振り返るだろう。被害者の遺族の悲嘆の声を聞くたび、私は思い出すだろう。

私はいつも彼を探し続けるだろう。同時に、いつも彼の視線を感じ続けるだろう。私の耳に、たった一言、恐ろしい言葉がささやかれるのを待ち続けるだろう。

何が見えるか言えって？　私の目に見えているもの――見ないほうが身のためだ。

医師が最後の一巻きをそっと私の顔から持ち上げた。「さあ、目を開けて」

私は一瞬ためらった。包帯の幻は、まるで永遠に私の体の一部になったかのように、そのときもまだ私の目の上にあった。それから私は、人生にふたたび光を招き入れた。ゆっくりと。夢と現実の挟間にとらわれたかのように、色や光にベールがかかっている。だがまもなく、病室が像を結び始め、娘の顔が浮かび上がった。

「ママ」レーシーが呼んだ。

私は娘を見つめた。娘の顔の何もかもを一つずつ丁寧に確かめた。私がこの腕に抱いた赤ん坊を探して。成長を見守った少女を探して。だが、その子はもういなかった。いま私が見つめている顔は、大人になりかけた若い娘のものだった。子ども時代の柔らかな輪郭は引き締まり、乗り越えた試練の重さをうかがわせていた。

「ほら、ちゃんとここにいるよ、ママ」

レーシーの目をのぞきこむ。ガブリエルは娘のすべてに触れたわけではないとわかった。娘の炎のように強い心は、これまで以上に激しく燃えていた。

「あんなやつ」レーシーがささやく。

心臓がどきりとした。だが、すぐに確信した。娘は以前とはもう違うのだと確信したのと同じくらい強く。この子は大丈夫だ。この先どうなろうと、ここから私たちは母と娘として一緒に新しい人生を始めるのだ。過去の私たちを脱ぎ捨てて。

「俺たちのことも忘れないでくださいよ」レーシーの後ろから声がした。

トレーヴァー。私の旧パートナー。レーシーの肩越しにこちらをのぞきこむようにしている。ビッグ・デイヴ、私の守り神。頭の半分はまだ包帯に覆われているし、顔は青黒い痣や腫れた傷だらけだが、あの強さや情熱は無傷らしい。彼の左側には、車椅子に座ったチャベス本部長がいる。顔は真っ赤に腫れ上がり、火傷を負った両手は包帯でぐるぐる巻きにされ、腕には点滴の針が刺さっている。それでも本部長は微笑んでいた。彼も大丈夫だ。

私はレーシーの右肩越しに目を移した。ハリソンが立っていた。

視線がからみ合う。私は彼の名を呼ぼうとしたが、声にならなかった。私たちは私の家に戻っていた。私は腕を彼の首に回している。彼は私を救おうとしている。ガブリエルの忌まわしい作品を解体する彼の手の揺るぎなさ。あれほど直接的で、あれほど圧倒的な愛の行為を私はほかに与えられたことがない。私はもう一瞬だけ長く彼の目を見つめていた。いま、私は彼にとって、彼は私にとって、どんな存在なのだろう。あのとき、彼は私を救うことを通して、前回は守り抜くことができなかった、若くして殺された妻を救っていたのだろうか。それとも、ただ単に自分の命を救い、あの瞬間まで指先をかすめて逃げようとしていた未来を取り返しただけのことだったのだろうか。

　彼は私のパートナーなのか。それとも、それ以上の何かなのか。どこかが痛むらしく、彼の目の端がかすかに引き攣《つ》った。私は素早く彼の体に視線を走らせて痛みの源を探した。耳から顎にかけて、地図の等高線を思わせる傷が走っていた。もう一つ、三日月の形をした傷が左目をかすめている。体の右側をさりげなくかばっているようだ。右手の指がそれとわからないくらいに小刻みに震え、外からはわからないダメージの存在を明かしていた。

「アレックス」温かな声。彼が初めて私のファーストネームを呼んだ。

　その声を耳にした瞬間、私は息を呑んだ。目を閉じて呼吸を落ち着かせようとしたが、動揺は治まらない。そのとき、主治医が椅子を私の前に引き寄せて、小さなライトをかざして左右の目を照らした。

「さて、警部補。何が見えるか教えてください」

目尻から涙の粒が転がり落ちて頬を伝った。私を支えてくれた三人の男性たちを、いまここにこうしていてくれるためにあらゆるリスクを冒した人たちを、私は見上げた。

「何が見えますか」医師が促す。

私はレーシーの手を取った。娘の美しい顔をじっと見つめた。

そして静かに答えた。「すべてが見えます」

　この作品は、多くの人々の助力がなければ完成しなかっただろう。鋭敏な耳といつも尖らせてある鉛筆を持ったキャサリン・ホール。私を信じ、支え続けてくれたベス・ボーン、スティーヴ・フィッシャー、グレッグ・アルムクイスト。感謝の言葉をいくつ連ねようと私の気がすみそうにないエレイン・コスター。そして、デリーロ警部補とともに勝負に出たパトナム社のデヴィッド・ハイフィル。

訳者あとがき

カリフォルニア州南部、ロサンゼルス近郊の都市パサデナ。クリスマスは終わったものの、元旦の伝統行事、全世界の注目を集めるローズパレードとローズボウルを数日後に控えて、街はますます華やいだ空気に包まれていた。

しかしその晴れ晴れしさの陰で、パサデナ市警の警部補アレックス・デリーロは恐怖の底に突き落とされようとしていた。高校生の一人娘レーシーがちょっとした〝環境テロ〟を実行して街を騒がせた翌々日、学校からの帰宅途中に行方不明になったのだ。

多忙な殺人課長と思春期の娘のシングルマザーという二つの重い役割を背負ったアレックスは、娘が旺盛な独立心と強靭《きょうじん》な精神の持ち主であるのをいいことに、これまでつねに刑事としての人生のほうを優先してきた。だが、ついにそのつけが回ってきた。娘が環境保護活動に関わるようになっていたことなど、まるで知らずにいた。娘の行方を捜す手がかりを提供しようにも、学校でどの生徒と仲がよかったのか、いつもどこのスターバックスを利用していたのか、そんな小さな情報一つ、頭に蓄積されていなかった。いつのまにか娘は他人になっていた――その衝撃はアレックスを徹底的に打ちのめす。

追い打ちをかけるように、カリフォルニア州の都市としては犯罪発生率が比較的低いパサデナで、珍しく殺人事件や爆弾事件が相次いだ。どうやらすべての事件が一本の糸でつながっているらしい。しかも捜査が進むうち、その糸の終着点は、全世界に生中継されるローズパレードを狙ったテロ計画ではないかという疑いが次第に強まっていく。そのうえ、娘レーシーの失踪までもがその糸につながれた事件の一つである可能性が濃厚になる。

犯人は、警察が自分のお遊びに振り回されて右往左往する様子を愉快がっているかのように、息つく間《ま》もなく事件を起こしていく。何か幸運に恵まれて先回りをするチャンスを与えられないかぎり、このあまりにも有能な犯人を逮捕することはできそうにない。

いまは刑事の役割に徹して冷静に客観的に事件を分析すべきだ、そうしなくては娘を二度と取り返せないと頭ではわかっていても、娘を案じる心がアレックスの思考と推理を攪乱し、焦燥感ばかりをあおり立てる。

果たしてアレックスは、愛する娘を、娘との絆を、取り戻すことができるのか——。

この第一級の心理スリラーの著者は、米ドラマシリーズ『ツイン・ピークス』や『X-ファイル』の脚本チームの一員として、また『ツイン・ピークス／クーパーは語る』の著者として知られるスコット・フロスト。小説家としての本格デビュー作、この『警部補デリーロ』は、二〇〇六年度のエドガー賞処女長編部門にノミネートされた。

さすがシナリオライター出身というべきか、第一章を開いた瞬間、色彩や香りや音がページのあいだから鮮やかに広がり、立ちのぼり、響き始める。それとともに、主人公であり語り手でもあるアレックス・デリーロが、3Dの存在感と体温とともに目の前にすっと立ち現われる。どこまで読み進んでも、どの場面も、どの登場人物も、どの会話も、すべてがじつに映像的でリアルだ。

しかし、五感を揺さぶるような臨場感にあふれる一方で、何か人肌よりほんの少しだけ冷たいもの、月の光に似た青白いものが全編を貫いて静けさを与えている。恐怖に体温を奪われた指先のようなそのひんやりとした感触は、娘の行方不明と連続爆弾事件からアレックスが受けた衝撃——ただ激しいだけでなく、ひたひたと心に染み入ってくるような奇妙に穏やかな衝撃——をみごとなまでに反映している。

捜査の進行とともに事件は新たな本質を次々と見せ、犯人も当初の予測とはまったく別の顔を見せ始める。そして娘にも、アレックスには見えていなかった側面がいくつも存在していたことが明らかになっていく。娘を失って初めて、アレックスは、自分が娘を理解しているつもりでいただけだったことを痛感するのだ。そして我が子を取り返すため、娘とのあいだに知らぬ間に深々と刻まれていた溝を埋めるチャンスをつかみ取るため、命を投げ出す覚悟で犯人に向かっていく。

恐怖というものを隅々まで知り尽くすことを強いる出来事がついに過去のものになったとき、アレックスの瞳には、それまでとはまったく違った世界が映っている。前よりも少しだけざらついていて、少しだけ暗い世界。それでもそこには、一条《ひとすじ》の明るい光がくっきりと射しこんでいる。

アレックス・デリーロを主人公とするサスペンスはその人物的魅力と高い評価に支えられてシリーズ化され、アメリカでは二〇〇六年にNever Fear、二〇〇八年にPoint of No Returnと、第三作まで刊行されている。二〇〇九年には第四作Don't Look Backが控えているという。

デビューの時点ですでに実力と実績の両方を備えていたスコット・フロスト。これから目が離せない作家の一人であることは間違いない。

二〇〇八年十一月

池田真紀子

RUN THE RISK
by Scott Frost

集英社文庫

警部補《けいぶほ》デリーロ

2009年1月25日　第1刷　　定価はカバーに表示してあります。

著　者　スコット・フロスト
訳　者　池田真紀子《いけだまきこ》
発行者　加藤　潤
発行所　株式会社 集英社
東京都千代田区一ツ橋2-5-10　〒101-8050
電話　03-3230-6094（編集）
03-3230-6393（販売）
03-3230-6080（読者係）
印　刷　図書印刷株式会社
製　本　加藤製本株式会社

フォーマットデザイン　アリヤマデザインストア　　マークデザイン　居山浩二

ISBN978-4-08-760566-2 C0197